FP

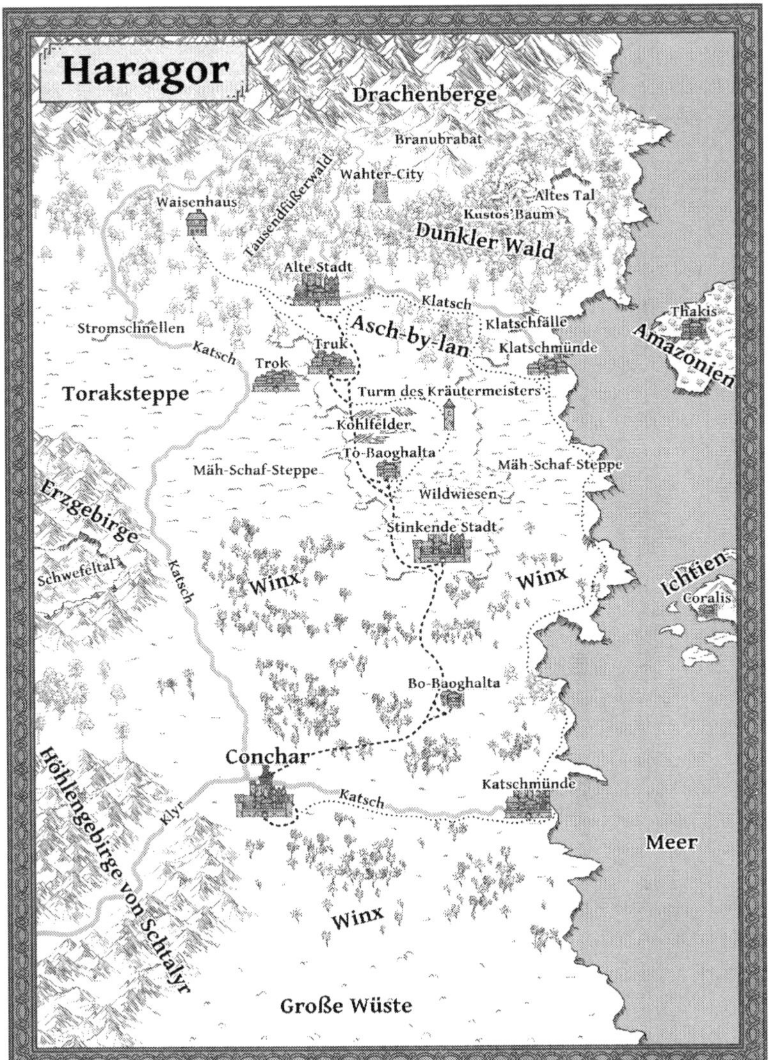

Haragor
Drachenberge
Branubrabat
Wahter-City
Altes Tal
Kustos Baum
Dunkler Wald
Tausendfüßerwald
Waisenhaus
Alte Stadt
Klatsch
Thakis
Amazonien
Stromschnellen
Katsch
Asch-by-lan
Klatschfälle
Klatschmünde
Truk
Trok
Toraksteppe
Turm des Kräutermeisters
Kohlfelder
To-Baoghalta
Mäh-Schaf-Steppe
Mäh-Schaf-Steppe
Wildwiesen
Erzgebirge
Stinkende Stadt
Schwefeltal
Katsch
Winx
Winx
Ichtien
Coralis
Bo-Baoghalta
Conchar
Höhlengebirge von Schtalyr
Klyr
Katsch
Katschmünde
Meer
Winx
Große Wüste

Frank Pfeifer, geb. 1966 in Bad Kreuznach, lebt und arbeitet in München. Neben der Jugend-Fantasy-Reihe "Der Junge mit dem Feueramulett" ist bisher von ihm der Roman »Wolf Five« erschienen, auch in folgenden Ausgaben »Das TALI-Komplott« & »Magic Stoner«

Frank Pfeifer

Der Junge mit dem Feuer Amulett

Das magische Schwert

Frank Pfeifer
Gaisbergstr. 7
81675 München

Umschlagmotiv:
Cover Character Design: Neruphyne @ fiverr
Hintergrund: goku4501 @ shutterstock.com

Karte von Peter de Jong

www.frankpfeifer.com
frank@frankpfeifer.com

ISBN
978-3-9822397-6-7 (Paperback)
978-3-9822397-7-4 (e-Book)

Der Auftrag

Es war an diesem Tag so unerträglich heiß, dass die Schmeißfliegen ohnmächtig auf die Pflastersteine von Conchar klatschten und dort in wenigen Augenblicken mit einem leisen Zischen zu Staub zerfielen. Noch viele Jahre später würde sich Kard an dieses unwirkliche Geräusch erinnern können. Die Hitze in diesem Sommer glich dem Würgegriff einer Schlange, die nun kurz davor war, ihr Opfer vollends zu erdrosseln. Er hatte sich ein schattiges Plätzchen an der Stadtmauer gesucht und schaute den wenigen Kindern zu, die von ihren Eltern zum Wasserholen hinunter zum Mühlenbach geschickt worden waren. Als zwei schwarz uniformierte Wachen vorbeimarschierten, hielt Kard die Luft an und drückte sich fester an die kalte Mauer. *Nur nicht auffallen!* Die Uniformierten waren willkürlich, besser man lenkte ihre Aufmerksamkeit nicht auf sich. Sie waren dafür bekannt, immer etwas zu finden, um einen in die Kerker zu zerren. Kard betete zu Branu und bat den Gott, dass er unsichtbar bleiben möge.

Puh, Glück gehabt! Die Wachen hatten ihn nicht entdeckt. Leise ließ er den Atem, den er unwillkürlich angehalten hatte, entweichen. Eines der Kinder, das mit einem gefüllten Wassereimer vom Bach kam, konnte das leider nicht von sich behaupten. Ein Uniformierter stellte dem Jungen, einem zerlumpter Knirps von höchstens zehn Jahren, ein Bein. *Was für ein Fiesling!* Dann amüsierte die Wache sich köstlich darüber, dass das Kind gestolpert war und seine wertvolle Fracht verschüttet hatte.

»Na, du willst doch nicht etwa Branu opfern, oder?«

Ein Röcheln entschlüpfte Kards Kehle und er hielt sich schnell die Hände vor den Mund. Opfergaben an den Schöpfergott konnten einem in Conchar direkt in die Folterkammern der Schwarzen Burg bringen. *Der findet sich wohl ziemlich witzig. Aber wenn er selbst dem Obersten Schergen Laoch gegenübersteht, ist er bestimmt klein wie eine Maus.* Kard wünschte, dass der Soldat von einem Fluch heimgesucht werden würde, um ihm seine aufgeblasene Eitelkeit aus dem Leib zu prügeln.

»Nein, verehrte Wache, Goiba über alles.«

Der Uniformierte nickte zufrieden. So hatten sie das am liebsten. Wenn man sich schön klein vor ihnen machte. Kard knirschte mit den Zähnen. Er war wütend. Aber er würde dem Kleinen dort unten nicht zu Hilfe eilen. Er war bestimmt nicht so verrückt, sich mit den Wachen anzulegen. Nein! Er hatte lieber seine Ruhe. Obwohl ihm der Junge leid tat. Doch mit seinen sechzehn Jahren war Kard ja selbst noch fast ein Kind. Er konnte nichts ausrichten. Und der Platz im Schatten war doch ganz angenehm. Jahre später würde er lachen, wenn er daran zurückdachte, wie er versuchte hatte, sich unsichtbar zu machen. Eins zu werden mit dem Schatten. Aber in Dunkeln gibt es kein Licht. Die Dunkelheit frisst einen auf oder man verirrt sich. Es sei denn, man findet ein Feuer, damit man einen Weg suchen kann. Einen Weg hinaus aus der Dunkelheit.

Sein Meister und Ziehvater Wallas hatte Kard bei dieser Hitze freigegeben. In der Schmiede, in der Kard lebte und ausgebildet wurde, war es nicht zum Aushalten gewesen. Conchar, die Hauptstadt des Reiches Haragor, war in diesen

Sommertagen eine einzige Bratpfanne. Selbst Toraks wie Wallas, diese gewaltigen Mischwesen aus Riesen und Menschen, wagten es an diesem Tag nicht, einen Fuß auf die glühenden Pflastersteine setzten. Die Wesen Conchars waren überzeugt davon, dass diese ungemeine Hitze ein Fluch Branus sein musste. Wollte der Schöpfer etwa Ernten verbrennen und alles Leben in diesem Land auslöschen? Auch Kard fragte sich, was Branu ihnen damit sagen wollte. Aber bei den Göttern ist es wie bei den Govas! Die Priesterinnen Goibas, die das Regiment im Waisenhaus geführt hatten, in dem Kard aufgewachsen war, konnten an einem beliebigen Morgen mit einem netten Lächeln in den Unterrichtsraum kommen und sehr freundlich wirken. Aber im nächsten Augenblick waren sie aus unerfindlichen Gründen schlecht gelaunt und schrieen alle an. Absolut unberechenbare Wesen. Wie die Götter! Trotzdem drehte sich in Haragor alles um deren Gunst. Nur wer ihr Wohlwollen hatte, war auf der sicheren Seite.

Als an diesem Tag der große Schatten kam, um die Erde zu verdunkeln, erschien es zuerst wie ein Segen, der den Lebewesen die lang ersehnte Kühle brachte. Man wagte sich wieder ins Freie, konnte durchatmen, den Kopf gegen den Himmel strecken. Auch Kard hatte das Dunkle, dass die Hitze verdrängte, zunächst begrüßt. Doch was dann am Himmel zu sehen war, erstickte die aufkeimende Freude. Langsam schob sich der Mond vor die Sonne, bis die Sonnenstrahlen nur noch wie Schlieren aus Blut um seinen Rand waberten. Ganz Conchar stöhnte auf. Eine Sonnenfinsternis! Ein Omen für schlechte Zeiten! Wenn die Götter sich stritten, und was konnte dieses Zeichen sonst bedeuten, würden irgendwann die Menschen darunter leiden. So war es damals im Waisenhaus auch immer gewesen. Wenn die Govas miteinander stritten, bekamen das irgendwann die Kinder zu spüren. Die Waisen waren der Wut der Priesterinnen schutzlos ausgeliefert gewesen. Wenn möglich hatte man sich dann irgendwo versteckt, sich unsichtbar gemacht. Kard hatte ein ungutes Gefühl beim Anblick der verdunkelten Sonne. Irgendwas sagte ihm, dass dies sein ganz persönliches Omen war.

*

Allerdings erstarrte nicht ganz Conchar in Todesangst. In den Folterkellern der Schwarzen Burg lachte Tsarr, die oberste Gova des Reiches aus vollem Hals. Tsarr war die Oberste Gova von Goiba, Schwester von Branu, Göttin von Nacht und Kälte. Ständig stritt Goiba sich mit ihrem Bruder Branu um die Macht. Sonne und Mond! Goiba war eine Göttin, deren Gunst man recht zuverlässig durch Menschenopfer erlangen konnte. Schließlich war sie die Göttin des Todes. Und Tsarr schwang ohne zu zögern das Opfermesser, wenn es zur Ehre ihrer Göttin war. Sie war niemand, den man zum Feind haben wollte.

Die Priesterin trug die schwarze Robe ihrer Zunft, einen wallenden Umhang, in dem sie selbst schwarz wie die dunkelste Nacht erschien. Auf dem Stoff klebten ein paar getrocknete Blutspritzer vom letzten Opferritual. Dazu das blasse Gesicht mit den stechend blauen Augen, das von schwarzen Locken eingerahmt war. Dadurch wirkte ihr schmales Antlitz bedrohlich und bösartig. Eine schwarze Dämonin in Menschengestalt.

Für die Sonnenfinsternis hatte die Gova eine eindeutige Erklärung. Ihre Göttin, Goiba, Herrin der Nacht, hatte gesiegt. Branu der Schöpfer musste sich geschlagen geben. Tsarr war überzeugt, mit dem Blut der zehn Jungfrauen, die mit durchgeschnittenen Kehlen kopfüber über der großen Opferschale hingen, wesentlich zur Sonnenfinsternis beigetragen zu haben. Die Gefahr, die sie für Flanakan, dem bisher unangefochtenen Herrscher über Haragor, in den Sternen gesehen hatte, war vorerst gebannt. Goiba hatte das Opfer angenommen und sich erneut gegen ihren Bruder Branu gestellt. Für Tsarr bedeute die Sonnenfinsternis, dass Flanakan nun noch viele Jahre herrschen würde. Und sie selbst würde weiterhin die oberste Gova des Reiches sein und niemand und nichts würde diese Macht gefährden können!

*

In der Hauptstadt des Reiches, in der Flanakan und Tsarr das Sagen hatten, gab es keine Priester der göttlichen Brüder mehr, die Govans. Branu, Charu und Charabnu mussten auf Priester und Tempel in der Hauptstadt verzichten. Tsarr hatte hier für Ordnung gesorgt. Wer sich hier seelischen Beistand holen wollte, musste außerhalb von Conchar Rat suchen. Selbst die beiden Schwestern der Göttin, Credna, Göttin der Liebe und Luchta, Göttin von Geld und Reichtum, hatten einen schweren Stand neben ihrer eifersüchtigen Schwester in Conchar. Tsarr war ganz besessen von der Idee, dass die Wesen Haragors allein ihrer Göttin folgen sollten.

Der Govan aus einem der vielen bäuerlichen Vororte von Conchar sah den Jungen, der vor ihm nervös hin und her sprang, neugierig an. Er fragte sich, ob der Junge ihn auch diesmal wieder mit einer Spitzhacke bezahlen würde. Bezahlen war das falsche Wort. Eine Spende. Der Junge spendete

Branu, da der Gott ihn durchs Leben führte. Ein wirklich gläubiger Junge! Gerade in der Hauptstadt wäre es viel bequemer gewesen, ein Anhänger Goibas zu sein. Tempel gab es dort ja genug. Aber dieses seltsame Schicksal hatte Kard zu Branu geführt. Und als angehender Schmied blieb ihm mehr oder weniger nichts anderes übrig, als sich dem Schutzpatron seiner Zunft anzuvertrauen. Denn Branu war der Gott der Schmiede. Und da es in Conchar schon seit einer Weile keine Tempel des Schöpfers mehr gab, war der Junge gezwungen, den weiten Weg in das Dorf außerhalb der Stadt auf sich zu nehmen.

Mit gekreuzten Beinen saßen sie nun im kleinen Gebetsraum unter dem Sonnensymbol, einer grossen, goldfarbenen Metallscheibe. Der alte Mann mit fusseligem grauen Bart in seinem ehemals weißen, aber durch dauerndes Tragen und wenigem Waschen inzwischen ergrauten und speckigen Umhang. Und der Junge mit den ersten Stoppeln am Kinn, den schwarzen Locken und dem Dreck unter den Fingernägeln. Wie immer, so stellte der Govan fest, suchte Kard den Rat des weisen Mannes, der, was schließlich seine Aufgabe war, die geheimsten Botschaften Branus entschlüsseln konnte.

»Wenn mir also mein Meister ein Geheimnis anvertraut hat, dann darf ich ja niemanden davon erzählen, denn sonst wäre es ja kein Geheimnis, oder?«

Kard sah den Govan durchdringend an, in seinem Blick las der kluge Mann die innere Zerrissenheit des Jungen. »Mein Sohn, dein Meister Wallas ist ein weiser Torak und ein treuer Anhänger Branus. Schon oft war er hier und hat mir so manche Spitzhacke mitgebracht.« Der Govan zwinkerte Kard vertrauensvoll zu. »Wenn er dir ein Geheimnis anvertraut, dann ist das eine große Ehre. Und wie du schon sagst, dieses Geheimnis solltest du ganz für dich behalten.«

»Aber andererseits kann ich doch Branu alles anvertrauen. Er ist mein Gott, mein Beschützer, mein Schwert im Kampf gegen die Versuchung.«

»So ist es, mein Sohn. Vor Branu kannst du keine Geheimnisse haben. Er sieht alles, weiß alles, ist überall. Im stillen Gebet kannst du ihm alles sagen, was dich bewegt.«

»Also im Prinzip ist vor Branu ein Geheimnis gar kein Geheimnis, da er ja sowieso schon alles weiß?«

Der Govan seufzte innerlich. Dass Kard auch immer mit diesen spitzfindigen Problemen kam. Konnte er nicht einfach fragen, ob es rechtens ist, den Nachbarjungen, der ihn als schwächlichen Menschling beschimpft hatte, mit Tok-Gülle zu überschütten, so dass der Torak-Junge danach unter die Dusche musste, was die Toraks nun wirklich nicht gerne mochten? So einfache Fragen nach Gut und Böse? Dafür waren die Govans doch da. Ist das im Sinne von Branu oder wird mich dafür sein gerechter Zorn treffen? Aber dieses Hinterfragen der Grundlagen? Anstrengend! »Äh, ja, mein Sohn, Branu liest in uns wie in einem offenen Buch.«

»Und wenn ich jetzt dir, und du bist doch mehr oder weniger Branus Vertreter, oder? Wenn ich also jetzt dir ein Geheimnis anvertraue, dann ist es ja eigentlich so, als ob ich es Branu selbst erzählen würde? Also erzähle ich dann ja gar kein Geheimnis, sondern sage dir, was du eigentlich sowieso schon weißt, oder?« Kard wippte unruhig auf seinem Gesäß herum, schaute ab und zu hoch zur Sonnenscheibe und ab und zu in das bärtige, leicht verzweifelte Gesicht des Govans.

»Nun ja, lieber Kard, aber wieso willst du mir denn ein Geheimnis verraten, was ich vielleicht ja doch schon weiß? In Vertretung des Allwissenden sozusagen. Dann ist es ja gar kein Geheimnis mehr!« Stolz über seine eigene Klugheit blickte der alte Mann den Jungen nun sanft an. Der Govan war es gewohnt, dass die Leute mit der ersten Antwort zufrieden waren. Schließlich kamen sie ja gerade deswegen zu ihm. Damit der Govan seine Weisheit verkündete und der Mensch oder auch Torak nicht selbst nachdenken musste. Oder gar irgendetwas selbst entscheiden musste. Wenn der Gott oder die Göttin ihren Segen gab, wird das schon richtig sein.

»Dann weißt du es also schon?« Kard sah den Priester hoffnungsvoll an.

»Nun, Branu weiß es sicherlich, was es auch immer sein sollte.« Mit zusammengesunkenen Schultern sah der Priester auf seine Knie. Die Löcher in seinem Gewand wurden auch immer größer. Die Spitzhacke konnte er bei den Bauern auf dem Markt gut eintauschen, vielleicht gegen eine Rolle Stoff? Und ein Paar neue Schuhe waren auch mal wieder fällig! »Was immer Wallas dir anvertraut hat, Branu weiß es schon.«

»Und dass es verboten ist, das weißt du dann auch schon?«

Langsam hatte der Priester nun doch keine Lust mehr. Dieses lange Sitzen spürte er im Rücken. Und durstig wurde er auch allmählich. »Also Branu weiß es. Und ich kann mich nicht an viele Verbote erinnern, die er uns auferlegt hat. Und ich kann mir bei Wallas nicht vorstellen, dass er zum Beispiel... jemanden umgebracht hat.« Der Priester sah Kard triumphierend an. Wallas, ein Mörder? So etwas Lächerliches. Dafür kannte er den Torak schon viel zu lange.

»Nein, nein. Nicht so was. Aber etwas, was die Schergen gar nicht gerne sehen würden. Etwas, was Flanakan wirklich nicht gefallen würde.« Kard sah ihn mit großen Augen an. Was bitte hatte dieser unschuldig dreinblickende Junge da gerade gesagt? Ein Verbrechen gegen Flanakan? Irgendetwas kratzte dem Govan plötzlich im Hals, als ob eine imaginäre

Hand ihm langsam aber bestimmt die Luft abdrücken würde. Der Priester verschluckte sich und rang nach Atem. Den Namen des Herrschers hatte er hier, im Abglanz der heiligen Sonnenscheibe, schon lange nicht mehr gehört. Flanakan war weit weg. Die Hauptstadt war weit weg. Wenigstens für die Bauern hier in der Umgebung. Nur zum Markttag nahmen sie die weite Reise auf sich. Sonst blieben sie bei ihren Höfen, bei ihrem Winx-Gras und ihren Tok-Rindern. Flanakan, der Herrscher? Den Steuereintreibern übergab man den Zehnten, den Wachen ging man aus dem Weg und sonst sollte der gute Mann einem gestohlen bleiben. Und seine Folterkammern wollte man natürlich auch nicht von Innen sehen.

»Äh, ein Verbrechen? Etwas, was der, äh… Flana-äh-kan… nicht gerne sehen würde? Kard, mein Junge, weißt du, was du da sagst? Und Wallas weiß etwas davon? Das kann ich mir nicht vorstellen.«

»Ist aber so!« Trotzig sah Kard ihn an.

»Aber was soll das schon sein? Wallas ist ein Schmied, ein Torak, von welchem Verbrechen sollte er schon wissen?«

»Er weiß es nicht nur, er will es begehen. Mit mir.« Jetzt schien Kard wirklich verzweifelt und der Priester verstand ihn gut. Kard war der letzte Mensch, das letzte Wesen, das zu einem Verbrechen fähig gewesen wäre. Sogar noch weniger als sein alter Torak-Meister. Kard war nicht nur ein Anhänger Branus und achtete stets darauf, immer im Sinne des Schöpfers zu handeln, Kard war die Rechtschaffenheit in Person. So eine Kindheit im Waisenhaus, unter der Fuchtel von strengen und nicht gerade zimperlichen Govas, hinterlässt dann eben doch seine Spuren. Alles richtig zu machen war dort sicherlich eine Überlebensstrategie gewesen. Und jetzt sollte dieser Junge an der Seite eines gutmütigen Torak zum Verbrecher werden? Dem alten Govan schien das doch alles sehr unglaubwürdig. »Mein Sohn, ich bin mir sicher, dass Wallas dich in kein Verbrechen hineinziehen möchte! Wir reden hier von Wallas! Dem Schmied Wallas! Was bitte soll das für ein Verbrechen sein?«

»Mein Gesellenstück! Ich soll ein Schwert schmieden!« Kard war ganz blass geworden, als er dies ausgesprochen hatte.

»Ein Schwert?« Auch der Govan schluckte. So etwas sahen die Schergen tatsächlich nicht so gerne.

»Ja, Wallas sagt, meine Lehrzeit sei jetzt zu Ende und das Gesellenstück sei nun einmal ein Schwert. Aber ich habe mich umgehört. Ich kenne keinen Schmied, der jemals ein Schwert geschmiedet hat! Nicht, seit Flanakan herrscht. Also schon ewig lange.«

»Aber warum lässt er dich nicht eine schöne Spitzhacke machen? Oder einen Gartenzaun?«

»Wallas meint, ich sei besonders. Was mich wirklich freut, dass er das sagt. Aber ich würde auch lieber eine Schaufel, einen Hammer, von mir aus noch eine Zange oder eine Spitzhacke machen. Aber da ich der einzige Mensch weit und breit bin, der in den Schmieden der Toraks ausgebildet wird, soll es wohl dieses verdammte Schwert werden.«

Es stimmte, dass Kard etwas Besonderes war. Die Toraks, fast doppelt so groß wie normale Menschen und erstaunliche Muskelberge, waren mit einer unendlichen Gelassenheit gesegnet. Sie konnten Temperaturen aushalten, bei denen Menschen austrockneten wie Dörrpflaumen. So hatten sie ein Monopol als Grobschmiede, in deren Werkstätten große Essen standen, die eine derartige Hitze absonderten, dass Menschen einfach ohnmächtig wurden. Oder sich zumindest alle Finger verbrannten. Nur Kard nicht, weiß Branu, wieso? Der Govan hatte sich schon immer gefragt, wieso dieser Waisenjunge nicht einfach Korbflechter oder Schuhmacher geworden war, irgendein Gewerbe, das den normalen menschlichen Anlagen entsprach. »Aber Wallas ist ein ehrenwerter Bürger. Vertraue deinem alten Meister, er ist ein weiser Mann!«

»Aber Wallas selbst sagt, dass ich es niemanden erzählen soll. Es ist nicht nur einfach ein Schwert, weißt du?«

Der Junge war jetzt in Schnappatmung übergegangen, verzweifelt knotete er seine Finger. Bäcker, das wäre doch ein guter Beruf für diesen Jungen gewesen. Aber nein, das Schicksal hatte ihn in die Schmiede eines Toraks geführt. Der Diener des allwissenden Branu sah Kard nun fragend an.

»Es soll ein Minas-Schwert werden«, flüsterte Kard kaum hörbar und mit weit aufgerissenen Augen.

Es dauerte eine Weile, bis der Sinn dieser Worte in das Bewusstsein des alten Priesters gedrungen war. Der Govan sah nach oben, die gesegnete Scheibe schien unter den zuckenden Strahlen der Sonne hin- und herzuspringen. Ein Minas-Schwert? Das war einfach alles zu viel. Dieser Junge mit seinen penetranten Fragen. Die Erwähnung von Flanakan. Ein Schwert. Die Schergen. Und jetzt auch noch Minas, das heilige Erz von Branu. Dem Govan wurde Schwarz vor Augen. Dann sank er ohnmächtig in sich zusammen.

*

Trotz der sengenden Hitze, die auch noch am Tag nach der Sonnenfinsternis bleiern über Conchar lag, hatten sich die Bauern aus der Umgebung auf dem Marktplatz versammelt. Dazu kamen die fahrenden Händler, die aus allen Ecken Haragors in die Hauptstadt kamen und die sich nun am Fuß der Schwarzen Burg, Residenz von Flanakan, gesammelt hatten. Im Schatten dieser Festung, die hoch über den Köpfen der Bürger thronte, war es an diesen Tagen halbwegs erträglich. Solange man nicht nach oben schaute. Und sich vorstellte, was wohl hinter den Mauern gerade geschah. Wer gerade einem strengen Verhör unterzogen wurde. Mit Streckbank und Daumenschrauben und diesen ganzen Gerätschaften, deren Zweck selbst der Foltermeister manchmal vergessen hatte.

Aus den Drachenbergen weit im Norden Haragors waren an diesen Tagen die Holzhändler und Kürschner angereist. Ihre robusten Wagen, mit denen sie tagelang, wenn nicht sogar wochenlang unterwegs gewesen waren, um endlich hier in Conchar ihre Waren anpreisen zu können, waren schmucklos aber funktional. Sie dienten den Händlern nicht nur zum Transport, sondern auch als Schlafstätte und Wehrburg. Denn in den weiten Wäldern der Drachenberge trieben sich überall Faols herum, die wilden und ungezähmten Vorfahren aller Hunde. Nur dass sie doppelt so groß, doppelt so schlau und doppelt so wild wie die größten Hütehunde waren. Sie jagten in Rudeln und wenn sie einmal eine Spur aufgenommen hatten, gab es kein Entkommen. Außerdem gab es in den Wäldern auch die grausamen Wahter, die einem meist nicht nur die Münzen, sondern gleich das ganze Leben nahmen. Obwohl diese Wahter einem Mann nur bis zum Bauchnabel reichten. Kaum zu glauben, dass diese pelzigen Wesen so brutal waren. Einige der grobschlächtigen, bärtigen Männer aus dem Norden erzählten sogar, dass sich immer noch Oguls, riesige magische Wesen aus den Tiefen der Berge, in den Wäldern herumtrieben. Vielleicht waren sie aus dem Labyrinth der Höhlen an die Oberfläche getrieben worden, wenn unterirdische Lavaströme alles überflutet hatten. Oft zwinkerten diese begabten Geschichtenerzähler allerdings bei ihren Ausführungen dermaßen heftig mit den Augen, dass man nicht mehr wusste, wie ernst sie das alles meinten. Genauso hätten sie erzählen können, sie hätten weit hinten am Horizont, weit hinter der Rauchsäule von Branubrabat, dem Heiligen Vulkan, die Schatten von Drachen gesichtet. Was natürlich unmöglich war. Ein guter Erzähler konnte allerdings immer hoffen, von seinen neugierigen Zuhörern das ein oder andere Schoff spendiert zu bekommen, damit die Zunge nicht austrocknete und weiterhin von dieser fernen Welt berichtete. Da so mancher dieser Händler stolz die Narben präsentieren konnte, die er sich beim Kampf gegen die ausgehungerten Rudel der Faols oder gar beim Schwertkampf mit blutdürstigen Wegelagerern geholt hatte, war an ihren Worten im Grunde nicht zu zweifeln. Und falls sie ihre Taten und Erlebnisse ein wenig ausschmückten, war dies ihren erlebnishungrigen Zuhörern nur recht.

Auch einige Ichtos, die Halbkiemenatmer aus dem Inselreich im östlichen Meer, hatten es gewagt, bei dieser Hitze zum Markttag zu kommen. In ihren riesigen Holzbottichen tummelten sich lebende Fische. In großen Laufrädern trotteten Hunde geduldig und trieben damit die Blasebälge an, die Luft in die Bottiche blies, damit die Fische nicht erstickten. Riesige bunte Sonnensegel überspannten ihre Stände, weit sichtbar über den ganzen Marktplatz. Und wer sie bisher immer noch nicht wahrgenommen hatte, wurde spätestens bei den schrillen Schreien der Ichtos auf sie aufmerksam. Die Halbkiemenatmer wollten schließlich ihre Ware schnell loswerden, bevor sie trotz aller Vorsichtsmaßnahmen das Zeitliche segnete.

Sogar ein einsamer Fasach aus der im Süden gelegenen Großen Wüste saß geduldig neben seinem gewaltigen Murr und bot auf einer Decke getrocknete Früchte und Echsenleder an. Letzteres war insbesondere bei den Schmieden beliebt, denn das Echsenleder aus der Großen Wüste war extrem hitzebeständig und gut geeignet für die Blasebälge, die in den Schmieden die Essen anheizten. Fasziniert betrachtete Kard die riesigen Murrs mit ihrer dicken grauen Haut und ihren kurzen Beinen. Diese Tiere schienen ein anderes Zeitgefühl zu haben. Jedenfalls bewegen sie sich immer sehr langsam.

Doch die meisten Händler kamen aus den weiten Ebenen rund um Conchar und boten alles an, was sich aus Winxgras herstellen ließ. Von geflochtenen Körben bis zu Brot und Schoff. Oder es waren die Bauern von den Tok-Rind-Höfen, die Fell, Fleisch und Käse anboten. Da sie meist abends in ihre nahegelegenen Dörfer und Gehöfte zurückritten, waren sie mit leichten, einachsigen Gespannen angereist. Ihre Tok-Rinder, die ihnen als Zugtiere dienten, lagen wiederkäuend im spärlichen Schatten der Wagen.

An normalen Tagen huschten die Einwohner Conchars wie aufgeregte Hühner zwischen den Ständen umher. Aber bei dieser Hitze schlurften nur einige müde Gestalten herum. Man hörte auch nicht wie sonst die Händler, die in allen Stimmlagen ihre Ware anboten, um sich dabei in einem Wettstreit von Lautstärke und Tonlage die Aufmerksamkeit ihrer Kunden zu sichern. Sogar die Schrille Makrele, niemand konnte penetranter und ohrenbetäubender die Vorzüge frischer Fische anpreisen, hielt ihre Kiemen geschlossen. Nur ein leichtes Sirren war zu hören, es stammte von verzweifelten Insekten, die wie Trauben in den Schattenzipfeln der Marktstände in winzigen Spiralen fortwährend um sich selbst kreisten. Und ein trockener, heißer Wind sang sein langsames, auf- und abschwellendes Lied.

Kard, der tags zuvor seine verzweifelte Beichte bei dem überforderten Priester abgelegt hatte, schlich mit gesenkten Kopf durch diese hypnotisierende Stille. Das Gespräch mit dem Govan, hatte ihn nicht wirklich beruhigt. *Dieses verdammte Minas-Schwert!* Kard wünschte sich nichts mehr, als Schmied zu werden! Aufgenommen zu werden in die Zunft der Schmiede. Er beglückwünschte sich jeden Tag, dass ihn Wallas als Lehrling angenommen hatte. Das war besser gewesen, als in die Grasballmannschaft des Waisenhauses berufen zu werden. Zum ersten Mal im Leben hatte etwas für ihn Sinn ergeben. Das Feuer! Das Metall! Wie er es formte, wie letztendlich zum Beispiel eine Spitzhacke daraus entstand. Kard hatte das Gefühl, etwas gefunden zu haben, was zu ihm passte wie maßgeschneiderte Schuhe. Und dass ein Torak einen Menschenjungen als Lehrling angenommen hatte, war für Kard eine unbeschreibliche Ehre gewesen. Besser noch als eine Einladung der Mathe-Gova zum landesweiten Haragor-Wettkampf der Mathegenies. Kard wollte die Gesellenprüfung ablegen, egal was es kostete. Aber musste es wirklich unbedingt dieses Minas-Schwert sein?

An Kards Gürtel hingen die Schaufelblätter und in der Hand hielt er die Spitzhacken, die er hier anbieten sollte. Er ärgerte sich über Wallas, seinen Meister, der ihn hergeschickt hatte. *Bei diesen Temperaturen kauft doch sowieso niemand etwas.* Die Luft war so heiß, dass man beim Einatmen unwillkürlich innehielt, da jeder Atemzug schmerzte.

Kard mochte Wallas, mehr noch, er war dem Torak unendlich dankbar, dass er ihn damals aus dem Waisenhaus mitgenommen und ihn in die Lehre genommen hatte. Aber dieser störrische alte Torak konnte Fünfe nicht einfach gerade sein lassen. Sicherlich war es immer gut, wenn die Argits im Geldbeuteln klimperten. Aber lohnte sich der Aufwand, den ganzen Tag auf dem Markt herumzulungern, wenn abzusehen war, dass man doch nichts verkaufen würde?

Auch die Priesterinnen im Waisenhaus waren streng gewesen. Aber dort hatte man sich im Zweifelsfall immer mit der Behauptung herausreden können, dass man betete. Nichts war den Priesterinnen lieber als ein gottesfürchtiges Kind. Credna, die Göttin der Liebe, würde es schon richten. Denn liebte sie nicht alles Leben, ob Mensch, Torak oder gar Wahter? Und man konnte zu Goiba, Göttin von Tod, Kälte und Eis, beten, dass sie die Menschen im Winter mit ihrem Todesatem verschonte. Ein kleines Opfer, am besten etwas, was noch kurz zappelte, bevor man sein Blut der Göttin darbot, war ein sicherer Weg, die Gunst Goibas zu erlangen. Beten und opfern waren eine gute Sache! Die Götter würden einen schon erhören, das war schließlich ihre Aufgabe! Leider hielt sein Meister Wallas nicht viel von solchen Opferritualen. Immerhin für Branu gab es einen geheimen Schrein hinter dem Haus. Und ab und zu zündete der Torak sogar ein paar Räucherstäbchen an. Aber beten hatte Kard ihn noch nie gesehen. In die Knie gehen, den Kopf beugen, den Segen der Götter erbitten. Für Kard war dies eine Selbstverständlichkeit. So hatte er es im Waisenhaus gelernt. Und so sollte es doch sein, so war es einfach richtig!

Kard trottete an den Ständen der Bauern vorbei, hob ab und zu seine Schmiedeerzeugnisse in die Luft und warf einen fragenden Blick in die Runde. Doch um ihn herum sah er die Wesen Haragors nur im matten Delirium. Aber dort hinten, war das nicht der Wagen der Gova aus den Drachenbergen? Mit ihr war Kard damals nach Conchar gekommen, als Wallas ihn aus dem Waisenhaus hierher in die Hauptstadt geholt hatte. *Das ist jetzt wirklich schon eine ganze Weile her.* Und die Alte sah von weitem immer noch genauso aus wie damals.

Jetzt hatte sie Kard entdeckt und winkte ihn einladend zu sich. Kard trottete zu seiner alten Bekannten.

»Kard, mein Junge, es scheint so, als ob ich den langen Weg von den Drachenbergen nur gemacht habe, um dich hier zu treffen«, begrüßte ihn die Gova und schenkte Kard das süßeste aller süßen Händlerlächeln und entblößte dabei erstaunlich viele, erstaunlich weiße Zähne.

»Oh, liebe Alte, es scheint mir, als ob nicht Zufall und Geschäft mich diesen Weg nehmen ließ, sondern dass Goiba selbst meine Schritte zu dir lenkte.« Kard schenkte ihr das unschuldigste Lächeln eines sechzehnjährigen Menschenjungen, das jemals sein Antlitz geziert hatte.

»He, he, gut gesprochen, kleiner Waisenjunge. Ich sehe, die große Stadt hat ihre Spuren in dem schüchternen Ding hinterlassen, das einst mit mir hierher kam.« Die Gova schmunzelte und Anerkennung blitzte in ihren Augen auf.

»Was bringst du diesmal mit? Deine üblichen Arzneien? Salben und Tinkturen, mit denen Blinde sehend und Lahme zu wackeren Wanderburschen werden? Oder von den drei göttlichen Schwestern Goiba, Credna und Luchta höchstpersönlich gesegnete Amulette, die dem spendablen Käufer Geduld, Liebe und Reichtum garantieren?«

»Sicher! Ich bringe den Sterblichen die Kräfte, die die Unsterblichen der Natur mitgaben und helfe Ihnen auf dem Weg der Wünsche einige Schritte in die richtige Richtung zu gehen. Aber diesmal, lieber Kard, habe ich, glaube ich, etwas dabei, das wirklich nur für dich bestimmt ist.« Die Alte glitt mit den Fingern suchend durch eine Sammlung von Amuletten, die an der Spitze eines Tok-Rind-Horns baumelten.

»Lass mich raten.« Auch wenn Kard ein gottesfürchtiger Mensch war, waren ihm Amulette immer als sinnloser Tand erschienen, die mehr der Geldbörse der Händler dienten als dem wahren Glauben. »Ein Amulett von Goiba, mit der Kraft des ewigen Eises, gegen Brandblasen und Verbrennungen, was mir in der Schmiede sicherlich sehr nützlich sein könnte? Oder, vielleicht, etwas für die Liebe, du weißt, ich bin schon sechzehn Jahre alt, glaube ich zumindest.«

Kard hatte keine Ahnung, was das mit der Liebe auf sich hatte. Aber in letzter Zeit verhielten sich die Erwachsenen um ihn herum immer seltsam, wenn es um Männer und Frauen und die Liebe ging. Dann fingen die Männer an zu grinsen, schlugen Kard kameradschaftlich auf den Rücken und zwinkerten ihm vielsagend zu. Kard hatte keinen Schimmer, was sie ihm damit sagen wollten.

Die Alte schien endlich gefunden zu haben, was sie gesucht hatte. »Hier, schau! Nimm es.«

Die Gova streckte ihm ihre knorrige Hand entgegen, in dem ein schwarzer, glänzender Stein zu liegen schien. Aber Kard wusste sofort, was es war. Er nahm das Amulett und legte es sich um den Hals. »Ein Drachenzahn«, flüsterte er ehrfurchtsvoll. Ein Drachenzahn war etwas anderes als die üblichen Amulette. Das war nicht irgendein Stein, auf den die Gova gespuckt hatte, um ihn mit göttlicher Magie aufzuladen.

»He, he, schlauer Junge. Und ein echter dazu! Obwohl ja viele behaupten, es gäbe keine echten Drachenzähne, da es ja auch nie Drachen gegeben habe. Aber du und ich wissen es besser, oder Kard? Ein echter Drachenzahn! Für Kard, dem Waisenkind aus den Drachenbergen. Das passt doch, oder? He. he.« Die Alte schaute zufrieden auf Kard, der mit offenem Mund und völlig erstarrt dastand.

Das Amulett hatte eine seltsame Wirkung auf Kard. Im allerersten Augenblick, als der Zahn sein Brustbein berührte, schien sich ein Graben aus Raum und Zeit aufzutun. Vulkane, Magma, Feuer brachen daraus hervor, aber nur Bruchteile von Sekunden später brach alles in sich zusammen und hinterließ eine schwarze Stille, die nun beruhigend in seinem Inneren pulsierte.

»Der ist doch bestimmt nicht echt«, stammelte Kard automatisch. »Es gibt ja gar keine Drachen.«

»Nein, nein, es gibt keine Drachen und das ist natürlich nur der Zahn eins Schwarzen Hais. Und wenn du ihn behalten willst, und ich nehme an, dass du keine Münzen bei dir hast, könntest du mir dafür zwei, oder sagen wir doch lieber drei, deiner Schaufelblätter geben. Die kann ich, wenn ich wieder in den Norden fahre, leicht an den Mann bringen. Also, einverstanden?«

Die Gova lächelte breit, die Falten in ihren Augenwinkeln tanzten, und Kard löste, ohne ein Wort zu sagen, die Schaufelblätter von seinem Gürtel. *Wallas wird mich umbringen.* Drei Schaufelblätter für ein Amulett. Aber er würde es schon irgendwie abarbeiten können. Oder hatte die Alte ihn gerade verhext?

*

In der Schmiede von Wallas war die Schlacke in den Essen ausgekühlt. Selbst für einen hartgesottenen Torak und erst recht für Kard, seinem Lehrling und Ziehsohn, war es tagsüber zu heiß, um auch noch den brodelnden Temperaturen der Kohlen ausgeliefert zu sein. Wie in allen Torakschmieden herrschte auch in der von Wallas üblicherweise eine derartige Höllenhitze, dass es kein normaler Mensch dort aushielt. Aber Kard war kein normaler Mensch. Er steckte die Hitze gut weg. Da den Toraks im allgemeinen Hitze wenig ausmachte, behaupteten manche Menschen, dass sie nicht nur Geschöpfe Branus, der auch Gott des Feuers war, seien, sondern dass das gelbe Blut in ihren Adern wie die Lava des Heiligen Vulkans Branubrabat sei. Das war natürlich Unsinn, aber es konnte nicht schaden, wenn die Menschen ein wenig Respekt vor ihnen, den tumben Toraks, hatten.

Wallas seufzte. Einst ist sein Volk frei gewesen und ist ungehindert über die Steppen Haragors gewandert. Mit ihren Tok-Rind-Herden sind sie durch die Weite gezogen und sind dem Lauf der Jahreszeiten gefolgt. Sie sind es gewohnt gewesen, auch in der größten Hitze ihre Tiere zu den verborgenen Quellen zu führen. Oder während des Winters den peitschenden Atem Charus, dem Zerstörer und Gott des Windes, ausgeliefert zu sein. Die Toraks sind geduldig gewesen. Langsam. Wachsam. Einige von ihnen sind damals sogar gute Jäger gewesen, sie haben die Faols zur Strecke gebracht, die sich im Frühjahr die Kälber holen wollten. Und in den Vulkanhöhlen der Drachenberge hatten die Toraks das Schmieden gelernt.

Damals haben die Menschen ihre Dörfer bewohnt und nur die fruchtbaren Täler besiedelt. Im Winter haben sie vor ihren warmen Öfen gesessen und zu Goiba gebetet, dass sie sie mit ihrer tödlichen Kälte verschonen solle. Die Toraks haben ihnen das Fleisch und Fell ihrer Tok-Rinder geliefert, aber auch die groben Werkzeuge wie Pflugscharen und Spitzhacken. Die Menschen sind Kleinbauern und geschickte Handwerker gewesen. Sie haben Obst und Rüben, aber auch Schmuck und Pfeilspitzen mit den Toraks getauscht. Doch irgendwann sind es immer mehr Menschen geworden. Ihre fruchtbaren Täler wurden zu eng. Sie begannen die kargen Böden der Ebene mit Winxgras zu bestellen, das nur einen mageren Ertrag brachte, aber das einzige Getreide war, das man hier anbauen konnte. Zugegebenermaßen verstanden die Menschen es, ein hervorragendes Schoff aus dem Winxgras zu brauen. Aber je mehr Winxgras sich über die Ebenen erstreckte, desto enger war es für die Tok-Rind-Herden der Toraks geworden. Heutzutage konnten die Toraks ihr nomadisches Leben nur noch an den äußersten Rändern der Ebene fortführen, von den Ausläufern der Drachenberge im Norden bis zu den Grenzen der Großen Wüste im Süden. Und viele Toraks waren inzwischen in die Dienste der Menschen getreten. Oft für die körperlich schweren Arbeiten auf dem Feld oder auch auf den Höfen, in denen die Menschen nun ihre eigenen Tok-Rinder eingepfercht hatten.

Von Anfang an haben sich die Menschen den Toraks überlegen gefühlt. Die Toraks, die es gewohnt waren, sich den Launen der Natur zu beugen, haben es mit sich geschehen lassen. Aber auch wenn die Menschen mit ihren kleinen, flinken Händen vielleicht die besseren Handwerker waren, hieß das noch lange nicht, dass sie auch schlauer waren. Die besseren Schmiede waren die kräftigen und hitzeresistenten Toraks schon immer gewesen. Aber das Gleichgewicht zwischen den ehemaligen Nomaden und den Talbewohnern hatte sich im Lauf der Generationen zugunsten der Menschen verschoben. Aus Hochmut wurde Verachtung, aus Demut Angst. Für Wallas und einige andere war diese Situation inzwischen unerträglich geworden.

Als Kard vom Markt zurückkehrte, wirkte er fröhlich, aber gleichzeitig verwirrt. Madad, sein bester Freund, ein Cu, wedelte mit dem Schwanz und tanzte dabei auf allen Vieren.

»Yo, Kard, du siehst aus, als ob du mit dem Kopf gegen die Wand gelaufen bist. Hast du einen Hitzschlag oder was ist los?«

Kard schien die Worte Madads zu hören, aber sie gingen durch ihn hindurch, ohne dass er sie wirklich registrierte. Madad schaute seinen Freund auffordernd an, aber Kard schien nicht in der Stimmung, mit dem Cu zu spielen. Und offensichtlich versuchte er auch Wallas aus dem Weg zu gehen. Hätte er noch die Schulbank gedrückt, hätte Wallas vermutet, dass er gerade eine schlechte Note kassiert hatte. Oder dass er wegen irgendeinem Unsinn zur Obersten Gova geladen worden war. Kard tänzelte zwischen den Ambossen und Werkbänken umher, als ob er nachsehen wolle, ob seit seinem Aufbruch heute Morgen noch alle Werkzeuge und Metallteile vorhanden waren. Er hatte nach einer kurzen Begrüßung jeden Blickkontakt mit Wallas vermieden.

»Wie war es auf dem Markt?« Der Torak saß auf einem Schemel in der Ecke, den Blick auf eine Messerschneide gerichtet, die er gerade polierte.

»Oh, nicht viel los. Die Hitze. Die Leute bleiben lieber zu Hause. Waren auch nur wenige Händler da.« Kard blickte zwar in Richtung von Wallas, hatte aber mehr mit der Wand hinter dessen Rücken gesprochen.

»Und?«

»Und, was?«

»Konntest du trotzdem ein paar unserer Sachen verkaufen?« Wallas hatte aufgehört, das Messer zu polieren und schien nun das Ergebnis seiner Arbeit zu prüfen.

»Äh, nun ja…« Kard kratzte seine flaumigen Bartstoppeln unter seinem rechten Ohr. »Weißt du, die Alte aus den Drachenbergen war auch da. Du weißt schon, die, die damals dabei war, als du mich aus dem Waisenhaus mitgenommen hast.«

»Die Gova, ich weiß schon, wen du meinst.« Wallas hatte inzwischen seinen mächtigen Schädel gehoben und schaute Kard neugierig an.

Kard zog eine Grimasse, hielt die Luft an, wackelte mit dem Kopf und versuchte dem Blick von Wallas auszuweichen. »Na, ja, ich glaube, sie hat mich verhext. Sie hatte dieses Amulett, weißt du. Sie hat behauptet, es wäre ein echter Drachenzahn. Aber das kann ja gar nicht sein, es gab ja nie Drachen, oder? Wie auch immer. Plötzlich hatte ich dieses Ding hier um den Hals und sie hatte drei unserer Schaufelblätter. Ich werde sie dir irgendwie bezahlen. Ich wollte es nicht, aber irgendwie ist es geschehen. Tut mir leid.«

Wallas sagte erstmal nichts und schaute Kard ernst aber nicht ärgerlich an. »Ein Drachenzahn, sagst du?«

»Ja, so ein Stein, der aussieht wie ein Zahn und sie hat behauptet, es wäre ein Drachenzahn. Jetzt komme ich mir schon irgendwie dämlich vor.«

»Dann geh doch zurück, sag ihr einen schönen Gruß von Wallas, dem Schmied, gib das Amulett zurück und hol dir die Schaufelblätter wieder.«

»Äh, nein…« Kard hatte den Blick wieder gesenkt. Sein Oberkörper wirkte angespannt. Er tänzelte auf den Fußballen. »Weißt du, Wallas, das Komische ist, jetzt möchte ich das Amulett schon behalten, ob Drachenzahn oder nicht, aber, wie soll ich sagen, ich habe schon das Gefühl, das es zu mir passt. Vielleicht ist es ja auch ihre Hexerei, keine Ahnung. Aber sicherlich, da glaube ich ihr schon, kommt es aus den Drachenbergen, du weißt schon, da komme ich ja auch irgendwie her, nur das ich nicht genau weiß, wer meinen Eltern waren, irgendwie…«

»Darf ich es mal sehen?« Wallas musterte den Jungen forschend.

»Ja, klar, hier schau.« Kard nahm das Amulett von seinem Hals und ließ es in die mächtige Handfläche des Toraks gleiten.

»Ein Drachenzahn soll das also sein? Sieht für mich fast aus wie Minas-Erz mit diesem bläulichen Schimmer.« Dann warf Wallas das Amulett mit einem gezielten Wurf direkt in eine der Essen, in denen unter der erkalteten Oberfläche immer noch die Kohlen glühten. Kard gab ein dumpfes Knurren von sich, sprang mit einem riesigen Schritt hinterher und hätte beinahe mit bloßen Händen danach gegriffen. Gerade rechtzeitig erinnerte er sich offensichtlich, dass es ratsam war, hier doch eine Zange zu benutzen. Geschwind packte er das Amulett, das Lederband war längst verbrannt, und hievte es aus der Glut. Dann stand plötzlich Wallas hinter ihm und beide betrachteten den schwarzen Zahn, den Kard völlig unverändert aus der Schlacke gezogen hatte.

»Überlege dir irgendwas, wie du die Schaufelblätter ersetzen kannst«, brummte Wallas und verschwand dann ohne weitere Worte nach draußen. Die meisten Metalle veränderten wenigstens die Farbe, wenn sie einige Sekunden der Hitze glühender Kohlen ausgesetzt waren. Wenn etwas diese Hitze ohne irgendwelche Anzeichen überstand, war dies meist ein untrügliches Zeichen dafür, dass Zauberei im Spiel war. Wallas sollte es wissen, er war nicht ganz unerfahren in den Fragen der Magie.

Inzwischen wurde es langsam Abend und die Sonnenscheibe würde bald hinter dem Horizont verschwunden sein. Wallas verabschiedete seinen Gott und wartete geduldig darauf, dass Goiba die Herrschaft über die Welt übernahm.

Drachen, dachte Wallas, während er draußen vor der Schmiede in den sich verdunkelnden Himmel schaute. Die waren schon vor vielen Jahrzehnten aus diesem verfluchten Land verschwunden. Inzwischen erzählten nur noch die alten Sagen von diesen Tagen. Früher, vor der Großen Schlacht, in der Alten Stadt am Fuß der Drachenberge, hatten einst die Drachenkönige regiert, ein schwarzer Drachen auf rotem Grund war ihr Banner gewesen. Bis Flanakan kam. Mit den Oguls. Magische Giganten aus den Tiefen der Berge, die er sich mithilfe der mächtigen Tsarr dienstbar gemacht hatte. Er konnte sich noch gut daran erinnern, er, Wallas, einst Wafenschmied unter dem letzten Drachenkönig. Jetzt herrschte Flanakan mit eiserner Hand über Haragor, unbarmherzig, grausam, machtbesessen. Und die Toraks waren für ihn Lebewesen zweiter Klasse. Eine Wache zögerte nicht lange, wenn ein Torak wagte, Widerworte zu geben. Ein toter Torak war eine Aufgabe für die Abdecker, mehr nicht. Es wurde Zeit, den Wachen ihre Grenzen aufzuzeigen.

*

Kard hatte sich nach dem anstrengenden Markttag auf seine Pritsche im Keller der Schmiede gelegt und war eingeschlafen. Als er jetzt wach wurde, spürte er, dass die Sonne gerade unterging. Dass er den Lauf der Sonne wahrnehmen konnte, auch wenn er sie nicht mit den Augen sah, war nicht neu. Neu war aber dieses dunkle kalte Pochen auf seinem Brustbein, das seine Sinne zu schärfen, sein Bewusstsein klarer zu machen schien. Er reckte sich, schüttelte seine schwarzen Locken und hievte seine schmalen aber kräftigen Beine über den Rand der Pritsche. Obwohl es im Keller der Schmiede stockfinster war, konnte er vor seinem inneren Auge die Sonne sehen, wie sie weit im Westen von den Wolken verschluckt wurde.

Wallas hatte ihm angekündigt, dass sie in dieser Nacht sein Gesellenstück anfertigen würden. Trotz aller Bedenken empfand Kard dies letztendlich als große Ehre. Er wusste, dass er inzwischen alle Geheimnisse und Tricks des Schmiedehandwerks beherrschte. Aber nie hatte er einen Gedanken daran verschwendet, dass Wallas, der Schmied, einer der renommiertesten Handwerker seine Zunft, ihn eines Tages zum Gesellen berufen würde. Schon allein die Tatsache, dass er in der Werkstatt eines Toraks eine Ausbildung machte, hatte ihn mit unbändigen Stolz erfüllt. *Ein Mensch in der Schmiede eines Toraks, so etwas hat es noch nie gegeben.* Aber das Feuer war schon immer sein Element gewesen. Wenn die schwarzen Köhler gekommen waren, um die rußigen Brocken in den Keller des Waisenhauses zu schaufeln, in dem er aufgewachsen war, war er stets von einer seltsamen Unruhe befallen worden. Und wenn dann mit den neuen Kohlen das erste Feuer des Winters angefacht worden war, hatte er keine Angst gehabt. Das Feuer war sein Freund, beschützte ihn. Und verletzte ihn nicht. Nie hatte er sich Brandwunden geholte, wenn er half, die riesigen Öfen anzuheizen, die in der kalten Jahreszeit das Waisenhaus auf halbwegs erträgliche Temperaturen erwärmten. Die anderen Kinder dagegen zeigten den Govas ihre Wunden, die sie sich holten, wenn sie ihren Dienst an den Öfen verrichteten. Oder sie brachen erschöpft zusammen, weil die unerträglichen Temperaturen im Heizungskeller ihnen alles Wasser aus dem Körper gesogen hatte. Bei Kard war es das Gegenteil. Die Hitze stärkte ihn, machte ihn mutig. Und eines Tages war dann Wallas aufgetaucht, auf der Suche nach einem Lehrling. Schon etwas seltsam, dass der Torak den weiten Weg von Conchar bis in dieses abgelegene Waisenhaus zurückgelegt hatte, um einen Menschen zu finden, der bei einem Torak-Schmied in die

Lehre gehen wollte. Genauso gut hätte man auf der Suche nach Gold irgendeinen Pflasterstein in Conchar hochheben können. Oder hatte die alte Gova, mit der der Torak im Waisenhaus aufgetaucht war, ihre magischen Finger mit im Spiel gehabt? Aber Kard war es egal gewesen. Weg vom Waisenhaus, weg aus diesem einsamen Wald und auf nach Conchar in eine Welt, die vom Feuer regiert wurde. Kard musste nicht einen Moment überlegen, als die Oberste Gova des Waisenhauses ihn fragte, ob er mit diesem riesigen, fremden Torak mitgehen wolle.

Bevor er an diesem Abend nach oben in die Schmiede ging, nahm Kard den Schöpflöffel aus dem hölzernen Wasserbottich und nahm einen großen Schluck. An den Essen verdampfte das Wasser zu schnell, deswegen wurde es hier unten im Keller gelagert. Es schmeckte schal, der letzte Regen war vor Wochen gefallen. Aber der Sommer war jetzt auf seinem Höhepunkt, in wenigen Wochen würden die Herbststürme über Conchar fegen und dunkle Wolken mitbringen. Bis dahin mussten sie auf frisches Wasser warten. Und das brackige, schlammige Flussbrühe trinken.

Wallas wartete bereits auf ihn. Er schien erschöpft, die Augen des Toraks lagen etwas tiefer in den Höhlen als sonst. Kein Wunder bei dieser Hitze tagsüber, die selbst einem Torak langsam zu viel werden konnte. Obwohl Kard die Augen in den über vier Zentnern Muskelmasse und in weit über drei Cas, also drei Beinlängen Höhe, sowieso kaum ausmachen konnte. Manchmal wäre eines dieser geschliffenen Gläser, die die Wache benutzten, um die Ebenen hinter den Stadtmauern auszukundschaften, ganz hilfreich, dachte Kard. Dann könnte er sich sein Minenspiel mal genauer ansehen und wüsste vielleicht, was in diesem dicken Kopf vor sich ging.

Aber Wallas lächelte. *Das ist doch schon mal ein gutes Zeichen!* Denn das kam bei diesem mürrischen Torak nicht oft vor.

»Nachdem Flanakan vor vielen Jahrzehnten die Große Schlacht gewonnen hatte, verbot er allen das Führen von Waffen, wie du weißt«, begann Wallas.

Kard nickte. *Ah, eine feierliche Rede!* Das gehörte wohl dazu, wenn man in den Gesellenstand erhoben werden sollte.

»Aber schon immer war das Gesellenstück des Schmiedes ein eigenes Schwert! Und das lassen wir uns von niemandem verbieten, auch nicht von einem Flanakan.«

»Aber vielleicht ist ein Gesellenstück ja gar keine richtige Waffe!« Kard sah Wallas hoffnungsvoll an. »Vielleicht gibt es ja eine Ausnahmegenehmigung? Man könnte mal im Großen Archiv nachschauen.«

Kard wäre gerne auf der sicheren Seite gewesen.

Wallas blieb ganz ruhig. »Ein Schwert ist ein Schwert ist ein Schwert ist ein Schwert.«

»Wir könnten den Obersten Verwalter fragen…«

Der Junge wusste selbst, dass dies kein gangbarer Weg war. Auch wenn sich hartnäckig das Gerücht hielt, dass im Archiv von Conchar alle Verträge, Aufzeichnungen und Steuerzahlungen aufbewahrt wurden, selbst aus der Zeit vor der Großen Schlacht. Leider nur, um in den inszenierten Gerichtsverhandlungen dem staatlichen Ankläger die passenden Beweisstücke zu liefern. Der Oberste Verwalter würde einen Teufel tun und irgendein Schriftstück hervorholen, wenn es nicht zum Vorteil von Flanakan wäre.

Der alte Schmied schüttelte nur schweigend den Kopf und sah Kard ernst ins Gesicht. »Einst waren die Toraks gute Krieger, Kard, das wusstest du wahrscheinlich nicht, oder?«

Kard schüttelte erstaunt den Kopf. *Die Toraks - Krieger?* Die Toraks erledigten in Haragor meist schwere körperliche

Arbeit. Sie schufteten im Steinbruch, als Lastenträger, manche wie Zugtiere auf dem Feld, einige wenige als Schmiede, ein paar als Köche. Und einige arbeiteten bei den Schergen, denn sie konnten recht imposant auftreten, wenn sie grimmig wurden. Aber Krieger?

»Und wie es das Schicksal so will«, Wallas sah Kard mit ernster Miene an, »haben wir hier sogar ein paar Erzbrocken Minas.« Wallas hob ein Tuch hoch und die erstaunten Augen von Kard sahen das blau schimmernde Erz. Er schluckte. *Das ist also Minas-Erz!*

»Kard, du weißt nun alles über das Schmiedehandwerk. Du kannst Spitzhacken und Gartenzäune, Messer und Pflugscharen, Hufeisen und Türscharniere anfertigen. Selbst das Gießen der großen Schlüssel unserer Stadttore hast du gelernt. Du bist der beste menschliche Schmied, den ich je gesehen habe. Ich kann dir nur noch eines beibringen. Das Schmieden von Minas-Stahl. Dies soll dein Gesellenstück werden. Für ein kleines Menschenschwert wird es gerade reichen. Du musst vorsichtig sein, sparsam, du wirst jedes Gramm brauchen.«

Kard bekam weiche Knie. *Ein eigenes Minas-Schwert? Was werden die Schergen dazu sagen, wenn es herauskommt?* Er sah Wallas sprachlos und ängstlich an.

»Dein Gesellenstück, Kard, ist nicht einfach nur ein Schwert, das weißt du, oder?«

Kard nickte. Er fühlte sich klein und unbedeutend und hätte gerne gehabt, dass die Götter ihm irgendein eindeutiges Zeichen senden würden.

»Kard, es ist deine Entscheidung. Ein Schwert muss es sein, so sind unsere Zunftregeln. Wir sind stolz darauf, dass wir diese Kunst beherrschen. Gerade in diesen Zeiten.«

Kard atmete tief ein. »Aber würde ein normales Schwert nicht vollkommen ausreichen? Muss es gleich ein Minas-Schwert sein?«

Wallas wiegte den Kopf. »Du hast recht, das Gesellenstück muss nicht aus Minas bestehen. Ein normales Schwert würde ausreichen. Aber die Kunst, aus Minas-Erz ein Schwert zu schmieden, aus dem heiligen Erz von Branu, dem Schöpfer, ist der Gipfel unseres Könnens.«

Kard schluckte erneut. Er wusste, dass dies eine große Ehre war. Und er freute sich über das Vertrauen, dass Wallas ihm entgegenbrachte. *Aber ist das erlaubt? Ist das rechtens?* Er wollte nicht im Kerker der Schwarzen Burg landen. »Aber genau das ist es auch, was verboten ist, oder Wallas?«

Wallas lachte laut. »Jetzt sieh dir dieses Menschlein an. Zittern deine Knie?«

Beschämt sah Kard hoch. Aber Wallas schien nicht enttäuscht oder böse, er schien eher neugierig zu sein. Wie würde das Menschlein sich wohl jetzt verhalten, schienen seine Augen zu fragen. Aber Kard hatte sich schon entschieden. Auch wenn es ihm gerade speiübel war, gab ihm das Amulett auf seinem Brustbein Kraft. Er fühlte die Kraft der Flammen. Ein Minas-Schwert passte zu ihm wie das Feuer selbst. Das spürte er. Seine Zähne klapperten, als er sprach: »Wallas, danke, ich weiß nicht was ich sagen soll. Es ist eine große Ehre. Ich bin bereit.«

»Ich wusste, dass ich auf dich zählen kann«, donnerte Wallas und seine gewaltige Pranke klatschte derart auf Kards Rücken, dass er erstmal ein gutes Stück in die Knie ging. »Dann lass uns gleich anfangen, heiz die große Esse an, es wird eine lange Nacht!«

Kards schwarze Locken klebten unter dem Tuch, das seinen Kopf bedeckte. Er schwitzte wie noch nie in seinem Leben. Der Schweiß lief unter der Lederschürze seinen schmalen, sehnigen Körper hinunter und sammelte sich in den schweren Stiefeln. Im Kiefernholzfeuer lagen besondere Mineralien, die für eine außergewöhnliche Hitze sorgten. Nie hatte Kard derartige Temperaturen kennengelernt.

Wallas zeigte dem angehenden Gesellen nun die größten Geheimnisse der Schmiedekunst. Obwohl Kard immer sorgfältig bei der Arbeit gewesen war, verrichtete er sie diesmal mit einer neuen Ernsthaftigkeit, einer konzentrierten Innerlichkeit, als ob sein Geist direkt in den Schmiedeprozess eingreifen würde.

Stundenlang hatten sie das Erz immer und immer wieder den Feuern ausgesetzt, der Minas-Stahl hatte inzwischen die erforderliche Reinheit, gegen Mitternacht hatte er unter den wachsamen Augen von Wallas den eisernen Kern eingefügt. Endlich, kurz vor Sonnenaufgang, hatte Kard die Klinge in die endgültige Form gefaltet. Wallas half ihm, auch die Parierstange anzufertigen und den Griff mit Echsenleder zu umwickeln. Kard setzte alles zusammen, vorsichtig verlieh er der Klinge am Wetzstein den letzten Schliff. Als die Sonne aufging, zündete Wallas Räucherstäbchen im Schrein Branus an. Es war ein feierlicher Moment.

Dann standen sie gemeinsam vor der Schmiede, Kard hielt sein neues Schwert hoch in die Luft und Branu, der Schöpfer, strich mit den Stahlen der Sonne über die Klinge und gab ihr seinen Segen.

Das Minas-Schwert war fertig. Kard betrachtete stolz sein Gesellenstück. Und auch Wallas war wohl ganz zufrieden. Er nickte zustimmend und schlug Kard auf die Schulter.

»Ein gutes Schwert, Kard. Probier es aus.«

Wallas zeigte ihm die Grundregeln des Schwertkampfs. Ausfallschritt, Parade, Ausweichen. Gegen eine normale Wache würde Kard, wenn er ein wenig trainierte, so vielleicht ein paar Minuten bestehen können. Bis er weglaufen konnte. Denn Kard hatte ganz sicher nicht vor, dieses Schwert jemals wirklich zu benutzen. Es war das Gesellenstück eines Schmiedes. Mehr nicht. Obwohl Kard den Verdacht bekam, dass Wallas ihn zu einem Kämpfer ausbilden wollte. *Was für ein Unsinn. Das kann ja nicht sein.* Wahrscheinlich gehörte es einfach zum Zunftbrauch, mit seinem Gesellenstück auch ein wenig umgehen zu können, bevor es als Dekor über dem Kamin landete.

»Fettes Teil, für ein Menschenschwert«, bellte Madad, der sich inzwischen zu ihnen gesellt hatte. »Da sollen die Banditen mal kommen. Ich beiße ihnen in den Hintern und du haust ihnen eins über die Rübe.«

»Wenn ich einen Banditen sehe, lieber Madad, dann gebe ich den Pferden die Sporen und reite schneller als der Wind. Mit dieser Technik konnte ich bisher alle Pflugscharen an ihre Besitzer ausliefern.«

»Diesmal wird es aber keine Pflugschar, Kard«, unterbrach Wallas das freundschaftliche Geplänkel. »Das Minas-Schwert ist noch nicht ganz fertig.«

Verdutzt sah Kard seinen Meister an. Was sollte noch fehlen? Eine Verzierung am Knauf? Eine Änderung an der Parierstange? Die Klinge war doch perfekt!

»Ein Minas-Schwert wird erst ein Minas-Schwert, wenn es durch Branu, dem Schöpfer, gesegnet wird. Ein normales Schwert kann man von einem Govan segnen lassen, der die Magie Branus in das Metall fließen lässt. Aber ein Minas-Schwert erhält seine Magie durch den heiligen Urin eines

Onchus, dem Wächter der heiligen Stätte, dem Boten der Götter. Dein Gesellenstück ist beendet, Kard. Du bist jetzt ein Schmied. Was jetzt vor dir liegt, wenn du bereit bist, diesen Weg zu gehen, ist deine Meisterprüfung. Und dein Meisterstück ist nicht etwa ein anderes Schwert oder irgend ein anderes Kunstwerk unserer Schmiedekunst. Es ist der Bund mit den Göttern.«

Bund mit den Göttern? Heiliger Urin? Was soll das alles sein? Um was geht es hier eigentlich?

Kard sah Wallas fragend an. Der entgegnete seinen Blick und Kard entdeckte in den gelben Pupillen, die er jetzt deutlich sah wie niemals zuvor, eine versteckte Unruhe, die er nicht zu deuten wusste.

»Geweihte Minas-Schwerter waren die Waffen der Drachenkönige, Kard. Ein geweihtes Minas-Schwert ist nicht einfach nur das Meisterstück eines Schmiedes. Es ist viel mehr. Und, ich sage es dir gleich, denn ich weiß, dass es dir nicht schmecken wird. Es wird den Wachen nicht gefallen, ganz und gar nicht. Es wird dem Herrscher selbst nicht gefallen. Ein geweihtes Minas-Schwert ist eine gewaltige magische Waffe. An der sich allerdings Branu, der Schöpfer, erfreuen wird.«

Es wird dem Herrscher nicht gefallen? Ist Wallas von allen Göttern verlassen? Auf keinen Fall wollte Kard ins Visier von Flanakan kommen. Die Wachen des Herrschers hatten kein Erbarmen. Aber noch schlimmer waren die Schergen, die Geheimpolizei, die in jedem Winkel des Reiches ihre Spitzel hatte. Also, er würde dieses Schwert jetzt in die Ecke stellen und ein wenig durch die Straßen von Conchar laufen, um wieder einen kühlen Kopf zu bekommen.

Aber das Schwert klebte an seiner Hand. Er betrachtete das bläulich schimmernde Metall und fühlte, wie er eins mit der Waffe wurde. Das Schwert gehörte zu ihm wie das Feuer, das wusste er jetzt. Und er wusste, dass diese Waffe noch nicht fertig war. Es fehlte etwas. Eine Leere, die gefüllt werden wollte. *Und letztendlich ist es auch ein Dienst an Branu, oder? Das hat Wallas gesagt!* Branu oder Flanakan, Gott oder Herrscher, wem sollte er dienen?

»Dieses Schwert soll mein Schicksal sein, Wallas.« Die Worte kamen ganz alleine aus seinem Mund. Am liebsten hätte Kard sie wieder eingefangen und zurück in den Hals gesteckt. War er denn verrückt geworden?

Der Torak aber schien erleichtert, er atmete tief ein.

»Aber was hat es mit diesem Onchu auf sich?« Wieder schien sich ein Teil seiner Persönlichkeit verselbständigt zu haben. Natürlich war das alles sehr spannend und Kard interessierte es wirklich, wieso man ein Minas-Schwert in Onchu-Urin tauchen sollte. *Aber sollte ich nicht lieber in den Himmel schauen und den Wolkentieren lustige Namen geben?* Das Schwert könnte man schön an die Wand hängen und morgen würde er wieder ein paar Spitzhacken anfertigen.

Kard kannte die Legenden über die Onchus. Die Götter, die einst das Land erschaffen hatten, die die Elemente ins Leben gerufen und Leben und Tod für alle Lebewesen unter der Sonne verteilt hatten, hatten als Wächter ihrer heiligen Stätten die Onchus zurückgelassen. Magischen Hunde, größer als ein Torak. So sagten die Legenden. *Aber mal im Ernst, das sind doch Märchen, oder?*

»Klingt komisch, das mit dem Onchu, ich weiß.« Wallas grinste den Jungen an.

»Yo, cool, ein Onchu. Mama hat von ihnen erzählt. Wir sind irgendwie verwandt. Die können auch sprechen. Sogar mit den Göttern, ziemlich abgefahren.« Madad wirkte ein wenig aufgeregt.

»Aber das sind doch nur Legenden, Wallas. Onchus gibt es nicht, das sind Sagengestalten.«

»Da irrst du dich, Kard. Die Onchus existieren. So wie die Götter. Und ich kann dir sagen, wo du einen dieser göttlichen Wesen finden wirst. Madad wird dich begleiten.«

Begleiten? Wohin? Von was redet Wallas da gerade?

»Genau, wir sind nämlich Nachfahren der Onchus. Irgendein Uropa war wohl mal einer von denen. Sagt Mama. Außerdem sind wir die besten Pfadfinder, Spürhunde, Fährtenleser von ganz Haragor. Sagt Mama«, kläffte Madad stolz.

»Kommt mit, ich zeichne euch eine Karte in die Asche. Die müsst ihr euch merken. Und morgen geht es los Richtung Norden. Ihr müsst tief hinein in den Drachenwald.«

Kard stöhnte. *Losgehen? Was hat das alles zu bedeuten? Schon morgen? Onchus, Drachenwald, Schergen?* Nein, das war nicht seine Welt. Er wollte lieber ein netter kleiner Schmied sein und ein paar Werkzeuge für die Bauern fertigen. Auch mal ein Messer und wenn es sein musste ein Schwert. Aber das alles hier in Conchar. In der Schmiede. Beim Feuer. Nicht irgendwo da draußen. Weit weg von allem, was er kannte und wo er sich sicher fühlte. Es würgte ihn, die Knie zitterten, alles in ihm schrie Nein. Aber ein anderer Teil von ihm verhinderte, dass er laut losheulte und folgte diesem seltsamen Torak zur Asche und staunte, als in dem grauen Mehl eine Karte entstand, mit der er eine Heilige Stätte Branus, dem Schöpfergott, finden sollte. Weit weg, dort draußen im Drachenwald.

Die Schwarze Burg

An der Mündung, in der der Fluss Klyr aus dem Höhlengebirge von Schtalyr kommend, in die Klatsch, den größten Strom von Haragor, sich ergoss, hatten die Wasser in den Jahrmillionen, seit Branu sie auf die Erde geworfen hatte, einen Felsen freigelegt, der nun hoch über die Flüsse empor ragte. Dort oben thronte die Schwarze Burg und schaute über die Häuser, Brücken und Straßen der Hauptstadt. Errichtet aus Gestein, das so schwarz war, dass selbst eine sternenlose Nacht um sie herum wie ein warmer Mantel leuchtete. Manche behaupteten, dass Goiba selbst dem Nichts eine Form geben wollte und so diese Steine entstanden waren.

An die Burg schlossen sich am westlichen Ufer der Klatsch und am südlichen Ufer der Klyr die Stadtmauern von Conchar an. Feinde, die die Stadtmauern abwehren könnten, gab es nicht mehr. Die Drachenkönige, einst Herren der Drachenberge hoch oben im Norden und für lange Zeit auch von ganz Haragor, waren längst besiegt. Die Königin der Ichtos, Herrin der Meere, war eine ergebene Vasallin des Herrschers und hatte sich tief in ihr nasses Reich zurückgezogen. Und alle Wesen der Ebene, von den Fürsten der Torak-Nomaden bis zu den Khans der Reitervölker der Großen Wüste hatten dem Einem, Flanakan, dem Großen, den Treueschwur mit ihrem Blut geleistet. So diente die Stadtmauer vielleicht doch eher dazu, den reichen Bewohnern der Hauptstadt das sichere Gefühl zu geben, dass nachts kein Gesindel aus den Dörfern hereinkam.

Auf dem Hof der Schwarzen Burg, weit sichtbar über die Burgmauern hinaus, thronten die Galgen. Ein riesiger Galgen für die massigen Toraks, ein etwas kleinerer Galgen für die Menschen und ähnliche Wesen. Es gab sie nämlich noch – Gesetzlose, Unverbesserliche, Aufständische, die den Frieden, den Flankan dem Land gebracht hatte, nicht zu schätzen wussten. Die Schergen spürten sie auf und brachten sie auf die Burg. Was dort mit ihnen geschah, wusste keiner genau. Aber lebend hatte noch keiner, der von den Schergen aufgegriffen worden war, die Burg wieder verlassen.

Laoch, der Oberste der Schergen, erster Beschützer von Flanakan, dem Großen, schloss hinter sich leise die Tür, die zum Audienzsaal des Allmächtigen führte und trat hinaus auf den Gang. Anfang des Monats musste Laoch dem Herrscher immer Bericht über mögliche Umtriebe und Aufstände in seinem doch nicht gerade kleinem Reich erstatten.

Laoch nestelte am Kragen seiner Uniform herum, in der Gegenwart des Herrschers wurde es selbst ihm etwas eng an der Kehle. Daraufhin strich er mechanisch nicht vorhandene Falten glatt, atmetet ruhig ein und aus und ging dann entschlossen den Gang entlang. Er war groß und blond, dabei eher schmal gebaut. Seine Gesichtszüge, die von einer ansehnlichen Hakennase dominiert wurden, waren hager und kantig. Man konnte sich nicht vorstellen, dass er jemals lachte.

Als Laoch an der Küche vorbeikam, einem Ort, in dem die Betriebsamkeit eines Bienenstocks herrschte, erstarrte für den Bruchteil eines Augenblicks alle Bewegung. Suppenlöffel blieben in der festen Masse bewegungsloser Flüssigkeit stecken. Dampfschwaden stoppten ihren Flug zum Abzug. Mäuse fixierten still mit aufgerissenen Kiefern verschimmelte

Käserinden. Die Torak-Köche vergaßen das Atmen. Solche Augenblicke liebte Laoch. Die Angst. Vor ihm. Dem Obersten der Schergen. Er lächelte, während sein Blick über das eingefrorene Leben glitt, holte eine imaginäre Peitsche heraus und ließ sie über den Köpfen tanzen. Die Gerte seiner Allmacht schnalzte und schon ging das Leben weiter. Menschen und Toraks atmeten wieder und die Elemente folgten wieder den Gesetzen der Götter.

Laoch dachte an die Audienz. Ab und zu kam es vor, dass Tsarr, Oberste Gova Haragors und erste Beraterin von Flanakan, eine Vision hatte. Und diese Visionen der Priesterin von Goiba hatten sich bisher immer als wahr erwiesen. Wenn Tsarr ihn mit ihren durchdringenden Augen ansah und ihr linker Mundwinkel leicht zuckte, dann wusste Loach, dass ihre Visionen auf jeden Fall wahr sein mussten. Im Zweifelsfall war er derjenige, der der Vision zu ihrer manifesten Gestalt verhelfen musste. Zeugen, Beweise, Realität, die Variationen möglicher Wahrheiten, alles konnte erschaffen werden. Zusammen mit Sorb, dem Foltermeister, hatte er Tsarr noch nie enttäuscht.

Diesmal hatte die Sonnenfinsternis der Gova eine besondere Vision geschenkt. Normalerweise ging es um so banale und dann doch wieder bedeutsame Dinge wie zum Beispiel die Ursache der Magenverstimmung des Herrschers. Schnell fanden sich dann Zeugen und Beweise, dass einer der Torak-Köche absichtlich in die Suppe geniest hatte, und nach einer meist eher kurzen Unterredung mit Sorb schleppte sich der Schuldige gefügig zum Galgen. Oder einer der Govans bildete sich ein, ein Junge, den er in einem Korb vor seiner Tür gefunden hatte, wäre nun der rechtmäßige Herrscher Haragors und von Branu selbst gesandt. Meist wurde dieser Govan noch bevor er besagtes Körbchen überhaupt gefunden hatte, von den Schergen abgeholt. Schließlich hatte Tsarr ihn ja in seiner Untat visioniert. Dass besagter Govan dann vielleicht mehrmals in aller Öffentlichkeit an die Existenz Branus, den Schöpfer, erinnert hatte, war natürlich reiner Zufall. Man konnte ja niemanden verbieten, an die Existenz von Branu und seinen Brüdern zu glauben. Meist gestand dann dieser Priester nach einem intensiven Gespräch mit Sorb munter, dass er bereits öfters von so einem Körbchen geträumt hatte. Allerdings gingen diese Govans dann meist nicht so folgsam wie die tumben Toraks zum Galgen. Aber Sorb hatte ja noch die große Axt, die ihren Dienst auch sehr gut versah.

Das waren doch schöne, gute und vor allen Dingen konkrete Visionen. Darauf konnte sich Loach einstellen. Ein Magenverstimmung, ein Körbchen. Aber diesmal war die Vision der Priesterin sehr verschwommen gewesen. Irgendwas mit den drei göttlichen Brüdern. Meine Göttin, dachte Laoch, das konnte ja alles mögliche sein. Dass die drei göttlichen Schwestern ihre drei göttlichen Brüdern am liebsten den Hals umdrehen würden, war sowieso klar. Und dass sich daher die Anhänger von Goiba, Credna und Luchta mit ihren Gegnern, den Anhängern von Branu, Charu und Charabnu nicht gerade grün waren, war auch logisch. Aber nach Laochs Erfahrung war den meisten Menschen, Toraks und sonstigen Wesen der ganze Götterkram viel zu kompliziert und sie suchten im Zweifelsfall doch lieber den Trost bei einem guten Krug Schoff, als sich um religiöse Feinheiten zu kümmern. Was um der Göttinnen Willen, sollte also nun Loach mit dieser diffusen Aussage anstellen? Er hasste es, wenn Unklarheiten in seinem Leben sich ausbreiteten. In den meisten Fällen konnte er selbst die Fakten schaffen, indem er die Sachen dann einfach klarstellte. Als Oberster der Schergen hatte er da einige Möglichkeiten. Aber diesmal war alles komplizierter. Loach stöhnte. Was musste er liefern? Einen größenwahnsinnigen Govan, der glaubte, Drachen herbeizaubern zu können? Vielleicht eine magische Waffe, die selbst in der Schwarzen Burg gefürchtet wurde? Oder ein Jemand, der es wagen würde, Flanakan und Tsarr herauszufordern? Obwohl, das schien dann doch so gut wie unmöglich. Aber die Vision der Obersten Gova war so diffus, das alles möglich schien. Laoch aber brauchte etwas Konkretes. Ob er mal kurz im Folterkeller vorbeischauen sollte, ob sich nicht da vielleicht eine Lösung fabrizieren ließe?

Der Oberste Scherge hatte Glück. Sorb, Oberster Foltermeister der Schwarzen Burg, hatte gerade einen dieser fetten Toraks auf die Streckbank geschnallt. Die anderen Gerätschaften, die in der Halle verteilt waren, waren zurzeit nicht besetzt. Kein Delinquent, dem man gerade in die Eiserne Jungfrau half. Auch der bequeme Sessel, an denen man den Gästen die Fingernägel herauszog, war leer. An sich ein gutes Zeichen, dass so wenig los war, denn das hieß, dass Ruhe im Reich herrschte. Andererseits auch ein wenig langweilig, fand Laoch. Wenigstens zitterte der gute Torak, der sich gerade in der Fürsorge von Sorb befand, doch schon recht heftig, obwohl die Ketten nur leicht angespannt waren.

»Einer deiner Männer hat ihn aufgegriffen, als er auf der Straße vor dieser Torak-Kneipe, dem Knochenbruch, etwas lauter wurde«, sagte Sorb, ohne sich umzudrehen, während er ein wenig Öl in die Mechanik der Streckbank träufelte. »Er kommt wohl nicht aus Conchar.«

»Und mein Bester, was treibt dich in die Hauptstadt?«, fragte Laoch und warf dabei einen vielsagenden Blick zu dem Kohlebecken, in dem schon einige Messer glühten.

»War alles nur so dahin gesagt, hatte keine Bedeutung«, grummelte der junge Bursche. In diesem Alter rißen die Toraks gerne das Maul auf. Hahnenkampf. Sich auf die Brust hauen. Vor den Torak-Mädchen eine gute Show abliefern.

»Und was hast du nur so dahingesagt?« Laoch konnte sehr höflich wirken.

»Weiß ich nicht mehr…«.

»Was sagt denn mein Scherge?«, fragte Laoch nun zu Sorb gewandt.

»Die Arbeit sei zu hart auf den Feldern. Das Essen zu schlecht. Und die Holzpritschen zu hart.«

»Wie bitte? Ein junger, kräftiger Torak wie dir ist die Arbeit zu hart?«

»Wir arbeiten von Sonnenaufgang bis Sonnenuntergang. Elf Tage am Stück…«

»Aber was wollt ihr Toraks denn sonst außer arbeiten machen? Sagt ihr nicht immer, ihr lebt im Rhythmus der Natur? Sonnenaufgang, Sonnenuntergang, das hört sich doch recht harmonisch an.«

»Es gibt keinen Schatten…«

»Das Winxgras braucht Sonne. Sonne und Wasser. Wollen wir nicht alle das Brot essen und das Schoff trinken, das wir aus dem Winxgras herstellen können? Da muß man sich dann auch gut darum kümmern.«

»Wir kriegen nur Winx-Suppe. Dünne Suppe. Brot habe ich ehrlich gesagt schon lange nicht mehr gegessen.«

Loach nickt Sorb unauffällig zu, der das Zeichen verstand und die Spannung in den Ketten der Streckbank ein wenig erhöhte. Der Torak stöhnte, vielleicht dämmerte es ihm gerade, dass er bereits zu viel gesagt hatte. Laoch kannte seine Klienten. Gerade diese jungen Toraks, die nur aus Körpersäften und Muskelmasse zu bestehen schienen.

»Aber eigentlich sind wir ganz zufrieden. Goiba schenkt uns die Kühle der Nacht, da können wir schön schlafen.«

Ein kluger Bursche, dachte Laoch, aber doch ein wenig vorlaut. »Was heißt denn wir, wen meinst du mit wir?«

»Wir Toraks halt. Wir sind zufrieden. Goiba ist eine tolle Göttin.«

»Aha, Sorb, hast Du gehört? Die Toraks haben sich zusammen geschlossen. Die Toraks sind unzufrieden. Ein Aufstand vielleicht? Sie wollen, ich wage es kaum auszusprechen, weniger arbeiten, habe ich das richtig gehört?«

Sorb brummte zustimmend. Das hatte der Foltermeister offensichtlich auch gehört. Der junge Torak, dem Laoch genau ansah, dass in ihm, trotz dieser prekären Lage, dieser immer wieder niedlich anzusehende Widerstandsgeist brodelte, wand sich in den Ketten.

»Nein, nein. Wir sind zufrieden. Wir arbeiten gerne. Bitte.«

»Bitte, was? Wir?« Ach ja, diese Momente, wenn sie sich in die Hose machten, weil sie begriffen, dass es keinen Weg mehr zurückgab. Laoch liebte das. Er sah den Jungen väterlich an und erhöhte diesmal selbst die Spannung der Ketten.

»Willst du noch etwas sagen?«

Trotz der Schmerzen, die den jungen Torak jetzt offensichtlich geradezu entzweirissen, sah Loach nun erstaunt, dass dieses Wesen neben der Furcht, die normalerweise in diesen Momenten die Bühne beherrschte, noch andere Gefühle kannte: Wut! Unbändige Wut! Und man durfte diese jungen Toraks auch nicht unterschätzen. Mehrere Zentner reine Muskelmasse. Der Torak, bisher sich in guter, alter Torakmanier allem fügend, ein Inbegriff des Gehorsams, einfach ein ganz normaler Torak, ganz so wie es Laoch kannte und erwartete, fing an, an den Ketten zu zerren. Ein Leben auf den Feldern, jeden Tag Sichel, Schaufel oder Pflug in den Händen, hatte den jungen Torak zu einer Muskelmaschine gemacht. Bisher hatte er seine Kräfte nur zum Arbeiten eingesetzt, erst jetzt erkannte er, offensichtlich selbst erstaunt, dass dieser Körper auch noch zu etwas anderem zu gebrauchen war. Der Torak schrie. Und Loach glaubte, seinen Ohren nicht trauen zu können. Hatte er da gerade »Branu« gehört. Tatsächlich.

»B – R – A – N – U«, schrie der Muskelberg aus vollem Hals, zerrte und zog an den Ketten, Fleisch gegen Metall, Wut und Verzweiflung gegen gefühllose Mechanik. Die Ketten rissen. Ungläubig starrte Loach auf dieses Schauspiel.

Sorb war auf so etwas vorbereitet. Es geschah selten, aber manchmal geschah es. Immer nur bei diesen jungen Toraks. Körpersäfte und Muskelkraft, das war manchmal keine gute Kombination. Als die Ketten rissen, ließ der Foltermeister die Axt niedersausen. Sie spaltete den Schädel des jungen Toraks und trotzdem röchelte er noch vor sich hin. »Branu«, tropfte es bluterfüllt aus dem Sterbenden. Den Namen des Schöpfers hatte Laoch in diesem Keller schon lange nicht mehr gehört. Und, da war er sich plötzlich sicher, er hatte endlich das gefunden, wonach Tsarr suchte. Das irdische Gegenstück zum Streit der Götter, der sich in der Sonnenfinsternis gezeigt hatte. Ein Aufstand junger Toraks, von treuen Anhänger Branus, gegen Flanakan und Tsarr und die Macht von Goiba! In diesem Moment, in dem Laochs beweglicher Verstand die passende Erklärung formulierte, wurde sie auch schon wahr.

*

Neben dem Folterkeller gab es auch andere Orte auf der Schwarzen Burg, die der Erziehung unliebsamer Bürger dienten. Manche der Unglücklichen, die die Schergen oder Wachen durch das schwere Holztor führten, fristeten eine Weile ihres Daseins erst einmal in den Verliesen, die unter der Aufsicht der Obersten Wache Makral und seiner Männer standen. Auch bis hierhin war die Nervosität gedrungen, die Tsarr seit den ersten Anzeichen der Sonnenfinsternis verspürt hatte. Das merkte R'lan, Wache in der dritten Generation und diensthabender Türschließer, ganz deutlich. Würde man wieder einmal einen der Verräter, der Folter und Ratten bisher überlebt hatte, als Opfer für Goiba auswählen? Denn ein wenig Blut war der Göttin doch immer willkommen, sagte sich der Soldat. Etwa der jungen Embi, bei dem die Schergen einen Anhänger mit dem fast unkenntlichen Antlitz von Aidan, dem letzten Drachenkönig, gefunden hatten? Anfangs hatte Embi noch versichert, dass er noch nicht einmal gewusst hatte, dass das abgeschliffene Relief Aidan darstellen sollte. Er hatte den Anhänger in einer Truhe, die er als einziger Erbe seines Großvaters von diesem vermacht bekommen hatte, gefunden. Letztendlich aber hatte er unter den Zangen und Eisen der Folterknechte seinen Verrat zugegeben.

Oder Nanda, diese kleine Hexe? Sie mochte sechzehn Jahre alt sein. Bei diesen Hexen wusste man allerdings nie, wie alt sie tatsächlich waren. Sie waren meisterhaft in der Kunst der Täuschung. Eine Gova von Credna war sie außerdem, also eine Liebespriesterin! Einst im Dienste Flanakans hatte sie sich den Zorn Tsarrs zugezogen. Ein Wunder, dass sie nicht gleich zum Galgen kutschiert worden war.

Oder N'ganak, der schon so lange im Kerker saß, dass niemand mehr genau wusste, wieso er überhaupt hier war, sogar er selbst nicht. Obwohl er manchmal in lichten Momenten behauptete, er habe einst als Flanakans Knappe gedient, was unmöglich war, denn Flanakan war Dank des Zaubers seiner Gova über 100 Jahre alt und welcher Mensch, denn alle Kerkerinsassen waren Menschen, hätte so lange hier unten überleben können?

Auf jeden Fall unterließ es R'lan diesmal lieber, einige der Essensreste, die heute mal wieder in der Hofküche angefallen waren, an die Gefangenen zu verteilen, wie er es sonst ab und zu tat. Makral, sein Chef, würde angesichts der angespannten Lage in der Festung sicherlich genau darauf achten, dass alles korrekt ablief. Makral, der Oberste der Wache, war ein treuer Diener seines Herrn und funktionierte dabei wie eine Maschine, die sorgfältig und genau ihren Dienst verrichtete.

Unter den derzeitigen Umständen begnügte sich R'lan diesmal, die Zellen abzulaufen und nachzusehen, ob hinter den metallbeschlagenen Eichentüren noch geatmet wurde. Oder geröchelt. Gestöhnt. Er wunderte sich, als er sich dem Verlies der hübschen Hexe näherte. Was war bei Nanda los? Die junge Frau sang! Ein trauriges Lied über das Ende des Sommers, R'lan kannte es noch aus seiner Kindheit. Er lächelte, das Lied erfreute ihn. Nanda war erst seit ein paar Tagen hier unten. Noch sang sie. In ein paar Wochen würde sie anfangen zu weinen. Oder zu schreien. Und irgendwann würde sie still sein. Oder mit dem Kopf gegen die Wand rennen. Dass es so laufen würde, hatte er selbst schon erlebt und wusste es auch von den Erzählungen seines Vaters. Da nützte ihr die ganze Hexenmagie nichts, dafür hatte Tsarr gesorgt, als sie das gesamte Verlies mit einem Fluch belegt hatte. Aber irgendwie berührte Nandas unschuldiger Gesang das Herz des Soldaten, das durch den langen Dienst in der Schwarzen Burg ziemlich erkaltete war. Die klobigen Stiefel schienen plötzlich ein wenig leichter als sonst, als R'lan die Treppen wieder hochging, zurück ans Tageslicht, den Gesang Nandas im Ohr.

»So fröhlich, mein Bester?«

R'lan, der gerade das Tor zu den Verliesen hinter sich geschlossen hatte, sah Laoch erschrocken an. Alle schauten erschrocken, wenn Laoch ihnen überraschend gegenüberstand. Dabei war der Mann keine besonders imposante Erscheinung. Schütteres blondes Haar, recht mager, nur ein wenig größer als der Durchschnitt. Fast unscheinbar. Wenn da nicht dieses diabolische Grinsen unter der Hakennase gewesen wäre. Kein lautes, marktschreierisches, offenes Grinsen. Nur die Mundwinkel waren ganz leicht verzogen. Aber irgendwie so, als ob das Böse selbst die Gesichtsmuskeln steuern würde. Und dazu diese graugrünen Augen. Augen, die nie zu blinzeln schienen. Die einen durchdrangen und einem die Gedanken aus den Nasenlöchern zogen. Wenn man Laoch gegenüberstand, hatte man unweigerlich das Gefühl zu lügen. Und Laoch schien genau zu wissen, dass alles, was man sagte, eine Lüge war. Und man selbst glaubte das dann schlussendlich auch. Ich bin Lüge. Und Laoch lächelte.

»Äh, schöne Arbeit, tolles Wetter…«, R'lan stotterte vor sich hin.

»Und, was machen die Gefangenen? Irgendwelche besonderen Vorkommnisse?«

»Äh, nein, alles wie immer.«

»Neuzugänge?«

»Ein Junge kam vorgestern. Embi. War schon bei Sorb.« R'lan fing unter seiner Uniform an zu schwitzen. Bei Laoch hatte man irgendwie das Gefühl, die Verbrechen selbst begangen zu haben, über die man ihm berichten sollte. Dabei war es keine Seltenheit, dass er hier vorbeischaute. Einerseits besprach er sich ab und zu mit Makral, dem Obersten der Wache, andererseits spazierte er öfters durch die Gänge und ließ sich von der Stimmung dort unten inspirieren.

»Aha, ich weiß schon, der mit dem Amulett von Aidan.«

R'lan schluckte. Dass einer den Namen des alten Widersachers von Flanakan so freimütig aussprach, gab es auf der Schwarzen Burg selten. Aber immerhin war das hier ja auch Laoch, der konnte sich das wohl erlauben.

»Alles fügt sich«, sagte Laoch und schaute in Richtung der Verliese.

»Wie meinen?«

»Vergiss es. Wo ist Makral?«

R'lan deutete auf den Wachturm, woraufhin Laoch mit beschwingtem Schritt in diese Richtung verschwand.

*

Nanda sang. Irgendwie klang es noch nicht richtig. Sie erinnerte sich genau wie ihre Mutter die magischen Lieder gesungen hatte. »Kind«, hatte sie zu ihr gesagt »schließ die Augen und lass dich erfüllen vom Geist Crednas, unserer Schutzpatronin. Hör zu und lass dich forttragen. Wir Frauen, selbst wir Govas, haben in dieser Welt nur wenige Waffen. Aber mit unseren Liedern können wir uns direkt in die Herzen der Männer singen, unserer Lieder sind unsere Schwerter!« Vor nicht allzu langer Zeit war ihr die Bedeutung dieser Worte noch völlig schleierhaft gewesen. Sie hatte sich nicht gefragt, wieso ihre Mutter immer leise vor sich hin gesungen hatte, während sie über den Marktplatz gegangen waren. Das freundliche Lächeln des Mannes, der ihnen ab und zu ein Laib Brot schenkte, war ihr immer eine Selbstverständlichkeit gewesen. Erst als ihre Mutter gestorben war und sie allein über den Markt gehen musste, verstand sie langsam, was ihre Mutter damals bewirkt hatte. Ihre Mutter, Gova von Credna, Göttin der Liebe, hatte den Menschen die Gabe ihrer Schutzpatronin geschenkt. Liebe, Hoffnung, Sehnsucht. Eine Weile hielt dieser Zauber auch noch nach dem Tod ihrer Mutter an und begleitete Nanda beim Gang über den Markt. Aber nichts hält ewig in dieser Welt, das wusste Nanda inzwischen. Die Menschen vergaßen die Lieder, sie vergaßen die Hoffnung und die Liebe und Nanda lernte, was es hieß, eine Waise zu sein. Hunger war bald ihr ständiger Begleiter gewesen.

Sie betrachtete das Pentagramm, das sie in den Staub des Fußbodens mit ihren Fingern gezeichnet hatte. In der Mitte lag ein Haar, festgeklebt mit dem Blut einer Schabe. Sie stellte sich vor, dass R'lans Schritte die Stufen herabkommen würden, und begann erneut zu singen. »Das klingt doch jetzt schon ganz gut«, dachte sie.

*

Makral stand auf dem Wachturm neben dem Haupttor der Schwarzen Burg und betrachtete mit dem Fernrohr nicht etwa die weiten Ebenen vor Conchar, seine Aufmerksamkeit galt vielmehr der einfachen Wache R'lan. Als Oberste Wache hatte er nicht nur für Ruhe und Ordnung im Reich zu sorgen, und dafür benötigte er zuverlässige Männer. Zuverlässige Männer mit Pflichtgefühl und Beständigkeit.

Der Kerkerdienst stimmte R'lan offensichtlich recht fröhlich. Und das war wirklich seltsam. R'lan hatte ein weiches Herz, das wusste Makral, obwohl es ihm im Grunde nicht wirklich klar war, was dies wirklich bedeutete. Aber in seiner mechanischen Art hatte sich Makral eine Art inneres Wörterbuch zurechtgelegt, um die Launen der Menschen und seiner Wachen im Besonderen besser verstehen zu können. Er selbst kannte so gut wie keine Gefühle. Ein gutes Schoff war nicht zu verachten. Ein gutes Steak vom Tok-Rind – wirklich lecker. Aber was die Soldaten am Tanz fanden, bei dem sie mit den Weibern komische Verrenkungen ausführten, konnte Makral auch nach intensivem Nachdenken nicht nachvollziehen. So hatte er in seinem Kopf eine Art Wörterbuch angelegt, das ihm half, Gefühle und Verhalten der normalen Wesen einzuordnen. Und R'lan hatte normalerweise nach einer Woche Kerkerdienst merklich an Spannkraft verloren. Irgendwas da unten schien ihm die Kräfte zu rauben. Makral wusste nicht was, aber so war es. Solange R'lan seinen Dienst akkurat verrichtete, war ihm das auch gleichgültig. Immerhin zeigte R'lan in diesem Verhalten eine beruhigende Beständigkeit. Doch in dieser Woche lief es anders. Jeden Tag kam R'lan fröhlicher die Treppen herauf, die letzten Stufen sprang er fast nach draußen und wäre beinahe mit Laoch zusammen gestoßen. Jetzt lief er über den Hof und pfiff ein Lied vor sich hin. Makral kannte das Lied, aber konnte sich nicht erinnern, wo er es bereits gehört hatte. Die Melodie ließ ihn völlig kalt.

Makral erkannte Laoch an den Schritten.

»Guten Tag, Makral.«

»Guten Tag, Loach. Wie geht es dem Obersten der Schergen?«

»Man hat so seine Sorgen, lieber Makral, Oberster der Wache.«

Man konnte nicht unbedingt sagen, dass die beiden Freunde waren, aber da sie vergleichbare Positionen begleiteten, war eine gewisse Nähe durch die Ähnlichkeit der Alltagsprobleme entstanden. Man konnte ja einen einfachen Schergen oder eine einfache Wache zum Beispiel nicht fragen, ob man einem Zechpreller eher die Hand abhacken sollte oder ob zwanzig Peitschenhiebe ein angemessenes Maß der Bestrafung waren. So etwas konnte man nur von Oberst zu Oberst angemessen diskutieren.

»Wem sagst du das, Laoch. In letzter Zeit habe ich den Eindruck, dass die Räte sich nicht nur um ihre Zünfte und Gilden kümmern wollen, sondern gerne mir ins Handwerk pfuschen würden.«

»Das ist interessant, auch meine Leute berichten mir von einer gewissen Unzufriedenheit im Volk.« Loach trommelte nachdenklich mit den Fingerspitzen auf die Mauer des Wachturmes.

Makral schaute von der hoch über der Stadt gelegenen Plattform hinunter in das Labyrinth der Gassen. Menschen und Toraks schlichen wie Ameisen durch die engen Schluchten. Über dem Gerberviertel weit im Süden der Stadt schwebte eine fahle, durchsichtige, grüne Wolke. Offensichtlich brauten sie dort heute ihre Laugen, eine sich monatlich wiederholende Prozedur. Anlass für diese Zunft, nach getaner Arbeit abends ausgiebig zu feiern. Gut so, dachte Makral. Lieber ein fröhlicher Gerber als ein aufmüpfiger Gerber. Obwohl. Dafür waren die Wachen schließlich da. Um die Aufmüpfigen, die Unzufriedenen und die Nörgler daran zu erinnern, dass unter Flanakan die Welt einfach nur schön sein durfte. Laoch mit seinen Spitzeln sorgte dafür, dass sich alle gegenseitig misstrauten. Aber wenn, wie bei diesen unerträglichen Temperaturen, sich die Gemüter der Bürger erhitzten, standen Makrals Wachen bereit, um sie wieder zu beruhigen. Zur Not mit ein bißchen Prügel. Oder abgehackten Ohren. Wozu hatten sie denn sonst die Schwerter?

»Wieso?«, fragte Makral nun den Obersten Schergen.

»Wieso was?« Laoch hatte gerade den Faden verloren.

»Wieso es interessant ist?«

Laoch erzählte von dem widerspenstigen Torak. Dann gäbe es diesen Gefangenen mit dem Aidan-Amulett, so etwas hatten sie schon ein paar Jahre nicht mehr in der Zelle gehabt. Und jetzt die widerspenstigen Räte, das passte alles zusammen.

»Es ist einfach zu heiß, Laoch. Den Leuten steigt die Hitze zu Kopf. Mehr ist es glaube ich nicht.«

»Aber Tsarrs Vision, Makral. Die Sonnenfinsternis. Irgendetwas wird passieren!«

Makral, der wusste, wie Laoch es schaffte, der Obersten Gova gefällig zu sein und ihren Visionen zu Realitätsgehalt zu verhelfen, wirkte nicht überzeugt. »Ist es nicht jeden Sommer so? Wenn ein paar Wochen kein Regen gefallen ist und das Schoff immer dünner und das Winxbrot immer teurer wird, dann werden die Leute eben unzufrieden. Das ist ganz normal.«

»Du hast schon recht, Makral, Oberster der Wache. Aber was sagen deine Leute so, ist es wirklich so wie immer?«

Die Wachen, denen Makral vorstand, patrouillierten durch ganz Haragor und natürlich auch durch die Hauptstadt des Reiches. Sie regelten an den Markttagen das hohe Verkehrsaufkommen, wenn aus allen Teilen des Landes die Rinderkarren nach Conchar strömten und kümmerten sich um die kleinen Streitigkeiten, wenn sich die Händler gegenseitig über den Tisch zogen. Ab und zu gab es Schlägereien. Auch da schritt die Wache ein. Meist reichte allerdings allein der Anblick der schwarz gekleideten Männer, schon erkannten die

Bewohner Haragors den wahren Wert von Liebe und Freundschaft und fielen sich um den Hals.

Mit den Schergen war das anders. Man erkannte sie erst, wenn sie, ebenfalls schwarz gekleidet, aber mit dem gelben Axtemblem über dem Herzen, wie aus dem Nichts auftauchten, um einen Unzufriedenen zu verhaften. Zuvor aber waren sie unsichtbar. Sie waren dein Freund, dein Nachbar, vielleicht sogar dein Ehepartner. Sie hörten dir zu, sprachen dir Mut zu, applaudierten. Und erst nach der Verhaftung, dämmerte es dir, dass einer deiner Freunde wohl ein Scherge gewesen sein musste. Welcher war dir aber dann immer noch nicht klar. Aber das war dann gleichgültig.

»Bei meinen Leuten, Laoch, Oberster der Schergen, ist es wie immer. Ein paar mehr Wirtshausprügeleien, einige vorlaute Toraks, aber im Grunde wie jeden Sommer. Deine Leute sollten dir eher berichten können, falls die Leute unzufriedener sind als sonst!« Makral sah Laoch nun an, seine Brauen hatten sich fragend zusammen gezogen.

»Eigentlich alles wie immer«, musste Laoch zugeben. Seine Spione, auch die aus den Randgebieten Haragors, hatten zurzeit keine besorgniserregenden Meldungen geliefert. Sommerloch. Das Übliche.

»Aber diese Sonnenfinsternis.« Laoch grübelte. »Ein Streit der Götter!«

»Die Götter sind da oben, Tsarr ist hier unten. Erzähl ihr von dem jungen Torak. Vielleicht schicken wir ein paar Männer in sein Dorf. Vielleicht braucht Tsarr ein wenig Blut?«

»Du meinst Goiba. Ein Opfer für unsere große Göttin.« Laoch sah Makral streng an, der sich aber davon nicht beeindrucken ließ.

»Ein Opfer für Goiba, natürlich, lieber Laoch, Oberster der Schergen, das habe ich gemeint.« Laoch nickte gnädig.

Vielleicht genügte das ja wirklich, dachte Makral. Noch ein paar tote Toraks und Goiba und damit Tsarr würden beruhigt sein. Und die Sonnenfinsternis bald vergessen. Der Oberste der Wachen konnte mit der Magie im Allgemeinen und den Priesterinnen im Besonderen nicht so viel anfangen. Er vertraute lieber dem Prinzip von Ursache und Wirkung, damit konnte man als normaler Sterblicher relativ weit in diesem Leben kommen.

*

R'lan war eine einfache Wache. Das hieß mehr oder weniger, dass er von morgens bis abends in seiner schwarzen Uniform herumlief. Meist schlief er sogar darin, weil es ja schon irgendwie unsinnig war, die abends auszuziehen, wenn man sie morgens sowieso gleich wieder anzog. Die meisten Wachen hatten eine geringe Breite möglicher Gefühle, eines der Auswahlkriterien, die im Einstellungsgespräch abgefragt wurden. Schließlich sollte man sich nicht von betrunkenen und schreienden Toraks, die gerne das Dreifache des eigenen Gewichtes auf die Waage brachten, beeindrucken lassen. Auch wimmernde alte Frauen, denen man leider all ihr Hab und Gut entwenden musste, wenn sie die Steuern nicht mehr zahlen konnten, sollten einen nicht besonders aufregen. Daher war R'lan auch ziemlich verwirrt über den eigenen Zustand und er hatte schon überlegt, ob er zu einer der Priesterinnen gehen sollte, um sich Rat zu holen. Diese Fröhlichkeit und Leichtigkeit, die er zurzeit verspürte, waren ihm völlig fremd.

Jetzt stand er vor Nandas Zellentür und hörte verzückt ihrem Gesang zu. Alles, was er vorhatte, war streng verboten. Er hatte sich eigenmächtig die Zellenschlüssel aus dem

Wachhaus genommen, ohne irgendjemanden Bescheid zu geben. R'lan kannte sich selbst nicht mehr. Wenn sein Tun entdeckt werden würde, würde man ihn im günstigsten Fall entlassen. Wenn er Pech hatte, würde Makral ihn bei Sorb abliefern. Und erst diese Schande, die er über seine Familie bringen würde. Wachmann in der dritten Generation. Aber R'lan war nicht mehr Herr über sich selbst. Da er bisher noch nie verliebt gewesen war, konnte er diese Verwirrung, dieses Zittern, diesen absoluten Kontrollverlust nicht einordnen. Schmetterlinge im Bauch, sagen die einen. Völlige Benebelung, die anderen. R'lan fühlte sich stark, unbesiegbar und voller Sehnsucht. Alles Gefühle, die ihm völlig fremd waren. Vor seinem inneren Auge sah er Nanda in ihrer ganzen Schönheit. Ihre wallenden dunklen Locken, ihre vollen Lippen, ihre smaragdgrünen Augen. Und diese Stimme! Diese göttliche, wunderbare, einmalige Stimme. Tränen standen in R'lans Augen, als er die eisenbeschlagene Eichentür mühsam öffnete. Und so sah er das Holzbrett, auf dem die Gefangenen das Essen bekamen und das Nanda ihn mit all ihrer Kraft auf dem Schädel trümmerte, auch nur sehr verschwommen auf sich zukommen. »Umwerfend«, dachte er, als er im Niederfallen durch den Schleier seiner Tränen Nanda erblickte. »Ich liebe dich«, flüsterte er, bevor er ohnmächtig wurde.

Nanda betrachtete den niedergesunkenen Soldaten.

»Das glaubst du, lieber R'lan, aber es ist alles nur Illusion. Wie so vieles im Leben.« Sie stieg über den ohnmächtigen Wachmann hinüber und lugte in den Gang. Niemand zu sehen. »Jetzt ist dein Leben wohl hinüber, lieber R'lan, aber ich hatte keine andere Wahl.« Wenn einem Tod und Folter drohen, sind einem nun einmal alle Mittel recht.

Nanda stieg über den erschlafften Körper des Soldaten und huschte die Treppen hinauf. Draußen war es schon dunkel. Sehr gut. Da würde die dumme Tsarr aber schauen mit ihrem blöden Fluch. Nichts ist stärker als die Liebe, selbst wenn es eine falsche ist. Wie ein Schatten glitt Nanda aus dem Kerkertor und entlang der Mauern. Sie würde fliehen müssen, weit, weit weg. Vielleicht bis in die Drachenberge.

Der Widerstand

Die Schergen kamen am frühen Morgen. Das erste graue Licht sickerte gerade über den fernen Horizont. Es roch mehr nach kühlem Morgentau, als das man ihn wirklich spürte. Schon in den ersten Stunden des Tages leckte die Hitze auch nur die Möglichkeit von Feuchtigkeit von den Pflastersteinen. Auf den Dachfirsten und Baumwipfeln waren bereits die ersten Vögel in Stellung gegangen, um die Sonne, wenn sie sich dann erbarmen würde, ihre göttliche, tödliche Hitze über die Welt zu ergießen, mit infernalischem Geziepe und Geschreie zu empfangen. Aber noch war es mucksmäuschenstill.

Die Männer Laochs wählten gerne diese tote Stunde für ihre Besuche bei den Delinquenten. Die meisten Leute schliefen dann noch und waren völlig überrascht, wenn diese schwarz gekleideten Männer mit dem Axtemblem plötzlich in ihrem Schlafzimmer standen. Nicht selten ergaben sich dann da schon spontan die überraschendsten Geständnisse.

Kard und Madad aber waren schon wach, sie wollten früh ihre Reise in die Drachenberge beginnen und die Kühle des Morgens auszunutzen. In der Schmiede roch es nach kaltem, abgestanden Rauch, sie hatten die Fensterläden geschlossen, um kein Aufsehen zu erregen. Wallas hatte eine schöne geblümte Schürze um seine gewaltige Hüfte geschnürt und schmierte ihnen gerade ein paar Butterbrote, als ein massiger Torak die Tür eintrat. Der Rahmen splitterte, es hörte sich an, als ob einem gewaltigen Tok-Stier das Rückgrat gebrochen würde. An den Wänden der Schmiede klirrten die Zangen. Der Torak-Scherge stieß die Reste der Tür beiseite und stürmte in den Raum und durch den zerborstenen Türrahmen folgten weitere Schergen, die bald wie Würmer in einer aufgeplatzten Wunde in der Schmiede herumwimmelten.

»Wir haben nichts bestellt«, bellte Madad, dem man keine Überraschung anmerken konnte, und schon stürzte sich der Cu in den Wald schwarzer Beine und biss einem der Schergen herzhaft ins Bein.

»Hinten hinaus«, rief Wallas zu Kard, der mit weit geöffneten Augen mitten im Raum stand und um Luft rang. Der Junge stand an einer der Werkbänke im hinteren Teil der Schmiede. Eben noch hatte er das Minas-Schwert in eine provisorische Scheide aus poliertem Kupfer gesteckt und jetzt standen diese Schergen hier plötzlich herum. *Was ist hier los?* Irgendetwas war absolut nicht in Ordnung! Durften die Schergen einfach so Türen eintreten? Natürlich, es waren ja die Schergen. Mussten die nicht vorher wenigstens mal klopfen? Nein. Es waren die Schergen! Die mussten nichts und durften alles.

»Der da«, rief jetzt einer der Uniformierten, ein Mensch, wahrscheinlich der Anführer und deutete auf Kard.

Die meinen doch nicht etwas mich? Hilfe. Kard schnappte nach Luft wie ein Fisch auf dem Trockenen. Angstschweißbäche ergossen sich aus seinen Poren, aber er konnte sich nicht bewegen. Hypnotisiert betrachtete er die Schwarzgekleideten, wie sie sich ihm näherten. Als ob er in einem Albtraum gefangen wäre, während er vergeblich versucht aufzuwachen. Erst als ein in Papier eingewickeltes Butterbrot ihn mitten auf die Nase traf, setzte es sich wie ferngesteuert in Bewegung. *Was wollen die Schergen hier?* Was um Branus Willen sollte er jetzt tun?

»H – I – N – T – E – N R – A – U – S«, hörte Kard noch einmal Wallas schreien und diesmal begriff er. Er warf sich das Bündel mit dem Schwert über den Rücken und sprang mit einem Satz über die Werkbank.

Als Kard die rückwärtige Tür aufriss, grinsten ihn drei Schergen an. »Hallo. Ist das das Minas-Schwert?«

»Äh, nein, das ist nur so ein ganz normales Schwert…«

»Dann zeig uns das ganz normale Schwert doch bitte mal.«

»Einverstanden«. Kard nahm das Schwert vom Rücken.

Wallas hatte inzwischen genug mit den Schergen zu tun, die den Vordereingang benutzt hatten. Aber die schwarz gekleideten Männer, die es gewohnt waren, dass allein ihr Anblick die Menschen und Toraks von Conchar zu stotternden Schlotterwesen machten, waren sichtlich überfordert mit vier Zentnern Widerstand. Selbst die Toraks unter den Schergen sahen recht verdutzt aus. Wallas nahm sich ein paar Schmiedehämmer und schleuderte sie auf die hereinquellende Meute. Dazu Madad, der wie ein Wirbelwind zwischen ihnen dahinsauste und in jede Wade biss, die sich ihm in den Weg stellte. Als Wallas Kard mit dem Schwert am hinteren Ausgang sah, warf er einen seiner Hämmer genau auf die Stirn des einen Schergen. Madad hatte Kards Lage auch mitbekommen, stürmte nach hinten und sprang dem zweiten Schergen ans Gemächt. Und kaum lag das Schwert in seinen Händen spulte Kard wie ein Automat die Übungen ab, die er mit Wallas geübt hat. Ausfallschritt. Parade. *Bei Branu, was mache ich hier?* Und schon stach er dem dritten Schergen in den Arm. Ein spitzer Schrei (von dem Schergen, der den Cu zwischen den Beinen baumeln hatte), gefolgt von dem Geräusch eines dumpfen Aufschlags (von dem Schergen, den der Hammer von Wallas getroffen hatte und der nun wie ein

Sack zu Boden fiel) und der ungläubige Blick des Schergen, der auf die Blutfontäne starrte, die sich aus seinem Arm ergoss, bevor er ohnmächtig zusammensackte, gaben Kard die Möglichkeit, über die Schwarzgekleideten hinwegzuspringen. Madad folgte ihm. Der Junge sprintete los, das Echo seiner Schritte klatschte von den Wänden auf ihn zurück, als ob die Stadt ihm ein paar Ohrfeigen verpassen wolle. Die kühle Morgenluft sprang ihm ins Gesicht und in die Lunge. Als Kard sich umblickte, sah er Wallas, umringt von einigen Schergen, wie er eines der Kohlebecken hochhievte.

»Wohin laufen wir, Madad?« Das schnelle Trippeln an seiner Seite hatte Kard verraten, dass der Cu neben ihm war.

»Weiter, immer weiter. Yo, das war so ekelhaft. Wann hat sich der Typ das letzte Mal gewaschen?« Madad spuckte während des Rennes ein paar mal knurrend aus.

»Was ist mit Wallas?«

»Der kommt schon zurecht«, bellte der Cu. »Hast du nicht gesehen, wie überrascht die waren, dass Wallas nicht gleich weinend zusammen gebrochen ist?«

»Doch, schon, komisch. Der schien gar nicht überrascht.«

»Immer vorbereitet, würde ich eher sagen.«

»Was meinst du damit?«

»Komm mit, wir rennen zum Knochenbruch.«

»Du willst doch nicht gerade jetzt in eine Kneipe gehen, oder?« Kard, inzwischen völlig atemlos, schaute erstaunt und verwirrt nach unten zu seinem vierbeinigen Freund.

»Doch, Kard, wir gehen jetzt in einen Club.«

»Einverstanden, wenn du es sagst.«

»Yo, wer ist hier jetzt das Herrchen?« Der Cu bellte und lachte gleichzeitig. Eins musste man ihm lassen. Madad ließ sich nicht die Stimmung verderben.

Am Hinterausgang des Knochenbruchs brannte noch Licht. Wahrscheinlich hatte die Torak-Kneipe erst vor kurzem geschlossen und irgendwer machte noch sauber. Der Cu stellte sich vor die Eisentür und hämmerte mit seinem Kopf in kurzen unregelmäßigen Abständen an das Metall. Grinsend drehte er sich zu Kard um. »Mit der Pfote klopfen hat ja keinen Sinn, das hört ja keiner.«

Kard und Madad hörten schwere, schlurfende Schritte. Gsam, der Wirt des Knochenbruchs, öffnete die Tür. Seine beiden Söhne kamen gerade die Treppe herunter. Alle hatten diese dicken Holzknüppel in der Hand, mit denen man sonst einen Ball durch die Luft schmetterte, damit ihn jemand mit einem fetten Handschuh auffing.

»Ist es passiert?«, fragte Gsam und schien nicht wirklich überrascht.

»Sie sind bei Wallas in der Schmiede«, knurrte Madad.

»Zieht eure Kapuzen über«, sagte Gsam zu seinen Söhnen und versteckte dann selbst seinen Schädel. »Ihr wartet am besten da hinten im Schuppen«, sprach Gsam dann zu Kard und Madad gewandt. »Falls die Schergen tatsächlich hierherkommen sollten, was ich nicht glaube, könnt ihr hinten raus. Madad weiß Bescheid.«

»Verstanden.« Kard nickte wie ein emsiger Specht. Irgendwas ging hier vor, er wusste nur nicht genau was.

Dann sah er den drei Muskelbergen hinterher, die eilig in Richtung der Schmiede von Wallas davon schritten.

*

Damit hatte auch Laoch nicht gerechnet. Was war das nur für ein seltsamer Torak? Der war ja schlimmer als dieser junge Branu-Schreihals. Der sollte sich jetzt gefälligst schön brav festnehmen lassen. Wo kommen wir denn da hin, dachte er erstaunt.

Als der Branu-Priester aus diesem kleinen Dorf ihm von dem Minas-Schwert berichtet hatte, das angeblich in der Schmiede von Wallas zu finden sei, hatte er diesem bärtigen Aufschneider, der für diese Information anfangs ein paar Goldstücke haben wollte, erstmal nicht geglaubt. Aber auch nachdem Sorb ihn ein wenig gefoltert hatte und der Govan sich dann mit ein paar Rollen Stoff zufriedengeben wollte, hatte er weiterhin behauptet, bei Wallas sei ein Minas-Schwert zu finden. Meist verging den Leuten bei Sorb jede Fantasie. Oder wurde geradezu entfacht. Nur selten blieben die Leute bei ihrer ursprünglichen Aussage. Und dann gab es ja noch die Vision. Das passte alles sehr gut zusammen. Und dieser Wallas war ihm schon immer verdächtig vorgekommen. Allein, dass der schon so alt war. Fast so alt wie Flanakan. Und das bei diesem harten Job als Schmied. Sehr verdächtig.

Laoch hatte sich also entschlossen, der Werkstatt einen vorbeugenden Besuch abzustatten. Wallas hatte einen guten Ruf in der Stadt, gehörte der Zunft der Schmiede an und war sogar Mitglied der Ratsversammlung von Conchar, die aber seit Jahren nicht mehr getagt hatte, da man ja immer einer Meinung mit Flanakan war und sich die Sitzungen des Rates damit selbst überflüssig gemacht hatten. Genau genommen also ein Politischer. Genau die richtige Klientel für Laoch. Nur das Wallas noch nie aufgefallen war. Ein braver, alter Schmied, der Spitzhacken fertigte. Wieso um aller Götter dieser Welt also hatte dieser Typ nun das Kohlebecken in der Hand?

Und dann kamen die Kapuzenmänner. Wie in Zeitlupe sah Laoch sie mit ihren schwingenden Keulen unter den

Schergen auftauchen. Wallas warf das Kohlenbecken und die Schlacke spritze über seine Männer. Einen Spritzer bekam Laoch selbst mitten ins Gesicht. Während er langsam den Mund aufmachte und gerade ansetzte, einen Schmerzensschrei auszustoßen, sah er den dunklen Schatten einer Keule auf sich zukommen. Er konnte gerade noch seinen Kopf wegdrehen, sonst hätte ihm die Keule eventuell sogar den Schädel zertrümmert. So traf es nur seine Schläfe. Laoch sackte in sich zusammen. In seinem Innern machte sich eine große Verblüffung breit. Er, Laoch, Chef der Schergen, wurde geschlagen. So etwas war seit seinen Kindheitstagen nicht mehr passiert. Kurz sah er seinen Vater mit dem Rohrstock auf sich zukommen, dann seine hysterische Mutter, die ihm befahl, sich bei Goiba zu entschuldigen, dann kam die Schwärze.

»Du hast gerade dem Obersten der Schergen eine verpasst«, hörte man eine Stimme unter der Kapuze.

»Echt? Cool«, antwortete die andere Kapuze.

»Na, ich weiß nicht. Laoch ist nicht gerade als Spaßvogel verschrien. Das wird den ganz schön ärgern.«

»Egal, ist jetzt nicht mehr zu ändern. Sind alle platt?«

»Jawohl! Keiner steht mehr auf den Beinen.«

»Dann nichts wie weg.«

Die drei Kapuzenmänner nahmen Wallas in ihre Mitte und verschwanden in der Dunkelheit.

*

Kard und Madad versteckten sich inzwischen in Gsams Schuppen. Überall standen Schoff-Fässer herum, in einer Ecke die vollen, in einer anderen die leeren. Eines der Fässer leckte, eine kleine Pfütze hatte sich gebildet. Madad schlürfte die Flüssigkeit genussvoll auf.

»Ein bisschen warm, aber immer noch lecker.«

»Du trinkst Schoff?«, fragte Kard erstaunt.

»Yo, warum nicht? Wir Cus können nicht nur sprechen, wir können auch feiern, bis die Gova kommt.«

Vor seinem inneren Auge sah Kard einen Raum voll betrunkener Hunde, die auf den Tischen tanzten und Trinklieder sangen. »Ich kann mir nicht vorstellen, dass das erlaubt ist.«

Madad sah ihn mit großen Augen an.

»Du bist mir schon ein komischer Kerl. Gerade sind wir einem Haufen Schergen entkommen, auf dem Rücken trägst du ein Minas-Schwert und du fragst mich allen Ernstes, ob es erlaubt ist, dass sich ein Cu einen hinter die Binde kippt?«

Kard nickt wortlos. *Oh großer Branu, der Cu hat recht.* Er war vor den Schergen geflohen. Einen hatte er sogar angegriffen. Er, Kard, die Rechtschaffenheit in Person. Durch Kards Körper lief ein eisiger Schauer. Irgendetwas stimmte mit seiner Welt nicht mehr. *Irgendetwas ist hier ganz gewaltig faul.* Und Kard hatte das dumpfe Gefühl, dass dies erst der Anfang war.

Als die vier Toraks leise den Schuppen betraten, befand sich Kard gerade in einer der hinteren Ecken und übergab sich. Als er sich danach zu den Ankömmlingen gesellte, verdrehte Madad die Augen und Gsam schüttelte den Kopf.

»Eigentlich hat er sich ganz gut geschlagen«, sagte Wallas zu den anderen Toraks. »Aber irgendwie war es wohl doch etwas viel für ihn.«

»Was machen wir jetzt?«, fragte Gsam.

»Die waren hinter dem Schwert her«, antwortete Wallas, »ich glaube nicht, dass sie hinter mir her waren.«

»Bist du sicher?« Gsams Blick hatte sich etwas aufgehellt.

»Ziemlich. Kard, die Schergen haben dich doch nach dem Minas-Schwert gefragt, oder?«

Kard, der gerade aus dem Dunkeln gestrauchelt kam, nickte. »Stimmt, haben die wohl gleich erkannt.«

»Wie sollen die das Minas-Schwert erkannt haben, das steckte doch in der Scheide? Und von Außen hat man nur den Knauf gesehen. Nein, ich glaube, die wussten, dass du eins hattest. Fragt sich nur, woher?«

»Aber was wollen die Schergen mit einem Minas-Schwert?«, fragte Kard in die Runde.

»Machst du Witze?«, bellte Madad. »Ein Minas-Schwert, ein Schwert Branus? Da drehen die Govas doch durch, wenn sie so etwas sehen. Bestimmt hat Tsarr die Schergen geschickt.«

»Das stimmt«, pflichtete Wallas dem Cu bei. »Aber richtig gefährlich kann es ihnen erst werden, wenn es geweiht ist.« Wallas schaute in die Runde. »Und das ist es noch nicht.«

»Und dieser kleine Angsthase soll das für uns regeln?«, fragte einer von Gsams Söhnen und schaute verächtlich in Richtung von Kard.

»Der kleine Angsthase«, entgegnete Kard aufgebracht, »hat gerade einen Schergen angegriffen.« Kards Adamsapfel sprang hoch und runter und er schaute angriffslustig in die Runde. Doch dann sackte er in sich zusammen. »Wenn sie mich kriegen, werden sie mich wahrscheinlich zu Tode foltern.« Jetzt standen ihm die Tränen in den Augen.

»Ho, ho, ho.« Gsams Sohn baute sich auf. »Der kleine Mensch hat einen Schergen angegriffen. Du Held du. Du echter Superheld. Mein Bruder und ich, wir haben vielleicht zehn Schergen eben den Schädel eingeschlagen. Mann. Wenn die uns kriegen, grillen die uns eine Woche über ihren Kohlebecken.«

»Der große Torak und der kleine Mensch beruhigen sich jetzt mal wieder.« Gsam sah seinen Sohn streng an. »Wir sitzen alle im gleichen Boot.«

»Wir sitzen im gleichen Boot? Seit wann sitzen Menschen und Toraks im gleichen Boot? Ich dachte, darum geht es, oder? Dass wir eben nicht alle gleich sind, oder? Wer hat denn alle Privilegien? Wer kann zur Schule gehen oder sich auch mal nach sechs Stunden Arbeit aufs Ohr hauen?«

Kard glaubte sich verhört zu haben. »Du willst zur Schule gehen?«

»Natürlich will ich zur Schule gehen. Mein Vater hat Bücher, kannst du dir das vorstellen? Ein Torak, der Bücher hat. Und ich kann sie sogar lesen, weil unser Vater uns das beigebracht hat. Aber ich habe jetzt »Anleitung zum Brauen des perfekten Schoffs« und »Die Geschichte vom Bademeister mit den drei Badenixen in roten Badeanzügen« schon so oft gelesen, dass ich sie auswendig kann. Und in den Buchhandlungen verkaufen sie uns Toraks keine Bücher. Weil wir ja sowieso nicht lesen können.« Gsams Sohn war zum Schluss immer lauter geworden und einen Schritt auf Kard zugegangen. Der wich mehr staunend als ängstlich zurück. Ein lesender Torak passte so gar nicht in Kards Weltbild.

»Hier in der Stadt scheint das wirklich so zu sein. Der Unterschied zwischen den Menschen und Toraks. Manche von uns sind sogar Leibeigene! Dass Flanakan das eingeführt hat, hat ihm viele Freunde bei den Menschen gemacht. Kostenlose Arbeitskräfte, die man nur durchfüttern muss. Schon recht praktisch. Auf dem Land ist es anders. Da gibt es sogar leibeigene Menschen. Und das finden die auch nicht toll, das sage ich euch.« Gsam sah seine Söhne streng an. »Und das wisst ihr auch. Wir sitzen in einem Boot. Menschen und Toraks. Und alle anderen Wesen. Das Problem ist Flanakan und seine Gova. Die Goiba-Priesterin hat das Land verflucht.«

»Genau!«, bellte Madad nun dazwischen, »und deswegen beißen wir der alten Hexe jetzt mal ganz schön in den Allerwertesten. Wir weihen das Minas-Schwert und hauen ihr damit eins kräftig über die Rübe.«

»Ein geweihtes Minas-Schwert wäre eine starke, magische Waffe im Kampf gegen die Magie von Flanakan und Tsarr. Branu gegen Goiba. Da hast du recht, Madad. Das Schwert alleine wird es aber auch nicht richten können. Es wäre ein Symbol, ein sichtbares Zeichen und eine magische Waffe. Ein Zeichen, das jeder sofort versteht. Ein Zeichen, unter dem wir uns versammeln könnten.«

»Und wer ist wir…?«, fragte Kard nun, dem es langsam dämmerte, dass es hier nicht nur um das Gesellenstück eines Schmiedes ging.

»Wir, das sind ein paar unzufriedene Toraks«, antwortete Wallas. »Und auch ein paar Menschen. Selbst hier in der Stadt. Flanakan hat es in den letzten Jahren und Jahrzehnten einfach zu weit getrieben. Menschen und Toraks und alle andere Wesen sollten die gleiche Rechte haben, so war es früher und das war auch gut so. Seit er vor ein paar Jahren eingeführt hat, dass sich ein verschuldeter Torak in die Leibeigenschaft begeben muss, ist das Fass einfach übergelaufen. Ein Torak als Leibeigener? Wir waren einmal Nomaden, zogen frei durch das ganze Land, und nur Branu gaben wir unser Opfer. Und heutzutage? Die Toraks werden zu Sklaven und die Tempel von Branu und den göttlichen Brüdern werden von Tag zu Tag weniger.«

Kard wollte irgendwas in der Richtung erwidern, dass es ja einfach nun mal so Gesetz ist, das mit der Leibeigenschaft, und daher könne man das ja wohl kaum ändern. Gesetz ist Gesetz. Aber als er in die grimmigen Mienen der vier Toraks schaute, der eine Sohn von Gsam war immer noch etwas kurzatmig, verkniff er sich seinen Kommentar lieber.

*

Als Laoch erwachte, brummte sein Kopf, als ob Sorb ihn eine Weile mit der Schädelzange bearbeitet hätte. Aber kaum hatte er sich an den Schmerz gewöhnt, brach ein viel intensiveres, brennenderes, dringlicheres Gefühl aus ihm heraus. Eine unbändige Wut! Was für eine Frevel, was für eine Ungeheuerlichkeit. Man hatte ihn, Laoch, Oberster der Schergen, ein Auserwählter vor Goiba und allen anderen Göttern, einer der wichtigsten Männer, wenn nicht sogar der wichtigste Mann unter Flanakan, man hatte ihn, Laoch, geschlagen! Normalerweise ließ Laoch seinen Hass, der in einem riesigen schwarzen Kessel direkt unter seinem Herzen brodelte, immer nur in kontrollierten kleinen Portionen heraus, aber jetzt verließ sogar Laoch, dem fast Allmächtigen, die Geduld. Er sah einen seiner eigenen Toraks mit zerfleischtem Unterschenkel und gebrochenem Kiefer stöhnend vor sich liegen, eindeutig lebendig und... eben ein Torak. Laoch hievte sich hoch, zog sein Schwert aus der Scheide und ließ es auf seinen Schergen hinuntersausen. Der erste Schlag zerschmetterte dem Mann gleich den Schädel. Knochensplitter, Blut und Gehirnmasse segelten durch den Raum. Das Stöhnen und Ächzen der anderen Verwundeten verstummte. »Ihr verdammten Tiere, ihr Tiere, ihre dummen, verdammten Tiere«, schrie Laoch und sein Schwert zerschmetterte Knochen, zerschnitt Fleisch. Man hörte nun nur noch sein schweres Atmen, sein Fluchen, der Klang des Schwertes, wenn es die Luft zerschnitt. Dann das nasse Schmatzen, wenn die Klinge Fleisch durchtrennte oder einen dumpfen Aufprall, gefolgt von einem trockenen Knirschen, wenn er Knochen traf. Laochs Männer beobachteten ihren Chef still und voller Erstaunen. So aufgebracht hatten sie ihn noch nie gesehen.

»Was glotzt ihr so, ihr dummen Idioten. Du da, du kannst noch laufen, oder? Und ihr drei da hinten? Ihr lauft jetzt zu den Stadttoren und macht alles dicht. Keiner, niemand, keine Seele, keine Mücke verlässt ab jetzt Conchar. Habt ihr verstanden?«

Eifrig nickten die vier Schergen, die dem Cu durch die Lappen gegangen und mit gebrochenen Kiefern und herausgekugelten Armen davongekommen waren. So schnell hatte man in Conchar selten die Schwarzgekleideten durch die Gassen rennen sehen. Als ob der Tod selbst hinter ihnen her sei, rannten die Schergen durch die morgendlichen Häuserschluchten, lange Schatten hinter sich herziehend, denn Branu schickte bereits die ersten Sonnenstrahlen in das Labyrinth der Stadt. Nur wenige Minuten später war Conchar hermetisch abgeriegelt. Niemand kam mehr herein, niemand konnte hinaus.

*

Als Gsam die Tür zum Schuppen öffnete, sah er einige Häuserdächer weiter, eine dunkle Rauchsäule in den Himmel steigen.

»Deine Schmiede brennt, Wallas.«

»Gut so, ich hätte sowieso nicht zurückkehren können.«

»Und so gibt es auch keine Spuren.«

»Hätte es auch so nicht gegeben, die einzigen Spuren befinden sich in meinem Kopf.« Wallas war neben Gsam getreten und betrachtete die Rauchsäule.

»Fast 100 Jahre habe ich mich darin versteckt, vielleicht ist es gut, dass es jetzt so endet.«

»Es begann im Feuer, es endet im Feuer, Branu ist mit uns.«

»Branu ist mit uns, aber wir müssen uns schon selbst helfen. Gebete und Opfer allein bringen nichts, das haben wir gelernt.«

»Wir brauchen ein geweihtes Minas-Schwert, dann können wir der Magie von Flanakan und Tsarr gegenübertreten.«

Auch Kard war inzwischen vor den Schuppen getreten und sah ungläubig den schwarzen Rauch über den Dächern von Conchar. Gsam sah ihn an, und man konnte den Zweifel in seinem Gesicht sehen. »Laß einen meiner Söhne mit ihnen gehen, Wallas. Ich bin nicht sicher, ob der Junge es alleine schafft.«

»Was heißt hier allein«, knurrte nun Madad, der jedes Wort von Gsam genau gehört hat. »Zählt ein Cu bei dir nicht? Sind wir dem großen Torak zu klein für eine große Aufgabe?«

»Jetzt streitet ihr nicht auch noch«, stöhnte Wallas. »Gsam, Kard ist nicht irgendein Mensch, auch wenn er, was ich gerne zugebe, nicht unbedingt wie die erste Wahl aussieht. Wie lange ist es her, dass ein Mensch ein Minas-Schwert selbst geschmiedet hat, Gsam?«

»Haben die Menschen jemals selbst ein Minas-Schwert geschmiedet? Die können doch gerade mal Küchenmesser machen«, antwortete Gsams Sohn und in seiner Stimme klang unverhohlen die Verachtung, die er für die Menschen empfand.

»Du irrst dich, Gsark, Sohn des Gsam. Dein Vater mag dir das Lesen beigebracht haben, aber anscheinend hat er dir nicht genug von unserer Geschichte erzählt.«

»Doch, doch, Wallas. Ich weiß schon, auf was du hinaus willst. Damals, in der guten alten Zeit, als die Drachenkönige noch über Haragor herrschten und Menschen und Toraks und Ichtos und alle anderen Wesen jeden Tag friedlich Ringelreihe miteinander getanzt haben. Und abends haben Govas und Govans uns Gute-Nacht-Geschichten erzählt. Diese Zeit, lieber Wallas, bei allem Respekt, ist nun mal vorbei.«

»Nicht ganz so, Gsark, aber so ähnlich.« Wallas betrachtete den jungen Torak. Skepsis lag in seinem Blick, aber auch Verständnis. Der alte Torak konnte sich offensichtlich noch an die Zeit erinnern, als er wie Grams Sohn jung und voller Träume gewesen war.

Der Wind hatte inzwischen den Geruch der brennenden Schmiede bis zum Knochenbruch getragen. Mit der lauen Brise hatten sich die ersten Sonnenstrahlen über den Horizont geschält. Eine Amsel begann loszuzwitschern und schon stimmte die versammelte Vogelgesellschaft von Conchar mit ein. Ein ohrenbetäubendes Geziepe füllte für wenige Minuten die lauwarme Morgenluft. Selbst für einen hartgesottenen Clubbesitzer war das zu viel. Gsam hielt sich die Ohren zu.

»Ihr müsst los, Kard und Madad.«

Kard starrte auf die Rauchsäule. Das würde die Nachbarn aber gar nicht freuen. Die hatten sich sowieso so manches Mal über den Lärm der Schmiedehämmer beschwert. Und jetzt noch der Rauch in ihren Wohnzimmern. Sicherlich gab es da eine Beschwerde bei den Wachen.

Jetzt musste Kard doch lachen. *Die Wachen, was kümmerten mich jetzt noch die Wachen?* Immer hatte er darauf geachtet, dass die zufrieden waren. Ein Schild »Achtung, fliegende Funken«, hatte er vor die Tür gestellt. Immer war die Asche vollkommen ausgekühlt, bevor er sie durch die Straßen zum Fluss karrte, damit auch keiner, der zufällig stolperte und dabei in seine Wagen fiel, ihn später wegen des unzulässigen Transports von Gefahrgut anklagen konnte. Die Spitzhacken waren spitz, die Schaufelblätter stabil, die Türbeschläge massiv gewesen. Niemand sollte jemals einen Grund zur Beschwerde haben. Und keiner der Kunden hatte das auch jemals getan. Nur die Nachbarn. Aber gegen Lärm und Rauch konnte man in einer Schmiede eben nur begrenzt etwas tun. Und einen Taubheitszauber für die lieben Nachbarn wäre sicherlich auch illegal gewesen!

Aber was sorgte er sich jetzt um die Nachbarn? Sein ganzes Leben kräuselte sich mit der Rauchsäule am Horizont gerade in die Leere des Himmels. Kard, der Schmied, irgendwann Frau und Kinder. Dann Enkelkinder. Und dann der Tod. Ganz normal eben. Friedlich. Ohne Aufsehen durchs Leben gehen. Ab und zu tanzen gehen. Ab und zu ein Schoff. Zu allen Göttern beten und Opfer bringen. Dafür den Segen für ein friedliches Leben bekommen. Und dann der Tod.

Kard ächzte. *Wieso denke ich dauernd an den Tod?* Vielleicht weil sein altes Leben gerade gestorben war? Er fühlte sich hilflos. Verwundbar. Verwirrt. Dass das Geschehene einfach so geschehen war. Verflixt. Die Zeit schritt voran und ließ die Vergangenheit einfach hinter sich. Kard spürte, wie seine Seele sein altes Leben am liebsten zurückgeholt hätte, ein Raum, in dem er sich sicher gefühlt hatte, in dem er die Regeln kannte. Indem er die Regeln nur befolgen musste, um in

Ruhe gelassen zu werden. Wie im Waisenhaus. Da musste man nur schön brav sein. Wer nicht auffiel, konnte auch den Zorn der Govas nicht erwecken. Die Götter um Rat fragen, den Regeln der Götter folgen, am besten den Regeln der drei göttlichen Schwestern, denn die Priesterinnen von Goiba, Credna und Luchta standen mit ihren Peitschen direkt vor ihm. Überleben! Unsichtbar sein! Atmen!

Kard atmetet. In seine Lunge zog der Rauch der brennenden Schmiede. Auf seiner Brust spürte er nun den Drachenzahn. In all der Leere, der Ungewissheit, gab ihm das Amulett Kraft. Eine dunkle, bleierne aber wohltuende Kälte zog direkt in sein Brustbein. Die Panik, die sich gerade in ihm ausbreiten wollte, sackte wie ein Tuch zusammen, das den Klauen des Sturms entgangen war. Kard war ganz ruhig, irgendwie kalt, aber im Kern der Kälte, das konnte er genau spüren, war eine gewaltige Hitze, noch klein wie die Spitze einer Nadel, aber irgendwie doch gewaltig. Als er den Ruf von Gsam hörte, wandte er sich mit leerem Blick um und erhob sich mechanisch. Dann sah er Madad und in den Augen des Cus brannte ein Feuer, das das Unbekannte willkommen hieß. Ganz ohne Angst, ganz im Gegenteil, voller Vorfreude

»Und Madad, bist du bereit?«

»Yo, ich bin so was von bereit, Bruder, so was von. Wow, wir werden einen Onchu suchen. Endlich raus aus dieser öden Stadt. Ich wittere Abenteuer.« Sprach es, bellte es und dann tanzte Madad wie eine Katze, die plötzlich aus einem Albtraum erwachte. Der Cu sprang aus dem Stand in die Höhe, drehte sich in der Luft, bellte, und das zehnmal hintereinander. Dann lag er lachend und schnaufend auf dem Rücken.

*

»ER SOLL WAS VERSTECKT HABEN?« Tsarr war aufgesprungen und hätten ihre Augen töten können, und es war nicht ganz ausgeschlossen, dass sie das vielleicht doch konnten, wäre Laoch jetzt ein zuckendes Stück Fleisch vor ihren Füßen.

»Ein Minas-Schwert, meine Gebieterin. Aber es war nur ein Gerücht. Ich war mir sicher, dass wir nichts finden würden. Es war eher eine Vorsichtsmaßnahme.« Laoch, der die Wutausbrüche der Gova nur zu gut kannte, war von ihrem Auftritt zwar wie immer ein wenig beeindruckt, aber wirkliche Angst, hatte er, Laoch, Oberster der Schergen, auch vor ihr nicht. Wahrscheinlich hatte er deswegen auch diesen Job. Tsarr konnte Schwächlinge nicht ausstehen.

»BRING MIR DIESES SCHWERT!«

»Der Junge ist damit geflohen, aber er wird nicht weit kommen. Ich habe die Stadttore schließen lassen.«

»Bring mir den Jungen und das Schwert!«

Tsarr hatte sich etwas beruhigt. Im Großen Tempel von Goiba, Göttin der Nacht, der Kälte und der Finsternis, einem hohen, kreisrunden Kuppelbau, auf dessen Grundfläche locker eine ganze Tok-Rind-Herde Platz gefunden hätte, stolzierte die Priesterin vor dem Opferaltar auf und ab. In der Mitte des Altars befand sich die nun leere Opferschale. In den Rinnen der Altarplatte klebte noch das getrocknete Blut der zehn Jungfrauen, die sie zur Sonnenfinsternis eigenhändig geopfert hatte. Das Echo von Tsarrs Stimme hallte durch die kalte Leere des Tempels.

»Und wieso glaubst du, dass es ein echtes Minas-Schwert war? So etwas hat es seit dem Großen Krieg nicht mehr gegeben. Ein Minas-Schwert? Hier? Direkt unter den Augen unseres Herrschers? Unmöglich!« Tsarr schien nachzudenken. So unmöglich es zu sein schien, so gut passte es doch in ihre unheilvolle Vision, wusste Laoch.

»Der Torak und der Junge haben es nicht abgestritten. Normalerweise jammern uns die Leute immer die Ohren voll, dass keiner unserer Hinweise irgendeinen Wahrheitsgehalt hätte. Nicht die beiden. Die haben sich uns sofort entgegengestellt. Und dann bekamen sie von irgendwoher sogar Unterstützung. Drei Toraks standen da plötzlich und griffen uns mit Keulen an. Nein, ich glaube, die hatten tatsächlich ein Minas-Schwert. Einen meiner Männer haben sie sogar damit angegriffen.« Laoch schaute triumphierend zu Tsarr. Er würde hier doch nicht mit halbgaren Argumenten kommen. Ihn, Laoch, führte man nicht so leicht an der Nase herum. »Auf jeden Fall waren sie nicht überrascht. Aber das kann vieles bedeuten.«

Tsarr stützte sich nun auf den Blutaltar und schien nachzudenken. »Bring mir diesen Mann, der angegriffen und hoffentlich…«, jetzt schaute Tsarr Laoch mit listiger Kälte an, »verletzt wurde.«

»Nur eine Fleischwunde, meine Gebieterin, nichts Schlimmes.«

»Bring mir diesen Mann.«

*

»Das wird sie ein bißchen in Aufruhr bringen.« Gsam sah sich das Flugblatt an. Eigentlich nichts Weltbewegendes. Gsam, seine Söhne und Wallas standen vor der kleinen Druckerpresse, die in einem der Schoff-Fässer versteckt gewesen war.

»Aber eben keine Werbung für Trockenobst.« Wallas grinste zufrieden. Es war die Liste der am nächsten Dageugende, dem Ende der elftägigen Arbeitswoche in Haragor, zu vollstreckenden Todesurteile. Name, Wesen, Beruf, Anklage, Strafe. Ohne Kommentar.

Karloich, Torak, Koch – verantwortlich für eine Magenverstimmung von Flanakan, dem Gütigen – Tod durch den Strang

Nanda, Mensch, Gova – Hochverrat – Blendung

Kalassa, Torak, Leibeigener – Fluchtversuch – Tod durch den Strang

Kalassai, Torak, Leibeigene – Fluchtversuch – Tod durch den Strang

Embi, Mensch, Lehrling – Hochverrat – Blendung

Wallakka, Torak, Bauer – Hochverrat – Tod durch den Strang.

»Aber die meisten unserer Brüder können ja nicht lesen«, gab Gsark zu bedenken.

»Keine Sorge, Gsark«, entgegnete Wallas. »Vielleicht können die meisten von uns kein Buch lesen. Aber das hier werden sie bestimmt verstehen. Da bin ich mir sicher.«

*

Als Laoch mit dem verwundeten Schergen in den Tempel zurückkam, stand Tsarr hinter dem Opferaltar und rührte mit geschlossenen Augen und geheimnisvolle, dunkle Worte flüsternd eine undefinierbare Masse in einer kleinen Schale an. Vor dem Altar lagen ihre drei Faolskis, gezähmte Faols, die besten Spürhunde Haragors, hieß es. Tsarr hatte die Faolskis bereits als Welpen zu sich genommen und sie mit dem Blut ihrer eigenen Mutter genährt. Niemand wusste genau, welche magische Macht Tsarr ihnen noch mitgegeben hatte, aber mit ihren blutunterlaufenen Augen und schwarzen Pupillen sahen diese Bestien nicht sehr vertrauenerweckend aus. Vor diesen Tieren hatte selbst Laoch Respekt.

»Er darf sich auf den Altar legen«, flüsterte Tsarr mit heiserer Stimme.

»Auf den Altar?« Dem Schergen schwante vielleicht, dass dieser Tag kein gutes Ende für ihn nehmen würde.

»Ich werde deine Wunde versorgen, Scherge. Wenn das Gift von Minas-Erz in deinem Blut ist, müssen wir schnell handeln.«

»Gift?«

»Branus Atem durchzieht das Minas, Gift für Goiba, Gift für dich, Scherge.« Es fiel Tsarr sichtlich schwer den Namen des Schöpfergottes auszusprechen. Verbitterung verzerrte ihre Lippen zu zwei schmalen Strichen.

»Gut, auf den Altar?«

Wie dumm diese normalen Sterblichen doch sind, dachte Laoch. Da legt sich mein lieber Untergebene doch glatt freiwillig auf den Opferaltar von Tsarr, der obersten Priesterin von Goiba. Was hätte ich in diesem Fall gemacht, sinnierte Laoch. Sicherlich würde er sich nicht wie ein Opferlamm zur Schlachtbank führen lassen.

»Zeig mir die Wunde«, sprach Tsarr nun und gab ihren Faolskis ein Zeichen, die sich daraufhin erhoben und zu ihrer Herrin trotteten.

»Lass deinen Arm hier herunterhängen.«

Gehorsam hatte der Scherge die Ärmel seines Gewandes nach oben gezogen und ließ jetzt den Arm mit der verkrusteten Narbe über den Rand des Altars baumeln. Auf ein weiteres Zeichen von Tsarr begannen die Faolskis an der Wunde zu schnuppern.

»Bleib ganz ruhig, ich werde dir etwas Salbe auf die Wunde schmieren, um das Gift herauszuziehen. Laoch, halt deinen Mann fest, falls die Salbe etwas schmerzen sollte.«

Aha, dachte Laoch, dann sage ich meinem Mann mal auf Wiedersehen. Er trat hinter den Altar.

»Vielleicht sollten wir ihn doch besser etwas mehr Halt geben?«

Laoch nahm die Kette, die in Ösen an den Seiten des Altars baumelte und führte sie über den Körper des Schergen, der seinen Vorgesetzten mit großen Augen ansah.

»Chef, ist doch alles in Ordnung, oder?«

»Alles in Ordnung, mein Scherge.«

Als dann Tsarr die Salbe auf die Wunde strich, bäumte sich der Körper des Schergen nach oben. Aus der Wunde stieg Dampf auf, den die Faolskis gierig aufsaugten. Tsarr sprach mit Worten zu ihnen, die Laoch nicht verstand. Wohl eine magische Sprache, die direkt mit der Seele der Bestien in Verbindung stand. Kurz glaubte Laoch, unter dem Fell der Tiere etwas Menschliches zu entdecken. Muskeln, glatte Haut, aber schon hatte sich diese Schimäre wieder in Luft aufgelöst. Dem gemeinen Schergen auf dem Opferaltar stand nun weißer Schaum vor dem Mund, immer noch bäumte er sich wortlos auf, seine Augen traten aus den Höhlen, sein Atem stockte. Tsarr schrie ein einziges magisches Wort, das Laoch nur als undefinierbaren Schrei wahrnahm, dann sackte der Körper des Schergen in sich zusammen. Die Faolskis leckten an der Wunde, fast so als ob sie sich eine leckere Süßigkeit teilen würden. Aber es genügte ein Wort von Tsarr und schon standen die Tiere mit aufgerichteten Ohren vor ihrer Herrin.

»Und jetzt lauft, meine Lieben, und findet das Minas-Schwert.« Zu Laoch gewandt sprach die Priesterin: «Wenn, wie du sagst, das Schwert noch in der Stadt ist, werden es meine Faolskis finden.«

»Also war es ein Minas-Schwert?«

»Es war Minas-Erz, keine Frage, vielleicht ein Schwert, das werden wir bald wissen.« Ein leichtes Zittern lag in Tsarrs Stimme, so vage, so fein, dass es wohl niemand, der sie nicht gut kannte, bemerkt hätte. Aber Laoch konnte es hören. Die mächtige Tsarr. Die große Priesterin von Goiba. Die mächtigste Frau in Haragor. Sollte diese Frau Angst vor einem Schwert haben? Vor einem Stück Metall? Laoch lachte innerlich. Sein ganzer Respekt, den er immer von Tsarr gehabt hatte, bekam einen gewaltigen Riss. Angst vor einem Stück Metall? Darüber konnte er, Laoch, nur lachen.

*

Am nördlichen Stadttor hörten Kard und Madad schon von weitem die Rufe der Wachen, die von ihren Wachtürmen herab den mürrischen Händlern vor der Stadtmauer erklärten, dass sie besser wieder nach Hause gehen sollten.

»Aber ich habe einen Termin beim Bader, meine Zähne faulen vor sich hin, darauf habe ich drei Monate gewartet.«

»Und ich habe hier frische Fische, die bald nicht mehr frisch sind.«

»Meine Oma braucht ihre Medizin.«

Die Wachen oben auf dem Turm hatten ganz schön viel zu tun. Auch von dieser Seite belagerten Menschen und Toraks, die Conchar verlassen wollten, das Tor.

»Mist, das Tor ist zu, das ging schneller als gedacht. Wir hätten nicht so lange im Schuppen bleiben sollen.« Madad ärgerte sich.

»Was jetzt?«, fragte Kard.

»Wir versuchen es noch am Osttor. Und pass auf, dass man das Schwert nicht sehen kann.«

Kard prüfte noch einmal kurz das Bündel auf seinem Rücken, aber man konnte nicht sehen, dass darin ein Schwert versteckt war.

Sie hatten sich eine ganze Weile in Gsams Schuppen versteckt, aber alles war ruhig geblieben. Keine Wachen, die plötzlich massenhaft durch die Straßen patrouillierten, kein Nachbar, der eigentlich ein Spitzel der Schergen war, der unschuldig an die Tür klopfte, um unschuldige Fragen zu stellen. Der Vorfall in der Schmiede von Wallas am heutigen Morgen schien bisher keine weiteren Folgen zu haben. Längst war Leben in die Stadt eingekehrt, die Sonne hatte den Zenit schon wieder überschritten. Kinder, natürlich menschliche, sprangen lachend auf dem Rückweg von der Schule zwischen den Beinen von Menschen, Toraks und Ichtos herum, die ihrem Tagewerk nachgingen. Lastkarren mit Tok-Rindern transportierten Holz, Blumenvasen und andere nützliche Gegenstände durch die Gassen. Streunende Katzen sprangen dem Cu provozierend vor die Schnauze, der sie hochnäsig ignorierte. Als sie sich dem Osttor näherten, sahen sie schon, dass auch hier sich bereits ein kleiner Stau gebildet hatte. Das Tor war geschlossen.

»Was jetzt?« Kard war ratlos. Zurück zum Schuppen?

»Wir könnten es im Süden am Mühlenbach versuchen. Und uns vielleicht durch die Gitter unter der Stadtmauer zwängen«, schlug Kard vor.

»Geht nicht«, antwortete Madad, der seinen Kopf gerade in die Luft hielt und intensiv schnupperte.

»Wieso. Du bist klein genug, du kommst bestimmt durchs Gitter. Und ich bin doch auch recht schlank. Das könnte gehen. Falls die da nicht auch Wachen aufgestellt haben.«

»Ich kann nicht schwimmen«, flüsterte Madad, der die Augen jetzt geschlossen hatte und immer intensiver seine Nase in den Wind zu stecken schien.

»Oh.« Daran hatte Kard nicht gedacht. »Können Cus nicht schwimmen?«

»Eigentlich schon, aber Mama hat es mir nicht beigebracht.«

»Ah.«

»Und wir haben jetzt auch ganz andere Probleme.«

Kard schaute verwundert. Noch mehr Probleme? Das ging doch fast gar nicht.«

»Faolskis! Lauf!«

Faolskis? Jeder in Conchar kannte die Bluthunde von Tsarr. Diese riesigen abgerichteten Faols, die manchmal einen verurteilten Torak zu Tode hetzten und bei den Opferriten für Goiba von der Priesterin immer reich beschenkt wurden. Manche behaupteten, dass sie auch sonst mit dem Fleisch von Toraks und Menschen gefüttert wurden. Die Ichtos dagegen schmeckten zu sehr nach Fisch, das war ihr Glück.

»Faolskis?« Kards Stimme schrillte fragend in Richtung des Cu? »Und die sind hinter uns her?«

»Möchte ich jetzt nicht austesten. Hallo Herr Faolski, suchen Sie mich oder doch Herrn Müller aus der Bäckergasse? Lauf!«

»Wohin, Madad, wohin?«

»Zum Feuerturm.«

»Aber da sitzen wir dann in der Falle.«

»Jetzt lauf einfach.«

Kard rannte los, dem Cu hinterher. Und das gerade noch rechtzeitig, denn in diesem Augenblick jagten die Faolskis um die Ecke. Und Kard musste nicht mehr fragen, ob die Faolskis Herrn Müller oder Herrn Kard auf den Fersen waren. Die drei riesigen grauen Zottelwesen sprangen direkt auf sie zu.

Kard rannte so schnell wie noch nie in seinem Leben. Haken schlagen, schnell in diese Gasse, über Karren mit Tok-Dung springen, Fässer mit eingelegten Gurken umwerfen. Rein in ein Treppenhaus, durchs Fenster springen, auf einem Baldachin landen, der zu Rutschbahn wurde und ihn wieder mitten ins Getümmel warf. Fluchende Menschen, grunzende Toraks, zeternde Ichtos, schreiende Schwangere, Alte kurz vor dem Herzinfarkt. Aber leider ließen sich diese verdammten Faolskis nicht abschütteln. Durch die engen Kurven schlitterten sie einfach wie trainierte Rennpferde, die Marktstände und Karren der Handwerker durchpflügten sie wie Geschosse. Eine Spur der Verwüstung hinter sich herziehend, kamen sie den beiden Flüchtenden immer näher.

»Da der Turm. Verriegele das Tor hinter dir.«

»Das wird die aber nicht lange aufhalten.«

»Mach es einfach.« Madad war schon ganz außer Atem, seine Zunge hing aus seinem Mund, ein Wunder, dass er noch sprechen konnte.

Sie erreichten den Turm, Kard warf das Tor zu und schob einen massiven Holzbalken davor. Aber schon beim ersten Ansturm der Faolskis, hörten sie den Balken splittern.

»Nach oben.«

»Was soll das werden, Madad.«

»Ich hoffe, ich kann sie überreden.«

»Was?«

Eine enge Wendeltreppe, leider so massiv, dass sie auch die Faolskis tragen würde, schraubte sich nach oben. Kard und der Cu sprinteten die Treppe hoch, mit jedem Schritt wurden sie dabei atemloser und langsamer. Und unten sprangen die Faolskis gegen die splitternde Tür.

Die Treppe endete im Dachstuhl des Turmes auf einer umzäunten Plattform, in dessen Mitte das Glockenseil in die Tiefe fiel. Das Seil lenkte die große Glocke über ihnen, die der Feuerwächter anschlug, sobald in Conchar, in dem es immer noch viele Häuser, Scheunen und Schuppen aus Holz gab, ein Feuer ausbrach. Der diensthabende Feuerwächter saß in einem Lehnstuhl und sah die beiden Atemlosen verdutzt an.

»Was ist los? Brennt es?«

»Nein, nein, wir besuchen nur unsere Freunde.«

»Ein sprechender Hund?« Das war offensichtlich zu viel für den alten Mann, er sackte in seinem Stuhl zusammen und sagte kein Wort mehr. Und dann hörte man Madad seltsame Geräusche machen. Ein Schmatzen und Pfeifen, ein Winseln und Krächzen, Geräusche, die Kard noch nie gehört hatte.

»Madad, geht es dir gut?«

»Fresse.«

»Verstanden.«

Und dann kamen die Schatten auf sie herab. Kard traute seinen Augen nicht. Flughunde, die oben im Gebälk des Turmes wohnten. Nachts glitten sie über Conchar hinweg, schon oft hatte Kard im Mondschein ihre Silhouette gesehen. Alte Wesen. Aber harmlos.

Eine seltsame Unterhaltung hatte sich zwischen dem Cu und den riesigen Flughunden ergeben. Aber als unten das Tor zerbarst und man dann die schweren Körper der Faolskis die Treppe hoch stürmen hörte, waren sich Madad und die Flughunde wohl einig. Sie packten den Cu und den kleinen Menschen, zwängten sich mit ihnen durch die schmalen Fenster des Feuerturmes und schwangen sich mit ihren Gästen in die Lüfte. Als die Faolskis in ihrem Ansturm mit voller Geschwindigkeit an die Glocke krachten, strich ihnen der

Wind der Flügelschläge noch einmal kurz um ihre geblähten Nasenlöcher. Wütend stürzten sie zu den Wandöffnungen und heulten ihre Wut und Enttäuschung den Flughunden und ihren Passagieren hinterher. Vom Klang der Glocke erwachte nun auch der Feuerwächter aus seiner Lethargie. »Feuer?«, frage er die bellenden Bestien. Dann realisierte er das ganze Szenario und wurde vollends ohnmächtig.

Das Wirtshaus »Glücksbrunnen«

Dieses Hämmern, diese Funken, schrecklich! Der Kundenverkehr eine Zumutung! Aber Wallas eigentlich ein netter Kerl! Hat die Nachbarn öfters mal zum Tee eingeladen! Oder mal ein Schoff ausgegeben! Ein umgänglicher Typ! Frau Mahlzahn, der Kinderschreck in diesem Viertel, war sogar ganz begeistert von dem Schmied. Diese Statur. Diese Muskeln. Die Schergen, die am Tag nach dem Brand angefangen hatten, die Nachbarn zu befragten, konnten anfangs nichts wirklich Verdächtiges entdecken. Bis sie zu Herrn Onak kamen, einem misstrauischen Kerl, kräftig gebaut, Mensch. Er führte ein Buch über die Streiche, die Kinder ihm spielten. Bei jeder Gelegenheit betete er die gesammelten Schandtaten seiner Mitmenschen hinunter. Was sich dieser Torak einbilden würde. Meinte dieser überhebliche Schmied, nur die Toraks könnten gute Werkzeuge machen? Er war staatlich geprüfter Löffel- und Suppentellerschnitzer, sein Marktstand war über Conchar hinaus berühmt, da er auch mit seltenen Hölzern arbeite, die er sich im Tempel von Goiba weihen ließ. Und hätte dieser Torak ihm oder anderen Menschen den gebührenden Respekt gezollt? Gut, höflich sei er schon gewesen. Aber in dieser Höflichkeit hatte Herr Onak ganz deutlich die Verachtung bemerkt, die dieser Torak allen Menschen gegenüber empfand. Kein Zweifel, dieser Torak war ein Extremist. Oder könnte einer sein. Wäre auf jeden Fall möglich. Nichts ist ausgeschlossen.

Die Schergen, selbst Meister der Verleumdung, die am Tag nach der Flucht der Verdächtigen zum Verhör der

Nachbarn geschickt worden waren, schenkten Herrn Onak anfangs keine Beachtung. Doch dann gestand Herr Onak, dass er Wallas öfters hinterherspioniert habe. Das sei doch seine Bürgerpflicht gewesen. Und jetzt zeige sich, dass dies auch alles seinen Grund gehabt hatte. Dass diese Schmiede total heruntergebrannt sei und damit alle möglichen Beweise vernichtet worden wären, das sei doch sehr, sehr verdächtig. Und diese Besuche im Knochenbruch! Was mache so ein alter Kerl dauernd in einer Wirtschaft? Wieso sitze der nicht, wie zum Beispiel er selbst, einfach abends zu Hause und genieße die lauen Sommernächte? Und dass der einen Mensch als Lehrling gehabt hatte. Doch alles nur Fassade. Wollte der sich als Menschenfreund präsentieren, wo doch jeder weiß, dass Toraks und Menschen einfach grundverschiedene Wesen sind? An diesem Kard konnte Herr Onak erstmal nichts aussetzen. Schien ein braver, gottesfürchtiger Kerl zu sein. Wieso der allerdings als Mensch unbedingt Schmied werden wolle, sei ihm unbegreiflich. Menschen waren, wenn überhaupt, Silber- oder Goldschmiede. Aber so ein Grobschmied? Deswegen hätten die Götter den Menschen ja die geschickten Finger und den Toraks diese Pranken gegeben! Damit jeder seinen angestammten Platz in der Welt gemäß seines Wesens findet.

Die Schergen bedankten sich recht artig bei Herrn Onak, ein guter Mann, den könnte man sich merken, und berichteten Laoch von der einzigen Spur, die sie nach der Befragung der Nachbarn herausgefunden hatte, den Besuchen von Wallas im Knochenbruch.

Laoch war außer sich. Seine schwarz gekleideten Männer, muskelbepackte Menschen und kräftige Toraks, sahen betreten auf die Spitzen ihrer Schuhe, während Laoch vor ihnen hin- und her schritt und dabei Zeter und Mordio schrie. Da schicke er die Meister der Vernehmung zur Befragung dieser Nachbarn, alle könne man ja leider nicht zu Sorb in die Folterkeller schicken, und was hatten sie herausgefunden? Der einzige Hinweis auf das verbrecherische Tun dieses Toraks waren ein paar Kneipenbesuche? Schämen sollten sich diese stolzen Schergen, wenn sie nicht mehr herausbekommen würden. Er selbst werde zum Knochenbruch gehen und mal nach dem Rechten schauen. Wenn das nun mal die einzige Spur sei, werde er da persönlich vorbeischauen. Da wolle er aber hoffen, dass sich dort irgendetwas finden ließe, schrie Laoch seine Gefolgsleute an. Und nichts, was die Leute uns aus lauter Angst einfach sagten, sondern diesmal brauchten sie Fakten, sie brauchten eine echte Spur.

»Verstanden?«

»Ja Chef. Ist klar, Chef. Wir geben unser Bestes.« Mürrisch wie gescholtene Schuljungs trollten sich die Schergen von dannen. Meine Göttin Goiba, eine echte Spur? Gar nicht so einfach!

*

Nachdem die Flughunde die Stadtmauern von Conchar überflogen hatten, war die Reise eine ganze Weile über die weiten Winxgrasfelder, die sich, unterbrochen von Dörfern und Hainen, rund um die Hauptstadt erstreckten, gegangen. Als Schreck und Glück über die erfolgreiche Flucht vor den Foalskis langsam abgeklungen waren, hatte Kard langsam seine Situation realisiert. Und bekam gleich den nächsten Schrecken, denn die Klauen eines riesigen Flughundes hatten ihn unter den Achseln gepackt und trugen ihn in beachtlicher Höhe, die Fuhrwerke der Bauern unter ihm sahen wie Spielzeuge aus, durch die Luft. Madad dagegen schaukelte entspannt in den Fängen seines Flughundes und gab wieder diese seltsamen glucksenden und knurrenden Geräusche wie auf dem Feuerturm von sich. Offensichtlich konnte sich der Cu mit seinem Reiseleiter vorzüglich unterhalten.

Felder, Felder, Felder. Ein Dorf. Ein Hain. Ein kleiner See. Felder, Felder, Felder. Ein Fluß. Felder, Felder, Felder.

Einmal konnte Kard seltsame geometrische Gebilde im Winxgras sehen. Kreise in verschiedenen Größen, unterbrochen von geraden Linien. Zusammen ergab dies ein seltsames aber harmonisches Muster. Komisch.

Felder, Felder, Felder.

Kard hatte die Zeit vergessen. Wie lange waren sie geflogen? Vielleicht nur eine viertel Stunde? Oder doch mehrere Stunden. Die Flucht, der Flug, Kard war es vorgekommen, als ob seine Gedanken eine unbestimmte Zeit um sich selbst gekreist wären.

Gegen Abend setzten die Flughunde sie schließlich am Ufer eines schmalen Baches ab. Zum Abschied bellte und gluckste Madad erneut, ein wahres Orchester seltsamer Geräusche, bevor sich die riesigen Wesen wieder in die Lüfte hoben. Um sie herum ragten riesige Halme in die Luft, die sie vor neugierigen Blicken, schützen würden. Erschöpft verbrachten sie hier die erste Nacht ihrer Flucht.

Mit den ersten Sonnenstrahlen fingen die Vögel ihr Morgenkonzert an. Kard schreckte hoch, Reste des Albtraums der vergangenen Nacht jagten noch kurz durch sein Bewusstsein, bevor er Madad bemerkte, der die Schnauze schon über die Halme gestreckt hatte und die Umgebung inspizierte.

»Da hinten ist ein Dorf, haben sie gesagt, und das liegt an der Straße zur Alten Stadt.« Madad seufzte. »Yo, ich habe ihnen Früchte vom Drachenbaum versprochen.«

Kard sah ihn fragend an.

»Flughunde lieben süße Früchte, hat mir Mama mal verraten. Ich habe ihnen gesagt, dass wir zu den Drachenbergen müssen. Und da musste ich ihnen versprechen, ein paar von den Früchten mitzubringen, als Fluggebühr…«

»Heißt das, du willst wieder nach Conchar zurück?«

»Irgendwann.«

»Zurück zu den Schergen und den Faolskis?«

»Ein Cu hält sein Wort. Immer. Sagt Mama. Und außerdem haben wir da ja auch unsere Freunde. Wallas. Gsam. Seine Söhne. Oder?«

Kard schluckte. Stimmt. *Was ist jetzt mit Wallas?* Und den anderen Toraks. Er und Madad waren glücklich entkommen, aber was war mit ihnen? Plötzlich spürte Kard das Gewicht des Minas-Schwertes, als sei es aus Blei, an seinen Schultern zerren. *Oh Branu, Goiba, oh ihr Götter, wo bin ich da nur hineingeraten?* Wäre er jetzt Madad, hätte er nach seiner Mama gerufen, aber seine eigene Mutter hatte er ja nie kennengelernt.

»Du, Madad, hast du auch diese komischen Muster im Winxgras gesehen?«

»Ja. Mama hatte mich mal gewarnt, dass Flughunde manchmal etwas wirr im Kopf sind. Hängt mit ihrem Alter zusammen. Die sind nämlich steinalt. Superalt. Verdammt richtig uralt. Und dann den ganzen Tag in so einem Feuerturm zu hängen, alle paar Tage oder Wochen fängt diese riesige Glocke an zu dröhnen, da ist es kein Wunder, wenn die manchmal wirres Zeug reden, oder?«

»Wieso?«

»Na ja, ich habe die Muster natürlich auch gesehen und sie gefragt, was das denn sei. Sie wüssten es nicht genau, sagte meiner, aber er glaube, dass es von Flugwesen jenseits unserer Welt stammen würde. Aber deiner rief dann, dass es von betrunkenen Riesenspringhasen käme. Die würden vergorenes Winxgras fressen und dann im Kreis laufen, bis sie umfallen. Verrückte alte Flughunde, alle beide.«

»Wesen von jenseits unserer Welt? Aber ist das nicht das Reich der Götter?«

»Ja, Kard, du siehst, die reden nur Mist. Mama hatte mich ja gewarnt. Wir warten am besten noch eine Weile, dann gehen wir mal diesen Fluss entlang in Richtung des Dorfes. Einverstanden?«

»Einverstanden!« Kard ließ sich zurück ins schützende Schilf fallen. All diese neuen Eindrücke. Die musste er erstmal ein wenig verarbeiten.

Laut der Karte, die Wallas in die Asche gezeichnet hatte, mussten sie erst einmal zur Alten Stadt. Mit etwas Glück fanden sie hier im Dorf einen Holzhändler oder Jäger, der, nachdem er seine Waren in Conchar verkauft hatte, wieder zurück in den Norden fuhr und sie mitnehmen konnte. Kard hatte ein paar Argits in der Tasche. Auf einer seiner Auslieferungstouren war Kard bereits in diesem Dorf gewesen, es befand sich auf halbem Weg zwischen Conchar und der Hochebene von Asch-by-lan und hieß Bo-Baoghalta. Das erkannte er, als sie den Dorfplatz erreichten und lautes Gebrüll ihnen aus dem Wirtshaus mit dem vielversprechenden Namen »Glücksbrunnen« entgegenschlug. Das Echo des Männerchors ergoss sich unüberhörbar in die engen Gassen.

»Glücksbrunnen, hm? Ich kann mir schon denken, was das bedeuten soll.« Madad grinste Kard an, der nur die Augen verdrehte. Ihm war jetzt nicht nach Feiern zumute.

»Das sollte der richtige Ort sein, eine Mitfahrgelegenheit zu finden, oder?«

»Aber du hältst die Schnauze. Muss ja nicht jeder wissen, dass du ein Cu bist, oder?«

»Hm, da hast du recht. Aber was bin ich dann? Und was bist du?«

Kard und Madad standen am Brunnen, der sich in der Mitte des Dorfplatzes befand, und überlegten.

»Ich bin ein Waisenkind…«, begann Kard.

»Wissen wir, wissen wir, tut mir leid, ist aber gerade völlig unwichtig.«

»Nein, warte mal, Madad. Ich bin ein Waisenkind, aber meine Eltern waren Jäger und du bist ein Jagdhund…«

»Verstanden, Jagdhund, das gefällt mir. Wir Cus sind ausgezeichnete Jagdhunde. Wir schnüffeln und schnüffeln und schnüffeln und können jeder Spur folgen. Ehrlich.«

»Gut, du bist ein Jagdhund und ich möchte jetzt auch Jäger wie mein Vater werden und deswegen möchte ich in den Drachenbergen bei einem Jäger in die Lehre gehen…«

»Hört sich gut an. Rein in die Kneipe und bitte ein Schälchen Schoff für mich.«

Kard holte tief Luft, versuchte ein ernstes Gesicht zu machen, damit man seine Furcht, die ihm die Kehle zuschnürte, nicht ansehen würde, ging mit Madad zum »Glücksbrunnen" und öffnete die Tür. Warme, von Männerschweiß gesättigte Luft, drang ihnen entgegen. Trinklieder, Gezeter und Rufe nach frischen Schoff schienen sich an Lautstärke jeweils überbieten zu wollen. An einer langen Theke im hinteren Teil der Kneipe wirbelten zwei Toraks um die Zapfhähne wie übergewichtige Ballerinen, die ihren Gästen eine gute Show bieten wollten. An einer langen Tafel davor hatten sich die Winx-Bauern der Umgebung zum allabendlichen Stammtisch eingefunden. An ihren Hüften baumelten die typischen Sicheln und Messer. In den dunklen Ecken stand der Qualm glühender Pfeifen und Augenpaare aller Wesen Haragors glimmten in diesem Nebel. Niemand schien die Neuankömmlinge zu beachten. Sehr gut, dachte Kard, der sich mit Madad an die Theke stellte und nun wacker versuchte, ein Getränk zu bestellen. Auf einem Hocker stehend, damit die Toraks hinter dem Tresen ihn überhaupt wahrnehmen konnten, versuchte Kard die Aufmerksamkeit der Barmänner zu erlangen, was ihm aber nicht so recht gelingen wollte.

»Schöner Hund«, sagte plötzlich eine Stimme hinter ihm. Ein junger Torak stand dort und grinste ihn an. »Ist nicht zufällig zu verkaufen, oder?« Der junge Torak sah in auffordernd an. »Wir brauchen noch ein paar Hütehunde für unsere Rinder. Wollen die demnächst auf eine andere Weide treiben. Ist ziemlich weit weg. Und die jungen Bullen sind noch sehr verspielt. Brauchen noch ein paar Hunde. Verkaufst du?«

»Äh, leider nein. Ist auch eher ein Jagdhund, mit Rindern hat er es nicht so.« Kard lächelte den Torak entschuldigend an.

»Ein Jagdhund?« Der Torak sah Kard skeptisch an. »Was willst du in dieser Gegend denn mit einem Jagdhund? Hier gibt es höchstens ein paar Hasen.« Kard zuckte nur mit den Schultern und der junge Torak trollte sich wieder.

Im Dunst der Kneipe hatte er nun einige Menschen in leichter Lederbekleidung wahrgenommen, der typischen Tracht der Jäger aus den Drachenbergen. Auch Madad hatte sie bemerkt. »Die fragen wir mal!«

»Was?«

»Na, ob die uns mitnehmen können. Schon vergessen? Du Jägerwaise, ich supercooler Jagdhund, verstanden?«

»Verstanden.« Kards Antwort kam zögernd und langgezogen. Die Herren sahen nicht gerade sehr freundlich aus. Mit Madad dicht an seinen Fersen bahnte sich Kard einen Weg durch die Menge.

»N'abend, die Herren.« Kard erzählte seine Geschichte. Waisenkind, Jagdhund und ob einer der Herren zufällig zur Alten Stadt wolle? Und sie mitnehmen könne? Die Männer waren freundlicher als es den Anschein machte. Ganz offensichtlich waren sie allerdings mehr an Madad interessiert als an Kard. Der fand das richtig klasse und Kard konnte sehen, dass er sich wirklich bemühen musste, nur normal zu bellen und mit dem Schwanz zu wedeln ohne loszuplappern. *Ist doch immer wieder interessant zu sehen, wie sich erwachsene Menschen für Haustiere interessieren.* Da geben sie sich den ganzen Tag so allwissend und sobald ein niedlicher kleiner Hund daher kommt, fangen sie an glucksende Geräusche zu machen.

*

Der Tempel von Credna, Göttin der Liebe, war lange nicht so imposant wie der ihrer Schwester Goiba, Göttin von Nacht und Kälte. Es gab auch keinen Opferaltar, in dessen Rinnen getrocknetes Blut stockte. Nur einen Schrein mit einer Inkarnation Crednas, eine tanzende Frau mit sieben Armen und sieben Brüsten, stand in der Mitte des kleinen Kuppelbaus. Rauch von Opferstäbchen schlängelte sich träge durch die Lichtstrahlen, die durch einige bunt verglaste Seitenfenster in das Dunkel des Tempels fielen. Nanda kniete mit gesenktem Kopf vor dem Schrein und hoffte auf eine Antwort auf ihre Frage.

Wie kann sie dem Zorn Tsarrs entgehen?

Sie hatte sich der Obersten Gova Crednas anvertraut. Die Priesterinnen waren untereinander so zerstritten wie ihre göttlichen Schwestern. Nach außen gaben sie sich gerne als einige Götterfamilie, aber im Innern krachte es gewaltig. Die Gova konnte sie dahingehend beruhigen, dass Tsarr zur Zeit Wichtigeres zu tun hatte, als sich um ihre Nebenbuhlerin zu kümmern. Und auch Flanakan stünde es wohl zur Zeit nicht nach einer jungen, hübschen Gefährtin. Die Visionen Tsarrs und die Angst vor einem Erstarken von Branu und seinen Brüdern fesselte zur Zeit die Aufmerksamkeit des Herrschers und seiner Priesterin. Und das zur Recht. Auch die oberste Gova von Credna konnte spüren, dass die Macht der göttlichen Schwestern bedroht war. Vielleicht konnte Nanda unter diesen Umständen sogar ihrem Orden nützlich sein? Die Gova hatte Nanda empfohlen aus Conchar zu fliehen. Bis in die Drachenberge und die Alte Stadt. Im magischen Zentrum des alten Reiches, in dem die Kräfte von Branu nicht ganz getilgt worden waren, könnte sie Antworten finden. Antworten, die für sie selbst, aber auch für ihre Göttin Credna von Nutzen sein konnten. Dort wäre sie vor dem Zorn Tsarrs vorläufig sicher.

Nanda war hin- und hergerissen. Sie war in Conchar aufgewachsen, ein Stadtkind. Sie liebte die Menschenmengen, die engen Gassen, selbst den Gestank der Kloaken. Niemals war sie allein gewesen. Die wenigen Male, die sie mit ihrer Mutter die Stadt verlassen hatte, waren ihr in unguter Erinnerung. Die Leere der Wälder. Die Stille, nur von seltsamen Geraschel und fremdartigen Vogelgezwitscher unterbrochen. Diese Unendlichkeit des Grasmeeres außerhalb der Stadtmauern. Die verschwitzten Toraks und dreckigen Menschen. Aber, das mußte sie leider zugeben, immer noch besser, als sich dem Zorn Tsarrs hier in Conchar auszusetzen. In der Stadt würde die mächtige Gova sie irgendwann aufspüren, egal welchen Schutzzauber sie auch benutzen würde. Und wenn nicht Tsarr, dann ihre Faolskis! Und das wäre wirklich ein Albtraum, wenn sie in die Fänge dieser sabbernden, stinkenden, blutgierigen Zottelviecher fallen würde. Und die waren völlig immun gegen ihren Liebeszauber.

*

Flugblätter gab es öfters in Conchar. Meist Werbung für Trockenobst. Oder ein Lieferservice für Winxfladenbrote mit Tomatensauce und Salamischeiben wollte so auf sich aufmerksam machen. Auch die Händler gebrauchter Tok-Rind-Karren nutzten ab und zu dieses Medium. Aber dieses Flugblatt war anders. Laoch schäumte vor Wut. Eine Liste der Todesurteile für das nächste Dadeugende? Das Ende der elftägigen Woche in Haragor war den Göttern gewidmet. Und den Hinrichtungen. Laoch betrachtete ungläubig das Flugblatt. Was sollte das denn? Die Liste war kein Geheimdokument. Sie wurde normalerweise als Mahnung am Tor der Schwarzen Burg ausgehängt. Aber als Flugblatt, in hunderten von Kopien über der Stadt verteilt, wurde aus der Mahnung eine Anklage gegen Flanakan, mehr noch, gegen ihn, Laoch, höchstpersönlich.

Die Hochverräter mußten die Flugblätter in der Nacht verteilt haben. Keiner seiner Spitzel konnte irgendwelche Informationen liefern, niemand hatte etwas gesehen. Es war zum Mäuse melken. Vielleicht sollte er Sorb ein wenig beim Foltern assistieren, das beruhigte ihn meistens ein wenig.

Auf der Streckbank lag diesmal einer von Makrals Männern. Der Chef der Wachen war sogar selbst anwesend, es kam schließlich nicht oft vor, dass eine Wache bei Sorb landete. Und auch noch R'lan, Wache in der dritten Generation, bisher immer ein braver Kerl.

»Was hat er aufgefressen«, fragte Laoch.

»Er hat diese kleine Gova entfliehen lassen«, antwortete Sorb.

»Und er hat nichts mit diesen Flugblättern zu tun?« Laoch musterte die Wache argwöhnisch.

»Hast du etwas mit den Flugblättern zu tun«, fragte Sorb R'lan und verstärkte die Spannung in den Streckketten ein wenig.

»Was für Flugblätter? Liebesgedichte? Habt ihr meine Liebesgedichte gefunden?«.

Laoch sah Makral fragend an. Dieser wiederum sah seinem Mann verständnislos in die weit geöffneten Augen und zuckte mit den Schultern. »Laoch, lieber Oberster der Schergen, du weißt ja, dass mir dieser ganze Gefühlskram etwas fremd ist. Aber ich befürchte, mein Mann hat sich in diese kleine Hexe verliebt.«

»Makral, geehrter Oberster der Wachen, das ist die Schwachstelle der Normalsterblichen, diese Gefühle.«

R'lan Gesicht wechselte im Sekundentakt den Ausdruck. Mal vom Schmerz gezeichnet, mal vom Glück der Liebe leuchtend.

»Lieber Sorb, frag die Wache nochmal nach den Flugblättern, eine Information wäre mir hier sehr hilfreich.« Laoch sah den Foltermeister mit einem auffordernden Lächeln an. Sorb erhöhte erneut die Spannung. In R'lans Antlitz verschmolzen Liebe und Schmerz.

»Ja, eine gute Idee, verteilt meine Liebesgedichte über die ganze Stadt. Sie soll sie finden, meine Liebe. Unsterblich auf Papier gebannt, Früchte tragend in ihrem Herzen. Sie wird kommen, um mich zu retten…«

Makral schüttelte den Kopf. Auch Loach verstand den Soldaten nicht. In Sachen Liebe waren beide keine Spezialisten.

»Es muss Hexerei sein. Vergessen wir nicht, dass wir es mit einer Gova zu tun haben. War sie nicht sogar eine von Credna? Das würde einiges erklären.«

Makral nickte. Laoch schaute R'lan ins Gesicht und lächelte. »Aber er hat Flugblätter gesagt, oder? Er hat das mit den Flugblättern zugegeben! Gova hin, Gova her. Sorb, frag ihn nochmal nach den Flugblättern.«

Sorb zog die Schrauben an. Leider dann doch etwas zu fest. Arme und Beine wurden R'lan aus dem Leib gerissen und Blutfontänen ergossen sich auf Makral und Laoch, die mit erstarrten Minen auf den zuckenden Torso schauten.

»Ich hätte ihn eigentlich gerne noch etwas über die Liebe gefragt«, sagte Makral, während er sich das Blut aus den Augen rieb.

»Aber er hat das mit den Flugblättern zugegeben, oder? Das habt ihr auch gehört, oder?« Laoch schnäuzte Blut in ein weißes Taschentuch. Sorb nickte ergeben. »Fühle mich auf jeden Fall jetzt besser. Danke, Sorb, gute Arbeit.« Laoch nickte seinem Freund anerkennend zu. »Aber leider haben wir keine weiteren Hinweise, Makral. Wenn du wüsstest, wie schwer meine Arbeit ist. Jetzt steh ich bei der Spurensuche wieder ganz am Anfang.«

»Tut mir leid, lieber Laoch. Ich werde meinen Wachen auftragen, noch wachsamer zu sein.«

»Das ist nett, lieber Makral. Zusammen werden wir das Reich retten.«

»Hoch lebe Flanakan! Goiba über alles.«

*

Die Jägersleute waren in ihrem Element. Endlich ein Zuhörer, dem sie ihre alten Geschichten erzählen konnten. Die ihre Kumpanen alle schon zig mal gehört hatten. Mit weit aufgerissenen Augen lauschten Kard und Madad von Spuren so groß wie Wagenräder, die man in den Tälern der Drachenberge fand und die von Oguls, den gewaltigen magischen Wesen aus den Tiefen der Berge, stammen mussten. Von Stürmen an der Küste, die Haie auf die Bewohner der Fischerdörfer regnen ließ. Von dem Kampf Mann gegen Bär, den der Jäger natürlich gewonnen hatte, der stolz die Narben auf seinen Unterarmen präsentierte.

»Und natürlich die Faols«, brummte einer. Die anderen nickten zustimmend. »Die riechen, dass du eine Grippe hast, noch bevor du es selbst bemerkt hast. Und wenn dich der erste Schüttelfrost packt, haben sie dein Lager schon umzingelt.« Wieder zustimmendes Nicken. Es schien fast, als hätte die Fabulierlust die Männer verlassen. Eine gespannte Ernsthaftigkeit breitete sich aus, jeder der Männer schien in Gedanken unerfreulichen Begegnungen mit den Faols nachzuhängen. Offensichtlich ließen sich hier schwer Heldengeschichten stricken.

»Ich bin in Conchar mal den Faolskis von Tsarr begegnet.« Kard lächelte stolz in die Runde. Endlich konnte er auch mal etwas zum Besten geben. Geflissentlich schenkte er Madad keine Aufmerksamkeit, der nun warnend winselte. Wenn man genau hinhörte, konnte man vielleicht sogar ein

»Halts Maul« raushören. Aber die Jägersleute waren ganz Ohr.

»Faolskis, echt? Gehört haben wir schon von denen, ganz Haragor kennt diese Kettenhunde von Tsarr, aber gesehen haben wir sie noch nie.«

»Blutrote Augen und Klauen scharf wie Sicheln.« Kard warf sich stolz in die Brust. »Tsarr lässt sie manchmal die Verurteilten durch die Straßen hetzen. Aber einmal gab es diesen Jungen, der schnell wie ein Wiesel war, der ist ihnen entkommen. Ich habe es selbst gesehen.«

»Im Drachenwald kann man nicht davonlaufen. Zu viele Bäume.« Schon war die Stimmung der Jäger wieder auf einem Tiefpunkt.

»Aber dann kann man doch auf die Bäume klettern.« Kard sah triumphierend in die Runde, erntete aber nur mitleidige Blicke.

»Und was machst du dann da oben? Dich von Tannenzapfen ernähren? Die Faols warten einfach. Das können die ziemlich gut.« Wieder nickten die Jäger und nippten gedankenverloren an ihren Krügen.

»Was seid ihr eigentlich für Waschlappen?«, ertönte eine weibliche Stimme in diese miese Stimmung. Erstaunt hoben die Jäger die Köpfe. Wer wagte es hier, sie zu beleidigen? Einige waren bereits mit geballten Fäusten am Aufstehen, als sich aus dem Dunkel und den Rauchschwaden der Glückstrommel eine Gestalt herausschälte.

»Boa, eine Amazone.« Zum Glück bekam niemand mit, dass diese Worte von Madad stammten. Entgeistert schauten die Männer auf die Frau in eng sitzender schwarzer Lederkleidung. Ein kunstvoll gearbeiteter Bogen und ein Pfeilköcher hingen ihr über der Schulter. Die Amazone schwenkte ihre schwarzen Locken und sah die Jäger verächtlich an. »Ihr müsst das Alphamännchen töten. Dann streitet sich das Rudel um die Rangfolge. Und man kann in Ruhe abhauen. Eigentlich nicht viel anders als bei den Menschen.«

»Oder ihr führt sie an der Nase herum.« Noch eine Gestalt materialisierte vor den bereits hypnotisierten Männern. »Irgendetwas, was schön stinkt. Ein faulender Kadaver von einem Hasen zum Beispiel. Dann verlieren sie eure Spur.«

»Was seid ihr denn für Schlauberger, ihr habt ja keine Ahnung?« Die Jäger, offensichtlich an ihrer Ehre gepackt, murrten trotzig herum.

»Nennt mich einfach Rosie«, sagte die Amazone. »Und falls du es noch nicht mitbekommen hast, Faols verzehren wir zum Frühstück und aus ihrer Haut nähen wir uns unsere Kleidung!« Die Herren schluckten. Langsam sickerte es auch in ihre Hirne. Vor ihnen stand eine waschechte Amazone.

»Odysseus«, stellte sich nun der junge, schlaksige Kerl neben der Amazone vor. »Ich, äh, besorge Sachen…« Dabei verneigte er sich und plötzlich lag ein rundlicher Gegenstand in seiner Hand, in dessen Innern sich etwas bewegte. »Und ich verkaufe auch Sachen. Sehr nützliche Sachen. Zum Beispiel diesen Kompass. Noch aus der alten Zeit. Da gibt es nicht mehr viele davon. Und im Wald sehr nützlich. Auch oder besonders, wenn die Faols einem auf den Fersen waren und man plötzlich nicht mehr weiß, wo oben und unten ist.«

»Wir richten uns nach den Sternen.« Einer der Jäger hatte sich offensichtlich schon aus der Schockstarre befreit.

»Aber die kann man oft nicht sehen. Tief im Drachenwald. Dort wo die Bäume am dichtesten stehen. Und wo sich die Haranis verstecken, die ihr doch am liebsten jagt, oder?«

Die Jäger grummelten. Odysseus hatte recht. Die Rehe des Drachenwaldes lieferten ausgezeichnetes Fleisch und aus ihrem Leder wurden die bequemsten Hosen genäht.

»Zeig mal her.«

Der Kompass machte die Runde.

Kard hatte nicht viel Erfahrung mit Mädchen. Auch wenn er gegenüber der Gova auf dem Marktplatz so getan hatte, als sei das ein alter Hut für ihn. In Wirklichkeit hatte er keine Ahnung. Und gerade in letzter Zeit fand er sich immer wieder in Situationen wieder, in denen er aus unerklärlichen Gründen völlig die Orientierung verlor. Er fing an zu stottern. Wusste nicht, wo er hingucken sollte, sobald ein weibliches Wesen zugegen war. War das Hexerei? Auch diesmal konnte er nicht anders und glotzte die Amazone einfach nur an.

»Wie alt bist du denn?«

»Äh, sechzehn.«

»Und da fängt das schon an?«

»Äh, was?«

»Das ihr euch für Frauen interessiert.«

»Äh, nein, nein. Ich finde Ihre Kleidung interessant. Und die sind aus Faolsleder? Ist ja der Wahnsinn.«

»Ja, das beeindruckt euch immer etwas. Weißt du, du bist der erste Stadtjunge, den ich kennenlerne. Bei uns werden Männer nur als Sklaven gehalten und trauen sich nicht, einen so anzugucken. Ich finde das sehr interessant. Ist mein erster Ausflug nach Haragor.«

»Sklaven?« Kard schaute die Amazone ängstlich an.

»Ja, natürlich, was sonst? Was sollten Männer in Amazonien sonst sein? Kochen, Wäsche waschen, Kinder zeugen, das ist eure Bestimmung. Und uns zu dienen.« Rosie sah Kard selbstbewusst an. »Aber hier läuft das irgendwie anders, ich bin so etwas wie eine Forscherin, weißt du?«

Kard schaute sie verständnislos aus. »Eine Forscherin?«

»Ich erforsche andere Kulturen. Bei den Ichtos war ich auch schon. Die haben immerhin eine Königin.«

Amazonien, die Heimat der Amazonen, war eine riesige Insel irgendwo weit draußen im östlichen Meer, so weit entfernt, dass niemand wusste, ob sie tatsächlich existierte. Immerhin gab es diese Amazonen. Kard hatte ab und zu mal eine von ihnen in Conchar gesehen und Wallas hatte ihn immer lachend gewarnt, ihnen nur nicht zu nahe zu kommen, sonst würden sie ihn noch in einen Sack stecken und einfach mitnehmen. Kard hatte daraufhin immer einen großen Bogen gemacht, wenn die Damen im eng sitzenden Lederkostüm ihm begegnet waren.

»Gehört dir dieser Hund?«, fragte eine krächzende Stimme hinter Kard.

Kard drehte sich um und erblickte einen älteren, freundlich blickenden Herren. Er lächelte ihn gütig an, seine Augen allerdings taxierten die Runde hier sehr genau.

»Ja, das ist meiner«, entgegnete Kard, dem auffiel, dass sich hinter dem Alten der junge Torak, der ihm am Tresen nach dem Hütehund gefragt hatte und noch ein älterer Torak, der einen etwas feineren Eindruck machte, aufgebaut hatten.

»Darf in mich vorstellen, junger Mann. Ich bin der Ratsvorsitzende dieses Dorfes und habe ein Problem.«

Ein Ratsvorsitzender? Kard sah den Alten nun voller Respekt an.

»Unsere Rinderbauern«, der Alte nickt nun in Richtung des feinen Toraks, »sind wertvolle Mitglieder dieser Gemeinde und leider ist es nun mal so, dass wir zur Zeit des Umtriebs wie immer zu wenig Hütehunde haben, um unsere wertvollen Rinder zwischen den Weiden herumzutreiben. Stell dir nur vor, die Herde bricht aus und zertrampelt die schönen Winxfelder? Meine Freunde haben mich deshalb gebeten, dich nochmal zu fragen, ob du nicht doch deinen Hund verkaufen möchtest?«

»Will er nicht«, rief eine Stimme unter dem Tisch, dessen Herkunft aber gerade niemand interessierte. Die Jäger hatten inzwischen den Kompass beiseite gelegt und ihre Aufmerksamkeit der kleinen Diskussion zugewandt. Auch Odysseus und Rosie betrachteten den Alten nun neugierig.

»Lieber Reisender, wie ist Ihr werter Name?«

»Ka…. Karl-Gustaf«, antwortete Kard, der trotz seines Respekts vor den Behörden es angesichts der Umstände für klüger hielt, unerkannt zu bleiben.

»Also, Karl-Gustaf. Alle Reisenden, das weißt du ja sicherlich, müssen einen Wegzoll entrichten, wenn sie unser schönes Dorf durchqueren.«

Unter den Jägern erhob sich ein leises Gemurmel. »Wegzoll, noch nie gehört, was soll das sein, kenne ich nicht.«

Der Ratsvorsitzende, dem dies nicht entgangen war, hob beschwichtigend die Hand. »Die meisten Reisenden wissen gar nicht, dass sie den Wegzoll entrichten. Indem sie zum Beispiel ein Zimmer mieten. Oder einige Krüge Schoff trinken. Wir sind da sehr flexibel.«

»Ach so, dann ist es ja gut, sag das doch gleich.« Die leichte Unruhe ebbte so schnell ab, wie sie gekommen war.

»Aber ab und zu ist es so, dass der Dorfrat leider gezwungen ist, den Wegzoll den Bedürfnissen der Gemeinde anzupassen. Und das heißt in diesem Fall, lieber Karl-Gustaf, dass wir beschlossen haben, dass wir diesen wunderschönen Hund, der sich hier hinter dir unter dem Tisch versteckt, leider beschlagnahmen müssen.« Weiterhin freundlich aber doch sehr bestimmt lächelte der Alte Kard an.

»Sehr wohl, Herr Ratsvorsitzender, das verstehe ich.« Kard spürte, wie dieser tiefe Respekt, den er vor allem Offiziellen empfand, seine Zunge führte. »Ich freue mich, dass Sie soviel Interesse an meinem C…Hund haben, aber ich versichere Ihnen, dass er als Hütehund vollständig ungeeignet ist.«

»Papperlapapp.« Der feine Torak mischte sich nun in das Gespräch ein. »Ich sehe doch genau, dass das ein Hütehund ist.«

»Ma…Mark-Anton ist eher ein Jagdhund…«

»Mark-Anton?«

»Der Hund, das ist sein Name, Mark-Anton.«

»Was ist denn das für ein Hundename?« Der junge Torak lachte aus vollem Hals. »Mark-Anton!« Und auch die Jägersleute hämmerten lachend ihre Fäuste auf den Tisch. »Mark-Anton? Hahahaha.« Selbst die Amazone verdrehte die Augen.

»Egal wie er heißt und ob es für dich ein Jagdhund ist, ein wenig Training und schon wird er ein hervorragender Hütehund sein, da bin ich mir sicher.« In der Stimme des feinen, älteren Toraks konnte man nun einen bedrohlichen Unterton heraushören.

»Gib ihn schon raus.« Der junge Torak war nun vorgetreten und hatte wie beiläufig ein Messer in der Hand, mit dem er den Dreck unter seinen Fingernägeln bearbeitete.

»Das – geht – leider – nicht.« Immer noch ein wenig unterwürfig aber doch bestimmt, sagte Kard dies nun mit gesenktem Kopf. Sein Blick suchte Madad, der unter dem Tisch lag und sich kopfschüttelnd eine Pfote über die Augen hielt. Kard wies mit seinem Kinn unmerklich in Richtung Tür und Madad nickte. Nichts wie raus hier. Leider stand der junge Torak nun direkt vor ihm. Kards Nase bohrte sich fast in seinen Bauchnabel.

»Wir werden den Wegzoll nun mitnehmen, und du kannst dann deiner Wege ziehen.« Der Ratsvorsitzende lächelte.

Kard hätte später nicht sagen können, welcher Teufel in diesem Moment in ihn gefahren war. Hatte die Falschheit des Lächelns ihn an einem empfindlichen Punkt getroffen oder hatte das gezückte Messer des Toraks ihn panisch werden lassen? Auf jeden Fall hatte er plötzlich das Minas-Schwert in der Hand und hielt es dem Torak an den Hals. Und auch Madad war nun aufgesprungen und stand knurrend und zähnefletschend neben ihm. Für eine kurze Schreckenssekunde herrschte Totenstille im Glücksbrunnen. Alle Augen waren auf die Streithähne gerichtet. Dann flog der erste Schoffkrug durch den Raum und segelte mitten in die Jägersleute. Und schon war die schönste Kneipenschlägerei in Gange. Endlich mal was los hier in dem öden Kaff, dachten sich wohl manche der Gäste.

Kard und Madad schlüpften zwischen den Beinpaaren und Tischbeinen hindurch Richtung Ausgang. Dort warteten schon ein Paar Lederstiefel, die sich sanft um weibliche Knöchel schmiegten. Rosie, die Amazone, hielt ihnen die Tür auf. Draußen wartete bereits Odysseus. »Hier lang«, rief er, »wir müssen zum großen Sammelparkplatz am Rand des Dorfes. Da finden wir bestimmt eine Mitfahrgelegenheit. Du willst doch noch zur Alten Stadt?«

»Ja, wollen wir.« Kard lief der Amazone und dem Dieb atemlos hinterher. Erstmal nur weg.

*

Aus einer Eingebung heraus hatte Laoch die Faolskis zum Knochenbruch mitgenommen. Tsarr hatte ihm eine Pfeife mitgegeben, die einen unhörbaren Ton von sich gab, wenn er in sie hineinblies. Was die Menschen nicht hören konnten, ließ aber die Faolskis aufmerken und sie gehorsam zu Laoch zurücktrotten. Sehr praktisch.

Gsam der Wirt, selbst Laoch war schon Gast im Knochenbruch gewesen und hatte den Torak vor allen Dingen als emsigen Geschäftsmann kennengelernt, schaute die Schergen überrascht aber nicht erschrocken an.

»Oh, die Herren Schergen. Und Herr Laoch höchstpersönlich, welche Ehre. Was darf ich Ihnen anbieten? Kommen sie rein. Wir öffnen zwar erst heute Abend, aber für die Herren Schergen steht das Schoff immer bereit.«

Sagte es, klopfte dem Torak-Schergen, der ihm am nächsten war, kumpelhaft auf die Schulter und öffnete die Tür zum Schankraum. Die Schergen ergossen sich wie zäher Honig in den dunklen Raum. Laoch schloss als Letzter hinter sich die Tür. Die Faolskis hatte er draußen gelassen.

»Tsja, lieber Gsam, was soll ich sagen. Leider sind wir nicht nur zum Schoff trinken hier. Wir hätten da ein paar Fragen.«

Aus dem Hintergrund des Schankraumes hatten sich nun die Silhouetten zweier weiterer Toraks geschält.

»Gsark, Gsaxt, ihr könnt noch ein bisschen aufräumen gehen, im Keller sieht es aus, also ob ein Tok-Stier darin gewütet hätte. Und im Schuppen könnte man auch ein wenig herumräumen.«

»Verstanden, Papa. Alles in Ordnung?«

»Ja, ja. Die Herren Schergen interessieren sich nur für ein paar unserer Gäste. Nicht wahr?« Gsam drehte sich freundlich lächelnd zu Laoch um, während seine Söhne murrend verschwanden.

»Der Wallas. Den kennst du, oder?« Laoch beobachtete Gsam genau.

»Wallas, der Schmied. Natürlich. Ein guter Freund.«

»Hm. Aha. Soso.« Laoch schaute einfach. Oft sprachen die Verdächtigen dann von ganz allein.

»Ist öfters hier. Trinkt seine Schoffs, wie alle hier. Was ist mit ihm?«

»Trinkt seine Schoffs, soso, aha, hm.« Laoch beobachtete Gsam weiter. War da nicht ein leichtes Zucken an seinem rechten Mundwinkel?

»Wallas der Schmied. Ist also ab und zu hier. Trinkt seine Schoffs. Soso. Aha. Hm.«

»Ja. Sitzt meistens da vorne an der Ecke.« Gsam deutete an den Tresen. Laoch ging zur besagten Stelle. »Hier?«

»Ja, genau.«

»Soso.«

Die anderen Schergen kannten das Spiel schon, verhielten sich mucksmäuschenstill und richteten ihre Blicke auf Gsam. Zwei Toraks, drei Menschen. Und Laoch. Alle fixierten Gsam. Dessen freundliches Lächeln erstarrte langsam aber sicher.

»Da sitzt er immer. Genau. Was hat er denn aufgefressen?«

»Hat er etwas aufgefressen?« Laoch lächelte zurück. Siegessicher.

»Keine Ahnung. Aber ihr Schergen kommt ja nicht einfach so hierher. Oder?«

»Wer weiß, Gsam. Ist doch nett bei dir, oder? Deine Schanklizenz ist in Ordnung. Muss nächstes Jahr verlängert werden, aber das weißt du ja bestimmt? Und? Hat er etwas aufgefressen?«

Laoch sah Gsam an. Der Torak lächelte höflich.

Aus dem Keller hörte man es rumoren. Laoch hob fragend eine Augenbraue und blickte Gsam an.

»Da wird nur aufgeräumt«, antwortete Gsam mit ruhiger Stimme.

»Dann schauen wir doch mal nach, was da so für eine Unordnung herrscht.« Laoch nickte seinen Männern zu und gab Gsam ein Zeichen voranzugehen. Im Keller fanden sie Gsaxt, den jüngeren Sohn von Gsam, wie er Fässer von einer Seite auf die andere rollte, was auf dem unebenen Steinboden einen ziemlichen Lärm verursachte. Aber eigentlich sah der Keller ziemlich ordentlich aus. Fässer, Kisten, Säcke. Alles stand in Reih und Glied.

»Ordnung muss sein«, sagte Gsam, vielleicht sogar ein wenig stolz, weil es, wenn man es genau betrachtete, nichts gab, was man aufräumen mußte.

»Ordnung. Soso. Aha. Hm. Seid doch mal bitte alle still. Du auch«, sagte Laoch zu Gsaxt gewandt. Seine Männer hielten sogar den Atem an. Jetzt konnte man immer noch ein Rumpeln hören, das aus einiger Entfernung kam.

»Da muss aber viel Ordnung geschaffen werden, lieber Gsam, was ist das denn?« Laoch nickte in die Richtung, aus dem die Geräusche kamen.

»Das wird Gsark sein. Muss wohl auch irgendwo aufräumen.« Gsams Stimme schien sich verändert zu haben, Laoch hatte ein sehr feines Gehör.

»Nach oben Männer, aber schnell. Das wollen wir uns mal ansehen.«

Wenn der Chef »schnell« sagte, dann sprangen seine Männer, nein sie flogen, sie sprinteten, sie schoßen davon wie Pfeile. Alle stürmten auf den Hof, auf dem schon die Faolskis warteten. Sie waren unruhig, schnupperten an den Wänden des Schuppens entlang, als ob sie eine Spur hätten.

Also doch, dachte Laoch zufrieden. Wenn die Faolskis so nervös sind. Im Schuppen erstarb das Rumoren.

»Öffne mal das Tor, Gsark. Die Schergen wollen sich mal umsehen. Ist ja kein Problem, oder?«

»Nein, nein, Papa. Komme gleich.«

»Kommt gleich!« Gsam nickte den Schergen aufmunternd zu. Da öffnete sich schon das Tor.

Gsark stand dort im Dunkeln. In einer Hand eine Keule. Im Hintergrund sah man einen Karren mit einem Fass. Offensichtlich hatte Gsark vorgehabt, das Fass wegzuschaffen. Jetzt war es zu spät. Einer von Laochs Männern ging in die Scheune und machte sich an dem Fass zu schaffen.

»Da ist was drin.«

»Schoff?«

»Nein, irgendwas aus Holz und Metall.«

Irgendwas aus Holz und Metall? Laoch sah Gsam vielsagend an und grinste von einem Ohr zum anderen.

Wenn vier Zentner Muskelmasse sich plötzlich in Bewegung setzen, ist es wie ein kleines Erdbeben. Gsam schnappte sich eine weitere Keule und auch Gsaxt stand nun bewaffnet neben seinem Vater und seinen Bruder. Drei Toraks. Allerdings ohne Kapuzen. Laoch lächelte. Er hatte sie gefunden! Und diesmal hatte er die Faolskis dabei!

Gsam stellte sich vor seine Söhne. »Lauft«, rief er ihnen zu. Und griff an. »Ihr sollt laufen. Ich kümmere mich hier um alles. Aber ihr lauft. Im Namen Branus.«

Gsaxt und Gsark schlugen los und konnten sich eine Bresche erkämpfen. Aber nur, weil ihr Vater direkt auf die Faolskis losging. Ein Faolski mag eine furchterregende Bestie sein, aber ein um sich schlagender Torak ist auch nicht zu verachten.

»Haltet sie auf.« Doch ein wenig überrascht von der plötzlichen Wendung, peitschte Laoch seine Männer nun an. »Keiner der Toraks darf entkommen.«

Leichter gesagt als getan. Bevor die Schergen zu ihren Schwertern greifen konnten, hatten sie schon eine Keule auf dem Schädel. Und Gsaxt und Gsark waren gehorsame Söhne. Sie rannten. Auch wenn sie einen Blick auf ihren Berserker-Vater zurückwarfen. Gsaxt schien einmal umkehren zu wollen, aber Gsark zog ihn mit sich. Und Gsam ließ die Keule auf die Faolskis niedersausen.

All dies geschah in wenigen Sekunden. Laoch wollte schon selbst den zwei Torak-Jungs nacheilen, aber da hatten die Faolskis Gsam endlich zu Boden gerungen. Alle drei standen über seine Kehle gebeugt, knurrend, geifernd. Siegessicher beugte sich auch Laoch über ihn. »Schaut mal nach, was das komische Ding in dem Fass ist.« Etwas irritierend allerdings fand Laoch, dass Gsam zwar völlig außer Atem war, aber in seinen Augen konnte Laoch keine Angst entdecken.

»Da ist so eine Maschine drin. Keine Ahnung.« Einer der Schergen stand neben der Druckerpresse und zuckte mit den Schultern. »Hey, aber da sind ein paar von diesen Flugblättern.«

»Aha, soso, hm. Flugblätter, lieber Gsam. Wie kommen die denn hierher?«. Laoch setzte triumphierend seinen Fuß auf die Brust und nahm dem schwer atmenden Gsam so die Luft weg. »Damit ist dann wohl jetzt Schluss, du mieses Torakschwein.«

»Ein Torak«, knurrte Gsam jetzt, »ist kein Schwein. Er ist ein Geschöpf Branus und du Laoch und deinesgleichen, ihr werdet bald den Atem von Charu, dem Zerstörer spüren. Das verspreche ich dir!« Gsam bäumte sich auf und versuchte Laoch zu packen. Aber die Faolskis waren schneller. Alle drei versenkten ihre Zähne in den Hals des Toraks. »B-R-A-N-U.« Ein letzter Schrei aus der Kehle von Gsam, bevor seine Stimmbänder durchtrennt wurden. Seine Kehle. Sein Genick.

Laoch schaute ärgerlich und missbilligend auf den zuckenden Körper und auf die Faolskis. »Mist, bei Sorb hätte uns der gute Gsam bestimmt noch etwas zu erzählen gehabt.« Wären die Faolskis normale Hunde gewesen, hätte Laoch ihnen jetzt schön einen in den Hintern getreten. Aber das traute sich bei den Faolskis auch der Oberste der Schergen nicht.

Auf der Flucht

In Bo-Baoghalta waren die Gassen zu eng für die größeren Kutschen und Karren, sodass die Reisenden, wenn sie ins Dorf hinein wollten, ihre Gefährte und Zugtiere auf einem Sammelparkplatz am Rande des Dorfes parken mussten. Alles stand hier wild durcheinander. Die Luft war erfüllt vom Wiehern aufgeregter Pferde, dem Getrappel von Hufen und dem verzweifelten Muhen der Rinder, die wohl schon das Schlachterbeil auf sich zukommen sahen. Menschen rannten fluchend herum und versuchten vergeblich diesen Tumult in den Griff zu bekommen. Ein feiner Geruch aus Tierausdünstungen und Verdauungsdämpfen lockte Insekten aller Art an. Durch das ständige Sirren wurde man noch zusätzlich in den Wahnsinn getrieben. Selbst auf einem Konzert des Barden Weiße Schlange herrschte weniger Chaos. Ab und zu schauten zwar die Wachen des Dorfes in ihren schwarzen Uniformen vorbei, aber selbst die waren hier nicht Herr der Lage.

Ein Junge, der sich sein Geld damit verdiente, den Zuggespannen der Reisenden die Hufe zu säubern und den Rindern und selteneren Pferden das Fell zu striegeln, wies Kard und den anderen den Weg zu einem Torak namens Kallas, der einige Reittiere zuviel haben sollte. Der Torak stand betrübt am Rand des Sammelparkplatzes und entlud gerade riesige Pakete mit Winxbrot von einem leichten, zweirädrigen Karren. An seinem gewaltigen Oberarm konnte man deutlich das Brandzeichen der Leibeigenschaft sehen. Kard hatte davon gehört, aber in Conchar waren die leibeigenen Toraks darauf bedacht, die Brandmale stets zu verhüllen. Zwei kräftige menschliche Männer, unrasiert, vom Staub der Straße bedeckt, halfen Kallas. Auch auf ihren Armen prangte das Zeichen der Leibeigenschaft. Dies waren die ersten leibeigenen Menschen, die Kard jemals zu Gesicht bekommen hatte. Das schockierte ihn. Selbst wenn er seine Lehre und sein Leben der vergangenen Jahre bei einem Torak verbracht hatte, hatte ihn die Leibeigenschaft der Toraks nie wirklich gestört. Der Lebenszweck der Toraks schien das Arbeiten zu sein, ob als Leibeigene oder als Freie war da doch im Grunde egal. Jetzt aber Menschen, seinesgleichen, mit den Brandzeichen zu sehen, stimmte Kard nachdenklich. *So etwas darf nicht sein.* Die Männer bemerkten seinen Blick.

»Ein Städter. Richtig? Noch nie so ein Brandzeichen gesehen?« Der Mann stellte sich als Hans-Dieter vor. In seinem Dorf war er mal der Tüncher gewesen. Ein Tüncher kannte das Geheimnis der Farben, meist kamen sie aus Familien, in denen die Magie stark war. Familien, aus denen auch Govans stammten. Sie fertigten Tinkturen, mit denen Metall vor Rost geschützt wurde oder auch Pulver, mit denen sich die Frauen die Wangen rot färbten. Durch mündliche Überlieferung wurden die Geheimnisse der Herstellung von Generation zu Generation überliefert.

Hans-Dieter hatte Pech gehabt. Erst war ihm die Frau weggelaufen. Vielleicht hatte er sie ein wenig zu viel abgestraft, wie er es nannte. Manche Erwachsene waren ja Meister im Schönreden, dachte sich Kard bei seinen Worten. Wahrscheinlich hatte er sie nach Strich und Faden verprügelt. Auf den Dörfern herrschten vielerorts noch raue Sitten. Dann die Würfel. Und das Schoff. Die Hände zitterten, keine Tinktur gelang ihm mehr. Die Schulden nahmen überhand. Erst nahmen sie ihm alle Rinder, dann das Haus. Zum

Schluss stellte ihn der Dorfrat vor die Wahl. Die Hand abhacken oder Leibeigenschaft. Er hatte das letztere gewählt. Und fand das inzwischen gar nicht schlecht. Ein bisschen viel Arbeit vielleicht. Aber ein sicherer Schlafplatz und auch genug zum Essen. Wenn er gehorsam war, gab es auch selten Prügel. Hans-Dieter hatte sich mit der Situation abgefunden. Immerhin war der Bauch gefüllt. Sein Kumpel, der Bruder von Kallas, hatte das leider nicht so gesehen. Die Toraks mussten natürlich viel härter arbeiten als die Menschen. Schließlich hatten die ja auch dreimal soviel Muskeln. Aber man wusste ja, dass Toraks zäh und geduldig waren. Dieser Gsmax aber hatte sich törichterweise auf eine Diskussion mit einem der Wachleute eingelassen, der abends die Karren inspiriert hatte. Vielleicht könnte man sogar sagen, dass die Wache den Torak provoziert hatte. Vielleicht hatte die Wache wirklich gesagt, dass alle Toraks fett und faul und dumm seien. Aber ein Torak ließ sich ja normalerweise nicht so schnell provozieren. Die meisten waren ja ein wenig langsam im Denken und merkten gar nicht, wenn man über sie scherzte, meinte Hans-Dieter. Kard konnte bestätigen, dass man Toraks normalerweise kaum aus der Ruhe zu bringen konnte. Aber die jungen Toraks verhielten sich manchmal unberechenbar. Lag an den Körpersäften, behauptete Hans-Dieter. Irgendwann also, nachdem die Wache eine ganze Weile sein Spiel mit ihm gespielt hatte, war es dem Torak dann doch zu viel gewesen. Ein Schlag mitten ins Gesicht und die Wache war einfach umgekippt. Schön anzusehen. Eigentlich. Erst noch dieses hämische Grinsen im Gesicht, dann lag der schon am Boden. Leider war er nicht allein gewesen. Sonst hätte sich Gsmax einfach trollen können. Aber die Wachen patrouillierten niemals allein. Zu dritt wären sie gewesen. Und die beiden anderen schienen nur auf so etwas gewartet zu haben. Im Nullkommanichts hatten die ihre Schwerter in der Hand und hatten sie Gsmax ohne Zögern in den Leib gestoßen. Einmal, zweimal, dreimal. Und noch einmal. Viel Blut war da geflossen. Hätte er wegwischen müssen. Zum Schluss seiner Erzählung wurde Hans-Dieter selbst etwas wütend. »Die Wachen.« Er spuckte die Worte in den Staub, als sei ihm eine Dungfliege auf die Zunge geflogen.

»Jetzt müssen wir ein paar unserer Rennesel verkaufen, um die Strafe zu zahlen. Braucht man aber eine Rennesel-Reitlizenz. Habt ihr doch bestimmt? Ist mir egal, aber wenn die Wachen euch kontrollieren.«

»Ich habe eine Fahrlizenz, mit der ich sogar vierachsige Rindergespanne lenken darf«, erklärte Odysseus stolz, während er ein speckiges Dokument aus einer seiner vielen Taschen kramte. »Für, sagen wir mal, 40 Argits, könnte ich dir auch so eine besorgen.«

»Nein, lass mal.« Klaus-Dieter war nicht interessiert. »Gebt mir 100 Argits für die drei Rennesel und gut ist.«

»100 Argits? Ich will doch nicht deine Großmutter kaufen.«

»Na gut, 95 Argits.«

»Kommt, wir gehen. Dieser Mensch ist ein Halsabschneider.«

»Nein, wartet, wir wollen doch nicht laufen, Odysseus! Oder siehst du das anders?« Rosie hatte Odysseus ihre Hand beschwichtigend auf die Schulter gelegt. Dieser schien eine Weile nachzudenken und zog dann Rosie zu Seite. Die beiden tuschelten miteinander, Kard und Madad sahen sich fragend an. Mit einem breiten Grinsen kam dann Odysseus zurück. »20 Argits, lieber Hans-Dieter, das ist mein letztes Wort.«

»80«. »25«. »75«. »30.« Man einigte sich bei »50.«

»Hand darauf.«

»Argits her.«

Rosie zuckte einen Lederbeutel und bezahlte Hans-Dieter.

»Auf geht's. Rauf mit euch.« Odysseus war bereits auf den ersten Esel gesprungen und blinzelte den anderen aufmunternd zu. »Wie heißt er denn«, rief er Hans-Dieter noch zu und deutete auf sein neues Reittier.

»Rosalinde. Und er ist eine sie.« Hans-Dieter klopfte dem Tier aufmunternd auf die Flanke. »Sie mag gerne Klee, wenn ihr welches findet.«

»Tee? Schwarz oder grün?«

»Nein, Klee. Grün. Also nicht wundern, wenn ihr beim Klee vorbeikommt.«

Rosie und Kard waren inzwischen auf die beiden anderen Esel gesprungen, Rosalinde setzte sich in Bewegung, die beiden anderen Esel, Schneewittchen und Rosarot, folgten. Madad murrte ein wenig herum, Kard konnte sehen, dass er am liebsten auch auf einem Esel gesessen hätte. Das hätte er ihm das sogar zugetraut.

Odysseus lachte. »Rosalinde. So heißt auch das Schlachtross von Flanakan, wusstet ihr das?« Alle schüttelten den Kopf.

»Yo, seit wann hat Flanakan denn ein Schlachtross, der sitzt doch nur faul in seiner Burg und pupst in sein Kissen.« Kaum hatte Madad das gesagt, schlug er auch schon eine Pfote auf sein Maul.

»Tschuldigung Kard. Ist mir so herausgerutscht.« Kard verdrehte die Augen, Odysseus und Rosie rissen die ihren auf.

»Ein Cu«, rief Rosie triumphierend. »Das ist interessant. Weißt du, bei uns haben wir auch ein paar Cus, aber die sind unbezahlbar. Nur unsere obersten Kriegerinnen können sich so etwas leisten. Wahnsinn. Und jetzt habe ich meinen eigenen Cu. Das ist soooo toll.«

»Das ist ein Freier«, klärte Kard die entzückte Amazone auf.

»Ein Freier?« Rosie sah ihn fragend an.

»Ein freier Cu. Der gehört niemanden. Auch mir nicht. Wir sind nur Kumpel.«

»Ein freier Cu? Wo gibt es denn so etwas? Das ist alles sehr interessant. Freie Männer, freie Cus. Was macht ihr denn alle mit so viel Freiheit? Wer wäscht denn dann die Wäsche? Das ist schon ganz schön kompliziert hier.«

»Und dein richtiger Name ist…?« Odysseus blickte Kard fragend über seine Schulter an.

»Kard«, sagte Kard.

»Auch ein seltsamer Name. In den Drachenbergen habe ich das schonmal gehört. Aber in Conchar? Da heißt doch keiner Kard. Da heißt man Karl-Anton, Hans-Dieter oder Klaus-Heinrich. Aber doch nicht Kard.« Odysseus schüttelte den Kopf.

»Aber Odysseus, so heißt ja wohl auch kein Mensch, oder?«, gab Kard etwas verärgert zurück. *Was bildet der sich eigentlich ein, wer er ist?*

»Das ist ein Künstlername. Meinen richtigen Namen habe ich vergessen.« Odyssseus lachte und drehte sich wieder nach vorne.

»Lauf, meine liebe Rosalinde, lauf.«

Rosalinde lief. Ein wenig seltsam sah es schon aus, wenn man auf einem Esel ritt, der so klein waren, dass die Füße fast auf dem Boden schliffen, wenn man auf ihnen saß. Aber sie waren ausdauernd und schnell, wie ihr Name ja schon sagte. In der Alten Stadt, in der sich viel um das Glücksspiel drehte, wurden sogar Rennen mit ihnen abgehalten. Die

Hochebene von Asch-by-lan, die sie durchqueren mussten, um zur Alten Stadt zu gelangen, würden sie so wahrscheinlich in zwei Tagen erreichen können.

*

Die Dorfwache und der Dorfspitzel schauten auf das Fahndungsposter, dass der Telegrammfalke gerade gebracht hatte.

»Könnte schon sein«, sagte die Wache. Gesucht wurden ein Mensch und ein Hund. Außerdem zwei oder drei Toraks. Vielleicht reisten sie alle zusammen? Oder auch nicht.

»Kommt nicht oft vor, dass die aus Conchar so was schicken. Am besten du meldest dich da mal.«

Der Dorfspitzel nickte. Er hatte im Glücksbrunnen den Streit um den Hund miterlebt. Und das Schwert des Jungen war ihm irgendwie aufgefallen, er konnte gar nicht sagen warum. Am besten, er erstattet Bericht. So was kam immer gut. »Geh gleich morgen. Besorgst du mir ein Pferd?«.

»Klar, du kriegst Kasimir, den Teufelsrappen. Und schau doch mal bei Makral vorbei und grüß ihn von mir.«

*

Rosalinde und die anderen Esel waren unermüdlich und legten ein ansehnliches Tempo hin. Echte Rennesel eben. Über Stunden ritt die kleine Schar den Handelsweg zur Alten Stadt entlang und hielt nur ab und zu an einem Wasserlauf an, um etwas zu trinken. Dem armen Madad hing die Zunge zwischen den Vorderpfoten. Nur wenn Rosalinde Klee witterte, war sie nicht mehr zu halten. Dann stürzte sie sich einfach in ein Winxfeld, an dessen Ecke sich ein paar Kleeblüten breit gemacht hatten, ohne nach links und rechts zu schauen, und fraß alles ratzeputz leer. So einen Esel hatte Kard noch nicht gesehen. Stures Vieh aber mit einer goldenen Kleenase gesegnet. Vom ewigen Geschüttel war es ihm erst schlecht geworden, doch später döste Kard lethargisch vor sich hin. Odysseus schnarchte, Madad hechelte, Rosie hielt wachsam nach allen Seiten Ausschau. Die gespannte Aufmerksamkeit der Jägerin. Kard konnte das immer noch nicht so richtig glauben. Eine echte Amazone! Normalerweise lebten die Amazonen auf ihrer riesigen Insel, die sie nur selten verließen. Sie waren Kriegerinnen. Trainierten den ganzen Tag oder gingen auf die Jagd. Auf Faols! Auf jeden Fall war Rosie der ideale Wachschutz. Tatsächlich engagierte man Amazonen in Haragor auch genau dafür.

Sie ritten bis Sonnenuntergang, lagerten an einem kleinen Bachlauf und beim ersten Dämmern des neuen Morgens saßen sie schon wieder auf ihren Eseln. Links und rechts von ihnen bauten sich die Getreidehalme wie Mauern auf, nur die Veränderungen ihrer Schatten zeigten ihnen, dass die Zeit verstrich.

Am späten Abend erreichten sie dann endlich einen Ausläufer des Gebirges, auf dessen Rücken sich die Hochebene von Asch-by-lan bis in die Drachenberge zog. Rosie entschied, dass man es selbst den wackeren Renneseln nicht zumuten konnte, den steilen Pfad nachts zu erklimmen, obwohl die Tiere keinerlei Ermüdungserscheinungen zeigten. Sie rasteten unter einem Baobag-Baum, der wohl schon vielen Reisenden als Zufluchtsort gedient haben musste, wenn man den Müll betrachtete, der sich unweit stapelte. Immerhin schien hier ab zu jemand aufzuräumen, vielleicht ein Baumwächter, ein Govan also, der sich um die Natur kümmerte. Im Drachenwald sollte es sie auch geben, vielleicht hatte sich einer dieser alten bärtigen Männer hierher verirrt?

Odysseus machte ein Feuer, er benutzte dafür Hölzchen, die er an einem Stein rieb. Kard staunte nicht schlecht, da er nur Feuersteine kannte.

»Habe ich von einem Alchimisten aus dem Erzgebirge, falls du davon mal gehört haben solltest.«

Kard schüttelt den Kopf. »Praktisch!«

»Hm, ja, dürfen aber nicht nass werden. Aber sonst wirklich praktisch, da gebe ich dir recht. Die Alchimisten im Erzgebirge sind da ziemlich erfinderisch. Spielen gerne mit Feuer. Opfern am ehesten Charabnu, dem Gott der Träume. Das kann dann aber auch mal ziemlich brenzlig werden.«

Kard schaute Odysseus fragend an, der von seinen Erfahrungen im Erzgebirge berichtete. Von künstlichen Sternen, die die Alchemisten am Nachthimmel entzünden konnten. Von Versuchen, Steinbrocken so hoch und so weit wie möglich in die Luft zu schießen. Totaler Unsinn. Von gelben Wolken, die einen ganz grün werden ließen, wenn man sie einatmete. Oder diese völlig verrückten Versuche, Metalle zu verändern, in dem man sie in Flüssigkeiten mit elektrischen Aalen tauchte. Selbst Madad hielt die Schnauze und hörte Odysseus interessiert zu.

»Ich glaube, ich habe bei den Alchimisten sogar so ein Schwert gesehen, wie du es hast.« Odysseus schaute Kard auffordernd an.

»Das ist ein ganz normales Schwert.« Kard kniff misstrauisch die Augen zusammen.

»Die Alchimisten tauchen die normalen Schwerter in ihre komischen Flüssigkeiten, dann rosten die nicht mehr so schnell, wenn sie mal ein paar Jahre in der Ecke stehen. Die schimmern dann auch so blau.« Freundlich aber fragend lächelte Odysseus Kard an.

»Habe ich von so einem Schmied. Keine Ahnung, was der damit gemacht hat.«

»Wieso hast du überhaupt ein Schwert?«, mischte sich Rosie jetzt ein. »Haben dir deine Eltern nicht etwas für die Jagd vererbt. Einen Bogen, eine Armbrust?«

»Nein, nur den Hund, äh Madad.«

»Und du bist also ein Jagdcu, sozusagen?«, fragte Rosie nun, indem sie sich Madad zuwandte.

»Yo, fetter Jagdcu. Ich kann wittern wie ein Faol und bin schnell wie eine Harani.« Demonstrativ schnüffelte Madad in der Luft, als ob er einer Spur folgen würde.

»Was für ein Verschwendung.« Rosie schüttelte den Kopf. »Unsere Cus sind die treuen Begleiter unserer Kriegerinnen. Und eigentlich die einzigen Wesen, mit denen man sich anständig unterhalten kann. Unsere Cus sind witzig, intelligent und sehr unterhaltsam. Zum Jagen kommen sie zwar auch mit, aber nur, um uns dann später davon zu erzählen. Cus können ja so witzig sein.« Rosie war jetzt zum Schluss richtig begeistert. Sie schaute Madad mit großen Augen an. »Und du musst jagen? Ist das nicht ein bisschen langweilig? Für so einen tollen Cu wie dich?«

Madad sonnte sich im Lob seiner Spezies. »Ja, wir Cus haben viele Talente, da hast du recht. Aber ich bin eben ein Jagdcu und das ist wirklich toll. Und Mama sagt immer, dass man auch als Cu immer schauen muss, wo sein Platz ist.«

»Und ich dachte schon, das wäre ein Minas-Schwert.« Lächelnd hatte sich Rosie an den überraschten Kard gewannt.

»Nein, keine Ahnung, ist ein ganz normales Schwert.« Stotterte er gerade ein wenig? Kard hoffte, dass Rosie das nicht bemerkt hatte. *Was ist los mit dir, Kard? Sie ist auch nur eine Frau.*

»Sind Waffen in Conchar nicht verboten? Direkt in seinem Vorgarten mag Flanakan das nicht, oder?« Wie freundlich konnte doch auch Odysseus lächeln.

»Yo, in Conchar gibt es alles, was du willst.« Mit verschwörerischem Unterton antwortete Madad statt dem etwas sprachlosen Kard. »Waffen, Schnaps, leichte Mädchen.« Madad sah zu Rosie. »Und leichte Jungs. Ist halt eine Großstadt.«

»Und für so eine weite Reise schien mir so ein Schwert doch angebracht«, antwortete Kard, der sich wieder gefangen hatte. *So, jetzt habe ich es ihnen aber mal gezeigt.*

»Stimmt, das ist eine weite, gefährliche Reise. Von Conchar bis in die Drachenberge. Und deswegen sollten wir jetzt auch ein wenig schlafen.« Rosie deutete auf die Sterne. »Wird eine kalte Nacht!«

»Ein Cu kennt keine Kälte, sagt Mama.«

Rosie hatte sich bereit erklärt, die erste Wache zu übernehmen. Danach Odysseus. Madad meinte, er wäre sowieso ein Frühaufsteher, er wollte die letzte Wache übernehmen. Kard wäre dann nächste Nacht an der Reihe.

Die Sterne leuchteten. Die breite Krone des Baobag-Baumes thronte über ihnen. An dessen Stamm gelehnt schaute die Amazone über die Winxfelder und hinauf zur Hochebene. Beim Einschlafen fragte sich Kard, wieso die beiden sie überhaupt begleiteten, mussten die auch in den Drachenwald? Aber sehr freundlich, dass sie ihnen bei der Flucht geholfen hatten, wirklich sehr freundlich. Aber schon fielen ihm die Augen zu, die Sterne am Firmament vermischten sich mit den Alchemisten-Sternen seiner beginnenden

Träume, sein Schnarchen synchronisierte sich mit dem Schnarchen des Cus. Alles war gut.

*

Ein Junge und ein Hund. Aber kein Torak. Und ein Streit im Wirtshaus? Laoch hörte nur mit halbem Ohr den Schilderungen seines Spitzels zu. Er hatte gar nicht gewusst, wie viele verdächtige Jungen mit verdächtigen Hunden es gab. Aus allen Ecken des Reiches strömten die Spitzel herbei und berichteten von zwielichtig herumlungernden, fragwürdig herumlaufenden oder verdachterregend blickenden Jungen mit dubiosen Hunde. Der Hund, den sie suchten, hatte, das wusste Laoch inzwischen, eher die Statur eines Faols, könnte also tatsächlich ein Hütehund sein oder ein Jagdhund. Soweit passte die Schilderung des Spitzels aus Bo-Baoghalta also.

»Und dann zog dieser Junge dieses Schwert.«

Laoch erwachte aus seiner Lethargie. »Und?«

»Habe so eines noch nie gesehen. Hatte so einen blauen Schein. Irgendwie unheimlich. Vielleicht sogar ein bisschen magisch.« Der Spitzel schaute nachdenklich. Ein wirklich seltsames Schwert war das gewesen. Aber viel mehr konnte er dem jetzt neugierigen Laoch auch nicht sagen.

»Vielleicht war deine Information nützlich, wir werden sehen. Hier.« Laoch warf dem Spitzel eine Münze zu. Der fing das Geldstück auf, reckte die Brust und salutierte. So ein Idiot, dachte Laoch. Vielleicht war er mal bei der Wache gewesen. »Kannst dir in der Küche etwas zu essen holen.« Ein bisschen pflegen musste man seine Spitzel schon, mit Foltern allein kam man ja leider oft nicht zum gewünschten Ziel.

Nachdem der Spitzel den Raum verlassen hatte, rief Laoch seine Leute zusammen und befahl den Aufbruch für den nächsten Morgen. Die Faolskis würden es noch wittern können, falls tatsächlich der Hund und der Junge mit dem Minas-Schwert in der Wirtschaft gewesen waren. »Glücksbrunnen«, ein vielversprechender Name.

*

Als Kard erwachte, schmerzte sein Hinterkopf. Die Sterne blinkten am tiefschwarzen Nachthimmel, Rosie und Madad schnarchten. Eine leichte Brise strich über seine Haut und es fröstelte ihn ein wenig. Davon war er wohl aufgewacht. Sein Bündel lag neben ihm. Seltsam. Er hatte es sich doch beim Einschlafen als Kissen unter den Kopf gelegt. Odysseus war nirgends zu sehen.

Eine schnarchende Amazone. Kard musste innerlich lachen. *So sieht sie gar nicht mehr so imposant aus.* Da verlor diese Frau, die ihn in ihrem Lederkostüm doch sehr beeindruckt hatte, ein wenig von ihrer Aura. Als er sich das Bündel wieder unter den Kopf schieben wollte, um weiterzuschlafen, erschien es ihm seltsam leicht. Schlaftrunken öffnete er es, um nachzuschauen, ob noch alles da war. Und dann war Kard von einer Sekunde auf die andere hellwach. Das Minas-Schwert war verschwunden.

»Madad, wach auf! Madad!« Kard war zu dem Cu hinübergelaufen, der selig alle viere von sich gestreckt hatte und sich vom lauten Rufen Kards nicht aus seinen Träumen reißen ließ. »Madad, aufwachen! Madad, das Schwert ist weg.« Madad hatte einen kurzen Aussetzer beim Schnarchen, aber ansonsten rührte er sich nicht. Dafür stand Rosie jetzt hellwach neben ihm.

»Odysseus!«

»Was ist mit Odysseus, meinst du, er hat etwas gesehen?«

»Nein, Odysseus hat das Schwert?«

Kard sah die Amazone verdutzt an. Der nette Odysseus? *Was will er mit dem Schwert anfangen?*

»Odysseus ist ein Dieb, weißt du. Und ein Dieb lässt sich eine Beute wie ein Minas-Schwert nicht entgehen. Und wahrscheinlich hat er deinem Cu etwas ins Essen gemischt, damit der seine Spur nicht verfolgen kann.« Rosie runzelte nachdenklich ihre Brauen.

»Aber ich dachte, ihr seid Freunde?«

»Wir, Freunde? Eine Amazone hat doch keine Freunde. Nein. Wir haben uns erst vor ein paar Tagen zufällig in Bo-Baoghalta getroffen. Es kann nützlich sein, einen geschickten Dieb an seiner Seite zu haben. Wir waren eher so etwas wie eine Zweckgemeinschaft. Mich wundert es nur, dass er mir nicht auch etwas ins Wasser gemischt hat. Wahrscheinlich war ich zu wachsam. Wir Amazonen sind immer wachsam, weißt du?«

Kard nickte. *Ich muss das Schwert wieder haben.* Aber ohne Madad? Was sollte er tun?

Als ob sie seine Gedanken gelesen hätte, sagte Rosie: »Wir sollten hier jetzt nicht so herumstehen. Odysseus kann noch nicht weit sein. Erst vor einer Stunde hat er mich abgelöst. Nur gut, dass du aufgewacht bist. Wir Amazonen sind gute Fährtenleser. Ich schaue mich mal um. Warte hier.«

Rosie kreiste langsam um den Lagerplatz, schon bald gab sie Kard ein Zeichen. »Hier ist er lang. Auch wenn er auf Zehenspitzen gegangen ist, kann ich seine Spur hier sehen. Am besten ich folge ihm und du bleibst bei Madad.«

»Äh, nein, Rosie, ich komme mit! Madad kann sehr gut auf sich alleine aufpassen, wenn er wieder wach ist.«

Rosie überlegte einen Augenblick, dann nickt sie. »Gut, aber bleib hinter mir.«

Mit schnellen Schritten ging Rosie voraus. Odysseus war wohl zum Weg zurückgekehrt, der nach Bo-Baoghalta führte. Im Winxgras, das den Weg links und rechts wie Mauern einschloss, hätte man sofort gesehen, wenn jemand versucht hätte, sich eine Schneise zu bahnen. Ab und zu gab es natürlich die Breschen, die die kleesüchtige Rosalinde hinterlassen hatte. Rosie prüfte sie und kam jedes Mal wieder kopfschüttelnd zum Weg zurück. Langsam färbte sich der Himmel hellblau, die Morgendämmerung kündigte sich an. *Bei Branu, wir müssen uns beeilen, sonst ist Odysseus mit dem Schwert über alle Berge.*

*

Der Oberste Scherge und seine Männer waren die ganze Nacht durchgeritten. Sein Spitzel hatte den Dorfrat geweckt, jetzt hatte man sich vor dem Glücksbrunnen versammelt. Inzwischen war es früher Morgen, in den Gassen des Dorfes dampfte der Morgennebel und ließ die herumstehenden Männer wie Wesen aus einer anderen Welt erscheinen. Erst war der Dorfratsvorsitzende nicht besonders erbaut gewesen, aus dem Bett geworfen zu werden, aber als der Dorfspitzel ihm zuflüsterte, wer ihn erwartete, kam er aus seinem Ehrerbietungsgenuschel gar nicht mehr heraus. Der oberste Scherge höchstpersönlich. Welche Ehre für ihn, welche Ehre für Bo-Baoghalta. Ja, dieser aggressive junge Mann hätte ein Schwert gezogen und damit alle Gäste des Glücksbrunnen bedroht. Sicherlich sei er eine Gefahr für das ganze Dorf, vielleicht sogar für ganz Haragor. Ein unberechenbarer Krimineller. Bis zu den Zähnen bewaffnet. Mit einem riesigen Schwert hätte er einen unschuldigen Tok-Rind-Bauern bedroht, nur weil man sich mal nach seinem Hund erkundigt habe. Was ihm an dem Schwert aufgefallen wäre? Es wäre wirklich riesig gewesen, scharf, aber sonst hätte es eigentlich ganz gewöhnlich ausgesehen.

»Ich fand, es wirkte ein bisschen blau«, räusperte sich jetzt der junge Torak. »Und es war wirklich sehr scharf! Er hat es mir nur so ein bisschen an die Kehle gehalten und schon habe ich geblutet.«

Schon die Ankunft des jungen Toraks hatte die Faolskis unruhig werden lassen. Laoch hatte ihm befohlen sich von den riesigen Tieren die Wunde beschnüffeln zu lassen, was der Torak widerwillig und ängstlich mit sich geschehen ließ. Was hätte er dem Obersten der Schergen auch entgegenzusetzen? Danach war sich Laoch sicher, auf der richtigen Spur zu sein. Die Unruhe der Faolskis war nicht zu übersehen.

Der Glücksbrunnen hatte zu dieser frühen Stunde bereits geöffnet, einige Menschen saßen im Dunkel der Gaststätte, Handwerker, die hier ihr Frühstück zu sich nahmen, und einige durchreisende Händler. Als Laoch mit den drei Faolskis in der offenen Tür des Glücksbrunnens stand und die Silhouetten von ihm und den drei Bestien von der Morgensonne in den Raum geworfen wurden, erstarb das seichte Gemurmel und Gläserklirren, das bis eben noch den Schankraum gefüllt hatte. Herum sirrende Insekten, aufsteigende Körperdünste und sogar die verträumten Gedanken, mit denen man sich den kommenden Tag schönreden wollte, erstarrten kurzzeitig in vollkommener Bewegungslosigkeit. Alle Blicke waren auf den Neuankömmling gerichtet.

»Ein schönen guten Morgen, die Herren. Ich bin Laoch, Oberster der Scherge. Ich darf sie bitten, ruhig sitzen zu bleiben, sich nicht zu bewegen, während ich mit meinen Hunden hier durch die Kneipe gehe.«

Die zwei Torak-Ballerinas, die auch zu dieser frühen Stunde bereits hinter dem Tresen standen, nickten ergeben. Alle anderen auch. Man konnte nun plötzlich den Staub durch die ersten Sonnenstrahlen tanzen sehen und Schluck- und Atemgeräusche hallten wie Donnergrollen durch den leeren Raum.

Die Faolskis schlugen an.

»Da, da war es!« Aufgeregt deutete der Dorfratsvorsitzende auf die Stelle, an der die Faolskis die Spur aufgenommen hatten. Laoch nickte zufrieden. Tsarr würde zu seinen Füßen liegen, wenn er erstmal das Schwert haben würde.

»Los geht es, wir brauchen sofort neue Pferde, die besten die ihr hier habt.«

»Die sind aber teuer, unsere besten Pferde.« Der Dorfratsvorsitzende hatte für einen Augenblick vergessen, wen er vor sich hatte.

»Passt auf, dass es nicht für euch teuer wird, werter Vorsitzende.« Der Blick von Laoch, durch den allein normale Wesen schon schwere Herzrhythmusstörungen bekamen, bohrte sich in die Augen des Mannes.

»Äh, gut, gut, die schnellsten Pferde, die besten Pferde, sofort, sofort. SOFORT!« Das letzte Wort hatte der Dorfratsvorsitzende in Richtung des jungen Toraks geschrien, der noch während das Echo des Rufs verhallte, so schien es fast, mit den Pferden wieder vor Laoch und seinen Männern stand.

*

Rosie hielt an einem Wasserlauf. »Mist.« Es war nur ein flacher Bach, man hatte hier keine Brücke gebaut. »Er kann in diese oder in die andere Richtung gegangen sein. Aber ich bin sicher, dass er durch das Wasser gegangen ist. Macht man immer, wenn man verfolgt wird. Man holt sich zwar nasse Füße aber hinterlässt keine Spuren. Am besten wir teilen uns auf.«

Kard nickte. Das musste jetzt wohl sein. *Aber kann man Rosie vertrauen?* Wortlos stieg die Amazone in den gluckernden Bach und stiefelte davon. Seufzend nahm Kard die andere Richtung.

*

Auf dem Sammelparkplatz waren die Faolskis etwas verwirrt. Zu viele Gerüche auf einmal. Aber zusammen mit der Überzeugungskraft der Schergen schnüffelten sie bald am Lagerplatz von Kallas und Hans-Dieter herum. Demütig berichteten diese dem Obersten der Schergen von dem Verkauf ihrer Esel. Das machte die Verfolgung nicht leichter. Selbst die feinen Nasen der Faolskis hatten hier Problem. Der penetrante Geruch der Esel überdeckte den feinen Hauch des Minas. Zum Glück hatte Hans-Dieter noch die alte Kuscheldecke von Rosalinde, so konnten die Faolskis wenigstens die Spur des Rennesels aufnehmen. Und schon waren die Schergen aufgestiegen und preschten den Handelsweg in Richtung der Alten Stadt entlang. Nach wenigen Augenblicken sah man nur noch eine Staubwolke, die sich in der Klamm, die der Weg in das Winxgrasmeer schnitt, vom Dorf weg bewegte.

*

Kard traf als Erster auf Odysseus. So schnell kam man in einem Flussbett auch nicht vorwärts. Und Kard war flink. Er begann zu rennen, sobald er Odysseus sah. Der spurtete zwar auch los, erkannte aber bald, dass er Kard nicht entkommen würde. Lächelnd erwartet ihn.

»Gib mir das Schwert«, stieß Kard atemlos aus, sobald er Odysseus eingeholt hatte.

»Was willst du denn damit, Kard? Pass auf, ich bezahle es dir einfach. Was meinst du?« Odysseus, der sein Bündel mit dem Schwert über den Rücken trug, begann in seinen Taschen zu wühlen.

»Gib es mir einfach zurück, Odysseus. Das Schwert ist nicht zu verkaufen.« Kards Stimme klang fest, auch wenn man ihm noch anmerkte, dass er einer Prügelei lieber aus dem Weg gehen würde. *Ich werde dafür kämpfen, darauf kann er Gift nehmen.* Er trat einen Schritt vor.

»Ich gebe dir diesen Kompass und auch diesen Dolch, ist doch ein gutes Geschäft für so ein kleines Schwert, oder?« Mit gezücktem Dolch, lächelnd, kam Odysseus Kard einen Schritt entgegen. »Weißt du, du bist ein netter Kerl, ich will dir eigentlich nichts tun. Aber ich bin nun einmal ein Dieb, da ist es schon ziemlich nett von mir gewesen, dir heute Nacht nichts über den Schädel gezogen zu haben. So sehe ich das. Nimm diese Sachen und wir sind quitt. Das ist mein Angebot.«

»Einverstanden…«, zögernd ging Kard einen Schritt auf Odysseus zu. Auf seiner Brust fühlte er die beruhigende Kühle des Drachenzahns, der Kards ganze Angst in sich aufsog, sodass er sich ganz klar im Kopf fühlte. Nicht mutig. Nur klar. »Klingt verlockend, aber…«

Jetzt!

Mit dem letzten Wort war Kard auf Odysseus gesprungen. Er war schnell. Mit einem gezielten Handkantenschlag, einen gutturalen Laut von sich gebend, hatte er Odysseus den Dolch aus der Hand geschlagen und war dann auf ihn gesprungen. Beide fielen krachend in den Bach. Odysseus schlug Kard den Kompass auf den Kopf, aber dessen kleine Fäuste prasselten unbeirrt auf Odysseus nieder. Das Bündel des Diebes sog sich mit Wasser voll und zog schwer an seinen Schultern. Doch dann bekam er im Bachbett einen Stein zu fassen und schlug Kard damit mit letzter Kraft ins Gesicht. Vor Kards Augen verschwamm alles, seine Fäuste trafen ins Leere. Odysseus nutzte den Augenblick, hieb sein Knie in Kards Gemächt, der sich mit einem schmerzverzerrten Knurren zusammenzog und noch einen Tritt von Odysseus einstecken musste, der ihn rücklings ins Bachbett warf. Odysseus riss sich das nasse Bündel herunter und zog das Schwert. Doch dann segelte ein riesiger Schatten über Kard hinweg. Odysseus landete auf dem Rücken, das Schwert flog ihm in hohem Bogen aus der Hand. Madad beugte sich über seine Kehle.

»Mama sagt immer, frag erst, was los ist, bevor du ihnen die Kehle durchbeißt. Also, was ist hier los?«

»Er hat das Schwert geklaut und ist damit abgehauen.« Kard stand jetzt schwankend neben Madad. Odysseus, den Madad mit einer Pfote ins Wasser drückte, musste aufpassen, dass er nicht ertrank. »Wisst ihr überhaupt, was ihr da habt?« keuchte der Dieb. »Ein Minas-Schwert. Es gibt keine Minas-Schwerter mehr. Nicht mehr seit dem Großen Krieg. Flanakan hat alle vernichten lassen. Wisst ihr, was das wert ist? Ihr könntet reich sein!«

»Also ist es tatsächlich ein Minas-Schwert?« Plötzlich stand Rosie hinter ihnen, mit gezücktem Schwert. Kard sah sie misstrauisch an, und Madad knurrte in ihre Richtung. Doch lässig steckte Rosie ihre Waffe wieder in die Scheide. »Wir sollten ihn fesseln.«

»Wieso…was…?« Odysseus schaute verständnislos zu der Amazone.

»Ihr habt ihn gehört. Ein unendlich kostbares Schwert. Und er ist ein Dieb. Meint ihr, ein Dieb verabschiedet sich einfach so von so einer Beute?« Rosie sah Madad und Kard an, die nachdenklich den Kopf schüttelten. *Da wird sie wohl Recht haben.*

Gesagt, getan. Eine Amazone hat anscheinend immer ein paar Lederriemen übrig.

»Und falls ihr beide noch andere Gründe habt, als eine Lehrstelle als Jäger für den kleinen Kard zu suchen und falls ihr zufällig auf der Flucht seid, vor was auch immer, sollten wir uns vielleicht ein bisschen beeilen. Was meint ihr?« Rosie lächelte die beiden an und versetzte dem gefesselten Odysseus einen achtlosen Hieb.

»Sie hat recht, Kard«, knurrte Madad. »Was ist, wenn die Faolskis inzwischen unsere Spur aufgenommen haben?« Kard nickte.

Unterdessen waren sie zurück auf dem Weg angelangt. Rosie setzte zu einem leichten Dauerlauf an, die anderen folgten ihr. »Faolskis, oha. Sagt nicht, dass ihr Euch den Zorn von Tsarr höchstpersönlich zugezogen habt?« In Rosies Stimmung hörte man die Anerkennung heraus. Die oberste Gova von Haragor war wohl eine würdige Gegnerin für eine Amazone.

»Wissen wir ehrlich gesagt nicht genau. Aber ihre Faolskis waren ganz scharf auf uns«, hechelte Kard. Schon konnte man ihren Lagerplatz sehen, an dem Rosalinde und die anderen Tiere ergeben auf sie warteten.

»Tsarr, Faolskis, Minas-Schwert, seid ihr etwas schwer von Begriff? Tsarr will das Minas-Schwert, ist doch klar.« Odysseus, der neben ihnen her stolperte, schüttelte den Kopf.

»Er hat recht, Kard«, bellte Madad, »sie muss es irgendwie wissen. Die Schergen wussten es doch auch. Vielleicht haben sie inzwischen auch Wallas oder Gsam geschnappt. Und du weißt selbst, wie es auf der Schwarzen Burg zugeht.«

Kard nickte traurig. Die Schwarze Burg. Obwohl er jahrelang in ihrem Schatten gelebt hatte und alle Gerüchte kannte, die sich um sie rankten, hatte er es stets vermieden, wie übrigens die meisten Bewohner Conchars, sich damit näher zu beschäftigen. *Bitte nicht. Lass Wallas nicht im Folterkeller landen. Alles, nur das nicht.*

»Wenn euch die Faolskis hier erwischen, habt ihr keine Chance.« Rosie schaute sie mitleidig an.

»Vielleicht doch!«, meldete sich Odysseus zu Wort. »Wenn wir oben auf der Hochebene sind.«

»Was soll es ihnen nützen, wenn sie da oben sind? Sollen sie sich im Gras verstecken?« Rosie schüttelte den Kopf.

»Auch keine schlechte Idee, Amazone. Ich dachte eher an die Stinkende Stadt.« Odysseus grinste und schaute erwartungsvoll in die Runde.

»Die Stinkende Stadt? Was soll das sein?« Kard schaute verdutzt. *Ist das jetzt ein neuer Trick?*

Rosie nickte nachdenklich. »Odysseus kann es dir auf dem Weg erklären. Wir müssen los. Wenn uns tatsächlich Faolskis auf den Fersen sind, dann dürfen wir keine Zeit verlieren. Am besten wir gehen zu Fuß weiter und lassen die Esel hier. Den steilen Weg hoch dürften wir ohne sie schneller sein.«

»Rosalinde werden wir brauchen. Aber den Berg hoch sind wir zu Fuß schneller als auf den Eseln.«

Zwischen den Augenbrauen der Amazone bildete sich eine Fragefalte, aber dann nickte sie. Im Laufschritt nahm sie die verdutzte Rosalinde am Halfter und zog sie mit sich auf den schmalen Weg, der sich den Abhang hinauf schlängelte bis zur Hochebene von Asch-by-lan. Die anderen beiden Esel schauten ihnen nach und sich dann gegenseitig fragend an. Freiheit für einen Esel? Davon hatten diese Tiere sicherlich noch nie etwas gehört.

*

Nachdem Laoch den »Glücksbrunnen« wieder verlassen hatte, erhoben sich langsam wieder die Stimmen und die in Schock erstarrten Insekten flogen erneut leise summend durch den Raum. Aus dem Dunkeln schob sich eine Gestalt, den zierlichen Körper in eine dunkle Robe gehüllt, den Kopf in einer weiten Kapuze versteckt. Die Gestalt setzte sich an den Tresen und frage einen der Toraks, was passiert sei. Bereitwillig erzähle man der jungen Frau mit der lieblichen Stimme alle Einzelheiten.

Nanda kannte Laoch aus ihrer Zeit in Flanakans Burg. Wenn er mit den Faolskis unterwegs war, musste das, was er jagte, von einiger Bedeutung sein. Tsarr mochte die Gesellschaft dieser Bestien lieber als jede menschliche. Was hatte sie bewogen, ihre Lieblinge zusammen mit dem Obersten Schergen auf die Hatz zu schicken? Hatte es mit der Vision zu tun, mit der Sonnenfinsternis? Nanda nahm sich vor, auf ihrem Weg in die Drachenberge, Augen und Ohren offenzuhalten.

*

Der Handelsweg von Conchar zur Alten Stadt zieht sich, von den Weiten der Winxgrasfelder kommend, in unendlichen Serpentinen steile Abhänge hinauf, bis er endlich auf der Hochebene von Asch-by-lan ankommend, vor dem Südtor der Stinkenden Stadt mündet. Die Bewohner der Stinkenden Stadt, viele nennen sie auch flüsternd die Verfluchte Stadt, hatten sich vor unendlichen Generationen, so wird es erzählt, gegen die Götter aufgelehnt und eine Mauer um ihre Stadt gebaut, die so hoch sein sollte, dass selbst die Unsterblichen sie nicht bezwingen können sollten. Vielleicht hätten die Götter noch schmunzelnd über diese Torheit hinweggesehen, aber die Bewohner, allen voran ihr König Prometkea, hatten sich entschlossen, sich von den Göttern abzuwenden und sich selbst anzubeten. Schließlich hätten die Bewohner ihr Schicksal doch selbst in der Hand! Mit glühend heißen Herzen führten sie die Sichel, die das Korn schnitt, mit dem sie ihr Brot buken, all die Häuser, Straßen und Paläste hatten sie im Schweiße ihres Angesichts selbst errichtet. Wer brauchte da noch Götter? König Prometkea beauftragte die geschicktesten Handwerker, ein Abbild dieser Idee der Anbetungsverweigerung zu entwerfen und befahl, ein Gerät zu entwickeln, mit der man dieses Abbild am Himmel sehen konnte, sodass es tagsüber Branu und nachts Goiba und all ihren Brüdern und Schwestern blenden würde. Tatsächlich fertigten die Handwerker einen riesigen Ring aus purem Gold als Symbol ihres neuen gottlosen Gottes. Über Hebel und Seilzüge sollte dieser Ring dann aufgestellte werden. Doch als es so weit war, sahen auch die Götter diesem Schauspiel zu, und dann war es mit dem Spaß vorbei. Branu und Goiba wurden derart zornig, dass sie Charabnu den Zerstörer schickten, diese renitente Stadt und all ihre Bewohner zu vernichten. Branu selbst nahm den Ring, um ihn weit in die Nacht zu werfen. Ein Kind der Götter fing den Ring auf und stülpte ihn sich über wie ein neues Kleid. Diesen Planeten kann man, wenn man diese Geräte mit geschliffenen

Gläsern hatte, am Nachthimmel bis heute sehen. König Prometkea aber wurde nicht getötet, sondern von den Göttern an einen Stein gefesselt, um seine eigene Verwesung zu erleben. Und auch seine Untertanen müssen seitdem als ruheloser Geister durch diese Stadt ziehen, bis auch der letzte Brocken Fleisch des Königs zu Staub zerfallen ist. Da aber die Zeit der Götter anders vergeht als die der Sterblichen, dauert dieser Prozess der Verwesung eine Ewigkeit und hält bis heute an. Denn wie sonst ließe sich der bestialische Gestank erklären, der sich aus den Ruinen der Stinkenden Stadt in die Hochebene ergoss? Aber niemand wusste wirklich, wie es hinter der riesigen, fugenlosen Stadtmauer tatsächlich aussah. Schon viele Schatzsucher und Glücksspieler hatten ihr Glück versucht und waren durch eines der vier Stadttore hindurchgegangen, in der Hoffnung, Reste des Goldes zu finden, mit denen Prometkea damals den Ring fertigen ließ. Aber noch niemand war zurückgekehrt. Die Stadt selbst war ein Labyrinth, allein das wäre schon Begründung genug gewesen. Vielleicht waren die armen Hasardeure aber auch einfach erstunken? An den Ausdünstungen der ewigen Verwesung erstickt? Oder waren sie von den Geistern der Verstorbenen in den Wahnsinn getrieben worden? Kurzum, kein halbwegs vernünftiger Mensch würde die Verfluchte Stadt, die Stinkende Stadt betreten. Der Handelsweg machte einen weiten Bogen um die Stadt.

»Aber es ist nunmal ein riesiger Umweg«, sagte Odysseus. »Wenn man direkt durch das Südtor hineingeht und dann am Nordtor wieder hinaus, dann spart man sich zwei Tagesreisen.«

»Das Problem, Odysseus, ist das Hinausgehen. Das hat noch keiner geschafft.« Selbst Rosie schnaufte, während sie die Serpentinen so schnell wie möglich entlanggingen.

»Ich weiß, ich weiß. Was man so alles erzählt.« Aber bei den Alchemisten habe er einen getroffen, der behauptet hat, er wäre schon einmal in der Verfluchten Stadt gewesen und heil wieder herausgekommen! Der gute Mann hatte durch seine Tätigkeiten als Alchemist seinen Geruchssinn völlig verloren, dazu war er halb blind und halb taub und völlig auf seine Blindenziege angewiesen. Und diese bescheuerte Ziege hat ihn wohl eines Tages mitten in die Verfluchte Stadt geführt. Erst habe er nicht begriffen, wo er sei, erst als er vor dem verfaulenden König gestanden habe, konnte er sich ein Reim darauf machen können, wohin die Ziege ihn geführt hatte. Da sein Geruchssinn völlig zerstört gewesen war, habe er nichts gerochen. Und die Ziege, deren Geruchssinn ebenfalls durch die harte Schule der Alchemistendämpfe gegangen war, schien sich hier pudelwohl zu fühlen. Die Geister, wenn sie denn da gewesen waren, habe er auch nicht wahrgenommen. Und dann sei die Ziege schnurstracks wieder aus der Stadt hinausgelaufen, direkt in die berühmten Wildwiesen der Hochebene, die sich hinter der Stadt erstreckten. Diesen Geruch hätte die Ziege wohl wahrgenommen, eine selektive Wahrnehmung, die nur das Angenehme registrierte und das Unangenehme im Dunkeln ließ.

»Und da kommt unsere liebe Rosalinde ins Spiel!« Triumphierend schaute Odysseus in die keuchende Runde, die sich den Weg gegen den stärker werdenden Gestank hochkämpfte. Die anderen sahen ihn verzweifelt und mit leerem Blick an.

»Ja, versteht ihr denn nicht?« Odysseus erntete Kopfschütteln.

»Wildwiesen!«

Riesige Fragezeichen erschienen über den Köpfen der Reisenden.

»Auf Wildwiesen gibt es Klee! Massen von Klee. Diese Wiesen müssen vor Klee geradezu stinken! Darauf wird Rosalinde richtig abfahren!«

Langsam dämmerte es den anderen.

»Yo«, begann Madad, »als derjenige von Euch mit der feinsten Nase, wie sollen wir denn unsere Riechkolben abschalten? Und wie soll Rosalinde bei all dem Gestank den Klee riechen. Sie ist kein Alchemistenesel.«

»Das Ganze ist nicht ohne Risiko. Wir werden unsere Nasen zustopfen müssen. Aber was ist die Alternative? Mit den Faolskis schmusen?« Odysseus blickte fragend in die Runde.

»Ich glaube, die Antwort erübrigt sich. Seht!« Rosie deutete hinunter in die Ebene. Am Horizont konnte man über dem Handelsweg eine Staubwolke erkennen. Reiter. Angeführt von drei schwarzen Schatten.

»Die Faolskis«, knurrte Madad.

»Sicher?«, fragte Kard ängstlich.

»Hundert Pro. Nur gut, dass wir schon im Einzugsgebiet der Stinkenden Stadt sind.«

Madad hatte recht. Der Wind hatte sich gedreht und von der Hochebene herunter schlich ihnen ein bestialischer Gestank entgegen. Und als sie die nächste Serpentine hinter sich gelassen hatten, konnten sie auch schon die Mauern des Frevels sehen.

»Ich mache das wirklich nur ungern«, sagte Rosie. Die anderen blickten sie fragend an. »Zinnobermoschus vom Singenden Schwertwal.« Die Augen verdrehend holte Rosie einen kleinen Flakon hervor. »Ich hatte mir eigentlich eine etwas andere Situation vorgestellt, um mich damit einzureiben, aber es ist, wie es ist. Odysseus und Kard, ihr musst euch einen Streifen von eurem Obergewand abreißen, wir basteln uns Gestanksmasken.«

Aus einer Decke fertigte sie auch Masken für Madad und Rosalinde, die Rosie, wie auch die Masken der anderen, erst in Wasser tunkte und dann mit dem Parfum benetzte. Der Moschusgeruch war derart penetrant, dass er Kard erst fast ohnmächtig werden ließ, ihn dann aber in den siebten Himmel der göttlichen Gerüche beförderte. Und diese Rosie. War das plötzlich eine Hübsche. Diese vollen Lippen. Das wallende Haar. Kard, völlig unerfahren mit den Mächten der körperlichen Anziehung, stolperte willenlos in Richtung Amazone. Erst eine saftige Ohrfeige holte ihn wieder zurück in die Wirklichkeit.

»Wie gesagt, eigentlich ist das der falsche Ort und der falsche Zeitpunkt für das Moschus. Aber ich bin doch froh, dass ich es dabei habe. Und jetzt sollten wir uns beeilen.« Rosie gab Kard noch einen liebevollen Klaps auf den Hinterkopf, und dann stapften drei vermummte Menschen sowie zwei Tiere mit maulkorbähnlichen Gebilden weiter nach oben.

Die letzte Serpentine endete zwischen zwei steinernen Wächtern, sie mochten etwa acht Beinlängen hoch sein, Ritter in leichter Rüstung, die ihren grimmigen Blick hinunter in die Ebene richteten. Die Monumente aus grauem Granit erschienen zeitlos und gleichzeitig uralt. Ihre steinerne Gestalt war verwittert, man sah deutlich die Zeichen, die Wind, Regen und Sonne hinterlassen hatten. Gleichzeitig wirkten sie erhaben, wachsam und lebendig, als könnten sie jeden Moment einen Schritt nach vorne gehen. Der Helm bedeckte Schläfen und Nasenbein. So wirkte der Blick stechend, die zusammengepressten Lippen und das vorgeschobene Kinn erweckten den Eindruck von Entschlossenheit. Mit der Linken hielten sie ein Schild vor Bauch und Brust, die Rechte umschloss den Schwertgriff.

»Die Drachenwächter von Asch-by-lan.« Kard konnte die Worte von Odysseus durch seine Maske kaum verstehen.

»Ws mchn di dn hr?«, fragte er zurück.

»Stammen noch aus der Zeit der Drachenkönige. Damit auch jeder wusste, wer hier das Sagen hatte.«

»Und da hinten ist das Südtor der Stinkenden Stadt. Kard, halt Rosalinde gut fest. Ich hoffe, dein Plan funktioniert, Odysseus. Ich möchte nicht erstinken. Oder von den Toten in den Wahnsinn getrieben werden. Mein einziger Trost wäre dann, dass es dir genauso gehen würde.«

Entschlossen stapfte Rosie voraus, die anderen folgten ihr. *Warum macht sie das eigentlich alles? Ihr teures Parfum opfern und sie in die bedrohliche Stadt führen?* Aber ein Blick über die Schulter hinunter ins Tal, in dem die Staubwolke ihrer Verfolger schon nicht mehr zu sehen war, da sie bereits am Fuß der Hochebene angekommen sein mussten, ließ Kard diese Frage nicht vertiefen. Als er die Drachenwächter passierte, bemerkte er das Amulett um deren Hals. Ein Drachenzahn! Aber auch sich darüber Gedanken zu machen, blieb keine Zeit. Im Laufschritt folgte er Rosie und den anderen. Die Sonne stand bereits hoch im Zenit, als sie sich dem Stadttor näherten.

Der Handelsweg zog sich am Rand dieses Hochplateaus im möglichst großen Abstand von den Mauern und dem Gestank der Stinkenden Stadt entlang. Zwischen den Stadtmauern, die sich hoch in die Luft streckten, und den Drachenwächtern befand sich ein weiter Platz. Vermutlich ein Rast- und Handelsplatz aus der Zeit vor dem Fluch, der jetzt in gähnender Leere dalag. Nur der Wind tanzte hier und zerrieb ihre Spuren. Kard und die anderen mussten wie Ameisen auf einem Frühstücksbrett wirken, als sie sich der riesigen Mauer näherten. Das Südtor sah aus der Ferne aus wie ein Mauseloch, doch je näher sie kamen, desto erstaunter nahm Kard die wahren Ausmaße wahr. Die Stadttore von Conchar wirkten dagegen wie Katzentüren.

»Fett! Krass fett!« Auch Madad war beeindruckt. »Kein Wunder, dass die Götter denen mal einen Tritt in den Hintern geben mussten. Echt fett. Werde ich Mama erzählen, die wird staunen.«

Das Tor selbst war kein Tor mehr, sondern ein freier Durchgang flankiert von riesigen Säulen mit seltsamen Schriftzeichen. Falls es mal ein Türblatt gegeben haben sollte, war es im Lauf der Jahrhunderte zu Staub zerfallen. Heftige Turbulenzen bildeten einen Wirbel, der die Neuankömmlinge mal mit sich sog, mal von sich stieß. Kard fasste Rosalinde fest am Geschirr und zog das gutmütige Tier unter den Schatten des Torbogens hindurch.

Auf der breiten Straße, die sich hinter dem Tor ins Innere der Stadt schlängelte, lagen Schutt und Geröll, aber der Wind war nach wenigen Schritten nur noch als laue Brise zu spüren. Rosie schlich voran, setzte Fuß für Fuß vorsichtig auf, blickte aufmerksam in alle Richtungen. Sie war jetzt ganz Kriegerin. Mit einem Handzeichen gab sie ihnen zu verstehen, dass sie die Hauptstraße der Stinkenden Stadt verlassen sollten, um in eine der engeren Seitengassen abzubiegen. Eine gute Idee. Von draußen konnte man, wenn man denn hineinsah, die Hauptstraße gut überblicken. Falls Laoch tatsächlich auf den Gedanken kommen würde, einen Blick ins Innere der Stinkenden Stadt zu werfen, würde er jetzt nur noch gähnende Leere vorfinden. *Hoffentlich funktioniert dieser Plan.*

*

Die Faolskis winselten. Da hatte man nun die fürchterlichsten Bestien von ganz Haragor bei sich, die Bluthunde der schrecklichen Tsarr, Ausgeburten der Hölle, und was machten diese Viecher? Herumwinseln! Voller Verachtung schaute Loach von seinem Pferd herunter auf die Faolskis, die nun nicht mehr wie Bluthunde ihnen vorauseilten, sondern brav und winselnd neben den Pferden herliefen, die diese Begleitung gar nicht schätzten und immer wieder nervös ausbrachen. Auch Laoch konnte den berühmten Gestank von Asch-by-lan schon wahrnehmen. Aber er wäre nicht der Oberste Scherge, wenn ihm das etwas ausmachen würde. Oder es sich wenigstens anmerken ließ.

»Schade«, sagte er. »Ich hätte gedacht, wir erreichen sie vor der Hochebene. Lahme Gäule, die wir hier haben.«

Der Scherge, an den Laoch diese Worte gerichtet hatte, nickte eifrig. »Lahme Gäule, genau!«

»Bei dem Gestank kann man nur hoffen, dass unsere Staatsfeinde einfach erstunken sind.« Laoch schaute mit hochgezogenen Augenbrauen zu seinen Männern, um zu sehen, ob sie diesen Scherz verstanden hatten. Laochs Augenbrauen gingen noch ein Stück höher. Ja, jetzt begriffen sie es langsam.

»Ha, ha, erstunken, bestimmt, genau, das wäre toll.« Ergeben belachten die Schergen diese Pointe ihres Chefs.

»Unsere Faolskis haben auf jeden Fall die Nase gestrichen voll.« Laoch wusste selbst in diesem Moment nicht, was mit ihm los war. Ein Scherz jagte den anderen. Aber vielleicht stiegen ihm die Dämpfe der Stinkenden Stadt ja ins Gehirn. Man sagte, diese Stadt des Hochmuts mache die Hochmütigen noch hochmütiger und die Demütigen noch demütiger.

»Nase voll. Ha. Ha.« Die Schergen schlugen sich auf ihre Bäuche.

»Das ist doch kein Scherz! Seid ihr alle völlig bekloppt?« Aus dem eben noch so leutseligen Chef war von einer Sekunde auf die nächste eine wütende Furie geworden. Laoch war eben unberechenbar. »Bedeckt gefälligst eure Nasen, ich will hier keinen sehen, der vom Pferd fällt.«

Kopfschüttelnd goss Laoch selbst Wasser aus seiner Trinkflasche über sein Halstuch und schob es sich über die Nase. Während er leise vor sich hin fluchte und seine Männer betreten vor sich hin munkelten, während sie es ihrem Chef gleichtaten, schienen die Faolskis immer kleiner zu werden. Aus den spannungsgeladenen Muskelmaschinen waren in sich zusammengefallene, graue Fransenteppiche geworden. Und auch die Pferde bekamen langsam aber sicher glasige Augen.

Laoch ritt voran, falls man das Reiten nennen konnte. Die Pferde stolperten mehr, als dass sie wirklich geradeaus liefen, immer wieder warfen sie den Kopf in den Nacken, zogen am Geschirr oder versuchten auszubrechen, um die gestankfreie Ebene wieder zu erreichen.

Nach einer Weile mussten die Männer schließlich absteigen. Die Lippen fest zusammengepresst kämpften sie mit einem drängenden Würgereiz. Ihr Frühstück hatte sich wohl kurz unter dem Kehlkopf angefunden und wartete darauf, wieder das Licht der Welt begrüßen zu dürfen. Niemand, selbst Laoch nicht, sagte noch etwas. Schweigend vor sich hin schlurfend, näherten sie sich den Grenzwächtern, die sie, so schien es für diese Männer nun, mit hämischen Grinsen empfingen.

»Drchnwchtr«, murmelte einer der Schergen und die Faolskis, so elend es ihnen auch sein mochte, konnten sich noch ein leises Knurren entlocken, als sie die Kolosse passierten. Laoch musterte die Statuen missmutig. Wieso standen die hier noch herum? Wieso hatte Flanakan sie nicht längst dem Erdboden gleichgemacht? Reichte seine Macht nicht über ganz Haragor, von der südlichen Wüste bis hoch hinauf in die Drachenberge? Wäre er, Laoch, Herrscher über Haragor, er würde alle Reste des Alten Reiches zerstören lassen. Wenn es keine Zeichen mehr gab, dann würde auch die Erinnerung verblassen. Und dieser Widerstand, dieses ganze Gesindel, würde sich in Luft auflösen, da war sich Laoch sicher.

Hinter den Wächtern konnte man die gewaltigen Stadtmauern der Stinkenden Stadt sehen. Laoch war beeindruckt. Die hatten sich mal was zugetraut! Prometkea, das war ein Mann nach seinem Geschmack. Nur dieser Gestank war wirklich die Hölle.

Laoch verwendete nicht einen Gedanken an die Möglichkeit, dass die Staatsfeinde nicht den Handelsweg genommen haben könnten. Es gab keinen anderen Weg. Jetzt mussten sie nur die Stadt umrunden und dem bestialischen Gestank entkommen, damit die Faolskis wieder die Spur aufnehmen konnten. Er gab seinen Männern ein Zeichen, dass sie ihm folgen sollten. Einer der Wachen deutete noch mit dem Kinn in Richtung des Gestanks, aber Laoch gab sich keine Mühe, diese Geste zu deuten.

*

Schon bald stießen sie auf ein Skelett. Obwohl es nicht die ersten Gebeine waren, die Kard zu Gesicht bekam, war es doch ein Schock. Die leeren Augenhöhlen, die weißen Knochen, die klappernden Zähne, so würde er auch mal enden. Gleichgültig ob er ein braver Bürger oder ein flüchtender Schwertträger war!

Diesem Skelett fehlte ein Arm. Nahmen sich die Geister der Verfluchten Stadt die Gebeine der Eindringlinge, um damit Schlagball zu spielen? Auch den anderen war das fehlende Glied aufgefallen und Rosie führte sich die ausgestreckten Zeige- und Mittelfinger der rechten Hand an ihre Augen und zeigte dann damit in die Umgebung. Sie sollten die Augen offen halten! Rosie schien also nicht zu glauben, dass dies allein das Werk von Zeit und Verfall gewesen war. *Aber was dann?*

Sprechen konnte keiner von ihnen. Auch wenn ihre Moschusgasmasken tatsächlich den bestialischen Gestank ihrer Umgebung ein gutes Stück absorbierten, sickerte doch ein Teil der verpesteten Luft durch den Stoff. Ihnen allen lag der Mageninhalt in der Kehle und wartete nur darauf, an die frische, schreckliche Luft zu kommen. Nur Rosalinde schien unbeeindruckt, auch wenn ihr Maul- und Nasenkorb sie ein wenig störte, sodass sie manchmal unwirsch den Kopf hin und her warf.

Plötzlich blieb die Amazone stehen und hob ihren Unterarm in die Luft, offensichtlich ein Zeichen an die anderen, sofort stehenzubleiben. Was diese auch sofort verstanden. Sie deutete auf eine Ruine, die einmal ein Turm gewesen sein musste und sich immer noch über das Meer aus Trümmern erhob. Jetzt sahen es die anderen auch. Ein schwarzer Schatten bewegte sich auf den Zinnen. Er mochte die Größe eines Schweines haben, schätzte Kard. Sah aber eher aus wie ein großes Nagetier.

»Dngrtn«, flüsterte Rosie. *Dungratten.* Kard hatte von ihnen gehört, aber sie noch nie zu Gesicht bekommen. Sie waren die Aasfresser von Haragor. Selbst in den Winxgrasebenen soll es sie geben, wurde von den Bauern berichtet. Es waren gerissene Tiere, die nachts in Rudeln durch die Ebene streiften und sich über Küchenabfälle genauso hermachten wie über einen Kadaver. So gesehen nützliche Tiere. Abfallbeseitigungsmaschinen. Nur im Hochsommer oder im tiefsten Winter, wenn Hitze oder Kälte die Nahrung knapp werden ließ, wurden sie plötzlich zu Jägern und griffen sich mit ihrem Rudel auch mal ein Tok-Rind. Gerade diesen Sommer, der so heiß war, wie schon lange keiner mehr, hatte auch Kard im sicheren Conchar von ihren Raubzügen gehört. Flanakan hatte sogar eine Schar der Wachen zusammen stellen lassen, um sie zu jagen. Die Bauern mit ihren Mistgabeln und Spitzhacken waren den Biestern nicht mehr beigekommen. *Was machen die hier?*

Rosie bedeutete Kard, sein Schwert in die Hand zu nehmen. Und nachdem Odysseus einige unverständliche Laute von sich gegeben hatte, hatte Kard ihm mit rollenden Augen die Fesseln abgenommen und ihm seinen Dolch in die Hand gedrückt. Madad schaute Kard mit einem tiefen, traurigen Hundeblick an. Seine Schnauze blieb verbunden, sonst wäre der Cu mit dem empfindlichen Geruchssinn hier gleich zusammengebrochen.

Rosie schickte Odysseus voraus, Kard bildete, das Schwert in der Rechten, die Nachhut. Rosalinde trieb er mit einem Schienbein, dass einsam im Staub der Straße gelegen hatte, vor sich her.

Der Turm war eine gute Wegmarke. Im Labyrinth der engen Gassen hätten sie wohl möglich sonst bald die Orientierung verloren. Auch wenn die Häuser der ehemaligen Bewohner längst Ruinen waren, erstreckten sich ihre Wände mit den gähnenden Fensterhöhlen nach allen Richtungen. Alles sah gleich aus. Trümmer wohin das Auge blickte. Hin und wieder ein kleiner Platz. Überall Staub. Ab und zu ein Skelett.

Rosie wählte einen Weg, bei dem sie den Turm in einem weiten Bogen östlich umrunden konnten. Die Dungratte auf seiner Spitze war inzwischen verschwunden. *Wo ist sie hin?* Misstrauisch späte der vorausschleichende Odysseus um jede Ecke und in jede Kreuzung, bevor er ihnen ein Zeichen gab, dass alles frei zu sein schien.

Aber eben nur schien. Sie waren gerade dabei, einen kleinen Platz zu überqueren, als die Dungratten auftauchten. *Mist, wo kommen die plötzlich her?* Sie versperrten alle Ausgänge, offensichtlich hatten sie die Schar die ganze Zeit verfolgt und sie hier eingekreist. Kard und die anderen drängten sich im Zentrum des Platzes zusammen, Rosalinde in ihrer Mitte.

Die Dungratten waren abgemagert und dreckig. Den meisten klebte eine grüne, klebrige Masse in den Barthaaren, vielleicht von einer Schlammquelle, aus der sie tranken. Sie waren kleiner als Kard sie sich vorgestellt hatte, vielleicht nur eine halbe Beinlänge hoch und lang, aber dafür waren es viele. Ihre nackten Rattenschwänze peitschten nervös im Staub. Hungrig und gierig betrachteten sie ihre Beute. Aber sie blieben im Schatten der Gassen und griffen sie auf den Platz nicht an. Noch nicht.

Kard schaute nach allen Richtungen, ob es nicht einen Ausweg gäbe. Er konnte plötzlich seinen eigenen Atem hören, wie er sich mühsam durch das getränkte Tuch kämpfte. Vielleicht konnten auch die Ratten den Moschus riechen und wussten damit nichts anzufangen? *Wieso greifen sie nicht an?*

Schweißtropfen bildeten sich auf Kards Stirn, seine Finger schlossen sich fest um den Griff des Minas-Schwertes, seine Augen verengten sich zu schmalen Schlitzen. Das Amulett pulsierte beruhigend auf seinem Brustbein. Kard wusste, dass er Angst hatte, aber die Angst vermischte sich mit dem Geschmack von Erbrochenem in seiner Kehle und dem Zittern seiner Knie. Im Kopf war er ganz ruhig.

Er sah, wie Rosie auf eine zusammengebrochene, eckige Säule deute. Sie lag am Rand des Platzes und versperrte einen Ausgang. Dahinter konnte man im Augenblick keine Dungratte erkennen. Kard nickte, auch die anderen hatten verstanden. Langsam, den Angriff der Dungratten erwartend, schlichen sie, vorsichtig Fuß vor Fuß setzend, in Richtung der Säule. Die Ratten beäugten sie, blieben aber im Schatten.

Rosalinde sträubte sich etwas, bevor sie die Säule erklomm, aber sie war ein braves Tier. Hinter der Säule schloss sich eine schmale Gasse an. Dungratten waren hier nicht zu sehen. Vorsichtig trieb Kard Rosalinde weiter. Langsam aber sicher ließen sie den Platz und die Dungratten hinter sich zurück. *Puh. Geschafft!*

Doch die Tiere verfolgten sie. Und das nicht nur am Boden, sondern auch auf den Dächern, wie Kard bald feststellen musste. Sie waren diesen Bestien nicht einfach so entkommen, es sah vielmehr so aus, als ob die Ratten sie mit Absicht auf diesen Weg geschickt hätten. An den Kreuzungen verstellten diese Viecher ihnen den Weg, sodass immer nur ein möglicher Durchgang offen blieb. Langsam begriffen alle, dass sie den Biestern nicht entflohen waren, sondern dass sie von diesen in eine bestimmte Richtung getrieben wurden. *Wie beim Rinderabtrieb.* Rosie sah in die Runde. Selbst die kampfeslustige Amazone sah besorgt aus. Von intelligenten Ratten verspeist zu werden, war sicherlich kein Ruhmesblatt für eine wie sie. Rosie zeigte stumm auf ihre Waffen. Alle nickten entschlossen und auch Madad kaute schon an seiner Gasmaske herum. Kampflos würde ein Cu nicht sterben.

Dann sahen sie den toten König. Die Gestalt, die dort auf einer Säule prangte, konnte niemand anderes sein. Prometkea wucherte im Zentrum eines großen Platzes inmitten einer grünen, schleimigen Suppe, von der sich offensichtlich die Dungratten ernährten, wenn kein Frischfleisch zur Verfügung stand. Einige von den Tieren schlabberten gerade an der grünen Flüssigkeit, als Kard und die anderen den Platz betraten. Im Hintergrund war die Ruine eines mächtigen Palastes zu sehen, dessen gewaltige Säulen wie Dominosteine umgefallen waren und alles unter sich begraben hatten, was jemals unter ihnen wandelte. Dort sah man einen Torso, dort einen Kopf, dort einen abgebrochenen Arm. Die Reste von riesigen Statuen, die wohl einst unter den Säulen die Größe der Stinkenden Stadt verkündet hatten. *Selbst jetzt noch beeindruckend.*

Prometkea aber lebte! Sein riesiger Leib bebte und schwabbelte, als ob eine gewaltige Maschine ihn immer wieder durchschütteln würde. Von dem König selbst konnte man nicht so viel erkennen. Er hatte einen Kopf und zwei weit ausgestreckte Arme, aber alles war von dieser grünen gallertartigen Masse umgeben, die seine Beine hinunterrann und sich in dem riesigen Tümpel zu seinen Füßen ergoss. Die Ratten hatten sie zu ihrem Gott getrieben.

Selbst Odysseus war inzwischen alles Lachen vergangen, Rosie schaute achselzuckend in die Runde. *Sollen wir etwa geopfert werden?*

Kard nahm all seinen Mut zusammen und nahm die Maske ab. Der Gestank war hier so bestialisch, dass er sich sofort übergeben musste. Kleine Babydungratten kamen fröhlich quietschen angelaufen und schlabberten gierig das Erbrochene aus dem Staub zu Kards Füßen. Offensichtlich war Prometkea selbst die Quelle allen Übels.

»Oh großer Prometkea, wir grüßen dich«, krächzte Kard und erntete immerhin die aufmunternden Blicke seiner Kameraden. Aber inzwischen hatten sich die Dungratten in Bewegung gesetzt. Sie sollten direkt in die Arme des Gottes getrieben werden.

»Oh großer Prometkea, wir sind nur arme Reisende und wollten dich in deiner Größe bewundern und bestaunen.« *So ist das doch mit Göttern, man muss sie huldigen.* Aber Prometkea antwortete nicht. Wenn man das Glucksen und Gluckern, das aus seinem Inneren zu kommen schien, nicht als Antwort nehmen wollte.

»Oh großer Prometkea, rufe bitte deine treuen Untertanen zurück, damit wir dir unser Opfer darbieten können.«

So hatte Kard das gelernt. Huldigung, Opfer, Segen. Wieso sollte das bei diesem Gott anders sein? Die anderen schauten ihn verstört an. Welches Opfer, schienen ihre Blicke zu fragen? Prometkea schwieg.

»Oh Prometkea, du großer Gott, nimm diesen Esel und lass uns andere davon ziehen.« Kard kniete sich nun nieder, senkte sein Haupt und stieß die verdutzte Rosalinde ein Stück nach vorne. Seine Freunde verdrehten die Augen, klopften sich an die Stirn, zum Zeichen, dass Kard nun völlig durchgedreht war, schließlich war Rosalinde ihre Rückfahrkarte. Aber was hatten sie denn sonst schon zu bieten?

Prometkea schwieg. Und die Ratten kamen näher. Und dann fiel es Kard wie Schuppen von den Augen. *Wieso ist mir das nicht gleich aufgefallen?*

»Oh Prometkea, du bist ja gar kein Gott, du bist nur ein riesiger, wahrhaft riesiger Moschgun-Pilz.«

Moschgun-Pilze wurden in vielen Teilen Haragors als Delikatesse verehrt. Allerdings stanken sie, bevor man sie in einem Sud aus Essig und Stutenmilch garte, wie die Pest. Und der Moschgun-Pilz ernährte sich von Insekten, die er mit seinem Gestank anlockte. Und das Gebilde, das sich wahrscheinlich um eine Statue von Prometkea schmiegte, war wirklich der größte Moschgun-Pilz der ganzen Welt. Und stank entsprechend. Und tatsächlich sollten sie ihm geopfert werden, denn wenn der Pilz sie langsam zersetzte, konnten die Dungratten noch lange von ihrer Götterspeise, der grünen Suppe am Fuß der Götterstatue, zehren. Wahrscheinlich war dieser Pilz das einzig Essbare hier in der Stinkenden Stadt.

Auch die anderen erkannten jetzt, dass die sich bewegende Masse einfach nur ein riesiger Pilz war. Aber was nützte ihnen diese Erkenntnis? Sollten sie den Dungratten zurufen: Hey, ihr betet einen Pilz an? Wahrscheinlich waren diese Dungratten gar nicht so intelligent, in diesem riesigen Pilz, der Arme, Beine und Kopf hatte, einen Gott zu sehen. Für sie war es wahrscheinlich einfach eine Nahrungsquelle, die gepflegt werden wollte. Eine leckere Pflanze, die gegossen werden musste. Mit Blut!

Tatsächlich schloss sich der Ring der Dungratten immer dichter um sie. Immer weiter trieben sie ihr Futter an den Rand des Pilzsees. Und war da nicht sogar ein Gesicht im grünen Morast zu erkennen? Tatsächlich. Kard schaute noch einmal hin, dann konnte er genau die Umrisse einer menschlichen Gestalt erkennen, die im Morast lag, dessen Gesicht aber vom Pilz nicht bedeckt war. Dann blinzelte die Gestalt. Kard schrie. Natürlich! Der Moschgun-Pilz verdaute seine Opfer nur langsam, um sich möglichst lange von seinem Fleisch ernähren zu können. *So will ich nicht enden.* Auch die anderen hatten inzwischen den vor sich Hinsiechenden entdeckt. Dann wollte Kard doch lieber von den spitzen Zähnen einer Dungratte in Stücke zerrissen werden.

Klar war jetzt allen, dass sie versuchen mussten, sich eine Bresche durch die aggressiven Nager zu schlagen. Ein unmögliches Unterfangen. Aber Rosie schien noch eine andere Idee zu haben. Stumm deutete sie mit ihren Augen auf ihren Flakon mit dem Zinnobermoschus. Dann deutete sie an, wie sie den Inhalt des Flakons ausschütten würde. Natürlich, dachte Kard. Während sie hier vom Gestank des Moschgun-Pilzes bald in Ohnmacht fielen, liefen die Dungratten herum und waren gegen diesen Gestank völlig immun. Ganz im Gegenteil. Wahrscheinlich war dieser Gestank ein wahrer Wohlgeruch für sie, denn er versprach leckere Pilzpastete zum Abendbrot. Wie würden ihre Nasen aber auf den intensiven Geruch des Zinnobermoschus reagieren? Vielleicht war ihr Geruchssinn aber auch einfach total abgestorben und sie rochen gar nichts mehr? So wie bei den Alchemisten im Erzgebirge? Aber es schien ihre einzige Chance gegen die Phalanx an Dungratten mit ihren todbringenden Schneidezähnen.

Kard und Odysseus hatten verstanden. Rosie zeigte auf einen Durchgang, der rechts von der Palastruine lag und einen Weg Richtung Norden öffnete. Sie nickten stumm. Inzwischen war der gesamte Platz, soweit er nicht vom grünen Schlamm des Pilzes bedeckt war, von Dungratten bevölkert. Eine graue Wand mit zuckenden Schwänzen und entblößten Schneidezähnen.

Rosie ging einen Schritt auf die Dungratten zu, öffnete den Flakon und ließ vier, fünf Tropfen auf den Boden fallen. Kard konnte genau sehen, wie sie im Staub landeten und dort sofort vertrockneten. Es wäre auch zu schön gewesen, um wahr zu sein. Auch die Dungratten schauten etwas verwirrt zwischen Rosie und den Tropfen hin und her und wussten nicht so recht, was sie mit der Amazone anfangen sollten. Doch dann entfaltete sich der Duft des Parfums. Kard konnte es am Zucken der Nasen erkennen. Und an den erstaunten Rattenaugen. *Bitte lauft jetzt alle quiekend davon.* Wellenartige Zuckungen durchliefen die Körper dieser Bestien. Kard glaubte in den Augen der Ratten so etwas wie Glückseligkeit zu erkennen. Dann brachen die ersten Tiere einfach zusammen. Rosie nickte zufrieden, auch wenn Kard zu sehen glaubte, dass ihr Tränen in den Augen standen. Ihr geliebtes Zinnobermoschus für ihr aller Leben. *Danke, Rosie, dafür hast du echt was gut bei uns allen.*

Auch den anderen Ratten stieg der Moschusduft in die Nase und versetzte sie in eine Art Delirium. Einige Ratten begannen zu tanzen, andere legten sich auf den Rücken, andere fingen an, ihre eigenen Schwänze zu jagen. Rosie ging einen weiteren Schritt vor und ließ erneut einige Tropfen in den Staub fallen. Mit dem gleichen Resultat. Die nächsten zwei, drei Ratten fielen einfach um, die anderen verloren immerhin ihren Jagdinstinkt und beschäftigten sich mit anderen Dingen. Aber nur nach wenigen Schritten schloss sich der Ring der Ratten erneut um sie, auch wenn sie sie nicht angriffen, da sie wohl immer noch davon ausgingen, dass diese Menschen, der Hund und der Esel als Dünger für ihren Pilz dienen würden. Aber wie lange würde diese Illusion noch anhalten. Die Dungratten waren intelligente Tiere, irgendwann würden sie begreifen, dass sich ihr Futter gerade davonmachte.

Aber noch funktionierte der Trick mit dem Zinnobermoschus. Allerdings kamen sie nur schleppend voran. Jede Gabe aus der kleinen Flasche ließ sie nur wenige Schritte nach vorne gehen. Und der Flakon war nicht groß. Ob sie es wirklich bis zum Rand des Platzes schaffen würden?

Nach einigen Schritten bedeutete Rosie Kard, dass er den Flakon nehmen sollte. Sie selbst drehte sich nochmal in Richtung des Pilzgottes um, nahm sich den Bogen vom Rücken, legte einen Pfeil auf die Sehne und schoss. Der Pfeil landete zwischen den Augen des Verdauten, der, da war sich Kard sicher, ihnen einen dankbaren Blick zuwarf, bevor er endgültig die Lider schloss. Wie lange mochte er den Säften des Pilzes ausgeliefert gewesen sein? Tage? Wochen? Monate? Was auch immer geschehen würde, Kard würde auf keinen Fall zum Fleischlieferanten dieses Pilzes werden. *Ich nicht. Und keiner meiner Freund!* Niemand hatte es verdient, so zu enden. Noch nicht einmal sein ärgster Feind, noch nicht einmal Flanakan. Oder? Na gut, der vielleicht schon. Aber sonst niemand. Und schon gar nicht Madad, Odysseus und Rosie. Kard wunderte sich selbst über die Entschlusskraft, die ihn durchströmte. Er schloss seine Hand fest um den Schwertgriff.

Das Parfum reichte nicht ganz, um sie durch die unendliche Herde an Rattenkörpern, die den Platz bevölkerte, zu schleusen. Als der letzte Tropfen aus dem Flakon in den Staub fiel, fehlten noch etwa zwanzig Schritte, bis zu dem Durchgang. Die Ratten waren inzwischen nicht mehr ganz sie selbst. Der Duft des Moschus hatte sich inzwischen über den ganzen Platz verteilt und auch die wackersten Ratten hatten inzwischen weiche Knie. Rosie sprintete los und schlug mit ihrem Schwert auf die delirierende Masse vor ihr ein. Kard tat es ihr gleich und zusammen schlugen sie einen Keil in die graue Mauer, durch die Odysseus Rosie treiben und sich der ermattete Madad schleppen konnte. Sie erreichten den Durchgang, verfolgt von einigen stolpernden

Dungratten und flohen in das Gewirr der Gassen, das sich an den Platz anschloss.

Schon nach wenigen Augenblicken wusste keiner mehr von ihnen, in welche Richtung sie nun laufen mussten. An einer Abzweigung konnten sie gar wieder einen Blick auf den Platz werfen, auf dem die Ratten verwirrt hin und her liefen. Aber wie lange noch? Ein paar Tropfen Moschus gegen einen riesigen, lebenden Moschgun-Pilz?

Als sie erneut an einer Weggabelung anlangten und nicht wussten, welchen Weg sie nun nehmen sollten, konnte es nur noch einen Ausweg geben. Kard näherte sich Rosalinde, tätschelte dem Esel liebevoll die Flanke und nahm ihm dann behutsam die Gasmaske ab. Rosalinde schaute Kard mit treuen Augen an, aber schon im nächsten Augenblick konnte man das Weiß in ihren Augen sehen und Rosalinde ging in die Knie. Der Geruch des Moschgun-Pilzes hatte sie wie ein Keulenschlag getroffen.

»Bitte, Rosalinde, du musst uns helfen.« Kards Stimme klang dumpf durch seine Maske. »Wo ist der Klee? Rosalinde, wo ist der Klee?«

Klee. Das verstand Rosalinde offensichtlich. Göttlicher, wohlschmeckender Klee. Aber der Esel sah Kard trotzdem an, als ob er lieber auf der Stelle sterben wolle. Wieso redet dieser Mensch in dem Moment, dachte Rosalinde jetzt sicherlich, als sie von allen Abgasen der Hölle heimgesucht wurde, von diesem wunderbaren, wohlriechenden Klee? Aber dann zuckten Rosalindes Nüstern. Klee? Hatte sie etwas gerochen?

Rosalinde kam wieder auf die Beine. Wenn auch wackelig und vorsichtig einen Huf vor den anderen setzend, war ihr Gang doch zielstrebig. Es schien zu funktionieren. *Bitte, bitte, lieber Branu. Lass Rosalinde den Weg hier raus finden.*

»Klee, Klee, Klee«, murmelte Kard durch sein Tuch, das er längst wieder hochgezogen hatte, und es schien ihm fast, als ob ihm Rosalinde zunicken würde. Habe verstanden.

Doch dann kamen die Dungratten zurück. Oder es waren andere Dungratten, die gar nicht auf dem Platz gewesen waren? Erst kamen sie einzeln und verschwanden sofort wieder, wenn ein Pfeil von Rosie einen der ihren erwischt hatte. Aber sie kamen immer wieder. Kard, Rosie und Odysseus liefen um Rosalinde herum, die nun an jeder Kreuzung, an jeder Ecke zu wissen schien, wo es lang ging, und verteidigten ihren vierbeinigen Kompass nach allen Kräften. Als sie endlich das nördliche Tor sehen konnten, wurden die Angriffe der Dungratten aggressiver, als ob sie wüssten, dass ihnen ihre Beute bald entkommen könnte. Nur Madad, der sich jetzt seine Maske von der Schnauze gerissen hatte, war es zu verdanken, dass die Ratten auf Abstand blieben. Immer wieder fuhr der Cu in die sie verfolgende Meute und zerbiß den Ratten die Kehle. Und so erreichten sie letztendlich doch noch das nördliche Tor der Verfluchten Stadt. Hinter dem sich das Meer der Wildwiesen von Asch-by-lan erstreckte. Ein Paradies für einen Esel. Und die Geister der Stinkenden Stadt, von der Kard und seine Freunde nun wussten, dass es pilzfressende Dungratten waren, verfolgten sie nicht auf die weite Ebene. Was hielt sie davon ab? War es der süße Duft der Wildwiesen, der im groben Kontrast zum Gestank ihres göttlichen Moschgun-Pilzes stand? Oder gab es im hohen Gras Gefahren, denen sich selbst eine Horde Dungratten nicht gerne aussetzte? Kard und den anderen war das erst einmal gleichgültig. Hauptsache raus aus diesem Albtraum, raus aus der Stinkenden Stadt, runter mit den Gasmasken und endlich wieder frische Luft atmen.

*

Laoch blickte auf seine Männer. Welche Enttäuschung! Drei Menschen und zwei Toraks hatte er mitgenommen, seine besten Schergen! Aber wenn er sie jetzt so ansah, wie sie sich mit den Oberarmen auf ihren Knien abstützten und gebeugt am Wegesrand standen und vergeblich versuchten, noch mehr Mageninhalt heraufzuwürgen, zweifelte er doch an ihren Fähigkeiten. Er selbst hatte die Übelkeit schnell in den Griff bekommen, so wie er jedes Gefühl in den Griff bekommen konnte.

Die Drachenwächter lagen schon lange hinter ihnen, die riesigen Stadtmauern der Stinkenden Stadt verschwanden zu seiner Rechten in einem ewigen Grasmeer. Konnten der Junge und seine Begleiter hier den Weg verlassen haben? Laoch hatte seine Männer angewiesen, auf jede Lücke in der Wildwiese, jeden niedergetretenen Halm zu achten, aber bisher war nichts zu sehen, noch nicht einmal die Spuren irgendwelcher Tiere. Wie ein undurchdringlicher aber chaotischer Teppich lag das Grasmeer vor ihnen, allerdings ganz anders als die homogenen Winxgrasfelder der Ebene. Eine Vielzahl der verschiedensten Gräser und Pflanzen, ein wahres Farbenmeer, das zwischen hellem Gelb und Grün bis zu dunklem Rot ständig wechselte, zog sich bis zum Horizont, nur unterbrochen von einigen braunen Hecken. Nirgendwo war ein Baum zu sehen.

Kurz hinter der Stadt entdeckten sie dann den ersten Unterstand. Die Konstruktion bestand aus einer Mauer aus massiven Steinen, die mehrfach nachgebessert worden war. Sie sah sehr alt aus, sicherlich mehrere hundert Jahre. Nur das Dach aus massiven Holzstämmen schien erst vor kurzem erneuert worden zu sein. Zum Handelsweg war der Unterstand offen und bot Platz für etwa zehn Menschen. Zur Wildwiese hin öffneten sich einige schmale Fenster oder Schießscharten. Vielleicht diente das Gebäude als Jagdunterstand, aber eigentlich war es dafür zu groß. Laoch gönnte sich und seinen Männern hier eine kleine Rast. Der Gestank der Stinkenden Stadt war hier nur noch schwach wahrnehmbar und wurde von dem frischen Geruch der Wildwiese überlagert. Jetzt erinnerte sich Laoch auch an die fliegenden Händler in Bo-Baoghalta, die Halstücher mit dem befreienden Geruch der Wildwiesen von Ach-by-lan verkauft hatten. Erst jetzt verstand Laoch, was es damit auf sich gehabt hatte.

Die Faolskis hatten zu winseln aufgehört, auch wenn sie noch sichtlich angeschlagen waren. Eine Spur aber konnten sie nicht oder noch nicht aufnehmen. Unschlüssig liefen sie den Weg hin und her, dann zurück zu Laoch, um zu erkunden, ob dieser neue Befehle für sie hatte. Ab und zu überlegte der Oberste Scherge, ob er einen seiner Männer von ihnen zerreißen lassen sollte, um seinem Ärger über die Haltlosigkeit seiner Männer etwas Luft zu machen. Aber dann besann er sich wieder.

Endlich kamen sie an einen Wasserlauf, an dem auch die Pferde trinken und die Männer ihr Erbrochenes herunterspülen konnten. Laoch ließ sie daraufhin wieder aufsitzen und die Faolskis vorauseilen, in der Hoffnung, dass sie die Spur des Minas-Schwertes doch wieder aufnehmen würden. Alle zwei bis drei Meilen passierten sie einen der Unterstände, die wie Wachposten den Weg säumten.

Die Sonne stand schon tief, als die Wildwiesen endeten und von Feldern verdrängt wurde, auf denen großblättrige Pflanzen wuchsen, eine Kohlsorte, die auf der Hochebene das Winxgras ersetzte. Das merkten Laoch und seine Männer, als sie kurz vor Sonnenuntergang To-Baoghalta erreichten, die erste Siedlung der Hocheben, in denen ihnen Kohlsuppe, Kohlbrot, Kohlschnitzel und sogar Kohlbier angeboten wurden. Stolz prahlte der Wirt, in dem Gasthaus, in dem sie abgestiegen waren, von den weichesten Kohlblattbetten in ganz To-Baoghalta. Laoch nickte müde, während er an dem schalen Kohlbier nippte und fragte nach dem Tempel von Goiba.

Laoch, und das gefiel ihm gar nicht, war ein wenig ratlos. Die Faolskis hatte immer noch keine Fährte aufgenommen. Zum Foltern war auch niemand da. Aber jetzt aufgeben und mit leeren Händen nach Conchar zurückzureiten kam auch nicht infrage. Es gab Opferrituale, mit denen eine Goiba-Priesterin in die Zukunft sehen konnte. Manchmal waren es nur vage Hinweise, meistens sogar. Ab und zu aber sogar Namen und Personen, die, wenigstens in Conchar, unbedingt mit dem Foltermeister Sorb reden wollten. Auch wenn wohl keine Gova in Haragor an Tsarr, die Oberste Priesterin von Goiba, heranreichen würde, war es doch einen Versuch wert, die lokale Gova aufzusuchen.

Der Kuppelbau des Goiba-Tempels lag mitten im Zentrum von To-Baoghalta, am zentralen Marktplatz, direkt gegenüber des Hauses des Dorfratsvorsitzenden. Seit Flanakan an der Macht war, hatten sich die Bündnisse der Govas und der weltlichen Herrscher eng miteinander verwoben. Aber im Gegensatz zum gewaltigen Goiba-Tempel in Haragor, mit dessen Pracht sich Tsarr auch selbst zelebrierte, war das Gotteshaus hier wesentlich schlichter gehalten, auch wenn es zwischen den einfachen Holzhäusern des Dorfes deutlich herausstach. Die Baumeister hatten pechschwarze Steine verwandt, die Laoch an die mysteriösen Quader der Schwarzen Burg erinnerten. Fast fugenlos, ähnlich der Stadtmauer der Stinkenden Stadt, vielleicht sogar von deren Erbauern errichtet, wirkte der Tempel wie ein Fremdkörper, der irgendwie nicht zum Staub der Dorfstraße oder zu den Holzwänden der anderen Häusern zu passen schien. Erstaunlich leichtgängig und geräuschlos schwang die Tür in den Scharnieren, als Laoch den Tempel betrat.

Laochs Augen mussten sich erst an die Dunkelheit gewöhnen. Die Erbauer hatten in der Kuppel kleine Löcher hinterlassen, durch die Tageslicht sickerte und einem das Gefühl vermittelten, mitten am Tag unter einem Sternenhimmel zu stehen. Laoch konnte in der Stille, die ihn jetzt umfing, seinen Atem deutlich hören und als er sich weiter in das Inneres des Tempels begab, hallten seine Schritte dumpf von den Wänden wider.

Im Zentrum stand, wie in allen Goiba-Tempeln, der Opferaltar, ein massiver Block, dessen Oberfläche von den typischen Blutrinnen durchzogen war, wie Laoch lächelnd feststellte. Dahinter lag in einer goldenen Schale eine riesige Obsidiankugel, die Goiba, Göttin der Nacht und Kälte in ihrer Erscheinungsform als schwarzen Mond darstellte. Der Mond, der die Sonnenstrahlen ihres Bruder Branus zu Boden ringt.

»Laoch, Meister der Schergen.«

Der Angesprochene zuckte zusammen. Er hatte die Gova, die in schwarzer Robe und ihm den Rücken zuwendend vor der Obsidiankugel kniete, nicht wahrgenommen. Die Priesterin erhob sich geräuschlos, was in diesem Raum, der jeden Laut mit tausend Echos verstärkte, selbst für Laoch unheimlich wirkte. Die Gova drehte sich um und schob die Kapuze, die bisher ihren Kopf verborgen hatte, in den Nacken. Obwohl einige Falten in ihrem Gesicht zeigten, dass sie vielleicht sechzig oder siebzig Jahre alt sein musste, war ihr Haar pechschwarz ohne eine einzige graue Strähne.

Eine echte Goiba-Priesterin, eine würdige Schwester der großen Tsarr, dachte Laoch. Nur die Augen passten nicht ganz zu dieser kaltherzig und skrupellos wirkenden Erscheinung. Wie Tsarrs Augen waren sie von einem hellen Blau, die aber bei dieser Priesterin die Klarheit und Weisheit des Alters zu vermitteln schienen, während man bei Tsarr instinktiv an Rache und Blutdurst denken musste.

»Du wusstest, dass ich komme?« Laoch war nicht wirklich verwundert.

»Unsere Oberste hat mir eine Fledermaus geschickt.«

Laoch hatte schon geahnt, dass die Govas ihre eigenen Mittel und Wege gefunden hatten, sich auszutauschen.

»Haben die Faolskis noch eine Spur?« Die Stimme der Gova war dunkel und heiser, als hätte sie sich bei einem Opferritual verausgabt. Oder es war eine natürliche Gabe, dass sie als Goiba-Priesterin mit solch einer Stimme ausgestattet war, die einem einen Schauer über den Rücken laufen ließ.

»Leider nein, deswegen komme ich zu dir.« Laoch deutete auf den Sack, den er mitgebracht hatte und in dem eine Katze rumorte. Dumme Tiere, diese Katzen. Man stellte ihnen eine Schale Milch hin und schon glaubten sie, man sei ihr bester Freund.

»Du möchtest, dass ich einen Blick in die Zukunft werfe?«

»Ja, liebe Oberste Gova von To-Baoghalta, das wäre wirklich nett.«

»Nett, sagst du?« Die Stimme der Gova hatte einen scharfen Unterton, der Laoch zusammenzucken ließ. Normalerweise war es üblich, sich in der Oberschicht ein wenig zu umschmeicheln, so wie er es mit Makral gerne tat. Davon schien diese Gova nicht viel zu halten.

»Ich weiß nicht, was du bei Tsarr gesehen hast, aber von den Göttern ein Blick in die Zukunft abzuverlangen, ist alles andere als nett.« Mit unverhohlener Verachtung betrachtete die Gova nun den Obersten Schergen. Laoch erkannte, dass ihn das oberflächliche Gesäusel hier nicht weiterhalf, ließ sich aber vom Zorn der Gova auch nicht beeindrucken.

»Gova, pass auf, du redest hier nicht mit einem deiner Dorfbewohner. Ich bin Laoch, Oberster Scherge, und ich komme im Auftrag von Tsarr, der Obersten Gova deines Ordens. Also sollten wir vielleicht einfach das tun, wofür ich hier bin.«

Laoch war sich sicher, dass kein Bauer und auch nicht der Dorfratsvorsitzende in diesem Tonfall mit der Gova redete. Falls die Priesterin von Laochs Äußerung beeindruckt war, ließ sie es sich nicht anmerken.

»Und weswegen bist du hier?«

»Hat dir Tsarr nichts gesagt?«

»Die Fledermaus sprach nur von einem sehr wichtigen Auftrag und von einem großen Geheimnis. Um was es genau geht, musst du mir schon selbst sagen.«

»Der Mensch, den wir verfolgen, trägt ein Minas-Schwert bei sich! Tsarr will dieses Schwert um jeden Preis haben!«

Die Gova schwieg und starrte ihn feindselig an. Dann aber lachte sie plötzlich.

»Jetzt verstehe ich. Ein Minas-Schwert. Das erklärt einiges. Ich dachte, Flanakan hätte damals alle zerstören lassen?«

»Ja, aber dieses wurde neu geschmiedet.«

»Das kann nicht sein.« Ungläubig starrte ihn die Alte an. »Kein Mensch kann ein Minas-Schwert schmieden. Es war und ist das Geheimnis der Torak-Schmiede. Und die haben einen Eid auf Branu geschworen, dass kein Torak jemals wieder ein Minas-Schwert schmieden würde. Und dieser Eid wird von den Magien aller Götter gebunden. Die Magie, die im magischen Erz lebt, würde jeden Torak in die sieben Höllen bringen.«

Laoch, der der Gova interessiert zugehört hatte, musste widersprechen.

»Aber Tsarr selbst hat es gesagt. Es muss ein Minas-Schwert sein.«

Kopfschüttelnd begann die Gova auf- und abzugehen.

»Falls es wirklich ein Minas-Schwert ist, dürfen es die Branu-Anhänger nicht in die Finger bekommen.«

»Aber auch wenn es eine Waffe ist, die einst von den Drachenkönigen benutzt wurde, was sollen die Staatsfeinde damit? Es ist letztendlich auch nur ein Schwert.« Für Laoch, der zwar die Symbolkraft eines Minas-Schwertes bis zu einem gewissen Grad nachvollziehen konnte, blieb es letztendlich doch nur ein Stück Metall. Er hatte schon von Anfang an Tsarrs Sorgen nie ganz nachvollziehen können.

»Nur ein Schwert?« Die Gova sah ihn entgeistert an. »Weißt du denn nicht, wie Flanakan den Drachenkönig besiegt hat?«

Laoch rollte genervt mit den Augen. Jeder kannte die Geschichte.

Flanakan war der Halbbruder von Aidan, dem letzten Drachenkönig, den man später den Gerechten nannte. Ihre gemeinsame Mutter hatte sich einen Fehltritt mit einem Vampyr, einem Fürsten der Dunkelheit erlaubt. Flanakan war ein Bastard in doppelter Hinsicht. Niemals war er als Mitglied der Herrscherfamilie anerkannt worden und zudem war er halb Mensch, halb Vampyr. Und so kam es, dass Flanakan als Jugendlicher von zu Hause weglief und bei seinen Onkeln und Tanten in den Höhlenlabyrinthen von Schtalyr Unterschlupf fand. Flanakans leiblicher Vater und Geliebter seiner Mutter war kurz nach seiner Geburt gestorben, wahrscheinlich ermordet von den Agenten des Drachenkönigs. Dies alles führte zu erheblichen Verwerfungen zwischen dem Drachenkönig und den Fürsten der Höhlen und all den Wesen, die die Nacht und das Unterirdische bevölkerten. Aber niemals hätten sie einen Aufstand gewagt gegen die Wesen des Tages und des Lichts, die ihnen zahlenmäßig weit überlegen waren. Bis Flanakan erwachsen wurde und sein Zorn gegen seinen Halbbruder ins Unermessliche wuchs. Er versammelte all diese Wesen unter sich, Vampyre und selbst Oguls, und zog mit ihnen gegen die Alte Stadt. Und er schaffte es, den stolzen Aidan in der Abenddämmerung der Mittsommerwende zu einem Zweikampf herauszufordern. Und Flanakan gewann. Mit einem gewaltigen Hieb durchbrach er den Harnisch, der als unzerstörbar gegolten hatte und brachte seinen Halbbruder zu Fall. Und die Wesen der Nacht überrannten im Licht des aufgehenden Mondes das konfuse, führerlose Heer des Drachenkönigs.

»Weißt du denn nicht, Laoch, dass Flanakan damals nur durch eine List gewann?« Die Gova sah ihn fragend an. Laoch schüttelte langsam den Kopf. Es war eine Geschichte, eine gute Geschichte, zugegebenermaßen, aber die Ereignisse, falls sie überhaupt so stattgefunden hatten, waren vor hundert Jahren passiert. Eine Sage. Ein Märchen.

Die Gova lachte erneut, als hätte sie seine Gedanken gelesen. »Obwohl du so nahe bei Tsarr bist, wie kaum ein anderer, bist du doch blind für das Wahre, Laoch.« Die Gova sah ihn jetzt fast mitleidig an. »Flanakan hatte es geschafft, den Harnisch des Drachenkönigs auszutauschen. Ein Harnisch, den nur eine Waffe durchdringen konnte, ein geweihtes Minas-Schwert! Aber Minas-Schwerter besaßen nur die Soldaten der königlichen Leibgarde und ein geweihtes Minas-Schwert durfte nur der König selbst führen. An dieses

Schwert konnte Flanakan unmöglich herankommen. Aber irgendwie muss er es geschafft haben, den Harnisch des Königs mit einer Kopie auszutauschen. Und rate mal, wer den echten Harnisch anhatte?«

»Flanakan?«

»Genau, Laoch. Und der Harnisch des Drachenkönigs schützt unseren Herrn bis heute. Auch wenn es fast unmöglich erscheint, aber falls es irgendjemand schaffen würde, bis zu Flanakan durchzudringen und dieser jemand hätte dann auch noch ein geweihtes Minas-Schwert in der Hand, könnte er unserem Herrn damit das Leben nehmen.«

Laoch nickte. Er dachte angestrengt nach. »Viele Wenns. Zu viele. Aber ich verstehe langsam, was es mit dem Minas-Schwert auf sich hat.« Mit einem gekonnten Griff holte er die Katze aus dem Sack und hielt das sich windende Tier an seinem Nacken in die Luft.

»Vielleicht können ihre Gedärme uns ja sagen, wohin ich mich mit den Faolskis wenden muss.«

Statt zu antworten, griff die Gova hinter sich und holte aus einem Schrank, in dem sich nützliche Opferutensilien befanden, eine Schale hervor. Wortlos nahm sie die Katze. Dunkle, magische Worte murmelnd vollzog sie das Opferritual. Ihre Augen strahlten nun im unerbittlichen Blau, das Laoch nur zu gut von Tsarr kannte.

»Gib mir deinen Arm, Laoch. Wir brauchen dein Blut, um deinen Weg zu sehen.«

Widerwillig streckte Laoch seinen Arm hin, aber er hatte damit schon gerechnet. Diese Priesterinnen waren ganz verrückt nach Blut. Die Gova zückte ein Messer und schnitt ihm kurz in den Unterarm. Die rote Flüssigkeit drang aus der Wunde und tropfte in die Opferschale.

Jetzt senkte sich der Blick der Gova, die weiterhin mit ihrer heiseren Stimme vor sich hinmurmelte, auf das Gefäß, in dem sich das Leben mit dem Tod verbunden hatte.

»Ihr müsst in den Osten, zur Küste, nach Klatschmünde. Dort werdet ihr sie treffen. Verratet nicht, wer ihr seid. Die Diener Branus sind auf der Hut. Fragt im Hafen nach.«

»Im Hafen, was wollen die denn dort?« Laoch sah die Gova fragend an. Nur Fischer fuhren hinaus auf das Meer. Dort gab es sonst nichts, nur Weite und Leere. Irgendwo das Reich der Ichtos, aber das war viele Meilen von der Küste entfernt.

»Das kann ich dir nicht sagen, Laoch. Ich lese die Zeichen, vieles kann man nicht sofort deuten. Aber ich verspreche dir, dass du es in Klatschmünde wissen wirst. Besuche den Hafen und du wirst die Spur des Minas-Schwertes finden.«

»Danke, Priesterin.«

Obwohl der Tag sich langsam seinem Ende zuneigte und der Himmel zudem jetzt wolkenverhangen war, fühlte sie Laoch geblendet, als er aus dem Dunkel des Tempels nach draußen trat. Eine leichte Brise hatte eingesetzt, Vorboten eines Gewitters. Laoch schürzte die Augen mit den Handflächen und schaute über den Platz. Obwohl es normal war, dass eine gewisse Hektik ausbrach, wenn sich ein Gewitter ankündigte, spürte Laoch, dass die Menschen hier außergewöhnlich nervös wirkten. Selbst die Toraks, die über den Platz gingen, hatten jede Gemächlichkeit verloren. Laoch runzelte die Stirn. Was war mit den Wesen hier los?

»Du, was geschieht hier?« Laoch hatte einen vorbeieilenden Mann am Arm gepackt, der sich hektisch zu befreien versuchte. Aber Laoch hielt ihn mit eisernem Griff fest.

»Der Sturm, Herr.«

»Ja und? Ein Sturm eben. Gibt es in To-Baoghalta sonst keine Stürme?«

»Doch, Herr, sicherlich habt ihr auf dem Weg die Unterstände gesehen?«

»Ah, sie schützen also vor den wilden Stürmen hier?« Laoch war etwas belustigt. Wieso hatten die vor ein wenig Wind so viel Angst?

»Nicht direkt, Herr. Der Sturm ist nur der Vorbote.«

»Für was?«

»Harpyien, Herr!«

Laoch ließ den Mann los und eilte in Richtung seines Quartiers. Harpyien. Damit war nicht zu spaßen. Aber sie hatten Armbrüste dabei, ganz wehrlos waren sie also nicht.

*

»Was ist los, Madad? Freust du dich nicht, dass wir der Stinkenden Stadt endlich entkommen sind?«

Die Freunde hatten das Gras zusammengetreten, sodass eine kleine Lichtung entstanden war, in der sie sich nun ausruhten. Sie waren einige Meilen gegangen, die Silhouette der Stadt war kaum noch auszumachen. Auch der bestialische Geruch war nur noch schwach wahrnehmbar. Madad lag am Boden, leckte sich mit seiner langen Zunge immer wieder über die Nase und seine Augen war rot und geschwollen, als ob sie sich entzündet hätten.

»Ach weißt du, Kard, wir Cus sind sehr stolz auf unsere feinen Nasen. Die besten Spürhunde von ganz Haragor und so. Aber gerade eben, in der Stinkenden Stadt, wurde mir genau das zu meinem Verhängnis.«

»Ach komm, wir sind doch da gut wieder herausgekommen, nur das zählt.« Kard gab seinem Freund einen aufmunternden Klaps auf den Hinterkopf.

»Yo, macht mich halt nachdenklich. Da bildet man sich ein, dass man ein besonders toller Kerl ist, und dann versagt man auf ganzer Linie. Mama sagt immer, ein Cu findet immer einen Ausweg. Aber ohne euch hätte ich das nie geschafft.«

»Genau, ohne uns.« Odysseus grinste Madad an. »Aber du warst eben mit uns! Hatte deine Mama also doch recht. Du hast dir einfach die richtigen Freunde ausgesucht.«

»Apropos Freunde«, mischte sich jetzt auch Rosie ein. »Am liebsten würde ich dich, Odysseus, wieder fesseln. Aber nachdem wir eben gemeinsam diese stinkende Hölle überwunden haben, wäre das andererseits auch wieder unehrenhaft. Versprichst du mir, gibst du mir dein Ehrenwort, dass du die Finger vom Minas-Schwert lässt? Obwohl ich nicht weiß, ob man sich auf das Ehrenwort eines Diebes verlassen kann.«

»Ehrenwort, hochwürdige Amazone. Bei den beiden Armen eines Diebes. Eine Freundschaft ist mehr wert als alles Gold der Welt.« Odysseus hatte den rechten Arm zum Schwur abgewinkelt und lächelte in die Runde.

»Aber pass besser gut auf das Schwert auf«, sagte Rosie seufzend zu Kard gewandt. »Dieb bleibt Dieb.«

»Ich rieche Wind.« Madad hatte sich erhoben und die Schnauze in die Luft gehoben.

»Und? Solange er nicht von der Stinkenden Stadt kommt, ist mir jeder Wind recht.« Kard war ebenfalls aufgestanden, konnte aber nichts entdecken. Auch die anderen reckten jetzt die Köpfe über die Grasebene.

»Lasst uns mal da auf den Hügel gehen. Vielleicht sehen wir ja einen Weg.« Rosie deutete auf eine Kuppe, die sich wenige hundert Schritte von ihnen entfernt über die Graswiese erhob.

Als sie an dem Hügel ankamen, spürte man die erste leichte Brise.

»Seht, jetzt kann man sogar die Drachenberge erkennen.« Odysseus zeigte mit seiner Rechten in den Norden und tatsächlich konnte man vom Hügel aus die Umrisse des gewaltigen Gebirges schemenhaft ausmachen.

»Und da müssen wir hin? Zu Fuß dauert das ja noch halbe Ewigkeit.« Kard wirkte enttäuscht.

»Und da braut sich gerade ein schöner Sturm zusammen.« Rosies Stimme klang genervt. Eben Gestank, jetzt Sturm, irgendwann war es selbst einer Amazone zu viel.

Während sie auf dem Hügel standen, konnten sie sehen, wie sich vor den Bergen eine dunkle Wand aufbaute, so als seien die Wolken von den Bergzinnen selbst hinabgestiegen, um die Hochebene heimzusuchen.

»Aber da hinten scheint so etwas wie ein Turm zu sein. Ein Dorf wahrscheinlich.« Odysseus zeigt in Richtung Osten. »Am besten, wir gehen erstmal dorthin.«

»Aber wir müssen nach Norden!« Kard zeigte in Richtung des Gebirges.

»Ins Gewitter? Gerne, nur zu. Tagelang durch die Grasebene, das macht sicherlich Spaß.«

»Einverstanden, du magst recht haben, Odysseus.«

»Und da drüben«, Madad zeigte mit seiner Schnauze in Richtung Westen, »warten irgendwo die Faolskis. Da finde ich diese Richtung«, Madad drehte seinen Kopf in Richtung des Turms, »vorerst ganz passabel. Oder wie Mama immer sagt: Der direkte Weg ist nicht immer der beste Weg.«

»Schlaue Mama!« Rosie wollte schon losmarschieren, als zwei dunkle Schatten über sie hinwegglitten und mit ihren messerscharfen Klauen ihre Opfer nur knapp verfehlten.

»Was…?« Kard, der sich flach auf den Boden geworfen hatte, schaute den schwarzen Gestalten erstaunt hinterher.

»Harpyien«, rief Odysseus. »Habt ihr auch die Köpfe gesehen. Vögel mit Menschenköpfen. Das können nur Harpyien sein!«

Harpyien? Kard hatte von ihnen gehört. Aber sie genauso im Reich der Legenden gesehen wie die Onchus. *Das kann doch alles nicht wahr sein.* Ihre grauen Körper waren die eines gewaltigen Greifvogels, ihre Schwingen hatten eine Spannweite von bestimmt sechs Beinlängen. Und sie hatten eindeutig menschliche Köpfe!

»Runter ins Gras, da können sie uns nicht sehen«, rief Rosie.

»Aber wir sie auch nicht«, rief Madad.

»Aber hier oben sind wir die besten Zielscheiben.«

»Du hast recht, nichts wir runter.«

Aber es war schon zu spät. Die Harpyien hatten gewendet und griffen erneut an. Kard konnte ihre Gesichter mit einem bösartigen Grinsen darin sehen. Bevor sie es ins Gras geschafft hätten, wären die Harpyien schon längst bei ihnen gewesen. Er stand noch oben auf der Spitze des Hügels, der Wind hatte sein Hemd zerrissen, auf seiner offenen Brust fühlte er den Drachenzahn wieder in seiner beruhigenden Kühle. Kard zog das Schwert und wartete auf den Angriff der unwirklichen Bestien. *Kommt doch, ich warte auf euch.* Und tatsächlich steuerten sie direkt auf ihn zu.

»Yo, spinnst du? Komm dort runter, du Dödel.« Madad bellte ihn durch den Wind an.

Kard war ganz ruhig. Er sah die Klauen der Harpyien und ihm wurde klar, dass sie ihn mühelos damit aufschlitzen konnten. Aber im Gras gegen sie zu kämpfen, wäre noch aussichtsloser gewesen. Er fasste das Minas-Schwert mit beiden Händen und bereitete sich auf den Angriff vor.

Die Harpyien lachten ihn aus. Wahrscheinlich hatte sich schon so mancher wackerer Krieger ihnen so entgegengestellt. Kräftiger, größer, erfahrener als Kard. Und jedes Mal hatten sie gesiegt. Sie waren die Harpyien. Unsterblich, die Kinder der Götter, nichts und niemand konnte ihnen etwas anhaben.

Doch als sie Kard schon fast erreicht hatten, stoppten die Harpyien plötzlich. So als ob sie mitten im Flug von ihrem Herrchen zurückgepfiffen worden wären. Kard spürte die Flügelschläge, hörte wie die Luft von ihrem Flattern erfüllt war. Und dann hörte er ihre Stimmen. Wohlklingende, erotische Frauenstimmen. Was für ein Gegensatz zu ihrem schrecklichen Äußeren.

»Ein Minas-Schwert«, rief eine der Harpyien, und Kard glaubte in der Stimme einen leicht hysterischen Unterton wahrzunehmen.

»Ein Drachenzahn«, schrie die andere, diesmal schien die Stimme voller Ekel zu sein.

»Was bist du? Ein Drachenkrieger. Ein Drachenprinz vielleicht sogar? Ihr wart lange fort, mein Herr«, rief dann die erste Harpyie.

»Ich, äh, bin, äh… auf jeden Fall ein Drachenkrieger!«

»Aber wo sind die Drachen?«

»Die Drachen… ja, die schlafen.«

»Das soll so bleiben, Herr Drachenkrieger. Das soll so bleiben.«

»Ja, ja, kein Problem, das bleibt so.«

»Gut, gut. Dann fliegen wir zurück.«

»Jaaa, guuut. Guten, äh, Flug!«

»Aber Hunger haben wir trotzdem. Macht nicht immer so einen Wind, sagen die Götter. Aber so sind wir nun mal. Wir machen Wind, Sturm sogar. Das macht hungrig.«

Und schon hoben sich die Harpyien wieder in die Höhe, die Kameraden sahen ihnen entgeistert nach. *Was war das denn gerade?* Als eine der Harpyien doch wieder zurückkam und direkten Kurs auf Rosalinde nahm, die verzückt den Klee am Fuß des Hügels abgraste, konnten sie nicht mehr viel tun.

»Rosalinde, lauf«, rief Kard, aber er wusste schon, dass es zu spät war.

Der Esel hob den Kopf und sah eindeutig glücklich aus. Soviel Klee hatte Rosalinde in ihrem ganzen Leben noch nicht gesehen. Klee so weit das Auge reichte. Selbst als die Klauen der Harpyie sie umschlossen und den Esel mit sich in die Lüfte rissen, wich dieser dümmliche Ausdruck absoluter Glückseligkeit nicht vom Antlitz des treuen Tieres.

»Na hoffentlich machen die kurzen Prozess«, knurrte Madad.

»Und du bist also jetzt ein Drachenkrieger? Aha. Oder sogar ein Drachenprinz?«

»Was hätte ich denn sagen sollen? Nein, liebe Harpyie, ich bin Kard, der Schmied aus Haragor. Bitte bringt mich schnell um?«

»Hauptsache, die sind weg. Oder? Hast du gut gemacht, Kard. Und jetzt wissen wir sogar mit Sicherheit, dass es ein Minas-Schwert ist. Das war sozusagen das magische Prüfsiegel. Wenn sogar die Harpyien das anerkennen, dann muss es ja echt sein.« Rosie klopfte Kard anerkennend auf die Schulter.

»Natürlich ist es echt«, antwortete Kard verärgert. »Ich habe es selbst aus Minas-Erz geschmiedet.«

»Das wiederum klingt sehr unwahrscheinlich«, sagte nun Odysseus. »Minas-Schwerter wurden seit jeher nur von den Torakschmieden gefertigt. Das war ihr Pakt mit den Drachenkönigen. Weiß doch jedes Kind.«

»Ist mir egal, was du glaubst, Odysseus.«

»Gut, gut, liebe Leute, jetzt deswegen keinen Streit, lasst uns in Richtung des Turmes gehen und schauen, ob wir auf eine Straße und auf zivilisierte Wesen treffen.« Rosie deutete Richtung Osten. »Puh, wenn ich das zu Hause erzähle. Harpyien. Also die anderen Kriegerinnen werden ganz schön staunen. Magst du nicht mitkommen nach Amazonien, Madad? Du wärst ein König dort!«

»Nein danke, Rosie. Ich bleibe bei meinem Kumpel hier.« Madad drängte sich an Kards Bein. Aber nur kurz. Dann stürmte er schon wieder davon, der Schar voraus Richtung Osten.

Als Kard und seine Freunde dem Dorf, das sich hier mitten in der Grasebene erhob, näher kamen, wurde klar, dass der Turm, den sie schon von Weitem gesehen hatten, das Dorf gegen die Harpyien abschirmte. Kard konnte sehen, dass das Dach eine Plattform war, auf der sich eine große Armbrust befand. Der Turm selbst war aus massiven Holzbalken gefertigt und machte den Eindruck, jedem Sturm standhalten zu können. Die eigentliche Siedlung begann erst ungefähr hundert Schritte hinter dem Turm und bestand, soweit Kard das aus einiger Entfernung sehen konnte, vorrangig aus einfachen Häusern, deren Wände und Dächer aus Pflanzenmatten bestanden, die wohl aus den Gräsern der Wildwiese geflochten waren.

Auch Rosie hatte die Armbrust bemerkt, die gegen die Wildwiese und damit auch gegen sie ausgerichtet war. Die Plattform aber war ohne Wächter, niemand schien hier, nachdem der Sturm abgeklungen war, Ankömmlinge zu erwarten. Trotzdem spähten sie alle zu der Wehranlage, jederzeit bereit, einem Pfeil ausweichen zu müssen. Aber sie erreichten den Turm ohne Zwischenfälle. Eine Treppe mit winzigen Stufen führte zur rückwärtigen Tür des Turmes.

»Wer weiß, ob überhaupt jemand hier wohnt«, flüsterte Odysseus. »Werden wir gleich wissen.« Er nahm die drei Stufen mit einem Schritt und klopfte an die Tür. Niemand antwortete. Doch dann hörte man schlurfende Schritte hinter der Tür, begleitet von einem hellen Klopfen. Als die Tür aufging, stand ein kleines grünes Wesen mit einem Stock vor ihnen. Es schien weder Mensch noch Wahter zu sein, die einem Menschen, soviel Kard wusste, auch nur bis zum Bauchnabel reichten. Odysseus war die Kinnlade heruntergefallen und dem schlagfertigen Kerl fehlten für einen Moment die Worte. Das Männchen schaute sie neugierig an, auch wenn ein Schatten über sein runzliges Gesicht lief, als er ihre Waffen erblickte.

»Eure Schwerter ihr hier ablegen werdet. Dann ihr hereinkommen könnt. Tee ich gerade habe fertig.« Dann drehte sich das Männchen um und schlurfte wieder zurück in den Raum.

»Ja, danke, sehr nett von Ihnen«, rief Odysseus ihm hinterher. Rosie machte mit ihren Finger das Zeichen, dass sie die Augen offen halten sollten und betrat hinter Odysseus den Turm.

»Wir kommen dann mal rein«, flötete sie, während sie immer noch misstrauisch Schwert und Messer sowie den Bogen und ihren Pfeilköcher neben der Tür ablegte.

Kard, der das Minas-Schwert in eine Ecke stellte und Madad nochmal ein Zeichen gab, immer einen Blick darauf zu werfen, sah sich neugierig um. Auf einem großen, schweren Holztisch direkt vor ihnen, an dem einige Stühle standen, stapelten sich dutzende kleine Tonkrüge und Kisten, die mit Stroh ausgelegt waren. Auch einige gläserne Flakons, wie sie Rosie für ihr Zinnobermoschus benutze hatte, waren zu sehen. Im Hintergrund standen auf einem Tisch verschiedene Schalen, in denen Kard einige der Wildgräser wiedererkannte. Auf einem Herd, in dessen Innern ein Feuer prasselte, standen zwei Töpfe, in denen es brodelte und blubberte. Eine seltsame Konstruktion aus verschiedenen gläsernen Röhren und bauchigen Amphoren stand etwas abseits und schien einen wohlriechenden Sud zu produzieren, der tropfenweise in einen kleinen Krug abgelassen wurde.

»Ein Alchemist«, flüsterte Odysseus vielsagend. Sie zogen die Stühle vom Tisch und hatten sich gerade gesetzt, als der kleine grüne Kerl schon mit einer brodelnden Kanne und Tassen zurückkam.

»Ein Alchemist ich nicht bin«, sagte er mit seiner hellen, rauchigen Stimme, »aber so etwas Ähnliches vielleicht. Aber trinkt, trinkt, meine Freunde, ihr lange Reise hinter euch habt, oder?«

Der Kerl füllte ihnen die Tasse und schob sie ihnen zu. Doch keiner der Freunde nahm einen Schluck und auch Kard, der die Tasse schon zum Mund führen wollte, verharrte, nachdem Odysseus ihm den Ellenbogen in die Seite gestoßen hatte.

»Hm, höflich ihr seid«, sagte das grüne Wesen und nippte nun seinerseits an seiner Tasse. »Oder misstrauisch?«

Da das Wesen nicht rücklings von seinem Stuhl fiel, schien der Tee unbedenklich zu sein, und auch die anderen nippten nun an ihren Tassen. Nur Madad war leer ausgegangen und ließ ein trauriges Winseln vernehmen.

»Oh, schlechter Gastgeber ich bin, einen Augenblick!« Der Kerl stand auf, schlurfte in den rückwärtigen Teil des Raumes und kam mit einer Schale Wasser zurück, die er Madad vor die Schnauze stellte. Den braven Hund mimend, wedelte Madad aufgeregt mit dem Schwanz.

»Eine seltsame Schar ihr seid. Eine Amazone schon lange nicht mehr hier gewesen ist. Zwei Menschen und… ein Cu!«

»Ihr habt scharfe Augen«, sagte Kard anerkennend.

»Yo, Madad, ich bin Madad. Hey, cool, dass sie gleich erkannt haben, dass ich ein Cu bin, die meisten meinen, ich bin so ein dummer Hund.« Madad war aufgesprungen und freudig zu dem Kerl gelaufen, mit dem er sich auf Augenhöhe unterhalten konnte.

»Kard«, sagte Kard.

»Odysseus«, sagte Odysseus.

»Rosie Nietengürtel«, sagt Rosie. Aha, dachte Kard, Nietengürtel, das hatte Rosie ihnen bisher nicht verraten.

»Nennt mich Meister«, entgegnete ihnen nun das grüne Wesen. »Ich glaube, einen Namen ich auch mal hatte, aber vergessen ich ihn habe. Schon so lange her, dass jemand mich damit gerufen. Alle Meister mich hier nennen. Meister der Kräuter, wenn ihr es wissen wollt.«

»Ah, ein Meister der Kräuter.« Kard war beeindruckt. Daher die ganzen Töpfe und Schalen.

»Und ein Govan seid ihr dann wohl auch?«, fragte Odysseus schelmisch.

»Ein Govan, ja, so man uns nennt wohl in anderen Gegenden Haragors. Meister, Govan, alles gleich. Aber ihr, was ihr hier macht? Von der Wildwiese kommend, den Harpyien entflohen, glücklich ihr seid.«

»Wie haben uns verirrt. Wir wollen in die Alte Stadt, sind aber vom Weg abgekommen. Eine lange Geschichte.« Odysseus lächelte leutselig.

»Den Handelsweg im Westen die meisten nehmen. Aber ihr wohl vor der Stinkenden Stadt weggerannt, scheint mir.«

»Wenn sie sagen »die Meisten«, Meister, dann gibt es noch einen anderen Weg?«, fragte Kard.

»Sicher, den Weg der Ichtos, im Osten. Von der Küste kommend.«

»Natürlich«, Rosie schlug sich mit der flachen Hand an die Stirn. »Der Weg der Ichtos, über den sie früher ihre Fische in die Alte Stadt lieferten. Aber kann man den überhaupt noch nehmen? Auf der Klatsch fahren doch bestimmt nur ein paar Fischerboote herum.«

»Oh, doch, doch.« Der Meister sah Rosie vielsagend an. »Immer noch ein wenig Handel es gibt. Lange nicht mehr so viel wie früher. Aber Lachsbrötchen mit Mayonnaise immer noch gerne gegessen wird von Menschen, auch in der Alten Stadt. Aber ich unhöflich bin, nur Tee ich euch angeboten. Hunger ihr habt? Kann euch anbieten Kleesuppe, sehr lecker. Und dir, Cu, Schnitzel von Grashüpfer. Erst du probieren, dann erst was sagen.«

Kleesuppe und Grashüpferschnitzel? Den Freunden wäre eine kräftige Tok-Rind-Keule jetzt lieber gewesen. Aber wenn man der Hölle entronnen ist, kommen einem die seltsamsten Speisen paradiesisch vor. Und tatsächlich schmeckte die Kleesuppe, die der Meister umgehend auftischte, wirklich lecker.

Kard, dem nach der wohlschmeckenden Suppe heiß geworden war, lehnte sich und zurück und verschränkte die Arme hinter seinen Kopf. Das grüne Wesen sah Kard aufmerksam an, der erst jetzt bemerkte, dass der Drachenzahn über die Kleidung gerutscht war und nun gut zu sehen war.

»Hm, ein Drachenzahnträger du bist? Schon lange keiner von euch mehr hier gewesen. Alle tot, dachte ich.«

»Ach, das ist nur ein Amulett. Hat keine Bedeutung«, versuchte Kard zu beschwichtigen.

»Hm, keine Bedeutung du sagst dann den Schergen oder Wachen. Dann du wirst sehen, dass ein Drachenzahn in Haragor immer Bedeutung hat.«

»Habe ich von einer alten Gova auf dem Markt in Haragor gekauft. Ein Glücksbringer, mehr nicht.«

»Eine Gova, du sagst? Die Gova wissen wird, wem sie einen Drachenzahn anvertraut. Und das in Haragor, direkt unter den Augen von Flanakan.« Das fand der Meister wohl sehr lustig, denn er lachte leise vor sich hin. »Diese Gova ich gerne kennenlerne möchte, mutig sie ist, so wie du, junger Mensch.«

Kard sah den Meister fragend an. Er, mutig? Wohl eher nicht. *Von was redet dieser seltsame Kerl?*

»Fehlt nur noch ein Minas-Schwert! Und dann wir schon hätten halben Drachenprinzen hier.«

»Ha, ha. Minas-Schwert. Guter Witz.« Odysseus hatte sich eingeschaltet und funkelte Kard vielsagend zu. »Es gibt doch gar keine Minas-Schwerter mehr. In ganz Haragor nicht. Die wären ja wer weiß was wert…«

»Den Tod würden es demjenigen bringen, der es trägt«, erwiderte der Meister, der den Humor von Odysseus nicht teilte. »Dir das es wert wäre?«

»Äh, nein, sterben wollte ich dafür nun auch nicht…«, erwiderte Odysseus, dem angesichts der Ernsthaftigkeit des Meisters das eigene Lachen in der Kehle stecken geblieben war.

»Was ist überhaupt ein Drachenprinz?«, fragte Kard nun, der die nervöse Stimmung, die sich inzwischen breit gemacht hatte, sehr wohl fühlen konnte.

»Du nicht weißt, was ein Drachenprinz ist? Hm, in Conchar oder unten in der Ebene man wohl keine Geschichten davon erzählt. Ein Märchen es ja auch nur ist! Märchen oder Prophezeiung, niemand weiß genau. Ein bisschen Hoffnung für die Unterdrückten und Hungernden. Einer, der Flanakan die Stirn bieten kann. Ein großer Krieger, vielleicht sogar Aidan selbst. Aussehen er wird, wie der alte Drachenkönig. Man sagt. Du besser versteckst das Amulett. Für dich nur ein Glücksbringer es sein mag, für einen Schergen es Hochverrat sein kann.«

Kard schluckte. In die Hände der Schergen wollte er auf keinen Fall geraten. Und auch nicht in der Fänge der Faolskis. Am liebsten hätte er Amulett und Schwert in hohem Bogen von sich geworfen. Aber irgendetwas hielt ihn zurück.

»Und das sind ja toooolle Kräuter, Meister, die ihr da habt, wollt ihr mir nicht etwas davon zeigen?« Rosie hatte sich eingeschaltet und lächelte den Meister freudig an.

»Eine Amazone hier vieles Interessantes entdecken kann. Komm, ich dir zeigen die Kräuter. Salben ich daraus mache, aber auch Wohlgerüche, die selbst in Amazonien bei euch geschätzt werden. Komm, komm, ich dir zeige.« Er verschwand mit Rosie zwischen seinen Töpfen und Schalen und die anderen konnten zwischen dem Gemurmel des Meisters nur noch Rosies »Aha, soso, wirklich, toll« heraushören.

Die Nacht war inzwischen angebrochen und der Meister hatte ihnen, nachdem er das Kräuterkundeseminar mit Rosie beendet hatte, ein Lager angeboten. Die Freunde nahmen die Einladung gerne an. Sie waren todmüde. Dungratten, ein riesiger Moschgun-Pilz und dann noch die Harpyien, das alles an einem einzigen Tag, da war es ein Wunder, dass sie bis jetzt durchgehalten hatten. Noch ein letzter Umtrunk, den Rosie ihnen mit ihrem neugewonnen Wissen selbst zusammenbraute, und schon fielen ihnen die Augen zu.

Selbst Madad schlabberte ein wenig von Rosies Kreation und bestätigte der stolzen Amazone, noch nie so etwas Leckeres getrunken zu haben. Und dann ging dieser Tag endlich zu Ende. Eine bleierne Müdigkeit hatte sie alle erfasst. *Jetzt habe ich erstmal genug Abenteuer erlebt. Mehr geht ja wohl nicht, oder?* Kard schloss die Augen und segelte ins Land der Träume. Ruhiges Atmen erfüllte bald das Innere des Turmes und selbst Rosie schlief ohne ihr typisches Schnarchen tief und fest.

*

Der Sturm hatte sich rascher gelegt, als er gekommen war. Verwundert waren die Bauern in ihre Ställe gerannt, um ihre Rinder zu zählen, aber keines war verschwunden. Die Harpyien mussten sich ein anderes Opfer geholt haben.

Laoch ärgerte sich. Hätte er doch schon in Bo-Baoghalta mal ins Gedärm einer Katze schauen lassen, dann hätten sie sich den ganzen Umweg sparen können. Jetzt mussten sie den ganzen Weg wieder zurück. Vorbei an der Stinkenden Stadt, runter ins Tal und dann nach Osten bis zur Küste. Leider konnte man auf die Schnelle auch keine Hinrichtung oder gar einen gemütlichen Folterabend organisieren, um seinem Ärger Luft zu machen. Daher schrie Laoch seine Männer an. Beeilung. Faule Säcke. Lahmärsche. Torakidioten. Das half ein wenig. Die Nacht mussten sie noch in To-Baoghalta verbringen. Aber schon sehr früh am nächsten Morgen saßen die Schergen auf frischen Pferden. Immerhin konnten sie hier ein paar Kräutertücher beschlagnahmen, um der Pestilenz der Stinkenden Stadt nicht vollkommen hilflos ausgeliefert zu sein. Selbst ihre Reittiere bekamen diese Riechtüten übergestülpt. Beim Verlassen der Stadt noch ein paar Bauern und Kinder in den Graben springen lassen, schon war Laochs Laune wieder etwas besser. Und er dachte über das Minas-Schwert nach. Würde Flanakan auch vor ihm zittern, wenn er sich mit diesem Schwert dem Herrscher näherte? Und würde Tsarr ihn nicht anbeten, wenn er mit der magischen Waffe vor ihr stand? Wäre er nicht der Retter von ganz Haragor, wenn er dieses abscheuliche Werkzeug Branus unschädlich machen könnte? Ja, er wäre ein Held! Das war sogar noch besser, als Oberste Scherge zu sein, fand Laoch. Ein Held! Warum nicht?

*

Als Kard erwachte, brummte ihm der Schädel. *Bei Branu, habe ich gestern zu viel Schoff getrunken?* Odysseus neben ihm schnarchte immer noch, obwohl es schon um die Mittagszeit sein musste, schätzte Kard mit seiner inneren Uhr.

»Lang geschlafen ihr habt!« Der Meister zeigte auf den Tisch, auf dem eine Kanne mit einer dampfenden Flüssigkeit stand.

»Kleetee, sehr lecker, wach du sein wirst schon bald.«

Kard schaute sich um. Weder Rosie noch Madad waren zu sehen. Beide waren Frühaufsteher, wahrscheinlich streunten sie draußen irgendwo herum.

Der kleine grüne Mann setzte sich zu ihm, als Kard sich einen Stuhl zum Tisch gezogen hatte und vorsichtig an einer Tasse des Tees nippte.

»Furcht ich in dir spüre. Furcht ist der Weg zur dunklen Seite.«

»Äh, was?« *Von was redete der Meister?*

»Ganz allein du jetzt auf dich gestellt bist, junger Krieger.« Der Meister sah ihn mit gütigen Augen aber mit einem durchdringenden Blick an.

»Was meinst du damit?«

»Ich sehe den Drachenzahn, junger Krieger. Schon lange hier kein Drachenzahnträger mehr war. Gestorben sie alle. Nicht alles gut war unter dem Drachenkönig. Eitel er war. Zu eitel, zum Schluss sich herausstellte.«

»Du sprichst, als ob du dabei gewesen wärst. Was unmöglich ist.« Kard sah den Meister amüsiert an. Ein guter Geschichtenerzähler war er auf jeden Fall.

»Unmöglich du glaubst? Noch viel zu lernen du hast, junger Krieger.«

»Nenn mich nicht immer junger Krieger! Was soll das? Ich bin ein Schmied!«

»Ein Schmied sagst du? Ich sage, ein Krieger du bist. Mit Drachenzahn und Minas-Schwert du hierher kommst, du ganz sicher ein Drachenkrieger bist.«

Kard beugte sich vor. »Wie kommst du darauf, dass ich ein Minas-Schwert habe?«

»Oh, du hast kein Minas-Schwert mehr. Aber du hattest eins. Schöne Waffe. Scharf. Unzerstörbar. Schon lange ich keins mehr gesehen habe.«

»Was meinst du damit, dass ich kein Minas-Schwert mehr habe? Ich hatte ja noch nie eins.«

»Dann ist ja gut, junger Krieger. Dann hattest du nie eins und jetzt hast du auch keins mehr.«

Kard schaute in die Ecke, in die er sein Bündel und das Schwert niedergelegt hatte. Das Schwert war weg! Blitzschnell drehte Kard sich um und packte den Meister am Ärmel.

»Du… wo hast du es hingebracht?«

»Ich unschuldig, nichts getan ich habe. Deine Freundin es sich genommen. Und auch den Cu!«

»Was, wie bitte… Rosie? Madad?« Kard schrie durch den Raum, ohne das grüne Wesen loszulassen. Von der Schreierei wurde nun auch Odysseus endlich wach.

»Was ist los, Kard, was schreist du so herum?«

»Das Schwert ist weg. Und Rosie. Und Madad.«

Odysseus sprang auf und sah, wie Kard den Meister fest im Griff hatte.

»Du kannst ihn loslassen, Kard. Ich kann mir schon vorstellen, was passiert ist.«

»Was? Was soll passiert sein?« Kard wirkte jetzt fast panisch. Nein, er war panisch. *Von was redet Odysseus?*

»Rosie ist eine Amazone.«

»Ja und? Weiß ich doch. Was hat das damit zu tun?«

»Alles, junger Krieger, einfach alles.« Auch der Meister wusste anscheinend, was passiert war, nur Kard nicht. Er schrie: »WAS IST HIER LOS?«

»Magst du es ihm vielleicht erklären, ich weiß nicht, ob ich so vertrauenswürdig bin?«, fragte Odysseus den Meister. Dieser nickte.

»Waffen sie lieben, die Amazonen, junger Krieger. Ein Minas-Schwert aber nicht nur Waffe, große Symbolkraft es hat. Waffe der Drachenkrieger. Vielleicht die einzige seiner Art. Ruhm für jede Amazone. Auf ihrer Insel gefeiert sie wird. Eine Königin sie sein wird. Alle bewundern sie werden. Und nach Ruhm und Ehre alle Amazonen streben.«

Langsam begriff Kard. Sein Schädel dröhnte nicht einfach so, Rosie hatte ihnen einen schönen Schlaftrunk verabreicht.

»Wann ist sie los?«

»Noch vor Sonnenaufgang.«

»Und der Cu«, fragte Odysseus, »ist er einfach mit ihr gegangen?«

Stimmt, Madad, was ist mit ihm? Hatte Rosie ihn doch davon überzeugen können, dass ihm in Amazonien ein fürstliches Leben geboten werden würde?

»Den Cu einfach herausgetragen sie hat. Viel Kraft sie haben, diese Amazonen.«

»Sie hat ihn… herausgetragen?« Kard sah den Meister ungläubig an. »Aber, aber, aber… wieso hast du nichts gemacht? Du hast ja alles gesehen, oder?«

»Genau, Alter, was hat dir die Amazone versprochen? Hat sie dir ihr Geld dagelassen. Oder dir ein paar Amazonengeheimnisse verkauft?« Odysseus war jetzt aufgesprungen und hatte den Meister nun seinerseits am Arm gepackt.

»Sachte, sachte, junger Freund. Schlau sie ist, die Amazone. Mich auch in tiefen Schlaf sie hat geschickt mit ihrem Trank. Aber alte Männer schlafen nicht mehr richtig. Ob mit oder ohne Trank. Mein linkes Auge die ganze Nacht offen war. Und das rechte Ohr. Aber gelähmt ich war. Und mich bewegen ich nicht konnte.«

Kard und Odysseus sahen erst sich an, dann wieder den Meister. »Wo ist sie hin?«, fragten sie dann im Chor.

»Erst du mich loslässt, dann ich vielleicht ich helfen werde.« Odysseus ließ den Arm des Meisters los, der einen Schritt zurücktrat und die beiden ärgerlich ansah.

»Hm, nur einen Weg es hier gibt, nach Osten er führt, zur Küste nach Klatschmünde, große Stadt am Wasser, viele Schiffe es dort gibt.«

»Du hast recht, Meister. Rosie wird sich da sicherlich ein Schiff suchen, um damit nach Amazonien zu kommen. Ihre Amazonen-Freundinnen werden sie feiern. Ein Minas-Schwert und ein Cu! Und wer weiß, Kard, vielleicht findet es Madad dann gar nicht so schlecht?« Odysseus sah Kard skeptisch an.

»Niemals. Da kennst du Madad nicht. Er ist mein Freund! Und er ist kein Schoßhund, der Frauen nette Geschichten erzählt.«

In Kards Inneren arbeitete es. Wäre das nicht eine schöne Möglichkeit, aus der ganzen Sache auszusteigen? Er könnte nach Conchar zurückkehren, sich bei einem der Schmiede als Geselle andienen und Minas-Schwert und Madad vergessen. Aber hatte er nicht gerade gesagt, dass Madad sein Freund war? Und was war das mit dem Drachenzahnträger? War es vielleicht doch kein Zufall, dass die Gova damals auf dem Marktplatz ihn ausgesucht hatte? Und was war aus Wallas geworden? Hatte er ihm nicht versprochen, den Onchu zu suchen? Aber hatte er auf der anderen Seite nicht schon genug Scherereien mit Schergen und Wachen gehabt? Die Faolskis waren ihm auf den Fersen! Und hatte Wallas ihm das vorher verraten? Ein Gesellenstück, da konnte Kard ja nur lachen. Dieses Minas-Schwert war wohl viel mehr als das Gesellenstück eines Schmiedes. Und er würde einen Besen schlucken, wenn Wallas das nicht gewusst hatte. Der alte Wallas. Ein Torak und Branu-Verehrer! Das konnte alles kein Zufall sein. Wallas hatte ihn auf eine Reise geschickt, ohne ihm das wahre Ziel vorher zu nennen. Seine Meisterprüfung als Schmied? Da steckte doch wohl etwas mehr dahinter.

Kard ärgerte sich. Aber hatte der alte Schmied ihn jemals enttäuscht? Und was wäre gewesen, wenn Wallas ihm gesagt hätte, welche Schwierigkeiten ihm seine Meisterprüfung einbringen würde? Hätte Kard diese Ehre von sich gewiesen, nur um keinen Ärger mit den Schergen zu bekommen? Wahrscheinlich. Kard seufzte. Er hätte nein gesagt. Ganz bestimmt. Er wäre alle Tempel abgelaufen und hätte alle Govas von Conchar befragt und man hätte ihm geraten, ein braver, netter Kerl zu bleiben. Aber was hatte sich jetzt geändert? Er konnte es selbst nicht genau sagen. Es war ein undeutliches Gefühl in seinem Innern. Es hatte mit dem Drachenzahnamulett zu tun, das ihn mit einer seltsamen Gelassenheit erfüllte, die er so vorher nicht gekannt hatte. Vielleicht war es auch der Stolz, der ihn erfüllt hatte, dass Wallas ihn ausgewählt hatte. Ein Mensch als Meister des Feuers. So nannten sich die Schmiede, wenn es um Zunftangelegenheiten ging. Schon lange war kein Mensch mehr bei ihnen aufgenommen worden, hatte Wallas gesagt. Kard, Meister des Feuers. Das hatte sich gut angehört. Plötzlich war aus dem Waisenkind, das immer weggelaufen war und sich immer brav an die Regeln gehalten hatte, die ihm die Govas diktiert hatten, aus dem Gesellen, der aufpasste, nirgendwo Ärger zu bekommen und der lieber die Götter befragte als das eigene Gewissen, ein Mensch geworden, der einen Platz in dieser Welt hatte. Ein Mensch, der ein Anrecht darauf hatte, dass man ihn beachtete! Und jetzt habe ich leider auch damit das Recht, mich entscheiden zu müssen, dachte Kard. Das war das Komplizierte daran. Auch jetzt hätte er zu Goiba oder Branu beten können, eine Gova oder einen Govan befragen können, und vielleicht wäre ihr Ratschlag auch hilfreich gewesen. Aber es wären eben nur Ratschläge. Wählen musste er nun selbst. Aber wie sollte er sich entscheiden? Zurück nach Conchar oder die Spur von Madad und dem Minas-Schwert aufnehmen? Kard lachte. Natürlich konnte er nicht nach Conchar zurück. Was war es, was in ihm eigentlich schon die Entscheidung getroffen hatte? War es Neugier? War es Pflichtgefühl gegenüber Madad, den er nicht im Stich lassen konnte? Oder war es die Hoffnung, die Wallas in ihn gesetzt hatte, als er ihn das Minas-Schwert schmieden ließ? Oder war es einfach so, dass er wusste, dass es richtig war, weiterzumachen? Hier nicht umzukehren, sondern den Weg, den er einmal eingeschlagen hatte, weiterzugehen? Die Freiheit der eigenen Entscheidung konnte einen lähmen, aber sie konnte ihm auch Kraft geben!

»Du musst nicht mitgehen, Odysseus. Das sind mein Freund und mein Schwert. Ich werde mir beides zurückholen!«

»Gut gesprochen du hast, junger Krieger. Ins Dorf ich dich begleite, ein Pferd du brauchst.«

»Hey Kard!« Odysseus schaute verlegen auf seine Schuhspitzen, was überhaupt nicht seine Art war. »Ich, äh, ich wollte mich noch entschuldigen. Du weißt schon. Dass ich das Minas-Schwert klauen wollte. Hatte schon damals so ein ungutes Gefühl, aber ich dachte, das ist halt eine einmalige Gelegenheit. Aber in der Stinkenden Stadt und auch später bei den Harpyien, da habe ich gemerkt, dass wir wirklich ein gutes Team sind. Ich weiß nicht, wie es dir geht, aber ich finde, wir sollten Freunde sein. Ach was, für mich sind wir schon Freunde. Und als Freund biete ich dir an, mit dir zu gehen. Und dann klaue ich das Minas-Schwert nochmal, aber diesmal für dich, für uns, was meinst du?«

Kard sah Odysseus misstrauisch an. War das nur wieder eine Finte, damit er dann im Endeffekt doch mit dem Minas-Schwert über alle Berge fliehen konnte? Aber er musste

Odysseus recht geben. In den letzten Tagen waren sie tatsächlich zu Freunden geworden. Als sie von den Dungratten eingekreist und von den Harpyien angegriffen worden waren, hatten sie zusammengehalten. Nun gut, sie hatten auch keine andere Wahl gehabt. Aber nichtsdestotrotz hatten sie das gemeinsam durchgestanden. Auch wenn er Odysseus nicht komplett vertraute, würde er ihm jetzt auch nicht mehr zutrauen, dass dieser ihm die Kehle für das Minas-Schwert durchschneiden würde. Den Arm hebend hielt Kard Odysseus die offene Handfläche hin. »Abgemacht.« Odysseus schlug ein.

»Wir sollten schauen, dass wir Rosie am besten noch vor Klatschmünde abfangen. In Klatschmünde wird es schwierig werden. Die Stadt ist zwar lange nicht so groß wie Conchar, aber immer noch groß genug, um darin unterzutauchen. Und wenn sie erstmal auf einem Schiff Richtung Amazonien ist, dann können wir es vergessen!«

»Dein Freund, recht er hat. Beeilen ihr euch müsst. Ins Dorf wir gehen zum Dorfratsvorsitzenden, er Pferde hat, sonst wir haben nur ein paar Tok-Rinder hier.«

Gesagt, getan. Odysseus setzte den Meister kurzerhand auf seine Schultern, der ihm daraufhin den Weg zum Dorfratsvorsitzenden wies.

Das Dorf selbst bestand nur aus wenigen Straßenzügen, die auf einen kleinen zentralen Platz mündeten, auf dem einige Hühner herumliefen. Auch einige Tok-Rinder hatten es sich hier gemütlich gemacht. Die Hauswände der Hütten waren großteils aus Grasmatten gefertigt, nur für Dachstuhl, Tür- und Fensterstürze war Holz verwendet worden. Kard konnte einige kleine Ställe ausmachen, ab und zu hörte man ein Schwein grunzen, nur wenige menschlichen Bewohner kamen ihnen auf dem Weg entgegen, die sie verwundert ansahen, aber den Meister respektvoll grüßten. Das Haus des Dorfratsvorsitzenden zeichnete sich nur durch das Wappen Flanakans aus, das deutlich an seiner Tür prangte. Im Vorgarten graste ein klappriges Pferd.

Wie auch im Turm des Meisters stapelten sich im Haus des Dorfratsvorsitzenden kleine Tontöpfe, wenn auch nicht ganz so viele wie bei dem kleinen grünen Mann. Offensichtlich lebte das ganze Dorf von den Kräutern und Gräsern der Wildwiese. Es musste ein einträgliches Geschäft sein, denn sonst würden sich die Menschen wohl kaum der Gefahr der Harpyienangriffe aussetzen. Von Reichtum oder Prunk war allerdings nichts zu sehen.

Der Dorfratsvorsitzenden selbst war ein Torak, ein großer, gemütlicher Kerl, der darauf bestand, dem Meister und seinen Gästen erst einmal seine neueste Teekreation vorzusetzen, bevor er ihnen voller Bedauern mitteilte, dass ihm die Amazone seine beiden besten Pferde abgekauft hatte. Noch vor Sonnenaufgang habe sie ihn aus den Federn geholt und mit soviel Geldmünzen geklimpert, dass er ihre Bitte unmöglich hatte abschlagen können. Auf das eine Pferd habe sie diesen riesigen Hund gehievt, den er für tot gehalten habe, so bewegungslos hing das Tier dann auf dem Rücken des Pferdes. Nein, nachgefragt habe er nicht, wohin sie wollten, da es von hier ja sowieso nur zur Küste gehen konnte. Vielleicht war der Hund ja auch nur krank und die Amazone musste schnell zu einem Tierarzt? Aber wenn die Argits sprechen, bleibt man selber lieber stumm, sagte der Dorfratsvorsitzenden und lächelte verschmitzt. Leider habe er jetzt nur noch den Weißen da draußen im Garten, der hier sein Gnadenbrot bekomme. Früher, ja früher wäre das das schnellste Pferd ganz Haragors gewesen, bestimmt. Aber das war nun schon ein paar Jährchen her. Und nein, sonst gäbe es keine anderen Pferde in diesem Dorf. Und überhaupt gäbe es auch in den nächsten Dörfern wahrscheinlich keine Pferde, er habe die ja mehr oder weniger aus Liebhaberei gehalten. Die meisten Menschen hielten sich das Vieh ja nur, um es sich später in Scheiben auf den Teller zu legen. Aber wenn sie bis zu den Klatschfällen laufen würden, könnten sie sich da sicherlich eines der Schnellboote nehmen, mit denen die Ichtos den Fluß befuhren. Dann hätten sie noch eine Chance die Amazone bei Klatschmünde einzuholen. Bis zu den Klatschfällen könne er ihnen den Weißen leihen, ein wenig schneller als zu Fuß seien sie damit allemal.

Der Meister bedankte sich beim Dorfratsvorsitzenden, versprach noch einmal später vorbeizukommen, um mit ihm über die neuesten Kräutertees zu plaudern, und geleitete dann Kard und Odysseus nach draußen. Der Dorfratsvorsitzenden hatte ihnen eine Decke mitgegeben, die sie dem Weißen auf den Rücken legten, der dabei etwas verwundert schaute. Es hatte ihn wohl schon lange niemand mehr gesattelt.

»Zu den Klatschfällen ihr reitet, im Tal unten ihr die Ichtos treffen werdet. Schneller als zu Fuß ihr auf dem Fluss nach Klatschmünde kommt. Hier, ich gebe das euch mit, ihr Ichtos damit bezahlen könnt.« Der Meister übergab ihm zwei Tonkrüge. »Leckere Fischkräuter, Ichots lieben. Nur hier sie gibt, ein Schnellboot nach Klatschmünde ihr damit findet werdet!«

»Vielen Dank, Meister«, stammelte Kard, der von so viel Hilfsbereitschaft ganz überwältigt war.

»Mir eine Ehre, junger Krieger. Jetzt geh und hole Minas-Schwert und Freund zurück. Aber mit Amazonen nicht zu spaßen ist. Seid vorsichtig. Nicht dass ihr als Putzsklaven in

Amazonien enden werdet.« Der Meister grinste und zwinkerte ihnen zu, und schon sprangen Kard und Odysseus dem Weißen auf den Rücken und lenkten das Pferd Richtung Osten.

Wenn auch etwas klapprig, war der Weiße doch offensichtlich froh, wieder einmal einen Reiter, genauer gesagt zwei Reiter, auf seinem Rücken zu spüren. Gutmütig trabte er los, und schon bald war der große Meister nur noch ein kleiner grüner Punkt in weiter Ferne. Aber auch wenn sie so sichtlich schneller als zu Fuß waren, würden sie bei diesem Tempo Rosie nie einholen können.

»Guter Weißer, guter Weißer. Ein schöner Trab. Schön. Schön. Aber geht es vielleicht nicht doch ein bisschen schneller?« Kard tätschelte das Pferd am Hals und versuchte ihm gleichzeitig mit seinen Fersen zu signalisieren, dass es mal ein wenig an Tempo zulegen sollte. *So werden wir Rosie niemals einholen.*

»Gib es auf, Kard. Das ist, glaube ich, kein Trab. Das ist schon Galopp für unseren Kerl«, sagte Odysseus.

*

Es half nichts, sie mussten zurück nach Bo-Baoghalta, da es von dort einen Weg zur Küste gab. Laoch fluchte leise in sein Dufttuch. Noch nicht einmal anständig ausspucken war möglich. Immerhin hatte er einen der Dorfbewohner von einem seiner Schergen noch schön verprügeln lassen, nachdem der Mann nicht rechtzeitig zur Seite gesprungen war, als sie aus dem Dorf herausgeprescht waren. Aber kaum schlugen ihnen die ersten schwachen Schwaden der Stinkenden Stadt entgegen, zeigten sich schon Ermüdungserscheinungen bei den Pferden. Und auch seine Männer sahen nicht wirklich glücklich aus, während sie die die schweren Armbrüste auf Anschlag hielten und den Himmel mit den Augen nach den Harpyien abtasteten. Selbst die Faolskis, die unter ihren Riechtüten ein wenig von ihrem Schrecken verloren hatten, verloren angesichts des zunehmenden Gestanks wieder ihre Spannkraft. Der zukünftige Held Laoch musste einsehen, dass auch die Stinkende Stadt erneut ihren Tribut forderte. Er ließ das Tempo drosseln und in gemächlichen Trab sahen sie schon bald die Silhouette der riesigen Stadtmauern auftauchen.

Zum Glück griffen die Harpyien nicht an. Kein Lüftchen regte sich. Bald schon passierten sie die mächtigen Rücken der Drachenwächter und Laoch gestatte seinen Männern, die Armbrüste in die Halfter an den Sätteln zu verstauen. Die steilen Serpentinen runter ins Tal stolperten die Pferde mehr als das sie trabten. Fluchend musste Laoch das Tempo erneut drosseln, damit die Pferde sich nicht alle Beine brachen. In Bo-Baoghalta würde er sie einfach gleich in die Abdeckerei geben, diese unfähigen Viecher.

Laoch wollte so schnell wie möglich in Klatschmünde sein. Dort würden sie die Spur des Minas-Schwertes wieder aufnehmen können, so hatte es die Gova im Katzengedärm gesehen. Jetzt zählte jede Stunde, jede Minute! In Bo-Baoghalta würden sie neue Pferde bekommen und Laoch, der mit allen Wassern gewaschen war, entschloss sich zu einem Schritt, den Tsarr, Oberste Priesterin von Goiba wahrscheinlich nicht gutgeheißen hätte. Aber das Ziel heiligte die Mittel. Er würde zu einem Govan von Charabnu, dem Gott der Träumer, gehen. Auch wenn Träume nicht unbedingt zum alltäglichen Repertoire der Schergen gehörte, konnten sie, das wusste Laoch weniger aus eigener Erfahrung als von den Schreien der Staatsfeinde, die sich der Fürsorge Sorbs anvertraut hatten, doch enorme Kräfte mobilisieren. Und genau das brauchte er jetzt.

Allerdings war es, nachdem sie endlich im herrlich duftenden Bo-Baoghalta angekommen waren, nicht so einfach einen Govan ausfindig zu machen. Irgendwie hatten Menschen und Toraks Hemmungen dem Obersten Schergen und engsten Vertrauten von Tsarr den richtigen Tipp zu geben. Aber Laoch war sich sicher, dass in einem so großen Dorf wie Bo-Baoghalta irgendwo auch einer der Priester von Branu und seinen Brüdern sein Unwesen trieb. Falls es nicht so wäre, wäre er ja arbeitslos. Wenn alle Wesen brav Goiba und ihre Schwestern anbeten und Flanakan wie ihren eigenen Bruder lieben würden, hätte die Staatssicherheit ja gar keine Aufgabe mehr. Aus für Laoch völlig unerfindlichen Gründen waren die Unzufriedenen einfach nicht auszurotten. Und da in Haragor nichts ohne den Segen der Götter lief, musste sich hier irgendwo ein Govan versteckt halten.

Im Glücksbrunnen waren er und seine Männer allerdings auf eine Mauer des Schweigens gestoßen. Aber noch während er überlegte, welchen der Schofftrinker er mit ein paar glühenden Eisen zu Leibe rücken wollte, klopfte ihm einer der Schergen auf die Schulter und flüsterte ihm ins Ohr, dass sich ein Spitzel gemeldet hatte, der ihnen weiterhelfen wolle. Der Scherge deutete auf eine dunkle Ecke im Glücksbrunnen, in dem eine vermummte Gestalt saß. Der erste Hoffnungsschimmer an diesem Tag! Laoch beglückwünschte sich selbst, dass er seine Spitzel immer bei Laune hielt. Er scheuchte seine Männer fort und setzte sich allein zu der seltsamen Person.

»Sei gegrüßt, Laoch, Oberster der Schergen.« Verwundert stellte Laoch fest, dass die vermummte Gestalt eine Frau sein musste. Mit einer sehr angenehmen Stimme.

»Sei gegrüßt mein lieber Spitzel. Also, was kannst du mir sagen?«

»Die wenigsten hier werden wissen, ob es hier einen Govan gibt. Aber es gibt sie. Ich kann dich zu einem führen.« Die Stimme kam Laoch bekannt vor. Aber er konnte sie nicht einordnen. Doch was ihn viel mehr irritierte war, dass ihn der Klang der Stimme auf seltsame Weise berührte, auf eine Weise, die ihm gleichzeitig angenehm wie unangenehm war.

»Was ist dein Preis?« Alles hatte seinen Preis, das wusste Laoch nur zu genau. Ein Spitzel, der aus reiner Liebe zu Flanakan für die Schergen arbeitete, gab es so gut wie nicht. Natürlich gab es immer wieder treue Goiba-Anhängerinnen. War diese Spitzelin das auch?

Laoch hörte ein helles Lachen, was ihm einen angenehmen Schauer über den Rücken laufen ließ.

»Ich möchte kein Geld, Laoch, aber einen Preis habe ich schon.« Die Vermummte nahm die Kapuze herunter. Eine schöne Frau, dachte Laoch, die vollen Lippen, das wallende dunkle Haar. Und sie kam ihm bekannt vor, aber er konnte sie immer noch nicht einordnen.

»Ich bin Nanda, Priesterin von Credna. Und einst Dienerin unter Flanakan. Ich sehe, dass du mich erkennst. Wir sind uns schon in Flanakans Palast begegnet. Einige wenige Male sind wir auf den Gängen der Schwarzen Burg aneinander vorbeigelaufen. Dass wir uns hier wieder treffen, ist kein Zufall.« Diese Stimme! Laoch war fasziniert. Daher kannte er sie also. Von der Schwarzen Burg. Und war sie nicht diejenige, die aus dem Verlies entkommen war?

»Ich könnte dich auf der Stelle verhaften lassen. Hat Tsarr dich nicht in den Kerker bringen lassen?« Laoch sah die schöne Frau an. Obwohl eine Flucht aus der Schwarzen Burg natürlich ein Schwerverbrechen war, galt es jetzt und hier, die richtigen Prioritäten zu setzen.

Wieder lachte Nanda leise vor sich hin. »Tsarr ist nicht so mächtig wie du denkst, Laoch. Oder sagen wir, ihre Macht ist nicht absolut. Sie mag normale Menschen beeindrucken und beherrschen, aber mit uns anderen Govas hat sie es nicht so einfach. Obwohl ich auch Glück hatte, als ich der Schwarzen Burg entfloh.«

»Und was ist jetzt dein Preis?«

»Tsarr wird sicherlich nach mir suchen lassen. Ich bitte dich nur darum, ein gutes Wort für mich einzulegen, falls es dazu kommen sollte, dass wir uns unter anderen Umständen in der Schwarzen Burg wiedersehen werden.«

Laoch überlegte. Wenn er sie jetzt laufen lassen würde, wäre das natürlich Hochverrat. Auf der anderen Seite wollte diese kleine Gova ihm jetzt helfen. Er würde seine Pflicht also Oberster Scherge nicht erfüllen können, wenn er sie gefangen nehmen würde. Laoch zweifelte daran, dass man die Gova mit Folter zum Reden bringen konnte. Diese Priesterinnen hatten so manche Tricks auf Lager. Und eine Gova, eine Dienerin der Göttin Credna zu foltern, konnte ja auch den Zorn der Schwester von Goiba entfachen. Es diente als dem Staat und den Göttern, wenn er sie jetzt laufen ließ, falls sie ihm die nötigen Informationen liefern würde.

»Gut! Wie war nochmal dein Name?«

»Mein Name ist Nanda, Oberster Scherge.«

»Gut, Nanda. Bring mich zu einem Govan des Charabnu und ich gebe dir mein Wort, dass ich deine Dienste wohlwollend im Gedächtnis behalten werde.«

Nanda zog die Augenbrauen hoch. Was wirklich süß aussah, fand Laoch.

»Ein Priester Charabnus? Wie kann denn der euch weiterhelfen?«

Laoch grinste sie mit einem Blick herablassender Allwissenheit an. »Die Govans des Charabnu, so schändlich ihr Treiben auch sein mag, wissen, wie man den Wesen Kraft gibt. Übermenschliche Kraft. Aber davon wirst du nichts verstehen.«

»Oh Laoch, was versteht eine kleine Gova wie ich schon von den großen Plänen des Obersten der Schergen. Aber wenn es dein Wunsch ist, werde ich dich zu einem dieser Govans führen.«

»Dann lass uns keine Zeit verlieren, Nanda.«

»Gut, folgt mir.«

Nanda zog sich die Kapuze tief ins Gesicht und stand auf. Laoch gab seinen Männern ein Zeichen, ihr zu folgen.

*

Je länger sie ritten, desto schneller wurde der Weiße. Es war, als ob sich die Muskeln und Sehnen des Pferdes mit jedem Schritte mehr daran erinnerten, was sie einst gewesen waren. Die letzten Jahre hatte es im Vorgarten des Dorfratsvorsitzenden herumlungern müssen, was immerhin besser war, als als Salamischeibe auf einem Winxbrot zu landen. Aber war das wirklich eine Gnade gewesen für das einst schnellste Pferd von ganz Haragor? Oder zumindest das schnellste Pferd der Hochebene von Asch-by-lan? Der Weiße hob mit jedem Schritt den Kopf höher, blähte die Nüstern, lauschte verzückt dem Klang der eigenen Hufe. Und wurde immer schneller. Selbst Odysseus und Kard empfanden wohl das, was auch der Weiße empfand: Freiheit. Der Wind schlug ihnen um die Ohren, entgegen surrende Insekten zerplatzten an ihren Augenlidern, die Gesichtsmuskeln verzerrten sich, sodass Pferd und Reiter die seltsamsten Grimassen schnitten. War das wunderbar! Der Weiße wieherte, die jungen Männer jauchzten, und selbst am Himmel schienen die Wolken einen Freudentanz aufzuführen. Aber diese Explosion von Kraft und Energie brach in dem Augenblick zusammen, als ihnen das ferne Rauschen der Wasserfälle der Klatsch in die Ohren stieg. Aus unerfindlichen Gründen wusste der Weiße, dass die Reise hier nun für ihn zu Ende war. Als ob man in einen aufgeblasenen Schweinemagen ein Messer stechen würde, verpuffte dieses innere Feuer von einen Augenblick auf den nächsten. Der Weiße war nun so erschöpft, dass er seine beiden Reiter nicht mehr tragen konnte, die dann auch Mitleid mit dem treuen Ross hatten und sich behänd von der Satteldecke schwangen. Schwer atmend und mit gesenktem Kopf, mit den Vorderbeinen im Sand des Weges scharrend, schaute das Pferd Kard und Odysseus traurig an. Aber einen kleinen Rest des inneren Feuers konnte man immer noch in den Augenwinkeln glühen sehen. Kard gab dem Pferd die Melassebonbons, die ihm der Dorfratsvorsitzenden mitgegeben hatte, dann drehte sich der Weiße um und stapfte gemächlich zurück zu seinem Vorgarten. Odysseus gab ihm noch einen letzten Klaps auf die Hinterläufe, dann drehten sich die beiden jungen Männer in die entgegengesetzte Richtung.

»Hoffentlich holen ihn nicht die Harpyien«, brummte Odysseus. Kard nickte. Aber der Weiße war wahrscheinlich schlau genug, selbst diesen Bestien zu entgehen.

»Komm, beeilen wir uns, dann schaffen wir es noch bis Sonnenuntergang an den Fuß der Klatschfälle.« Kard schlug seinem Reisegefährten kameradschaftlich auf die Schulter.

Sie gingen schnell und so erreichten sie noch vor Einbruch der Abenddämmerung ihr Ziel. Ein gewaltiger Wasserfall! Die Wassermassen fielen hier sicherlich hundert Cas in die Tiefe. Am Rand der Hochebene musste einst, als die Alte Stadt noch das Zentrum von Haragor gewesen war, ein großes Dorf gestanden haben. Hinter den wenigen bewohnten Häusern konnte man immer noch Ruinen aus dieser Zeit sehen. Aber auch heute noch wurden hier die Waren, die von der Küste kamen und dann von Lasttieren oder Toraks vom Tal hochgebracht worden waren, umgeschlagen. Teils wurden sie auf Tok-Rind-Karren umgeladen, teils auf Lastkähne, die dann wiederum von mächtigen Bos-Ochsen entlang der Treidelpfade bis in die ehemalige Hauptstadt des Drachenreiches gezogen wurden. Was früher ein belebter Handelsplatz gewesen sein musste, war nun ein gemütlicher Ort, an dem man sich freute, wenn wenigstens einmal täglich eine Karawane aus dem Tal den Weg nach oben fand.

Odysseus deutete auf eine riesige zerfallene Konstruktion aus Metall und morschen Baumstämmen. »Schau Kard, auch ein Grund, wieso das Reich der Drachenkönige untergegangen ist. Die waren einfach größenwahnsinnig.«

Kard schaute auf die Konstruktion, verstand deren Zweck aber nicht. Hilflos zuckte er mit den Schultern.

»Die Klatsch ist bis auf die Fälle hier durchgängig schiffbar,« erklärte Odysseus, »da dachte sich der Oberste Bauherr des letzten Drachenkönigs, du weißt schon, dieser berühmte Davischi, man könne eine Treppe aus Wasser bauen, über die die Schiffe ins Tal hinab- und sogar wieder hinaufsteigen könnten. Kannst du dir das vorstellen?« Odysseus schlug sich die Hand an die Stirn. »Vollkommen größenwahnsinnig, dieser Aidan und seine Leute. Kein Wunder, dass er Flanakan unterschätzt hat.«

Kard lachte ungläubig. Eine Treppe für Schiffe? Das klang wirklich sehr merkwürdig.

»Und das hier sind die Reste der Baustelle. Aidans Zimmerleute hatten schon mit dem Bau angefangen, aber nach dem Untergang der Alten Stadt war das natürlich Schnee von gestern.« Odysseus verdrehte die Augen und schüttelte verständnislos den Kopf.

Obwohl beide lieber ein schönes Tok-Rind-Steak in dem Wirtshaus, an dem sie vorbeigingen, verspeist hätten, steckten sie sich doch nur die verbliebenen Melassebonbons in den Mund und begannen gleich mit Abstieg ins Tal. Der Weg war nicht weniger serpentinenreich als der Weg, den sie zur Stinkenden Stadt genommen hatten. Man erkannte deutlich, dass sich hier niemand mehr um den Erhalt des Weges kümmerte. Immer wieder lagen Geröll oder die Reste zerbrochener Wagen herum. Regen und Wind hatten tiefe Furchen hinterlassen und die Ränder des Weges waren abgebrochen. Mit einem falschen Tritt schlitterte man den nächsten Abgrund hinunter. Einmal kam ihnen eine Karawane Toraks entgegen, die auf ihren mächtigen Rücken riesige verschnürte Pakete nach oben trugen. Kard und Odysseus mussten zur Seite treten, um die Toraks vorbeizulassen, die hintereinander gehend wie eine riesige Schlange den steilen Pfad erklommen. Man grüßte kurz, betrachtete sich neugierig, Odysseus fragte, wie lange der Abstieg noch dauern würde, ungefähr eine Stunde, war die Antwort, dann ging wieder jeder seine Wege.

Der Pfad führte am Rand der Kluft entlang, die die Klatsch in Jahrmillionen in den Fels geschnitten hatte. Das Rauschen des Wassers begleitete sie bis hinunter ins Tal, wo sich der Fluss verbreiterte und nun ruhig und gemächlich bis Klatschmünde dahinfloss. Auch das Dorf am Fuß des Wasserfalls hatte wohl schon bessere Zeiten gesehen. Zwischen den wenigen gut erhaltenen Häusern der heutigen Bewohner türmten sich noch die Schutthaufen der Vergangenheit. Ruinen von einstigen Palästen streckten ihre angefressenen Fassaden mahnend in den Himmel.

Die etwas besser erhaltenen Häuser drängten sich um den Platz, der sich an die Anlegestelle anschloss. Früher mussten sich hier die Waren, die in die Alte Stadt transportiert werden sollten, gestapelt haben. Jetzt standen nur einige Kisten und einige Fässer herum. Im Fluss selbst zeugten die Reste von ehemaligen Stegen, deren morsches Holz immer noch im Uferschlamm dahin moderte, von größeren Tagen. Wo einst dutzende Schiffe festgemacht hatten, befand sich jetzt nur ein einziger Lastkahn, der, wie oben auf der Hochebene, auch hier von Bos-Ochsen gezogen wurde. Daneben aber, stellten Kard und Odysseus fest, hatte ein Schnellboot der Ichtos festgemacht und schien auf Gäste zu warten.

Die Halbkiemenatmer, die ihre Heimat in der Weite des östlichen Meers hatten, waren natürlich selbst ausgezeichnete Schwimmer. Für längere Strecken aber bevorzugten sie auch auf dem Meer Boote, die dort meist von gezähmten Stierwalen gezogen wurden. Hier im Fluss allerdings dienten Süßwasserdelphine als Zuggespann, vier von ihnen tollten im Wasser herum und wurden von einem missmutig dreinblickenden Ichto gerade mit Fischabfällen gefüttert. Entschlossen eilten Kard und Odysseus auf ihn zu.

Die Götter hatten den Ichtos die Fähigkeit gegeben, sowohl im Wasser als auch an Land zu atmen. Im Vergleich mit einem Menschen schienen ihre Arme und Beine überdurchschnittlich lang und der Rumpf zu kurz geraten. Schwimmhäute spannten sich zwischen den Fingern und den langen Zehen und machten die Ichtos damit im Wasser zu hervorragenden Schwimmern. An Land bewegten sie sich damit aber nur langsam und bedächtig. Ihre Gesichtszüge waren bis auf die nicht vorhandene Nase menschenähnlich, das Fehlen des Riechorgans wurde aber von den hervorspringenden Lippen mehr als Wett gemacht. Ihre Kiemendeckel zogen sich entlang Hals und Brustkorb und ließen einem beim Atmen immer einen Blick auf die roten, blutgefüllten Lamellen werfen. Ichtos, die die Küsten hunderter Inseln im östlichen Meer bewohnten, wandelten ständig zwischen dem Leben an Land und dem Leben im Wasser und waren daher immer nackt bis auf einen Hut, der ihren haarlosen Schädel zierte. Dies war das einzige Zugeständnis an die Gesetze der Mode und Individualität. Ihre Haut glich rein äußerlich der von Menschen und Toraks, aber sie war glatt und porenlos. Arme und Beine konnten bei einem guten Schwimmer recht muskulös sein, sodass selbst ein ausgewachsener Torak sich keinen Streit mit einem wütenden Ichto wünschte, zumal ihre Schwimmhauthände in kräftigen Klauen mündeten. In ihrer Heimat dienten diese Klauen auch dazu, auf Kokospalmen zu klettern, um die begehrten Nüsse zu ernten.

Der Ichto am Ufer der Klatsch schien aber weniger der Kämpfertyp zu sein, unter seinen Kiemendeckeln hatte er ein gemütliches Bäuchlein. Auf ihre Frage, ob er sie am nächsten Tag bis Klatschmünde bringen würde, inzwischen hatte die Dämmerung bereits eingesetzt, reagierte der Taxifahrer aber nicht gerade erfreut.

»Viel los hier, viel los. Viele, viele Reservierung für morgen früh.«

Kard und Odysseus schauten sich um. Außer ihnen war niemand zu sehen.

»100 Argits, dann vergesse ich die anderen Fahrgäste.«

Kard fragte sich, welche anderen Fahrgäste er meinte, schwieg aber, als Odysseus ihm beschwichtigend die Hand auf die Schulter legte. Er begann mit dem Mann zu handeln, was er eindeutig besser konnte als Kard. Zum Schluss war man sich einig, dass ein Lohn von 20 Argits ausreichend sein würde.

»Aber leider«, sagte Odysseus, während er dem Ichto noch die Flossenhand schüttele, »haben wir überhaupt keine Argits.« Der Mann sah ihn verdutzt an. Aber schon hatte Odysseus die Töpfe, die der Meister der Kräuter ihnen gemischt hatte, in der Hand und pries deren Vorzüge. Als der Ichto sich auf dieses Spiel eingelassen hatte und an den offenen Töpfen schnupperte, erhellte sich dessen Miene.

»Und die sind bestimmt 50 Argits wert, guter Mann, was meinen Sie?«

Der Ichto nickte langsam, sah Odysseus dabei misstrauisch an, um ihm im nächsten Moment lachend auf die Schulter zu schlagen. »Da habe ich ja ein gutes Geschäft gemacht, ihr Halunken. Dann sehen wir uns hier morgen früh zum Sonnenaufgang. Falls ihr ein Lager benötigt oder noch etwas besorgen müsst, da drüben in Ernas Supermarkt gibt es alles, was man sich vorstellen kann.«

Die beiden jungen Männer folgten dem Rat, denn inzwischen knurrte ihnen gewaltig der Magen. Der Ichto hatte nicht übertrieben. Erna, ein alte menschliche Frau, betrieb das einzige Geschäft vor Ort, auch wenn Kard die Bezeichnung Supermarkt dafür völlig übertrieben vorkam. In ihrem Laden gab es allerdings tatsächlich fast alles, was man auf Reisen brauchen konnte, von Angelhaken bis Zinnobermoschusimitaten. Und es gab sogar Börger, dicke Winxbrotscheiben, zwischen denen Salat und saftige Tok-Rind-Hackfleischfladen gepresst wurden, eines von Kards Lieblingsgerichten in Conchar. Hier gab es die zusätzlich mit einer leckeren gelben Sauce, die man wohl aus Fischinnereien herstellte, eine Spezialität der Ichtos. So gesättigt stiefelten sie dann in einen Schuppen, in dem sie von Erna, die auch Schlafplätze anbot, ein Nachtlager gemietet hatten.

Kards innere Uhr weckte ihn schon vor Sonnenaufgang. Er rüttelte den vor sich hin röchelnden Meisterdieb an der Schulter. Ohne Frühstück stiefelten sie wieder zu ihrem Wassertaxi, ein schlankes Boot, in dem man auf schmalen Brettern hintereinander sitzen musste. Die Delphine waren bereits angespannt. Der Ichto saß schon vorne auf der ersten Planke, die etwas erhöht war, sodass er wie auf einem Kutschbock thronend die Lage gut überblicken konnte. Statt einer Peitsche hatte der Ichto eine Schleuder, mit der er Futterfische über die Rücken seines Gespanns nach vorne zischen lassen konnte, um die Delphine so zu Höchstleistungen zu motivieren. Kaum saßen sie im Boot, gurgelte der Ichto auch schon irgendeinen Befehl und die Delphine setzten sich in Bewegung.

»Wie lange werden wir bis Klatschmünde brauchen?«, fragte Kard ihren Fahrer, der die Tiere in die Flussmitte lenkte.

»Bis heute Abend werden wir schon brauchen. Zum Glück ist ja wenig Verkehr. Wir werden wohl kaum in einen Stau kommen.« Wieder gurgelte der Ichto, aber diesmal schien es eine Art Lachen zu sein über einen Witz, den nur der Ichto selbst vollständig begreifen konnte.

*

Wenn Nanda etwas als Waisenkind gelernt hatte, dann dass man es mit Freunden im Leben etwas leichter hatte. Es mussten nicht unbedingt die besten Freunde sein, es reichte aus, wenn man einfach nur Verbündete war. Wen man nicht mit der Illusion der Liebe beeinflussen konnte, hatte sicherlich andere Schwächen. Pflichtgefühl zum Beispiel, aber das schien nicht die Schwachstelle des Obersten Schergen zu sein. Ganz sicher war sie sich aber nicht, ob ihr Liebeszauber bei Laoch Wirkung zeigte. Im Endeffekt blieb der Oberste Scherge völlig unberechenbar war, aber immerhin hatte sie schon einmal den Fuß in der Tür. Und sie hatte vorerst den Rücken frei. Sicherlich würde sie weiterhin auf der Hut sein müssen, aber momentan war sie mit der Situation ganz zufrieden. Jetzt begleitete sie den Obersten Schergen zu einem Vorhaben, das jeder normaler Bürger Haragors mit ein paar Stunden auf der Streckbank bezahlen würde. Aber Laoch war eben kein normaler Bürger. Als Oberster Scherge stand er über dem, was er selbst darstellte. Ziemlich praktisch!

Nanda hatte Laoch empfohlen, anonym zu bleiben. Wenn er einem Govan gegenüber sich als Obersten Schergen zu erkennen geben würde, würde der Govan so schnell wie möglich das Weite suchen. Dass Laoch als rechte Hand Tsarrs alle Govans am liebsten aus Haragor verbannen würde, wurde allgemein angenommen. Wer hätte gedacht, dass Laoch einfach ein Pragmatiker war, der jede Situation nach seinen eigenen Gunsten auslegte?

Nanda führte ihre Gäste kreuz und quer durch Bo-Baoghalta, bis sie schließlich in einer schmalen Gasse vor einem der vielen baufällig wirkenden Holzhäuser anhielten. Eine Treppe führte hinunter in einen Keller. Hinter der morschen Tür, die mit roten, gelben und grünen Streifen bemalt war, erklangen die Klänge einer ruhigen, basslastigen Musik.

Nanda klopfte an der Tür, die ihnen, nachdem Nanda ein ihr offensichtlich bekanntes Erkennungswort geflüstert hatte, geöffnet wurde.

Laoch betrat hinter Nanda diesen Unterschlupf eines Staatsfeindes. Seine Männer ließ er erstmal draußen warten. Laoch kannte ähnliche Kaschemmen von so manchen Razzien, die er in Conchar durchgeführt hatte. Ein typischer Unterschlupf dieser Ratten. Er musste seinen Impuls unterdrücken, hier sofort für Ordnung zu sorgen. Zwei Menschen und ein Torak hatten sich hier versammelt, um gemeinsam zu musizieren. Der Torak nutzte einige Fässer als Trommeln, die Menschen hatte Saiteninstrumente, denen sie bis eben die bizarrsten Töne entlockt hatten. Alle hatte ihre Haare zu kleinen Zöpfen geflochten und schauten jetzt Nanda mit einem seltsamen Ausdruck matter Glückseligkeit an.

»Hey, Sis, was geht ab?«, fragte einer der Menschen, der ihnen die Tür aufgemacht und sie schnell hinter ihnen wieder verschlossen hatte.

»Hey, Bro Govan, alles locker?«

Das war also der Govan? Laoch musste sich ein Lachen verkneifen. Irgendwie hatte er sich einen Charabnu-Priester anders vorgestellt. Imposanter. Ehrerbietiger. Immerhin war das doch der Priester einer Gottheit. Aber diese Figur? Diese verfilzten Haar, die sackartige Kleidung, der dümmliche Ausdruck im Gesicht, kein Wunder, dass die Govans in Haragor nichts mehr zu melden hatten.

»Hey, Sis, hast du einen Freund mitgebracht?« So schlapp der Mann auch Laoch vorkam, so wach schienen doch seine Augen zu sein.

»Jo, Bro. Ist ein alter Kumpel aus Conchar. Ist gerade auf der Durchreise. Tolle Musik, die ihr gerade gemacht habt!«

»Jo, spielen schon seit drei Stunden immer die gleiche Melodie, voll krass.«

»Hey, Bro, lass mal hören!«

»Jo, Sis, setzt euch hin, nehmt euch ein Glas Wasser, wenn ihr wollt.«

Nanda gab Laoch ein Zeichen, sich auf die Kissen zu setzen, die sich in einer Ecke des Raums türmten. Davor stand ein kleiner Tisch. Ansonsten war der Raum leer, nur die Wände waren mit roten, gelben und grünen Tüchern geschmückt. Die Gruppe begann wieder zu spielen. Gemächlich trommelte der Torak auf die Fässer, der andere Mensch holte aus seinem Instrument dunkle Töne hervor, genau gesagt immer wieder in stetiger Wiederholung eine Abfolge dreier unterschiedlicher Klänge. Der Govan selbst ließ nun eine Hand über sein Saiteninstrument gleiten, um bei diesen schrillen Tönen die Gesichtsmuskeln verzückt zu verzerren. Die Eintönigkeit dieser Musik wirkte schon nach kurzer Zeit hypnotisierend. Laoch erwischte sich dabei, wie er intensiv ein rotes Wandtuch betrachtete und dabei alles um sich herum vergaß. War das schon Magie?

Schließlich beendeten die Männer ihre monotone Darbietung und Nanda und Laoch klatschten. Laoch folgte auch Nandas Beispiel und rief »Bravo, Wahnsinn, genial«.

»Jo, Sis, super, oder? Und du?«, fragte der Govan zu Laoch gewandt. Der warf sich stolz in die Brust. »Ich bin L…«, aber Nanda unterbrach ihn, bevor er weiterreden konnte. »Das ist mein Kumpel Ell, super Typ, Kal-Ell, um genau zu sein. Will was von dir kaufen.«

»Gelobt sei Charabnu, Gott der Träumer, willkommen in meinem Haus.«

Nanda warf Laoch einen auffordernden Blick zu.

»Gelobt sein Charabnu!« Er würde Goiba um Verzeihung bitten müssen, ein Opfer wäre sicherlich auch angebracht. Aber diese Situation erforderte jetzt ein wenig Improvisation.

»Oh großer Govan, wir haben eine lange Reise vor uns, sind aber bereits sehr müde. Leider haben wir keine Zeit, uns hier auszuruhen. Ich brauche die Kraft, die uns Charabnu schenken kann.«

»Oh ja, die Kraft Charabnus. Was wären wir nur ohne sie? Haben die Götter uns nicht mit Mühsal und schwerer Arbeit verflucht? Nichts ist umsonst. Und das Tag für Tag, bis zum Dardeugende und dann geht wieder alles von vorne los. Ein Rad, das sich weiter und weiter dreht und uns ohne zu fragen mitnimmt. Und da die Götter ein Einsehen hatten, schenkten sie uns Pflanzen, die die Kraft geben, das Rad der ewigen Wiederholung zu ertragen. Nicht wahr, lieber Ell?«

Laoch, der immer noch in seltsamer Trance das rote Wandtuch anstarrte, vielleicht befanden sich ja die Essenzen dieser Pflanzen, von dem der Govan gerade sprach, noch in der Luft, nickte automatisch. »Ja, Kraft, die brauchen wir?«

»Und Argits hast du auch?«

Schweigend kramte Laoch einen Beutel hervor, den er vor sich auf dem kleinen Tisch abstellte. Eine Spende der Bewohner von Bo-Baoghalta, die gerne gaben, wenn ein Scherge sie höflich darum bat. Der Govan nickte, griff unter den Tisch und holte einen Krug hervor.

»Energiegetränk. Gewonnen aus dem Pulver von magischen schwarzen Bohnen. Probier mal, Ell.«

Laoch setzte der Krug an und nahm einen tiefen Schluck.

»Sehr gut, 10 Argits.«

Der Govan lächelte ihn an. »17 Argits.«

»15«. Laoch hielt ihm die Hand entgegen, der Govan schlug ein.

Laoch schüttelte die Geldstücke aus der Börse, ohne mit der Wimper zu zucken, holte der Govan mehrere Beutel des magischen schwarzen Pulvers, mit dem man die Energiegetränke braute, hervor.

»Dann gute, Reise, Kal-Ell. Kraft wirst du haben, jetzt wünsche ich dir noch das Glück, das man nicht kaufen kann.«

Erst jetzt bemerkte Laoch den Ring mit dem riesigen Diamanten am Finger des Govans. Und die Zähne, die der Govan entblößte, waren in Gold gefasst, Laoch zweifelte nicht daran, dass es echtes Gold war.

»Danke, Bro.«

»Jo, Sis, und du gehst mit deinen Kumpeln auf die Reise?«

»Nein, Bro, ich habe ein anderes Ziel. Aber vielleicht sieht man sich ja mal wieder?« Nanda zwinkerte Laoch zu.

Laoch, der schon die Kraft des Pulvers in sich spürte, nickte nur kurz, er wollte jetzt los, sofort los, rauf aufs Pferd, raus aus der Stadt und den Feind verfolgen. Er würde das Minas-Schwert erobern. Er, Kal-Ell-Laoch. Er würde Tsarr erobern. Er würde Flanakan mit dem Minas-Schwert niederstrecken! Genau das würde er tun.

Ohne sich noch einmal umzudrehen, stürmte er aus dem Keller und hinaus in das Labyrinth der Gassen. Die Pferde satteln, Wasserbeutel füllen, Proviant aufladen, alles ging dem kraftstrotzenden Laoch zu langsam. Dann verteilte er die erste Ration des Kraftpulvers an Menschen, Toraks und Tiere. Im Nu verwandelte sich die Reisetruppe in einen wilden Haufen barbarischer Reiter. Die Pferde wieherten, stampften mit den Füßen, die Schergen stießen hysterische Rufe aus. Als einzige Staubwolke verließen sie Bo-Baoghalta Richtung Osten.

Nanda schaute ihnen nachdenklich nach. Und hoffte, dass ihr Zauber beim nächsten Wiedersehen noch wirksam sein würde. Und die Priesterin war sich sicher, dass sie sich wiedersehen würden, das sagte ihr ein untrügliches Gova-Gefühl. Ihre Zukunft mochte unbestimmt sein, aber Laoch würde irgendeine Rolle darin spielen. Nanda war sich nur nicht sicher, welche.

*

Auf gerader Strecke konnten die Delphine eine derartige Geschwindigkeit entwickeln, dass das Boot sich aus dem Wasser hob und wie von Zauberhand über der Wasseroberfläche schwebte. Kard und Odysseus schlackerten die Gesichtszüge und Kard fragte sich, wieso der kleine gelbe Hut, der den Schädel ihres Taxifahrers zierte, nicht weggerissen wurde. Ihm wurde ganz schlecht und er war froh, dass die Klatsch immer wieder Kurven und Engstellen hatte, sodass die Delphine nur selten diese mörderische Geschwindigkeit erreichten. Natürlich freute er sich, dass sie somit auch bald in Klatschmünde sein würden, aber wie schon so oft verfluchte er, dass er nicht mehr der kleine Schmiedegeselle in Conchar war. Ab und zu kam ihnen ein Lastkahn entgegen, der von den Bos-Rindern langsam aber stetig am Ufer entlanggezogen wurde. Ihr Taxifahrer grüßte sie alle mit einem hellen Ichtoruf, man kannte sich hier auf dem Fluss. Als die Sonne begann, sich langsam dem Horizont zu nähern, tauchte in den orangenen Strahlen die Silhouette von Häusern und Brücken auf – Klatschmünde. Bald fuhren sie an zwei- bis dreistöckigen Gebäuden vorbei, die allerdings nicht alle bewohnt zu sein schienen, auch Klatschmünde hatte schon einmal bessere Tage gesehen. Sie mussten die gesamte Stadt durchqueren, denn die Anlegestelle für die Taxiboote befand sich im Hafen, der sich an der Meerseite der Stadt befand. Selbst wenn Rosie die schnellsten Pferde von Haragor gehabt haben mochte, dürfte sie bei ihrer Ankunft in der Hafenstadt nur wenig Vorsprung gehabt haben.

Leider hatte sie ihr Amazonen-Alleinstellungsmerkmal hier in Klatschmünde verloren, was Kard mit einem Blick sah, als sie das Taxiboot verließen. Es wimmelte im Hafen von Klatschmünde zwar nicht gerade von Amazonen, aber sie waren unübersehbar. Auf den ersten Blick schienen diese kämpferischen Frauen alle gleich auszusehen. Groß, dunkle, lockige Haare, Lederkostüm, Waffen. Allerdings hatte keine von ihnen einen Cu oder auch nur einen Hund dabei. Wenigstens damit hatten sie einen Anhaltspunkt.

*

Das Kraftpulver des Govans verbrachte wahre Wunder. Sie ritten den ganzen Tag und die ganze Nacht. Jedes Mal, wenn Laoch eine neue Ration Kraftpulver ausgab, schauten ihn die Augen von Mensch und Tier gieriger und verzweifelter an, um dann wieder neue Geschwindigkeitsrekorde zu brechen. Als sie am Abend des zweiten Tages endlich in Klatschmünde eintrafen, ritt Laoch zuerst in die örtliche Abdeckerei, um die Pferde dort loszuwerden. Die Tiere hatten ihren Verstand durch Pulver und Strapazen vollkommen eingebüßt, sie würden nie mehr einen Reiter tragen können. Mit seinen jammernden Männern ging es dann in die örtliche Wache, wo er sie mit kaltem Wasser abduschen ließ, damit sie wenigstens am nächsten Tag wieder einen klaren Kopf haben würden. Allein die Faolskis hatten die ganze Strapaze mühelos überstanden, was Laoch nicht wunderte, schließlich waren diese Tiere mit der teuflischen Magie von Tsarr vollgepumpt, die jedes Kraftpulver in den Schatten stellte. Bei der Abdeckerei hatten sie sich an ein paar undefinierbaren aber blutigen Kadavern gütlich getan, seitdem blitzte in ihren Augen wieder ein gieriges Feuer. Mit ihnen ging Laoch in die örtliche Schergenzentrale, vielleicht gab es dort Informationen, die ihm nützlich sein konnten.

*

Als Kard nach der Flusstaxifahrt wieder festen Boden unter den Füßen hatte, dankte er Goiba und Branu gleichzeitig. Ihm war speiübel während der Fahrt geworden. War das ein krasser Ritt gewesen! Odysseus dagegen schien der geborene Seefahrer zu sein, er pfiff fröhlich vor sich hin. Im großen Hafenbecken lagen einige der Ichtoschiffe vor Anker, Gefährte ohne Takelage, da sie von Stierwalen gezogen wurden. Aber auch einige größere Schoner, mit denen Menschen an den Küsten Haragors entlangzogen, lagen mit eingeholten Segeln dort draußen. Direkt an den Stegen lagen nur einige kleinere Fischerboote sowie die großen Ruderboote, mit denen die größeren Schiffe entladen wurden. Dort arbeiteten einige Toraks, die Ballen und Kisten hin und hertrugen. Zwischen ihnen und den Menschen, die geschäftig zwischen den großen, trägen Toraks hin und her wuselten zeichnete sich deutlich die Gestalt einer Amazone ab. Auch Odysseus hatte sie gesehen, kniff die Augen zusammen und schüttelte dann den Kopf.

»Das ist nicht Rosie. Wäre ja auch zu schön gewesen, wenn wir sie hier sofort entdeckt hätten. Aber schau mal, wo die Amazone hingeht. Ins »Kapitän Sabine«! Ich wette, das ist eine Amazonenkneipe.«

Tatsächlich! Die Amazone öffnete die Schwingtüren, durch die laute, raue Frauengesänge ins Freie drangen. Kard sah Odysseus fragend an.

»Und jetzt. Meinst du, wir können da einfach reinmarschieren und nach Rosie fragen?«

»Natürlich nicht. Es sei denn, du willst als Putzsklave enden.« Putzsklaven sind die Hausangestellten der Amazonen, in Conchar wurden darüber Witze gemacht. Aber hier sah die Sache anders aus.

Kard schüttelte energisch den Kopf, Putzsklave wollte er auf keinen Fall werden. Odysseus dachte nach, grinste dann säuerlich und deutete auf einen Laden, der Amazonenoutfits anbot. »Ich habe Konfektionsgröße 40.« Kard sah ihn fragend an. »Mit ein bisschen Schminke wird es vielleicht gehen.« Odysseus kramte in einer seiner vielen Taschen und holte eine kleine Dose heraus, die eine rote, fettige Paste enthielt, die er sich nun auf die Lippen auftrug. Dann band er sich die Haare im Nacken zusammen und Kard wurde Zeuge der Verwandlung von Odysseus in Odyssa, der Amazone. Jetzt mussten nur noch die Bartstoppel runter, obwohl Odysseus im versicherte, dass der Damenbart in Amazonien keine Schande war. Und nachdem Odysseus sich unter den kritischen Augen einer alter Torakfrau die entsprechende Lederkleidung besorgt hatte, musste Kard zweimal hinschauen, um seinen Kumpanen wiederzuerkennen.

»Wahnsinn, Odysseus. Zum Verwechseln einer Amazone ähnlich.«

»Als Dieb muss man eben mit allen Wassern gewaschen sein. Aber ich muss noch ein wenig üben.«

Odysseus lief ein paar Mal in dem Laden hin und her, räusperte sich und sprach dann mit veränderter Stimme. »Ach, ihr Lieben, ihr glaubt gar nicht, was ich alles erlebt habe…« Je länger er sprach, umso besser gelang es ihm, die Rolle zu spielen. *Odysseus hat wirklich Talent!* Die Verwandlung in Odyssa schien dem jungen Mann wirklich Spaß zu machen. »Wenn das Schicksal mich nicht zum Dieb gemacht hätte, wäre ich vielleicht Schauspieler geworden. Aber die sind bettelarm. War nichts für mich.« Und dann holte Odyssa ein Nietenhalsband hervor, das er unter Protestlauten Kard überzog. »So, du kleiner Putzsklave, dann gehen wir mal zu Kapitän Sabine und fragen mal, ob in letzter Zeit einer ihrer Kolleginnen mit einem Cu vorbeigekommen ist.«

*

Die Schergen von Klatschmünde, die ziemlich durcheinander waren, als ihr oberster Dienstherr unangekündigt plötzlich vor ihnen stand, konnten ihrem Chef leider auch nicht wirklich weiterhelfen. Ein Junge mit einem Hund und einem sonderbaren Schwert? Nein, von so etwas hatte kein Spitzel berichtet. Allerdings sei eine Amazone mit einem schlafenden oder totem Hund, der vielleicht auch ein Cu sein konnte, heute Nachmittag recht abgehetzt in den Hafen geritten gekommen. Laoch musste nachdenken. Da er immer noch vom Kraftpulver aufgeputscht war, fiel ihm das etwas schwer. Hatte sich der Junge in eine Amazone verwandelt? War er schon immer eine Amazone gewesen, die sich bisher als junger Kerl ausgegeben hatte? War der Hund ein Cu oder der Cu ein Hund? Laoch schrie. »Und wo finde ich diese verfluchte Amazone oder was immer das ist.«

Die Schergen hoben hilflos die Schultern. Zögerlich machte der Jüngste von ihnen den Vorschlag: »Vielleicht im Kapitän Sabine?« Die anderen Schergen schlossen die Augen im stillen Gebet. Hatte ihr junger Kollege noch alle Tassen im Schrank, schienen sie sagen zu wollen. Das war eine Amazonenkneipe. Vermintes Gebiet. Verbotene Zone. Völlig undenkbar, dass man da, selbst als Scherge, einfach so hineinging.

»Und wir haben da keine Spitzelin im Einsatz, oder?« Laoch sah die Schergen von Klatschmünde an, die betreten den Kopf schüttelten. Man versuchte Laoch noch zu erklären, dass man auch als Scherge sich nicht alles erlauben konnte, aber die Verachtung, die Laoch ihnen entgegenbrachte, konnte man mit dem Messer schneiden, so dick lag sie in der Luft. »Ihr braucht auch nicht mitzugehen, ihr Luschen. Ich werde mit meinen Faolskis das alleine machen. Nur einer geht mit und zeigt mir den Weg zu dieser Kneipe.«

*

Odyssa betrat mit ihrem Putzsklaven, der auf den Namen Kardus hörte, die Amazonenkneipe »Kapitän Sabine«. *Bei Branu, das geht bestimmt schief.* So wie sie es bei den anderen Amazonen gesehen hatten, stieß sie die Schwingtür mit einem heftigen Hieb auf. Drinnen empfing sie ein dunkles, rotes Zwielicht. An mehreren Tischen und am langen Tresen saßen die Amazonen, tranken aus großen Krügen, manikürten sich die Fingernägel und unterhielten sich laut. Auch andere Damen hatten ihre Putzsklaven mitgebracht, für die es in einer Ecke des Raums einen eigenen Tisch gab, an dem die jungen Burschen schweigend saßen. Odyssa setzte sich an den Tresen und bestellte sich ein Schoff. Kard durfte sich am Wasserkrug auf dem Tisch der anderen Putzsklaven bedienen.

»Verkaufst du den?«

Odyssa hatte Gesellschaft von einer zahnlosen Amazone bekommen, die mit ihrem dünnen Ärmchen und Beinchen nicht so recht ins Amazonenoutfit passen wollte. Interessiert starrte sie Kard an, der unter den Blicken immer kleiner wurde. *Jetzt wird sich zeigen, ob Odysseus wirklich mein Freund ist.*

»Lass mal Oma, das können wir uns nicht leisten.« Eine der jüngeren Damen hatte sich Odyssa genähert und die Alte liebevoll am Arm genommen.

Odyssa seufzte. »Verkaufen kann ich ihn dir leider nicht. Aber…«, Odyssa lachte, »…ich könnte ihn gegen einen Cu tauschen.« Offensichtlich musste das ein guter Scherz sein, denn die Alte lachte herzhaft.

»Für einen Cu hole ich mir doch zehn von diesen Jünglingen.«

»Du kannst ja die Rosie fragen, die hat einen halbtoten Cu, behauptet sie zumindest. Obwohl der keinen Piep gesagt hat. War wahrscheinlich doch nur ein Hund.«

»Rosie Nietengürtel etwa?« Odyssa tat erstaunt. »Wann war die denn hier, die habe ich ja schon ewig nicht mehr gesehen.«

»Ja, ja, vorhin war sie noch da. Wenn du Glück hast, erwischst du sie noch da draußen.«

In diesem Moment trat Laoch durch die Schwingtür. Die Stimmen erstarben und alle Amazonen starrten erstaunt aber auch schon mit aufkeimenden Zorn auf den Obersten Schergen.

»Wenn du kein Putzsklave bist, dann solltest du hier besser verschwinden.« Die Amazone hinter dem Tresen, sie hatte keck eine Seemannsmütze über die Stirn geschoben und war wahrscheinlich Kapitän Sabine höchstpersönlich, blickte Laoch eisig an. Laoch ließ sich nicht beeindrucken. Auch als ein Pfeil direkt an seinem Ohr vorbeizischte und zitternd in der Wand stecken blieb, quittierte er das nur mit dem Heben einer Augenbraue.

»Amazonen. Ich bin Laoch, Oberster Scherge von Haragor.«

Wenn Laoch gedacht hatte, das würde hier irgendjemanden beeindrucken, dann irrte er sich. Ein Messer kam geflogen und schwirrte über seinen Kopf.

»Ich bin auf der Suche nach einem Jungen oder einer Amazone. Vielleicht eine Amazone oder ein Junge. Mit einem Hund, einem großen Hund. Oder einem Cu. Vielleicht ein Cu?«

»Komm wieder, wenn du weißt, was du willst. Oder komm besser doch nicht wieder«, rief eine verärgerte Stimme.

»Ich darf die Amazonen daran erinnern, dass sie Vasallen von Flanakan sind. Und auch wenn ihr da in Amazonien schalten und walten könnt, wie es euch beliebt, hat euer Volk und eure Königin den Treueeid auf Flanakan geschworen. Und, meine Lieben, ich bin für euch jetzt Flanakan. Ich bin Laoch, der Oberste Scherge.« Laoch war während seiner Rede immer wütender geworden. Wie konnte es jemand wagen, sich ihm gegenüber so zu verhalten? Seinen letzten Satz hatte er fast geschrien.

»So, so. Du bist also der Laoch. Haben schon von dir gehört.« Kapitän Sabine klang immer noch ärgerlich, aber in ihrer Stimme lag ein Minimum an Respekt.

»Ja, das bin ich«, schrie Laoch mit überschlagender Stimme. »Und wenn ihr mir nicht Rede und Antwort stellt, lass ich die auf euch los.« Mit diesen Worten nahm er die Pfeife und rief die Faolskis, die sich knurrend neben ihren Herrn stellten.

»Oh, sind die süß. So einen will ich auch haben.« Ein kleines Amazonenmädchen schaute neugierig auf die Bestien.

»Still, Penthiselea, das sind glaube ich keine Cus.«

»Nein, nein, nein, das sind keine Cus, keine Kuschelhunde und überhaupt keine Hunde. Das sind die Faolskis von Tsarr, der Obersten Priesterin von Goiba. Und da werden euch auch eure kleinen Schwerterchen nicht helfen.«

»Auch ein Faolski ist nur ein Tier, Laoch. Und an deiner Stelle, würde ich es mir dreimal überlegen, ob du die Schoßtiere von Tsarr hier loslässt. Ich glaube nicht, dass die mächtige Tsarr erpicht auf einen Krieg mit uns Amazonen ist.«

Laoch bemerkte, dass seine Faolskis ausgiebig im Raum schnüffelten.

»Aha, aha. Seht ihr. Die haben eine Spur aufgenommen. Also, gebt es zu. Ihr wisst, wovon ich rede, oder?«

»Sag es ihm halt, Kapitän Sabine.« Eine Amazone nickte der Wirtin aufmunternd zu. Die sah Laoch starr in die Augen. »Na gut, Laoch, Oberster der Schergen und Gehilfe von Tsarr. Wirf ein Blick aus dem Fenster, dann kannst du unsere Rosie sehen, wie sie gerade einen Ichto-Klipper besteigt. Falls die Faolskis schwimmen können, könnt ihr sie vielleicht noch einholen.«

»Was?« Laoch folgte dem Fingerzeig der Wirtin. Tatsächlich. Draußen im Hafenbecken hatte eines der Ichtoschiffe die Wale ins Geschirr gelegt und war gerade dabei loszufahren. Auf dem Deck konnte man mit dem bloßen Auge eine Amazone stehen sehen. Laoch, der der festen Überzeugung war, dass die Faolskis die Spur des Minas-Schwertes in der Amazonenkneipe aufgenommen hatten, schenkte dem Ziehen und Winseln der Tiere keine weitere Beachtung mehr. Er zog die Tiere mit sich nach draußen. Und tatsächlich muss eine Brise den Geruch des Minas-Schwertes den Faolskis nun in die Nase geweht haben, denn diese waren nicht mehr zu halten und stürmten bis an den Rand des Hafenbeckens und heulten dem Schiff nach, mit dem Rosie gerade das Weite suchte.

*

Odyssa schlich mit ihrem Putzsklaven still und heimlich aus der Kneipe. Sie verschwanden so schnell wie möglich im Gassengewirr, das den Hafen umgab. In einer dunklen Ecke verwandelten sie sich wieder in Odysseus. Kard versuchte nun verzweifelt mögliche Geruchsreste des Minas-Schwertes loszuwerden und rieb sich von oben bis unten mit einem toten Fisch ab. Angeekelt sah Odysseus ihn an.

»Die Faolskis haben mich gerochen. Bestimmt. Nur weil dieser blöde Laoch sie gleich wieder mit nach draußen gezogen hat, haben die mich nicht erwischt.« Kards Stimme zitterte und Odysseus konnte ihn gut verstehen. Mit diesen Faolskis wollte er auch keine nähere Bekanntschaft schließen.

»Und hast du gehört, wer dieser Typ war?«

Odysseus nickte und sah seinen Freund mitleidig an, der am ganzen Körper zitterte.

»Das war der Oberste Scherge!«

Erst die Faolskis und jetzt noch Laoch. Das hörte sich ganz nach dem Ende der Welt an. Inklusive Folterkeller, Streckbank und glühenden Eisen.

»Was machen wir jetzt nur?«

Madad entführt, das Minas-Schwert gestohlen und beinahe wären sie noch von Laoch und den Faolskis geschnappt worden, konnte es eigentlich noch schlimmer kommen?

»Ich weiß es nicht.« Selbst der schlaue Odysseus war in diesem Moment ratlos.

Auf dem Meer

Einmal im Dardeug fuhr ein Schiff von Klatschmünde aus mit einer Ladung Gemüse, Brot und anderen Gütern, die dort gebraucht wurden, nach Amazonien. Kard und Odysseus hatten Glück, denn die Poseida lag gerade im Hafen und sollte bereits am Abend auslaufen. Einige seefahrende Toraks waren die einzigen Wesen, denen es erlaubt war, im Hafen von Thakis, der Hauptstadt Amazoniens, vor Anker zu gehen, sodass diese ein Monopol zum Betreten dieser Insel innehatten. Genau genommen würde sowieso kein menschlicher Mann freiwillig einen Fuß dort hinsetzen. Die Wahrscheinlichkeit dann als Putzsklave oder als Minenarbeiter den Rest seines Daseins zu fristen, war ziemlich groß. Die Amazonen selbst handelten mit Eisen aus ihren Minen und züchteten die besten Reitpferde von ganz Haragor. Außerdem handelten sie mit dem Fleisch und Fell der Haranis, die es auf Amazonien in Überfluss gab. Die natürlichen Feinde der Haranis, die Faols, hatten ein schweres Leben in den Wäldern Amazoniens, da die Jagd auf sie der ehrenvollste Zeitvertrieb für die Amazonen war. Das Leder der Faols wurde meist für die Bekleidung der Amazonen verwendet und gelangte nur selten in den Handel. Auf dem Festland wurde es nur zu hohen Preisen angeboten.

Menschliche Jungen gelangten als Putzsklaven nach Amazonien, um den Frauen dort den Haushalt zu besorgen. Meist waren ihre Eltern verschuldete Bauern, die gezwungen waren, ihre Kinder zu verkaufen. In den Minen und Schmieden schufteten wiederum meist Toraks, die allerdings dafür gut entlohnt wurden. Einige muskelbepackte Menschenmänner wurden dort auch geduldet, meist ehemalige Putzsklaven, die in den Häusern der Frauen nicht mehr willkommen waren. In der Dunkelheit der Minen durften sie sogar ohne Blogas herumlaufen, Ganzkörperanzüge, die nur die Augen freiließen, und die für alle Putzsklaven Pflicht waren. Ansonsten hätten die Minenmänner aber auch die harte Arbeit unter Tage schwerlich leisten können.

Kard und Odysseus beobachteten aus einer der Seitengasse heraus den Anlegeplatz, an dem ein Ruderboot mit den Gemüsefässern beladen wurden, die für die Poseida bestimmt waren. Schnell hatten sie den Plan gefasst, sich in den Fässern zu verstecken. Tauchgang zwischen Gurken und Salatköpfen. Kard gefiel das überhaupt nicht, aber wie hätten sie sonst nach Amazonien kommen sollen? Kein Ichto-Taxifahrer würde es wagen, einen menschlichen Mann nach Thakis zu bringen. Die Amazone, die den Ladevorgang überwachte, war groß und muskulös, Tätowierungen zierten ihre Arme und die Peitsche, die sie durch die Luft sausen ließ, um die Toraks zu motivieren. Sie machte auf Kard nicht den freundlichsten Eindruck. Er wollte sich gar nicht erst ausmalen, was passieren würde, wenn sie erwischt würden.

Sie hatten Glück. Bevor das Beiboot auslief, musste wohl noch einiges Geschäftliches mit den Toraks geklärt werden, denn die Amazone und die Toraks verschwanden in einem der Hafengebäude.

»Jetzt oder nie. Ich nehme die Gurken, du die Tomaten!« Kard gab Odysseus ein Zeichen und schon sprinteten sie über den Platz. Hoffentlich schaute in diesem Moment auch niemand von der Poseida hinüber, die im Hafenbecken vor Anker lag, da sie wie alle größeren Schiffe aufgrund ihres Tiefgangs nicht am Ufer festmachen konnte. Aber mit bloßem Auge konnte man niemanden an Bord des Schiffes entdecken. Kard und Odysseus glitten hinunter in das Zubringerboot. Schnell schaufelten sie das Gemüse aus den offenen Fässern in Säcke, die sie vorher aufgesammelt hatten, beschwerten sie mit Steinen, um sie dann über Bord zu werfen. Es dauerte eine Weile, bis die Säcke sich mit Wasser vollgesogen hatten, aber während sie von der leichten Brandung an die Kaimauer gepresst wurden, wurden sie sichtlich schwerer und gingen langsam unter. Kard atmete auf, half Odysseus vorsichtig in das Tomatenfass zu steigen, bedeckte sein blondes Haar, bis er nicht mehr sichtbar war und schaufelte sich dann selbst ins Gurkenfass. Gerade rechtzeitig, denn noch während er die Gurken über seinen schwarzen Locken verteilte, hörte er schon die Stimmen der Mannschaft. *Das war knapp.*

Die schweren Körper der Toraks ließen das Boot gefährlich schlingern, als sie sich auf die Ruderbänke hinabließen. Einer beschwerte sich, dass die Fässer immer noch nicht verschlossen waren, worauf ein anderer murrend begann, Holzdeckel auf die offenen Fässer zu hämmern. Einerseits gut, dachte Kard, andererseits hoffte er, dass sie jetzt nicht kentern würden. Ein Gebet zu allen Göttern, insbesondere zu Charabnu, auch Gott des Wassers, würde hoffentlich seine Wirkung tun. Wenn eines Tages alles vorbei sein sollte, würde Kard sehr viel opfern müssen. Was er in seinen Gebeten den Göttern alles versprochen hatte, würde so manchen Bauern in Haragor zu einem armen Mann machen.

Die Fässer wurden dann wohl über Winden an Bord der Poseida gebracht, Kard hörte das Quietschen der Flaschenzüge. Danach wurden die Fässer in den Frachtraum gerollt, dem Jungen drehte sich alles vor den Augen. Inzwischen musste die Dämmerung eingesetzt haben, denn mit dem damit auffrischenden Wind hievte die Poseida den Anker, um in See zu stechen.

Eine ganze Weile war es sehr ruhig im Laderaum der Poseida. Von Deck her hörte man die schweren Schritte der Toraks, an die Bordwand klatschte das Wasser. Anwesende Ratten konnten dann aus einem der Fässer ein leises Klopfen hören. Woraufhin wieder eine ganze Weile Stille herrschte. Dann erneutes Klopfen. Schließlich ein Flüstern.

»Odysseus?«

»Hm?«

»Wie kommen wir jetzt hier wieder raus?«

»Ich habe bestimmt irgendwas in meinen Taschen. Aber lass uns warten, bis die Mannschaft schläft und nur noch die Nachtwache an Deck ist.«

»Gut.«

»Sind lecker die Tomaten. Vielleicht noch nicht ganz reif.«

»Sag jetzt nicht, dass du in deinem Fass sitzt und die Tomaten isst.«

»Doch. Was soll ich denn sonst machen? Und deine Gurken?«

»Ich mag keine Gurken.«

»Schade, ich befürchte, wir werden hier erstmal eine Gemüsediät machen müssen.«

»Soll ja gesund sein.«

»So ein Quatsch. Wie kann Gemüse essen gesund sein? Da ist ja gar kein Fleisch dran.«

»Eben!«

»Versteh ich nicht.«

Dann herrschte wieder Ruhe im Laderaum. Die Schritte auf Deck wurden weniger. Anscheinend hatten sie eine günstige Brise, das Schiff glitt ruhig durch die Wellen. Bald hörte man die wehmütige Gesänge seefahrender Toraks, die ihr

Heimweh dem Wind anvertrauten. Dann das Knarren der Treppen, als die Toraks zu ihren Schlafstätten torkelten. Schließlich ertönte donnerndes Schnarchen, das den beiden blinden Passagieren die Möglichkeit gab, ungehört aus ihren Fässern zu schlüpfen. Odysseus konnte sein Fass von innen aufhebeln und half dann Kard aus dem Fass.

»Drei Tage lang Tomaten und Gurken«, stöhnte Kard.

»Und Blumenkohl, schau!« Odysseus hatte ein weiteres Fass geöffnet.

»Dann hoffe ich mal, dass wir keine Flaute bekommen.«

»Um die Jahreszeiten wäre das ungewöhnlich. Und da hinter den Fässern können wir uns gut verstecken.« Odysseus zeigte auf einen dunklen Fleck zwischen Fässern und Bordwand, den man von der Tür zum Laderaum her nicht einsehen konnte.

»Na gut, was jetzt?«

»Schnick, Schnack, Schnuck?«

»Einverstanden! Aber neben Schere, Stein, Papier nehmen wir noch Feuer, Brunnen, Drachen und Tomate dazu.«

»Tomate?«

»Tomate schlägt Papier, durchweicht es.«

»Und Drachen?«

»Fällt in den Brunnen und kann vom Stein erschlagen werden.«

»Gut.«

Nach drei Tagen waren noch dazu gekommen: Falke, Wolke, Hamster, Torak, Mensch, Minas, Seeschlange, Ichtosalat, Katzenstreu, Marmelade, Torakschnarchen, Flaute, Seehund und Eisberg. Aber dann hörten Kard und Odysseus, denen die Handgelenke inzwischen vom Schnick-Schnack-Schnuck-Marathon schmerzten, das Geräusch herunterfallender Segel und kurze Zeit später das Klirren der Ankerkette.

Sie hatten beschlossen, nicht wieder zurück in die Fässer zu steigen. Wer weiß, wo die hingebracht wurden. Nicht, dass sie plötzlich in einem riesigen Suppentopf landeten. In ihrem Versteck an der Bordwand würden sie nur entdeckt werden, wenn jemand gezielt nach blinden Passagiere suchte. Aber die Toraks holten nur die Fässer hervor und warfen keinen überflüssigen Blick in eine der Ecken. Nachdem der Laderaum geleert war, verhallten auch bald die anderen Geräusche an Bord. Aber Kard und Odysseus waren sich sicher, dass eine Wache an Bord geblieben war.

»Soße aus zerquetschten Tomaten, das ist echt lecker!« Odysseus Augen leuchteten in der Dunkelheit, seine Kleidung war übersät von roten Flecken.

»So ein Quatsch. Wer bitte schön möchte zerquetschte Tomaten auf seinem Essen haben?«

»Man könnte zum Beispiel Kartoffeln in schmale Stäbchen schneiden und sie anbraten und dazu dieses Tomatenmus servieren.«

»Kartoffeln in Stäbchen schneiden. Jetzt hat es dich wohl vollkommen erwischt. So ein absoluter Schwachsinn.«

»Oder in flache Scheiben, wäre auch keine schlechte Idee.«

»Wir sollten uns lieber etwas einfallen lassen, wie es jetzt weitergeht. Wir müssen auf jeden Fall vom Schiff runter, solange die Mannschaft von Bord ist. Ich schaue mal um die Ecke, ob ich die Wache entdecken kann.«

Leise öffnete Kard die Tür des Laderaums und lugte durch den Schlitz. Nichts zu sehen.

»Mein Vorschlag: schwimmen«, sagte Odysseus, der sich den angetrockneten Tomatensaft von den Unterarmen leckte. »Salz wäre nicht schlecht. Vielleicht noch ein paar Kräuter rein. Das könnte wirklich lecker sein.«

Kard verdrehte die Augen und gab Odysseus ein Zeichen. Einige der Trossen, die zum Entladen der Poseida benutzt worden waren, hingen noch über die Bordwand. Flink wie zwei Wiesel schlüpften sie aus dem Laderaum, schlichen über die Planken der Poseida, nachdem sie sich noch einmal versichert hatten, dass keine Bordwache zu sehen war. Sie griffen sich die Seile und ließen sich geräuschlos ins Wasser ab.

Das Wasser war kalt und nahm Kard für kurze Zeit den Atem. Aber es war auch angenehm, denn Kard spürte förmlich, wie die Gurkenreste, die in seinen Haaren und auf seinem Körper klebten, sich auflösten. Seine Kleidung zog ihn nach unten und er begann sofort mit vorsichtigen Armzügen zu schwimmen. Odysseus folgte ihm genauso leise.

Nachdem sie die Poseidon schon ein gutes Stück hinter sich gelassen hatten, drehte Kard sich noch einmal um. Jetzt konnte er auch den Torak sehen, der als Wache auf dem Schiff verblieben war. Aber der schaute verträumt in den Sonnenuntergang und ahnte nichts von den blinden Passagieren, die das Schiff nun verlassen hatten.

»Ich denke mal, die Amazonen werden ihre Mantas eher in der Nähe des Landungsstegs halten. Wir sollten uns daher links halten.« Odysseus war vorgeschwommen und strebte nun einer Stelle entgegen, die von dem Ort, an dem die Landungsboote der Poseida zu sehen waren, ein gutes Stück entfernt lag.

»Was für Mantas«, hustete Kard, der sich prompt verschluckt hatte.

»Soweit ich weiß, haben die Amazonen immer noch ihre U-Boote, auch wenn es schon lange keinen Krieg mehr gab.«

»Was sind bitte schön U-Boote?«

»Unterwasser-Boote!«

»Du willst mir einen Bären aufbinden.«

»Nein, Kard, wirklich nicht. Aber ich kenne auch nur Gerüchte. Ans Festland kommen sie immer nur mit ihren Segelbooten.«

»Und was hat das mit den Mantas zu tun?«

»Das sind ihre Zugtiere. Irgendwie haben die Amazonen es wohl geschafft, sie zu zähmen. Und warum auch nicht? Schau dir die Ichtos an, die haben das halbe Meer in ihren Ställen.«

»Die Ichtos sind ja auch selbst halbe Fische. Aber die Amazonen? Und diese Mantas, sind die groß?«

»Och…«

Odysseus begann schneller zu schwimmen.

»Was ist los«, keuchte Kard, der versuchte aufzuschließen.

»Jetzt wo du es sagst…« Odysseus legte nochmal einen Zahn zu.

»Was meinst du?«

»Na ja, die dürften schon ein paar Beinlängen lang sein, zehn oder zwanzig, oder so…«

»Zwanzig Beinlängen?« Kard schluckte noch einmal Wasser. Und verdoppelte seine Anstrengungen. »Aber die sind friedlich, oder? Pflanzenfresser, oder?«.

»Friedlich schon. Fressen aber Fische.«

Inzwischen trainierten die beiden für die nächste Meisterschaft im Schnellschwimmen, ihre Worte kamen nur noch gurgelnd aus ihren Kehlen.

»Fisch ist auch Fleisch«, zischte es aus Kards Fontäne.

»Stimmt«, sprach die andere Fontäne.

Bei der Wahl zwischen Mantafutter und Putzsklave hatten sich Kard und Odysseus offensichtlich ohne Worte darauf verständigt, dass die letztere Möglichkeit das geringere Übel war. Erst als sie sich die Knie am Boden des flacher werdenden Wassers aufschlugen, ließen ihre hektischen Bewegungen nach. Erleichtert, dass sie es nun durch das brodelnde Mantabecken geschafft hatten, klopften sie sich kameradschaftlich auf die Schulter.

»Ich werde Branu opfern. Er hat uns beschützt.«

»Mach das, Kard, dein Branu scheint bei uns zu sein. Ich kann auch an Land niemanden entdecken. Ich glaube, keiner hat uns gesehen. Wäre schön, wenn Branu uns unsichtbar machen könnte, das würde hier einiges leichter machen.«

»Man sollte die Götter nicht herausfordern.«

»Ist schon gut. Dann werde ich auch ein wenig opfern. Siehst du die flache Stelle da drüben, da können wir an Land.«

Inzwischen war es dunkel geworden. Nur die Scheibe des fast vollen Mondes und die Sterne schütteten ihr Licht in die wolkenlose Nacht. Eine sanfte Brise ging durch die Bucht und ließ Kard und Odysseus frösteln. Sie hatten sich hinter die Uferböschung geduckt und betrachteten vorsichtig die Häuser, die vor den gewaltigen Stadtmauern von Thakis, der Hauptstadt Amazoniens, lagen. Es mussten wohl die Häuser der Fischerinnen sein, die noch vor Tagesanbruch, also noch bevor sich die Stadttore öffneten, auf das Meer hinaus fuhren. Die Stadt selbst mit ihrer sagenumwobenen Festung konnte man in der Dunkelheit kaum erkennen. Ihre wahren Ausmaße ließen sich nur erahnen. Deutlich zu sehen waren die Wehrtürme, von denen die Bogenschützinnen feindliche Besucher unter Beschuss nehmen konnten. Auf den obersten Plattformen waren riesige Armbrüste montiert, mit deren Geschossen man wahrscheinlich Bootswände durchschlagen konnte. Die Amazonen waren gegen Angriffe gut gerüstet. Allerdings schienen die Wachtürme nicht besetzt zu sein, man konnte nirgendwo ein Feuer oder eine Patrouille sehen. Kein Wunder, niemand in Haragor wollte sich mit den Amazonen anlegen. Bis auf die Ichtos vielleicht, die sich gerne als alleinige Herren der Meere sahen.

Die Türme bestimmten nicht nur das Bild der Stadtmauern. Kard konnte sehen, dass sich weitere Türme über die ganze Küstenlinie, die er in der Dunkelheit überschauen konnte, entlangzogen. Und auch wenn sie momentan nicht besetzt zu sein schienen, zeigten diese Türme keinerlei Anzeichen von Verfall. Kard war sich sicher, dass die wehrhaften Amazonen ihre Insel in Windeseile in ein uneinnehmbares Bollwerk verwandeln konnten.

»Schau mal da drüben, das klingt interessant.«

Kard schaute in die Richtung, die Odysseus ihm gewiesen hatte.

»Melanies Waschsalon? Willst du deine Unterwäsche mal reinigen lassen?«

»Nicht nur das, Kard. Ich glaube, ich hätte gerne eine neue Identität. Schau mal, was da im Garten trocknet.«

Tatsächlich. Auf Wäscheleinen flatterten dutzende graue Gewänder im lauen Wind. Kard erkannte den gleichen Stoff, den schon die Putzsklaven in »Kapitän Sabine« getragen hatten. Natürlich, das mussten Blogas sein, die Ganzkörperanzüge, mit denen die Putzsklaven auf Amazonien herumliefen.

»Ideal, oder? Auf dem Festland drüben könnte man damit einen der Geldverleiher überfallen, ohne erkannt zu werden!«

»An was du schon wieder denkst, Odysseus.«

»Entschuldigung. Ich denke halt immer voraus.«

Melanie, so stellte es sich heraus, als die beiden sich dem Haus näherten und eine Gestalt erblickten, die gerade den Garten betrat, war eine Torakfrau. Natürlich. Welche Amazone würde schon als Wäscherin arbeiten? Und Putzsklaven konnte man vor den Stadtmauern ja auch nicht frei herumlaufen lassen. Sie hatte einen riesigen Korb dabei und begann, die Wäsche von der Leine zu nehmen.

»Mist, wir kommen zu spät. Was machen wir jetzt?« Odysseus knirschte ärgerlich mit den Zähnen.

»Ich glaube nicht, dass die es schafft, die ganze Wäsche in ihren Korb zu verstauen, auch wenn der wirklich riesig ist. Wenn sie wieder im Haus verschwindet, müssen wir schnell über den Zaun springen und uns zwei Blogas holen.«

Kard beobachtete die Torak, die ab und zu in den Himmel schaute und dabei leise vor sich hin pfiff. Der Wind hatte zugenommen, wahrscheinlich befürchtete sie, dass ihr die Wäsche bald davon wehen würde.

Als sie mit ihrem gefüllten Korb zurück ins Haus gegangen war, kletterten Kard und Odysseus leise über den Zaun und schlichen auf Zehenspitzen zu den Wäscheleinen. Erst jetzt realisierten sie, dass diese für sie viel zu hoch waren. Schließlich waren es Torak-Wäscheleinen. Entweder rissen sie die Blogas mit Gewalt aus den Fängen der riesigen Wäscheklammern, mit der Gefahr, dass die Blogas dabei zerrissen oder, noch schlimmer, dass sie dabei entdeckt wurden. Oder es musste ihnen etwas einfallen.

»Huckepack.«

»Odysseus, echt? Erst Schnick-Schnack-Schnuck. Und jetzt Huckepack? Ist aber vielleicht nicht gerade der richtige Zeitpunkt, oder?«

»Nein, du Idiot. Du kletterst auf meine Schultern. Dann kommst du an die Wäscheklammern!«

»Ach so, stimmt, gute Idee.«

Odysseus ging in die Knie und hievte Kard in die Höhe.

»Mann, wenn ich nicht wüsste, dass du die letzten Tage nur Gurken gegessen hast, würde ich behaupten, dass du einen ganzen Tok-Rind-Schenkel gefressen hättest. Du bist schwer wie ein Murr.«

»Halt die Klappe und zappel nicht so rum.«

Kard musste für die Wäscheklammern, die die Torak mit zwei Fingern öffnete, beide Hände benutzen, um die Blogas zu lösen. Kaum, dass das zweite Gewand zu Boden gesegelt war, ging Odysseus in die Knie und ließ ihn absteigen.

»Die sind zu groß. Wir wollen doch kein Sackhüpfen hier machen.« Odysseus hielt sich die Gewänder vor seinen Körper. Er hatte recht, man hatte den Eindruck, dass er sich hinter einem Segel verstecken wolle.

»Mist, da hätten wir früher daran denken sollen. Und jetzt kommt die Torak gleich wieder.«

Hinter der Tür des Hauses, die in den Garten führte, konnte man tatsächlich schon schwere Schritte hören. Doch dann erklang eine Stimme aus dem Haus und die Schritte entfernten sich wieder.

Erneut krabbelte Kard auf die Schultern von Odysseus, diesmal wählten sie zwei Blogas, die etwas kleiner waren. Sie brauchten dafür nur wenige Sekunden und viel länger hätte es auch nicht dauern dürfen, denn kaum waren sie mit den zwei Blogas über den Zaun gesprungen, öffnete sich schon die Tür und Melanie stapfte pfeifend in den Garten. Verdutzt sah sie die zwei Blogas, die Kard und Odysseus im Garten zurückgelassen hatten, im Gras liegen. Melanie hob den

Kopf, betrachtete die Wolken, dann sah sie hinaus auf das Meer.

»Könnte noch stürmisch werden heute Nacht, Edgar«, rief sie ins Haus. »Ein paar Böen kommen jetzt schon. Hast du die Netze auch gut verstaut?« Ein dumpfes Murren kam aus dem Haus. Offensichtlich hatte die fröhliche Melanie keinen Mann, der vor guter Laune übersprudelte.

Für die Nacht hatten sie ein abseits stehendes Fischerboot gefunden, dessen Bauch mit alten Netzen vollgestopft war, das ihnen als Versteck dienen konnte. Doch schon lange vor Sonnenaufgang wurden sie von schlurfenden Schritten geweckt. Die Fischer machten ihre Boote fertig. Zwischen den Toraks konnten sie sogar einige Amazonen entdecken, die allerdings nicht die übliche Lederkluft trugen, sondern in normale Leinengewändern gekleidet waren. Hier zwischen den Fischern gab es eine friedliche, kameradschaftliche Stimmung, die von gegenseitiger Hilfsbereitschaft geprägt war. Da halfen sogar die Amazonen den Toraks beim Tragen von Kisten und Tauen, auch wenn man noch deutlich den Respekt der Toraks gegenüber den Frauen spüren konnte. Aber wenn man gemeinsam den Launen des Meeres ausgesetzt ist, wird einem wahrscheinlich klar, wie bedeutungslos die Unterschiede zwischen Menschen, Toraks, Frauen oder Männern waren. Gemeinsam schoben Toraks und Amazonen die Boote in die Brandung und Kard und Odysseus stellten erstaunt fest, dass sogar die Mannschaften an Bord gemischt waren. Geht doch, dachte Kard. *Vielleicht überleben wir das hier ja sogar.*

Dann herrschte wieder Stille, aber sie konnten nicht wieder einschlafen. Bald darauf öffneten sich die Stadttore von

Thakis und Amazonen und Toraks strömten auf die Landungsstege.

Auch einige Putzsklaven waren unterwegs und machten, gehüllt in ihre Ganzkörperanzüge, Besorgungen für ihre Herrinnen. Kard und Odysseus warteten noch eine Weile, bis sie sich sicher glaubten, in der Menge nicht aufzufallen und schlenderten dann, ihrerseits in die Blogas gehüllt, zum Stadttor.

»Voll nervig, diese Dinger. Ich habe das Gefühl, in einer Höhle zu stecken und nicht zu wissen, was um mich herum passiert.« Kard zupfte nervös an seiner Kapuze, um den Sichtbereich, den die Augenschlitze zuließen, zu vergrößern. Vergeblich.

»Lass dieses Gefummel, Kard. Wir wollen doch nicht auffallen. Schau einfach nur geradeaus. Dann geht es einigermaßen.«

Die Wächterinnen am Stadttor, stark tätowierte Amazonen, die sich gelangweilt auf ihre Speere stützten und ab und zu genüsslich gähnten, beachteten die beiden Putzsklaven nicht, die am frühen Morgen, als die meisten Bewohner Thakis die Stadt eher verließen, sich an ihnen vorbeidrückten, um die Stadt zu betreten. Putzsklaven schenkte man hier offensichtlich keine sonderliche Beachtung.

Nachdem sie die Hauptstadt der Amazonen betreten hatten, wurde Kard langsam klar, wieso Rosie so scharf auf Madad gewesen war. Alle Amazonen hier führten einen Hund an der Leine. Vom winzigen Fellball bis hin zu sabbernden Riesenviechern. Und im Schlepptau lief der eine oder andere Putzsklave. Hund vorneweg, dann die Herrin, zum Schluß die Dienstboten. Und je stattlicher der Hund, desto schicker auch die Amazone und desto stattlicher die Gefolgschaft. Mit einem Blick sah Kard, dass hier ein gewaltiger Kampf tobte, eine Schlacht, ein Krieg! Hocherhobenen Hauptes stolzierten die Kriegerinnen durch die Straßen von Thakis, ihre Schwestern mit tödlichen Blicken bedenkend, stolz ihren goldenen Harnisch, ihr geöltes Leder und ihre ausstaffierten Hunde präsentierend.

»Mann, Kard, kein Wunder, dass sich hier kein Mann hintraut. Die zerfleischen sich hier ja schon gegenseitig.« Odysseus zeigte zu einer Gruppe von Amazonen, die sich zu einem Plausch zusammen gefunden hatten.

»Was macht ihr denn hier? Ab in den Unterricht, aber husch, husch.« Kard und Odysseus drehten sich verdutzt um. *Wer ist das?* Hinter ihnen stand ein Mann ohne Kapuze. Die vollen Lippen, die wie ein Trichter aus seinem Mund ragten, waren in einem auffälligen Rot geschminkt, auch die Wangenknochen waren durch leuchtendes Rot hervorgehoben, das sich deutlich vom dunklen Teint der Haut abhob. Der Mann klimperte sie mit seinen langen, schwarzen Wimpern, unter denen seine braunen Augen schelmisch blitzten, erwartungsvoll an. »Was gibt es denn da zu glotzen? Nur ein paar Herrinnen mit ihren Hündchen, das seht ihr hier doch jeden Tag. Also, husch, husch, ab in den Unterricht.« *Da bleibt uns wohl nichts anderes übrig.* Gehorsam folgten sie dem Paradiesvogel, auf dessen Hosenanzug sich grellbunte Streifen wie giftige Schlangen kringelten.

»Guten Morgen, Professor Putz«, wurde der Paradiesvogel an der Pforte des Gebäudes begrüßt, das sie kurz darauf betraten. In dem kleinen Hof, der sich hinter der Pforte öffnete, herrschte rege Betriebsamkeit. Kard und Odysseus fanden sich plötzlich in einem unbeschreiblichen Gewimmel anderer Blogas wieder. *Wo sind wir denn hier gelandet?* Die anderen Putzsklaven beachteten sie überhaupt nicht. In ihren grauen Hosenanzügen sah der eine aus wie der andere. Eine Tafel an der Stirnseite des Hofes verriet ihnen auch, wo sie jetzt waren. Die Putz-Universität! Hausarbeit, Anfängerkurs, Raum 102, Hunde verstehen und folgen, Raum 204, Pferdedecken häkeln, Raum 207, Organisation des Haushalts (Fortgeschrittene), Raum 109.

Odysseus boxte Kard mit dem Ellenbogen in die Seite. »Ist doch gar nicht so schlecht. Irgendwo müssen wir ja anfangen. Lass uns in den Hundeunterricht gehen. Vielleicht erfahren wir hier etwas über die Cus auf Amazonien.«

Gesagt, getan. Im Unterricht, der von einer älteren, hundebegeisterten Amazone gehalten wurde, wurde auch schnell deutlich, dass Hunde im Amazonenhaushalt ein gutes Stück in der Rangordnung über den Putzsklaven standen. Denn die Amazone war sehr bemüht ihren Schülern die Regeln der Hundesprache beizubringen, damit diese sich verständnisvoll dem Glück der Lieblinge ihrer Herrinnen widmen konnten. Linkes Ohr oben, rechtes Ohr hängend – Hund ist einerseits interessiert, andererseits nicht. Oder es liegt ein Fehler in der Ohrmuskulatur vor. Das muss man dann untersuchen. Wie sieht die zugehörige Körperspannung aus, begleitet vom Schwanzwedelverhalten – hast du vielleicht vergessen, Hundi seine morgendlichen Leckerbissen hinzustellen und er möchte dich nur daran erinnern? Wie sich herausstellte, war das Hundelesen eine eigene Kunst, das erschwert wurde durch die verschiedenen Rassen und Persönlichkeiten, wie sich durch die vielen interessierten Zwischenfragen herausstellte. Kard fand das richtig spannend, während Odysseus sich unter seiner Bloga vor Lachen zu schütteln schien. Über Cus wurde nicht geredet. Aber Cus waren ja auch keine Hunde. Und man musste sie nicht lesen. Mit ihnen, das war jetzt echt ein Vorteil, musste Kard feststellen, konnte man einfach reden.

»Willst du die Gemüsereispfanne mit Speckstreifen, lieber Madad?« »Ein fettes Steak und ein Schoff, was soll ich mit diesem Gemüsezeugs?« Klare Ansage, ein echter Vorteil eines Cus!

Das fanden übrigens auch die anderen Schüler. In der Pause hatte Odysseus geschickt das Thema darauf gelenkt. Alle waren sich einig, dass die Arbeit in dieser Hinsicht mit den Cus wirklich einfacher war.

»Aber die sind so arrogant«, beschwerte sich einer mit fiepsiger Stimme, »ständig müssen die einem deutlich machen, dass sie ja so viel schlauer als wir sind. Dabei haben die nur die bessere Ausbildung. Wenn ich den ganzen Tag in Geschichte und Rhetorik statt in Eckenputzen und Kochwasseraufsetzen unterrichtet würde, könnte ich auch schön schlau daherreden.« Zustimmendes aber resigniertes Kopfnicken unter allen anwesenden Putzsklaven, offensichtlich hatte ihr Leidensgenosse einen wunden Punkt getroffen.

»Ja, stimmt, Geschichte, da bin ich eigentlich sehr interessiert. Aber wie soll unsereins das nur schaffen«, schluchzte Odysseus.

»Bewirb dich doch bei Chayenne und Madame um einen Ausbildungsplatz!« Höhnisches Gelächter der anderen Putzsklaven folgte diesem Vorschlag.

»Äh, genau, bei Chayenne und Madame, stimmt, genau das mache ich«, antwortete Odysseus etwas ratlos, was bei den anderen wiederum lautes Gelächter hervorrief. *Jetzt kommen wir der Sache schon etwas näher.*

»Oder ich kaufe mir einen Cu und lass es mir von dem erklären«, versuchte nun Kard sein Glück. Und wurde mit noch lauterem Gelächter belohnt. »Genau. Einen Cu kaufen. Eher kauft der dich. Haha.«

»Aber ist da nicht letztens diese Amazone mit diesem Cu vom Festland gekommen...?«, warf nun Odysseus in die Runde.

»Oh, du meinst Rosie Nietengürtel? Davon habe ich auch schon gehört, ist erst ein oder zwei Tage her. Die hat ihren Cu sogar auf den Armen vom Schiff getragen, der war wohl seekrank. Hat auf jeden Fall kein Wort mehr herausgebracht.«

»Ein Cu, der mal die Schnauze hält.« Offensichtlich ein guter Witz, denn die anderen Putzsklaven schlugen sich vor Lachen auf die Schenkel. »Ein Cu, der die Schnauze hält, haha. Ein fliegendes Pferd. Ein geschwätziger Fisch. Haha.«

»Ein Putzsklave ohne Kapuze«, warf einer ein, der sich wohl für besonders vorlaut hielt. Aber das wiederum fanden die anderen Putzsklaven nicht witzig.

»Bist du bescheuert? Wenn uns Professor Putz hört.«

»Aber der läuft doch selbst ohne Kapuze herum.«

»Aber er ist Professor Putz. Bist du Professor Putz? Nein! Du bist ein ganz normaler Putzsklave, so wie wir. Wenn die Herrinnen das hören, schicken sie dich gleich in die Minen.«

»Da kommen wir sowieso hin, wenn wir älter sind.«

Schlagartig war die fröhliche Stimmung unter den Putzsklaven verflogen. Die Aussicht auf die Minen, offensichtlich das Schicksal, das sie alle ereilen würde, stimmte sie nicht gerade fröhlich. Doch bevor Trübsal die Oberhand gewann, klingelte das Pausenzeichen und die nächste Unterrichtsstunde begann.

Haushaltsorganisation! Vorratskammer überprüfen, Wäscheschrank inspizieren, Listen schreiben. Professor Putz selbst unterrichtete dieses Fach mit ernster Miene. Wie können Herrin, Hund und Sklave jeden Tag ein angenehmes Leben haben? Liegt eventuell die Einladung zu einer Jagdgesellschaft vor und ist entsprechende Kleidung vorhanden? Wenn die Königin eingeladen hat, trägt die Herrin die goldene Spange, die den Jagdmantel zusammenhält! Wenn der hohe Adel wie die Nietengürtels – aha, dachte Kard - zur Hatz geladen haben, dann die silberne Spange! Ansonsten, falls es nur ein Vergnügen unter Freundinnen ist, die bronzene Spange! Haben die anderen Herrinnen einen Cu? Dann lässt man den eigenen Hund besser zu Hause. Man will sich ja nicht lächerlich machen. Sind nur andere Hunde im Spiel, kann man den eigenen Freund ruhig mitnehmen. Aber Achtung. Bitte den Vierbeiner gut waschen!

Zum Glück trugen alle Putzsklaven selbst bei Professor Putz ihre Blogas. So waren sie eine anonyme Masse. Trotzdem, das mussten Kard und Odysseus bald feststellen, kannte Professor Putz alle beim Namen. Wie er das machte, war sein Geheimnis. Immerhin beachtete er Kard und Odysseus nicht, was den beiden sehr gelegen kam.

Endlich klingelte das nächste Pausenzeichen und die beiden wollten sich gerade still und heimlich verdrücken, als sich die grellbunte Figur von Professor Putz ihnen in den Weg stellte.

»Ihr beiden, ihr kommt mit.«

»Äh, wir müssen gleich in Pferdestriegeln und wollten vorher noch schnell etwas trinken.« Die Stimme von Odysseus klang gedämpft durch das Tuch der Kapuze.

»Papperlapapp. Sagt einfach, ihr hattet eine Unterredung mit Professor Putz.«

»Aber ich muss wirklich dringend mal ein Geschäft erledigen«, versuchte es nun Kard, dem der Schweiß die Kapuze tränkte.

»Papperlapapp. Ich will nichts mehr hören. Oder soll ich euch mal die Kapuze runterziehen?« Professor Putz funkelte sie mit durchtriebenen Augen an, machte allerdings keinerlei Anstalten, seinen Worten Taten folgen zu lassen. Den beiden blieb nichts anderes übrig, als ihm zu folgen. Der Paradiesvogel stolzierte die Gänge der Putzuniversität entlang und grüßte dabei huldvoll die entgegenkommenden Schüler, nicht ohne ab und zu einen Blick zurückzuwerfen, um zu überprüfen, ob die beiden ihm noch folgten. Schließlich führte er sie in eine Kammer, deren Tür er hinter sich verschloss.

»Das ist ja so aufregend. Wenn ihr beiden Putzsklaven seid, dann fresse ich einen Besen. Runter mit den Kapuzen.«

»Aber Professor Putz, Sie irren sich, wir sind ganz normale Putzsklaven, wie sind die putzigsten Putzsklaven überhaupt, wir wollen jetzt unbedingt wieder in den Unterricht.«

Aber den Worten von Odysseus wurde keinerlei Beachtung geschenkt. »Runter mit den Kapuzen!«

Kard und Odysseus gehorchten und konnten sich nun auch, nachdem ihr Sichtfeld von den Blogas nicht mehr eingeschränkt wurde, im Büro von Professor Putz, denn dort waren sie, genauer umschauen. Der kleine Raum wurde von einem riesigen Schreibtisch dominiert, auf dem sich Bücher und Papierrollen stapelten. Auf der einen Seite des Raumes konnte man durch ein kleines vergittertes Fenster auf das Meer schauen, offensichtlich grenzte dieser Teil der Putz-Universiät direkt an die Stadtmauer. Hinter dem Schreibtisch befand sich ein Kartenständer ohne Karte und ein offener Schrank, der mit allerlei Kleidern vollgehängt war. Während Professor Putz im Klassenzimmer ein Fachmann für Organisation war, strahlte sein eigenes Büro dagegen den Charme von gemütlicher Unordnung aus. Gezähmtes Chaos.

»Aha, dachte ich es mir doch! Ich habe euch noch nie gesehen. Und glaubt mir, ich kenne jeden Putzsklaven von ganz Amazonien.«

»Bitte Professor Putz, verraten Sie uns nicht.« Kard war einen Schritt auf den Professor zugegangen.

»Echte Männer. Ach Gott, das ist schon lange her, dass ich so welche wie euch gesehen habe.«

Deutlich war nun die Begeisterung in seiner Stimme zu hören. Professor Putz freute sich, dass er diese seltenen Wesen hier in seinem Büro hatte.

»Männer, äh, ja, genau, das sind wir, aber ganz harmlose…«

»Harmlose Männer, haha, genau, das sagen sie immer. Also sagt schon, warum seid ihr hier?«

Mit weit aufgerissenen Augen aber offensichtlich ohne jedwede böse Absicht sah der Professor sie an. Odysseus schaute verlegen zu Boden, Kard rang mit einer möglichen Antwort, aber es fiel ihm nichts ein. Dass sie erwischt und dann nicht gleich in Ketten gelegt werden, hatten sie vorher nicht als Möglichkeit in Betracht gezogen.

»Ach was, ihr müsst mir gar nicht antworten. Wer ist es? Sagt es mir schon, ihr Männer. Wer ist es? Für wen schlägt euer Herz so wild und heftig, dass ihr es sogar wagt, in das Reich der Amazonen einzudringen? Dass ihr Kerker und Tod wagt, nur um in der Nähe eurer Liebsten zu sein. Ach, das ist so romantisch.«

»Rosie Nietengürtel.« Odysseus hatte als erstes begriffen, um was es hier ging. »Die wunderschöne, edle Rosie!« Dabei griff er sich an die Brust und schaute in unendliche Weiten, selbst Kard war für einen Augenblick ganz ergriffen.

»Was? Rosie Nietengürtel?« Die Stimme von Professor Putz klang jetzt allerdings gar nicht erfreut. Aber schon im nächsten Moment veränderte sich der Tonfall wieder. »Ach ja, wo die Liebe hinfällt. Eine Nietengürtel. Warum nicht? Auch ein blindes Huhn findet mal ein Korn. Und die Liebe macht bekanntlich blind. Verzeiht mir. Aber die Familie der Nietengürtels, euch kann ich das ja ruhig sagen, sind einfach schrecklich. Schrecklich! Arrogant, besserwisserisch, machtgierig. Kein Wunder, dass die kleine Rosie da selbst so ein Biest werden musste. Ich kenne sie, kenne die Nietengürtels nur zu gut. Glaubt mir.« Mit einer Falte auf der Stirn sah Professor Putz aus dem Fenster, aber schon nach wenigen Augenblicken hellte sich seine Miene wieder auf.

»Aber es ist trotzdem so romantisch. So mega, mega, mega romantisch! Es kommt schonmal vor, dass sich die Männer auf dem Festland in eine Amazone verlieben, aber dass sie ihrem Schatz sogar bis nach Amazonien folgen, das passiert wirklich selten. Ich glaube alle, die voll blinder Liebe einer Amazone über das Meer gefolgt sind, haben das nicht lange überlebt. Aber es ist so wahnsinnig, wahnsinnig romantisch! Ach, ihr Armen.«

Der frisch verliebte Odysseus schluchzte ebenfalls, vielleicht war das sogar echt. »Ach Professor Putz, Sie müssen uns helfen. Ohne meine Rosie kann ich nicht mehr, möchte ich nicht mehr leben. Einen letzten Blick möchte ich noch auf sie werfen und ihr von Angesicht zu Angesicht Lebewohl sagen. Das ist doch nicht zu viel verlangt?«

»Ich? Euch helfen? Papperlapapp, wie soll das denn gehen? Und wieso bist du denn hier, hast auch du eine Geliebte?« Mit diesen Worten hatte sich Professor Putz nun Kard zugewandt.

»So ähnlich, Professor Putz, ich möchte meinen Freund zurückbringen, der Cu, den Rosie mitgebracht hat.«

»Stimmt, davon habe ich gehört. Oh, ihr seid so edel. Liebe und Freundschaft. Dass ich das erleben darf. Und das hier in meiner Putz-Universität. Das ist so wahnsinnig, schrecklich romantisch.« Das letzte Wort hatte Professor Putz fast geschrien, so begeistert war er von dieser gewaltigen Ansammlung von Gefühlen, aber auch weil er offensichtlich völlig ratlos war, was er in diesem Fall machen sollte.

»Wisst Ihr denn, lieber Professor, wo wir die beiden finden können?« Kard schaute Professor Putz hoffnungsvoll lächelnd an.

»Rosie wird bei ihrer Familie sein. Ihre Villa liegt im Norden der Stadt, gleich neben dem Palast der Königin. Und deinen Cu hat sie sicherlich dabei. Oder sie hat ihn zu Chayenne und Madame gebracht.«

»Chayenne und Madame?«

»Ach stimmt, das könnt ihr ja nicht wissen. Die Cu-Schule. Jeder in Amazonien kennt sie. Chayenne und Madame sind die beiden Lehrerinnen.«

»Professor Putz, im Namen von Liebe und Freundschaft, bitte verraten Sie uns nicht.«

Professor Putz sah sie lange an. Ein innerer Kampf tobte offensichtlich in ihm. Treue, Ergebenheit und Pflichtgefühl gegenüber Amazonien und den Amazonen gegen die Welt der großen, echten Gefühle. Liebe und Freundschaft. Wann hatte man das zuletzt hier erlebt? Die Amazonen, die sich gegenseitig mit ihren Waffen, Ruhmestaten und Cus immer nur gegenseitig übertrumpfen wollten, hatten nicht viel übrig für das Drama dieser Gefühle. War Professor Putz jemals Zeuge dieser Schicksal herausfordernden Macht gewesen, die weder Tod noch Teufel noch Amazonen fürchtete?

»Ihr habt mich nie gesehen? Verstanden?«

»Verstanden Professor Putz«, sagten Kard und Odysseus im Chor.

»Ich habe euch noch nie gesehen.«

»Keiner kennt hier keinen.«

»Zieht eure Kapuzen über und wartet im Hof. Ich habe noch eine Unterrichtsstunde in Wäschelegen, danach gehen wir zu Madame und Chayenne. Vielleicht ist euer Cu dort.«

»Danke, danke, Professor Putz. Ich werde bei Branu für euch opfern.« Kard überschlug schnell seine Opfersumme und nahm sich vor, darüber Buch zu führen, so wie er das eben in Haushaltsorganisation gelernt hatte.

»Auch noch Branuianer. Es wird ja immer besser. Mein lieber Branu, nur schade, dass ich keine Kinder habe, denen ich später diese Geschichte erzählen kann. Männer, Branuianer auf Amazonien, wahre Liebe und echte Helden. Es ist so mega, mega, mega romantisch.«

Mit einem tiefen Seufzen öffnete Professor Putz die Tür, schaute kurz in den Gang und gab den beiden Vermummten hinter ihm dann ein Zeichen, ihm zu folgen.

*

Der Fahrer des Ichtotaxis, mit dem Rosie ins Meer gestochen war und auf dessen Schiff Laoch das Minas-Schwert vermutete, hatte beim Verlassen des Hafens nicht mehr nach hinten geschaut und so die wild auf- und abspringende Figur im Hafen nicht mehr bemerkt. Laoch hatte vor Wut geschäumt, die japsenden Faolskis, die wohl nun eindeutig den Geruch des Minas-Schwertes in der Nase hatten und vielleicht genauso enttäuscht wie Laoch waren, dass ihre Beute ihnen schon wieder entwischt war, hatten sich an ihren Leinen bald selbst erwürgt. Wütend war der Oberste Scherge ins Büro der Wassertaxigilde gestiefelt, aber dort konnte man ihm leider auch nicht weiterhelfen. Weder hatte das gerade in See gestochene Taxi mitgeteilt, wohin die Reise geht, noch habe man aktuell ein weiteres Taxi zur Verfügung. Das einzige, was die freundliche Ichtodame mit dem hübschen kleinen grünen Hut auf ihrem schuppigen Schädel mit dunkler, gurgelnder Stimme ihm verraten konnte, war die Registrierungsnummer des Schiffes. KBL123. Leider verfüge aber nur die staatliche Taxizentrale in Coralis, der Hauptstadt von Ichtien, die dazugehörigen Daten. Als Oberster Scherge werde er sicherlich keine Schwierigkeiten haben, den Besitzer von KBL123 ausfindig zu machen.

Immerhin, dachte Laoch, immerhin. Noch ist nichts verloren. Mit dem Walfischtaxi konnte die Amazone mit dem Minas-Schwert in kurzer Zeit überall sein. Wo, das wussten die Götter. Vielleicht ließ sie sich irgendwo wieder an der Küste absetzen, vielleicht ging es auch nach Amazonien? Oder doch runter bis Katschmünde und dann direkt nach Conchar? Die einzige Möglichkeit darüber Gewissheit zu erlangen, wäre gewesen, das Schiff zu verfolgen, was aber augenblicklich nicht möglich war. Oder mit dem Besitzer von KBL123 zu sprechen. Die Detailarbeit überließ Laoch normalerweise seinen Gehilfen, aber diesmal musste er wohl selbst nach Ichtien. Die Zeit drängte. Und er würde es sich nicht nehmen lassen, das Minas-Schwert, wenn er es endlich in den Händen hatte, höchstpersönlich Tsarr oder besser noch Flanakan selbst zu überreichen.

Mangels anderer Optionen beschlagnahmte Laoch eines der Fischerboote, auch wenn der Torak, der damit seinen Lebensunterhalt verdiente, sich nicht als sehr kooperativ erwies. Die wenigen Frachtschiffe, die noch im Hafen lagen, waren alles lahme Klipper, das konnte sogar Laoch erkennen. Kapitän Gsoxi, der stolz war, dass er mit seinem Zweimaster nicht nur die Küstengewässer befuhr, sondern auch weit im offenen Meer den schmackhaften Burlas nachjagte, für die man in Conchar schon einige Argits auf den Tisch legen musste, ließ sich aber erst von der bildhaften Schilderung der Erlebnisse anderer Toraks in den Folterkellern der Schwarzen Burg überzeugen. Speziell nachdem Laoch erwähnt hatte, dass auch Frauen und Kinder auf der Schwarzen Burg immer willkommen waren, wurde er immer freundlicher. Er wollte Laoch und seinen Männern sogar mit Schoff und geräuchertem Burla an Bord bewirten, was Laoch aber zum Missvergnügen seiner Männer ablehnte. Bis allerdings das Beladen des Schiffes mit Lebensmittel und Frischwasser, was selbst Laoch angesichts der Unzuverlässigkeit des Meeres als notwendig erachtete, abgeschlossen war, waren einige Stunden vergangen. Als sie dann endlich in See stachen, kamen sie aufgrund der ungünstigen Strömung kaum aus dem Hafenbecken heraus. Sobald sie die Segel gesetzt hatten, mussten sie dann, den Gesetzen der Winde folgen, eine ganz andere Richtung einschlagen als das Walfischtaxi. Bis zuletzt hatte Laoch die Hoffnung gehabt, man könne das Gefährt mit der wertvollen Fracht doch noch verfolgen, aber als der einsetzende Ostwind sie zwang zu kreuzen, gab sich Laoch geschlagen. Bei diesen Windverhältnissen war es selbst für die Gsazelle, so hieß der Zweimaster, unmöglich, KBL123 einzuholen. Man musste wohl nach Ichtien segeln und in der dortigen Taxizentrale nachfragen, um KBL123 auf die Schliche zu kommen.

Laoch hatte kurz an die Kriegsschiffe gedacht, die im Hafen von Katschmünde, der Hafenstadt, in der die Katsch von Conchar kommend im Meer mündete, lagen. Große, schwer bewaffnete Galeeren und Segelschiffe, ausgestattet mit Kriegsarmbrüsten und Feuerkatapulten, mit denen Flanakan demonstrierte, dass seine Macht sich auch über das Meer erstreckte. Den Ichtos, bis heute treue Branu-Anhänger, musste man ab und zu zeigen, wer der wahre Herr des Ozeans war. Dann schickte Flanakan die Flotte nach Ichtien, um die Königin daran zu erinnern, dass die Ichtos jetzt seine Vasallen waren. Auch wenn Flanakan der Königin Plr die Königswürde nicht aberkannt hatte. Laoch erinnerte sich, dass er immer beeindruckt gewesen war, wenn die Armada den Hafen von Katschmünde verlassen hatte. Er selbst hatte allerdings noch nie eines der Manöver begleitet. Fester Boden unter den Füßen war ihm lieber. Kurz hatte er in dieser Situation die Möglichkeit überdacht, mit einem Schiff dieser Flotte nach Ichtien zu segeln. Damit würde er auf Ichtien sicherlich einigen Eindruck erwecken. Aber ein solch aufwendiges Unterfangen würde viel zu lange dauern. Während es selbst Laoch nun auf der torkelnden Gsazelle bald flau im Magen wurde und er an der Blässe der Gesichter der anderen Schergen sehen konnte, dass es ihnen auch nicht besser ging, sprangen die Ichtomatrosen seelenruhig über Bord, um Aufgaben an den Netzen oder der Außenwand zu erledigen. An Land watschelten die Ichtos immer mit einer Behäbigkeit herum, die Laoch immer belächelt hatte. Aber hier auf dem offenen Meer, wirkten diese Wesen plötzlich wie Schmetterlinge, wenn sie mit ihren kleinen Hüten ins Meer sprangen, unter dem Schiffsrumpf hindurchtauchten, um mit einem Sprung auf der anderen Seite wieder an Bord zu landen. Sehr elegant. Vielleicht doch eher wie ein Falke, dachte Laoch. Er fragte sich beim Anblick dieser geschickten Meeresbewohner, ob wirklich allein die Flotte Flankans die Ichtos im Großen Krieg bezwungen hatte. Oder hatte Flanakan damals noch einen anderen Trumpf im Ärmel gehabt, etwas, was selbst die Ichtos hier draußen auf dem Meer fürchten würden? Vielleicht irgendeine dunkle Form von Magie?

Der Wind zupfte an den Tauen und Segeln, die Gischt sprang ihnen ins Gesicht, alle paar Stunden ließ der Kapitän die Gsazelle den Kurs wechseln, um bei dem stetigen Ostwind den Kurs auf Ichtien halten zu können. Die Männer von Laoch schlugen den Rat von Gsoxi in den Wind, am ersten Abend das Nachtmahl besser ausfallen zu lassen, da sie glaubten mit neuen Kräften der Unbill des Meeres besser gewachsen zu sein. Leider besänftigen Schoff und gebratene Burlas nicht die Stürme im Leibesinneren, ganz im Gegenteil. Schon bald standen alle Schergen, bis auf den fastenden Laoch, an der windabgewandten Seite des Schiffes und gaben im Dunkeln seltsame Laute von sich, während sie Charabnu, dem Gott des Wassers, opferten. Laoch beschimpfte sie aus Leibeskräften. Wie konnte man sich nur so von Gier und Fresssucht leiten lassen?

Dann wurde das Meer ruhiger. Goiba, Göttin der Nacht, war mit ihnen, so sah es Laoch. Am nächsten Morgen, nach einer Nacht, in der die Schergen keinen richtigen Schlaf gefunden hatten, standen sie auf unsicheren Beinen an der Reling und bewunderten schlaftrunken, wie sich Branu, der Schöpfer, die Ehre gab, am Horizont zu erscheinen. Die Wellentäler schienen heute weniger erschreckend, das Schlingern des Schiffes mehr wie ein sanfter Tanz als wie ein stetiger Tritt in die Magengrube. Die Ichtos standen andächtig und betrachteten den Sonnenaufgang und ließen sich auch von einem Abgesandten der obersten Goiba-Priesterin nicht stören. In Conchar wäre so etwas nie möglich gewesen, jede offensichtliche Verehrung Branus wurde geahndet. Aber hier auf dem offenen Meer musste Laoch zähneknirschend und tatenlos zusehen.

Am Morgen des dritten Tages kündigten die Wolken am Horizont, die sich über den Vulkaninseln Ichtiens zusammenbrauten, an, dass sie sich ihrem Ziel näherten. Vor Jahrtausenden hatte sich hier ein Vulkan aus dem Meer erhoben, war zu einer riesigen Insel geworden, und hatte um sich viele weitere Inseln entstehen lassen. Rund um die Hauptinsel erstreckten sich hunderte kleinere Insel, das Wasser zwischen ihnen war teilweise so flach, dass man zu Fuß von der einen Insel zu nächsten gelangen konnte. Teilweise erstreckten sich auch tiefe Gräben zwischen den Landmassen, sodass man nur schwimmend den nächsten Strand erreichte. Der immer noch tätige Vulkan erwärmte das Wasser hier im Archipel, sodass eine einzigartige Tier- und Pflanzenwelt entstanden war. Eine üppige Vegetation bedeckte alle Inseln, dominiert von der berühmten Ichtien-Kokosnusspalme. Und so hatte Branu in dieser Landschaft eines Tages die Ichtos entstehen lassen, halb Meeres-, halb Landbewohner. Zwar waren die Ichtos auch ausgezeichnete Fischer, aber mehr noch liebten sie Algen, Muscheln und eine für die Ichtos leckere Wurmart, die im sandigen Schlick gezüchtet wurde. An Land erkletterten sie mit ihren schwimmhautversehenen Pranken, die in langen Krallen endeten, langsam aber unerschrocken die höchsten Palmen, um die schmackhaften Kokosnüsse zu ernten. Laoch hatte schon viel von Ichtien gehört, hatte aber vieles als wichtigtuerisches Geschwätz abgetan. Aber als er sich mit der Gsazelle den azurblauen Kanälen des Inselreichs näherte, musste selbst er zugeben, dass dies ein faszinierender Anblick war.

Kaum waren sie in Sichtweite der ersten Inseln, kamen ihnen die Ichtos entgegen. Einige ritten auf dunklen Mantas oder sanft dahingleitenden Delphinen, andere wiederum näherten sich ihnen in schmalen Booten, die von, Laoch glaubte seinen Augen nicht, Schwarzhaien gezogen wurden. Bis auf den obligatorischen Hut bewegten sich die Ichtos in ihrer Heimat ohne Kleidung, so wie Branu sie erschaffen hatte. Beim ständigen Wechsel zwischen Land- und Wasserleben, hatte sich das Tragen von Kleidern erst gar nicht entwickelt. Am Festland trugen die Ichtos zwar meist einen Umhang, aber dies war mehr der Sittlichkeit von Menschen und Toraks geschuldet. Gsoxi erklärte Laoch, dass bei aller Fischigkeit die Halbkiemenatmer doch ausgesprochene Individualisten waren und sie dies durch das Tragen ihres Kopfschmuckes ausdrückten. Der edle Ichto, lernte Laoch, steckt seinen Kopf nicht gerne unter Wasser und präsentiert stolz seinen Kopfschmuck. Hauptsache sie beugen ihr Haupt vor mir, dem Vertreter Flanakans, erwiderte Laoch. Das machen sie, sagte Gsoxi lächelnd, aber immer so, dass der Hut nicht verrutscht.

Die Fahrrinnen zwischen den Inseln waren so eng, dass man in ihnen unmöglich kreuzen konnte. Aber das war auch nicht nötig. Die Kunde ihrer Ankunft musste schon bis zur Hauptinsel gedrungen sein, denn die Königin schickte ihnen zwei Zugwale entgegen, die die Gsazelle ins Schlepptau nahmen.

Laoch genoss den Trubel. In Conchar blieb er meistens im Verborgenen, schließlich war er der Oberste Scherge, der Führer der Unsichtbaren, der Spione und Spitzel. Obwohl ihn natürlich jeder in Conchar kannte. Schließlich braucht der Schrecken ja auch ein Gesicht. Die Leute in Conchar neigten das Haupt, wenn er vorüberging, gaben ihm den Weg frei, leckten ihm die Stiefel. Auch schön. Aber kein Applaus. Überhaupt, dachte Laoch, ist Conchar eine dunkle Stadt.

Nun ja, hier regierte Goiba, Göttin von Nacht und Kälte, was sollte man erwarten. Bisher hatte ihn das nie gestört, ganz im Gegenteil. Wie eine dunkle Schlange durch den Morast dieser Stadt zu kriechen, um das Ungeziefer herauszupicken, das sich seltsamerweise in irgendwelchen Ecken immer entwickelte, entsprach genau seinem Charakter. Aber jetzt hier oben auf dem Deck der Gsazelle zu stehen, unter den Strahlen der Sonne und begleitet von einer immer größer werdenden Schar aufgeregt glucksender Ichtos in den Hafen von Coralis, der Hauptstadt von Ichtien und Sitz der Königin Plr, einzureiten oder vielmehr zu schwimmen, gefiel Laoch doch sehr. Ein angemessener Empfang, dachte Laoch, für mich, den Obersten Schergen und dem obersten Vertreter von Flanakan.

Selten kam ein Vertreter der Schwarzen Burg nach Ichtien. Nur die Steuereintreiber erschienen hier regelmäßig. Ab und zu kamen Händler, aber meist waren es die Ichtos selbst, die mit ihren Schiffen die Häfen von Katschmünde oder Klatschmünde anliefen. Sogar die Königin musste alle fünf Jahre Ichtien verlassen und vor Flanakan erscheinen, um den Vasallenschwur zu erneuern. Flanakan selbst war seit dem Großen Krieg nicht mehr hier gewesen. Er schickte nur ab und zu die Flotte, die ihre Macht demonstrierend vor dem Inselreich einige Tage kreuzte, bevor sie wieder zurück nach Katschmünde fuhr. Man könnte meinen, die Abwesenheit der Autorität könnte eine Aufweichung des Respekts gegenüber dem alleinigen Herrscher über ganz Haragor zur Folge haben, aber die Spitzel, die Laoch natürlich auch hier hatte, hatten niemals davon berichtet. Allerdings lag das auch daran, dass man auf Ichtien über Flanakan einfach nicht sprach. Der große Herrscher war hier kein Thema, weder wurde er großartig gehuldigt, noch gab es Verachtung oder Hass. Aber heute, vielleicht auch nur zu seinen Ehren, dachte Laoch, wehte die Flagge Flanakans, das schwarze Dreieck auf blutrotem Grund im weißen Ring, und die vollkommen schwarze Flagge Goibas, über dem Hafen von Coralis. Und das Empfangskomitee, bedeckt mit wallenden Umhängen, schien aus den Edelsten der Ichtos zu bestehen, wenn man die Größe ihrer Hüte betrachtete. Die Kopfbedeckungen übertrafen in Pracht und Eleganz alle, die Laoch bis jetzt gesehen hatte. Sehr schön, dachte Laoch, hier werde ich wenigstens mit der Ehre empfangen, die mir gebührt.

Unter einem wolkenfreien, hellblauen Himmel schimmerte die Muschelstadt, wie sie auch oft genannt wurde, Coralis, die Hauptstadt von Ichtien. Die Stadt besaß keine Stadtmauern, sodass man schon vom Meer aus die weißen, skurrilen Häuser sehen konnte, die ganz aus Muschelschalen oder gleich selbst aus gewaltigen Muscheln bestanden. Riesige in sich gewundene Türme wechselten mit filigran anmutenden Gebäuden aus geschichtetem Muschelkalk ab, alles changierte im hellen Sonnenlicht. Das Perlmutt reflektierte die Strahlen, sodass man den Eindruck hatte, als ob sich überall kleine und größere Regenbögen durch die Stadt spannten. Inmitten dieser Ansammlung erhob sich der Palast der Königin ebenerdig, da die Ichtos nichts weniger mochten, als Treppen steigen zu müssen. In seiner Größe und Pracht hob er sich deutlich vom restlichen Stadtbild ab. Die Stadt selbst war durchzogen von Kanälen, über die sich keine Brücken spannten. Nur wenige feste Wege führten zu den Vorratslagern, in denen all das aufbewahrt wurde, das nicht nass werden durfte. Überhaupt lag die ganze Stadt halb im Wasser, durch die meisten Durchgänge der Häuser schwappte das Meer und unter der glitzernden Oberfläche zogen sich die Höhlen der Ichtos, ein natürliches Labyrinth. Schluchten,

Abhänge, Sandbänke, eine ganz eigene Unterwasserwelt, die noch nie ein Mensch oder Torak betreten hatte.

Laoch schmeckte die salzige Luft, spürte die milden Sonnenstrahlen im Gesicht, hörte die Muschelhörner, die wohl den Empfang des Staatsgastes ankündigten. Königin Plr war nicht im Empfangskomitee. Laoch kannte sie von der Schwarzen Burg, auch wenn er sicher war, dass die Königin ihn nicht erkennen würde. Als Oberster Scherge war es nicht seine Aufgabe gewesen, die Königin zu begrüßen, sondern sie zu bespitzeln.

Obwohl das Hafenbecken von Coralis zumeist aus einem flach abfallenden Strand bestand, über den man, wenn man direkt dem Wasser entstieg, bequem an Land gelangen konnte, gab es auch einen erhöht gelegenen Landungssteg, gebaut aus hellen Steinen, an dem Schiffe anlegen konnten. Die Zugwale zogen die Gsazelle zu diesem Pier, Taue wurden geworfen und festgemacht, mit einem Zittern kam das Boot zu stehen. Die Landungsbrücke wurde ausgefahren und mit Stolz geschwellter Brust gingen Laoch und seine fünf Schergen von Bord.

Laoch schätzte, dass über hundert der huttragenden Halbkiemenatmer sich hier versammelt hatten und planschend und glucksend an Land und im Wasser seine Ankunft beobachteten. Fünf Edle der Ichtos, mit federgeschmückten Hüten, die bei einem Tauchgang ihre ganze Pracht verloren hätten und wohl gerade deswegen als etwas Besonderes galten, hoben sich aus dieser bunten Masse ab. Die breiten Fischmünder waren fest verschlossen, ohne einen Anflug von Höflichkeit oder gar Freude. Wobei sich Laoch auch nicht sicher war, wie man die Mimik der Ichtos deuten konnte. Einer von ihnen trat hervor, sobald Laoch das Land betreten hatte und intonierte: »Ich grüße dich, Abgesandter des großen Flanakan.«

»Laoch, Oberster der Schergen.«

»Ich grüße dich, Abgesandter des großen Flanakan, Laoch, Oberster der Schergen.«

»Danke, danke.«

»Ich grüße dich, Abgesandter des großen Flanakan, Laoch, Oberster der Schergen.«

»Ich grüße dich auch.«

»Ich grüße dich, Abgesandter des großen Flanakan, Laoch, Oberster der Schergen.«

Laoch, der sich anfangs noch den Huldigungen des Ichtos genussvoll hingegeben hatte, wurde etwas unruhig.

»Und mit wem habe ich die Ehre?«

»Pslrm, Herold der Königin.«

»Sehr schön, Pslrm, sehr nett hier das alles. Aber ich bin nicht zum Spaß hier. Am besten, du führst mich gleich zu deiner Königin.«

»Ich grüße dich, Abgesandter des großen Flanakan, Laoch, Oberster der Schergen.«

»Ja, das hatten wir ja schon.«

Pslrm musterte Laoch. Er schien ein wenig verwirrt zu sein. Er trat einen kleinen Schritt vor und flüsterte, sodass es kein Außenstehender verstehen konnte.

»Das Protokoll!«

»Was für ein Protokoll?«

»Du bist von Flanakan gesandt?«

»Natürlich, ich bin Laoch, Oberster Scherge Flanakans. Alles, was ich tue, tue ich im Auftrag von Flanakan.«

»Dann musst du vom Protokoll wissen.«

Laoch wurde langsam ärgerlich. Er war Laoch, Oberster Scherge, was scherte ihn ein Protokoll? Und was meinte der Ichto überhaupt damit?

»Pass mal auf. Ich brauche kein Protokoll. Ich bin Laoch, Oberster Scherge, das ist vollkommen ausreichend.«

Der Ichto betrachtete ihn eine Weile misstrauisch.

»Vielleicht bist du Laoch, der Oberste Scherge. Ich habe schon von ihm gehört. Aber jeder Landbewohner, der im Auftrag von Flanakan kommt, ob Steuereintreiber oder Scherge, muss sich dem Protokoll fügen.«

Laochs Ärger wurde größer. Was sollte das? Er würde diese Ichtos alle foltern lassen. Jawohl. Gleich hier auf der Stelle. Er sah sich um und sah in die grimmigen Mienen seiner Männer. Und in die freundlichen Mienen der Ichtos. Die deutlich in der Überzahl waren. Er trat einen Schritt zurück und rief laut und deutlich, sodass es jeder Ichto im Hafen hören konnte.

»Ich bin Laoch, Oberster der Scherge. Und ich möchte die Königin sprechen. Sofort.« Das letzte Wort schrie Laoch, sein Ärger lag wie dicke Suppe in der Luft. Das Murmeln und Glucksen der Ichtos war verstummt. Eine bedrückende Stille hatte sich ausgebreitet.

»Ich grüße dich, Abgesandter des großen Flanakan, Laoch, Oberster der Schergen.«

Pslrm sah ihn mit einem kalten Blick an. Die Stille um sie herum verdichtete sich wie sich verfestigender Pfannkuchenteig.

»Festnehmen«, flüsterte Pslrm.

Hinter den Edlen schälten sich plötzlich einige kräftige Ichtos hervor, die Laoch bisher nicht registriert hatte. Sie hatten lange Stangen, an deren Spitze sich Aale wandten, mit denen die Soldaten den Schergen nun elektrische Schläge verpassten. Laochs Mund stand weit offen, einer der seltenen Momente in seinem Leben, in dem es ihm die Sprache verschlug. Aber nur für wenige Augenblicke. Dann fing Laoch an zu fluchen. Was sich die Ichtos einfallen lassen würden, er sei Laoch, Oberster Scherge, der Zorn Flanakans, Tsarrs, ganz Haragors würde diese Fischmäuler treffen. Währenddessen wurden die Schergen von den Soldaten mit ihren elektrischen Aallanzen durch die Gasse getrieben, die sich inzwischen in der Menge gebildet hatte. Pslmr lief neben Laoch und zuckte mit den Schultern.

»So ist das Protokoll. Wer immer du auch sein magst, wer dem Protokoll nicht folgt, kann Ichtien nicht betreten.«

»Protokoll, Protokoll. Ich gebe keinen Argit auf dieses Protokoll. Das wirst du bereuen, das garantiere ich dir.«

Aber Pslmr war schon verschwunden, nur die Soldaten verpassten den Schergen ab und zu einen kleinen Stromschlag, während sie Laoch und seine Männer abführten.

*

Madad betrachtete Chayenne, wie sie auf allen Vieren vor ihm durch den Matsch robbte und wusste nicht, ob er lachen oder weinen sollte.

»So, Madad, die Schnauze ganz tief unten, dann kannst du die Spur aufnehmen.« Chayenne steckte ihre Nase in den Schlamm und zog eine tiefe Furche.

»Yo, und? Was riechst du«, fragte Madad sie gelangweilt.

»Ich?« Chayennes Stimme überschlug sich ein wenig.

»Ich bin doch ein Mensch. Ich rieche gar nichts. Oder eben nur den Schlamm. Aber das ist die Technik, verstehst du?«

»Du, Mensch, willst also mir, einem Cu, erzählen, wie man Spuren liest?«

»Rosie sagte, wir sollen dich zu einem anständigen Cu machen.«

Rosie. Rosie Nietengürtel. Madad könnte sich in den eigenen Schwanz beißen. Hatte Mama ihn nicht vor den Amazonen gewarnt? Amazonen und Cus konnten gut miteinander, irgendwie waren sie füreinander geschaffen. Sowohl Cus wie Amazonen waren hervorragende Jäger und Spurenleser. Und sie konnten sich gut unterhalten. Es gab nur ein Problem. Eine Amazone wollte immer Frauchen sein. Und ein echter Cu, hatte Mama ihm eingetrichtert, ist ein freier Cu. Wir Cus, hatte Mama immer gesagt, können gut mit den Menschen, auch mit den Amazonen. Aber wir haben kein Herrchen und kein Frauchen. Wir sind Partner. Wir wählen, wem wir treu sind. Das verstanden die Amazonen irgendwie nicht.

Nachdem Rosie ihm das Schlafmittel verabreicht hatte, war Madad lange Zeit nur bei halbem Bewusstsein gewesen. Erst auf offener See, auf dem Weg nach Amazonien, ließ die Wirkung des Schlafmittels langsam nach, auch wenn er noch ziemlich erschöpft gewesen war. Nachdem Rosie an Land gegangen war und ihn in das Haus ihrer Familie geschleppt hatte, erholte er sich allerdings schnell wieder. Die Amazonen hatten leckere Fleischbissen, die ihm seine Energie mit einem Schlag zurückgegeben hatten. Und Rosie hatte sich wohl gedacht, dass er sich angesichts der Ausweglosigkeit der Situation und der vielen Leckereien, die sie ihm hingestellt hatte, einfach in sein Schicksal fügen würde. Als Cu einer Amazone. Auf jeden Fall stellte sie ihn voller Stolz ihrer Mutter vor. Die Mutter war eine Schlange, das erkannte Madad sofort. Eine falsche, selbstgerechte Frau, für die es nur wichtig war, dass man ihr, der Obersten der Familie, den gebührenden Respekt zollte. An ihrer Seite erkannte Madad sofort die beiden Cus, die sich wie Hunde schwanzwedelnd an ihre Beine schmiegten. Madad glaubte seinen Augen nicht zu trauen. Cus waren keine Hunde! Auch Cus wedelten mal mit dem Schwanz, aber nicht so unterwürfig und schleimig wie diese beiden Exemplare! Madad war richtig sauer. Erst diese gemeine Rosie, die er für eine Freundin gehalten hatte, und nun sollte er hier den Hund machen? Dann hatte er zu fluchen begonnen. Wenn Cus in Rage sind, kommt der Faol, der immer noch in ihnen steckt durch. Worte sind Knurren, Sätze sind Heulen, es ist eine Mischung aus Sprache und tierischen Lauten, Geräusche eines Wahnsinnigen könnte man meinen, es hörte sich wirklich nicht schön an. Und das, was Madad zu sagen hatte, war auch nicht besonders nett. Eine Heuchlerin, Lügnerin sei Rosie. Sich mit falschen Worten Vertrauen zu erschleichen, das wäre ihre Taktik gewesen. Verrat und Betrug seien ihre Methoden. Eigennutz und Hochmut würden sie auszeichnen, eben eine falsche Schlange, so wie die Hausherrin hier, das würde er, Madad ja sofort sehen. Seine Cu-Kameraden sahen ihn entsetzt an und wurden mit jedem Wort immer kleiner. Auch Rosies anfangs stolze Visage veränderte sich bei jedem Bellen, bis eine Grimasse des Entsetzens sie entstellte. Anfangs wollte sie ihm noch die Schnauze verbieten mit so lächerlichen Worten wie: kusch. Kuschkuschkuschkuschkusch. Aber Madad ließ sich nicht stoppen. Und als er schließlich die Hausherrin selber mit Worten angriff, war es auch um die Fassung der Dame, die anfangs die Schmach ihrer Tochter noch mit einer gewissen Schadenfreude genossen hatte, geschehen.

»Das ist kein Cu! Das ist ja fast ein Mann! Hinweg mit ihm. Aus meinen Augen. Raus mit der Bestie.«

»Ich gehe schon selbst, Frau Nietengürtel, wie komme ich denn zurück aufs Festland? Ein paar Freunde warten auf mich.« Madad hatte das Wort Freunde so betont, das klar war, das niemand hier in diesem Raum auch nur annähernd wusste, was damit gemeint war.

»Aufs Festland. Du?« Frau Nietengürtel verschluckte sich beinahe an ihrer Bösartigkeit. »Niemals wirst du jemals Amazonien verlassen. Das hier ist unsere Insel. Wir bestimmen, wer kommt und wer geht. Und du, Cu, du bleibst hier. Wir werden dich erziehen.«

Erziehen, fand Madad, klang gar nicht gut.

»Vergiss doch diesen Cu, Mama, ich habe doch noch das Minas-Schwert.«

Da hatte Frau Nietengürtel nur noch laut gelacht. Genau, ein Minas-Schwert hier auf Amazonien. Ein Schwert, das nicht mal die Königin hatte. Und die kleine Rosie wollte vom Festland ein Minas-Schwert mitgebracht haben? Habe sie auch tausend Männer enthauptet und Flanakan zurück zu seinen Vampyren geschickt? Hm? Frau Nietengürtel wollte das Schwert noch nicht einmal sehen. Erst dieser unbändige Cu und jetzt ein falsches Schwert. Wie habe sie nur so eine Tochter verdient. Die Welt war so schlecht. Niemand verstand sie. Sie war ganz allein mit der Verantwortung für diese schreckliche Familie.

Fast hätte Madad Mitleid mit Rosie gehabt. Da hatte sich die junge Amazone vorgestellt, wie sie triumphal von ihrer Familie und ihren Amazonen-Freundinnen empfangen wird, wie vielleicht die Königin selbst ihr eine Audienz bewilligt. Wie ganz Amazonien von Rosie Nietengürtel, dem tollen Cu und dem einmaligen Schwert, schwärmt. Und nun das. Ein fluchender Cu. Eine weinende Mutter. Und sie als Schande für das Haus Nietengürtel. Aber Madads Mitleid hielt sich in Grenzen. Selbst daran schuld, dachte er.

Dann hatte man ihn zu Chayenne und Madame gebracht, den Cu-Trainerinnen der Amazonen. Wo bin ich hier nur gelandet, dachte Madad. Ein Tollhaus. Er musste hier weg. So schnell wie möglich. Und am besten mit dem Minas-Schwert.

Die beiden Amazonen trainierten normalerweise die Cu-Welpen. Wieso die nicht von ihren Müttern und Vätern erzogen wurden, wurde bald klar. Die Amazonen hatten genaue Vorstellungen, was ein Cu zu sein hatte. Ein folgsamer Begleiter bei der Jagd und ein unterhaltsamer Spaßvogel abends am Kamin. Männer gab es ja keine. Und Hunde waren nicht intelligent genug. Und wenn man den kleinen Cu-Welpen die Rangfolge im Amazonenrudel rechtzeitig verdeutlichte, hinterfragten sie diese später nicht mehr. Aber Madad war eben kein Welpe mehr. Und Chayenne und Madame hatten bald bemerkt, dass ihre gewohnten Methoden hier nicht funktionierten.

Daher waren sie froh, als dieses grellbunte Wesen in die Trainingsarena getrippelt kam. Ein Mann ohne Kapuze, stellte Madad erstaunt fest, der auch schon registriert hatte, dass die einzigen männlichen Menschen hier die Putzsklaven im Ganzkörperanzug waren. Zwei von diesen Exemplaren tapsten nun auch hinter der heftig winkenden, mit den Augen klimpernden Person her. Trotz Ganzkörperanzug kamen ihm diese beiden Gestalten bekannt vor. Als der Wind ihm ihren Geruch in die Nase wehte, war Madad sich sicher. Kard und Odysseus. Oh Gott, was machten die denn hier? Waren die lebensmüde? Wenn die Amazonen sie entdeckten, würden man sie zu Hackfleisch verarbeiten. Oder noch schlimmer, man würde sie in die Minen schicken. Aber natürlich freute sich Madad auch und wollte schon schwanzwedelnd, das wäre der richtige Moment dafür gewesen, auf sie zurennen. Aber er besann sich rechtzeitig.

»Ist das dieser böse, böse Cu?« Der bunte Mann beugte sich zu Madad hinunter und tätschelte ihm den Kopf. Eine Geste, die Madad nicht mochte. War er eine Stoffpuppe, die jeder knuddeln konnte, wie er wollte? Aber er spürte sofort, dass diese Gestalt auf ihrer Seite stand.

»Ach, Professor Putz. Gut, dass du da bist. Vielleicht hast du ja eine Idee, wie man diesem Cu beikommt. Ein wirklich störrisches Exemplar.«

»Entschuldigung«, murrte Madad, »ich verstehe jedes Wort.«

»Ist das dieser Cu, den die Rosie Nietengürtel vom Festland mitgebracht hat?«

»Genau. Ich weiß nicht, was die Cus so auf dem Festland machen, aber es sind keine braven Cus«, antwortet Madame, Amazone mit Pagenfrisur, damit ihr die Locken nicht immer ins Gesicht fielen, wenn sie die vielen Bücher las, die sie benötigte, um ihren Schützlingen die Geschichten beizubringen, die die Cus ihren Frauchen dann abends am Kamin erzählen konnten.

»Ja, diese Festländer. Meine Putzsklaven kommen ja fast alle von da. Am Anfang sind die immer ein wenig renitent. Besonders die etwas Älteren. Ich sage nur: Zuckerbrot und Peitsche. Eine mühsame Arbeit, aber nicht hoffnungslos. Es braucht aber ein wenig Zeit.« Wieder tätschelte Professor Putz Madads Kopf, der nun zu den beiden Kapuzen schielte und zwinkerte. Die Hand von Kard formte mit Zeige- und Mittelfinger ein V. Genau, dachte Madad, das ist das Zeichen des Sieges. Und plötzlich war dieser renitente, bösartige Cu das bravste Wesen auf ganz Amazonien.

*

Kard war wirklich erleichtert, als er Madad in der Arena der Cu-Trainerinnen erblickte. *Oh Branu, er lebt.* Erst jetzt wurde ihm bewusst, wie sehr ihm Madad inzwischen ans Herz gewachsen war. Wie hatte er doch seine frechen Sprüche und sein munteres Wesen vermisst! Sein Herz klopfte schneller und am liebsten wäre er Madad gleich um den Hals gefallen, was natürlich nicht ging, da er ja unter seiner Putzsklavenrobe nicht erkannt werden wollte. Aber Professor Putz machte dafür seine Arbeit hervorragend.

»Mit diesen renitenten Wesen vom Festland kenne ich mich aus, das sage ich euch. Ob Cu oder Mann, das ist da doch schon fast gleichgültig. Am besten nehme ich ihn mit und zeige ihm mal, wer hier Herrchen oder Frauchen ist.«

Chayenne und Madame sahen sich fragend an. Madame schien an den Cu-Erziehungsfähigkeiten von Professor Putz zu zweifeln. »Lieber Professor Putz, das ist wirklich ganz reizend von dir. Aber dieser Cu soll wohl kaum lernen, wie man Wäsche zusammenlegt. Ein Cu muss Spuren lesen, Fährten folgen und jagen können. Er muss lernen, Geschichten zu erzählen. Dazu muss er natürlich all die großen Königinnen und Kriegerinnen von Amazonien kennen, um unseren Freundinnen diese leuchtenden Beispiele vor Augen führen zu können. Bei allem Respekt, lieber Professor Putz, das ist ja wohl nicht dein Metier.«

»Ach Madame, da hast du natürlich vollkommen, vollkommen Recht. Mein Fachgebiet ist die Betriebswirtschaft, die Organisation komplexer Abläufe und das Herstellen von

Ordnung und Sauberkeit. Keine Frage, auf keinen Fall kann ich einem Cu das Jagen oder die Kunst der Rhetorik beibringen. Das sind natürlich eure Spezialgebiete und da seid ihr beiden, Chayenne und Madame, auch von niemanden, aber wirklichen niemanden, von wirklich gar keinem auf dieser Insel zu überbieten.« Professor Putz hatte seine Worte mit großen Gesten untermalt und wurde im Tonfall zum Ende hin fast unterwürfig. Die Cu-Trainerinnen fingen an zu lächeln. »Aber«, fuhr Professor Putz fort, »am Anfang steht die Disziplin. Denn wenn ich diesen renitenten Cu hier anschaue, fehlt ihm doch vor allen Dingen Disziplin. Das Bewusstsein, dass er zwar ein toller, einmaliger, wunderbarer Cu ist«, Professor Putz tätschelte wieder liebevoll den Kopf von Madad, »aber dass er im Endeffekt doch nur ein Cu ist und den Amazonen dienen muss. Freiheit gibt es nur auf dem Festland.« Der letzte Satz war Professor Putz noch so herausgerutscht, er biss sich auch sogleich auf die Lippen, Freiheit war den Amazonen ein teurer Begriff, der allerdings, und daran sollte man sie besser nicht erinnern, eben nur für Amazonen galt. Aber Chayenne und Madame schienen den kleinen Ausrutscher nicht bemerkt zu haben.

»Disziplin?«, fragte Chayenne zweifelnd.

»Da hat Professor Putz nicht ganz Unrecht«, bestätigte Madame, »dieser Cu ist ein Verweigerer. Selbst mit den leckersten Fleischstückchen hat er sich nicht zur Zusammenarbeit überreden lassen, Chayenne. Wir haben ihm Nackenmassage und Fellküre angeboten, aber auf nichts wollte er sich einlassen. Immer nur schlaue Sprüche. Ich glaube tatsächlich, ein wenig Disziplin könnte diesem störrischen Cu nicht schaden.«

Chayenne überlegte und nickte dann langsam. »Aber wieso solltest du, lieber Professor Putz, diesem Cu Manieren beibringen können. Selbst wenn du dieses Problem von deinen Putzsklaven kennst, es ist immerhin noch ein Cu und nicht so ein dummer Mann.«

Professor Putz hob kurz die linke Augenbraue und atmete tief ein, als wolle er Chayenne eine schnelle Antwort hinwerfen, besann sich dann aber, schaute zu Kard und dann zu Madad. »Passt auf, ihr Lieben. Es kommt auf den Tonfall an. Auf die Stimmlage. Da sind Cus und Männer ganz ähnlich. Glaubt mir, ich weiß, wovon ich spreche.«

Professor Putz trat einen Schritt zur Seite, schaute Madad tief in die Augen und sagte in dunklem Bariton. »Sitz.«

Madad schaute Professor Putz an, lächelte ein höhnisches Cu-Lächeln, warf dann auch Chayenne und Madad einen arroganten Blick zu, die schon zweifelnd den Kopf hin und her wogen. Und dann setzte er sich auf seinen Cu-Hintern. Kard atmete unter seine Kapuze auf. Madad hatte also verstanden und spielte mit. *Braver Madad.* Sehr gut.

Chayenne und Madame sahen sich entgeistert an. Da hatten sie sich stundenlang abgemüht, hatten diesen Cu nach allen Regeln des Cu-Trainings zu verführen versucht, alles vergeblich, und da kam dieser Professor Putz, sagte ein Wort und schon war dieser renitente Cu ein braves Lamm?

»Schön, schön, Professor Putz. Du mit deiner dunklen Stimme. Vielleicht hat er sich nur erschreckt?«

Professor Putz sah Madame tadelnd an. Böses Mädchen, stand in sein Gesicht geschrieben und Kard musste unter seiner Kapuze lachen.

»Nun gut, Madame. Dann probiere ich es nochmal.«

Professor Putz sah Madad tief in die Augen und sprach mit ebenso dunkler Stimme wie zuvor: »Salto!«

Madad blieb noch eine Weile sitzen. Er leckte sich die Pfoten und schaute dann wieder in die Runde. Ein verächtlicher Blick für Chayenne und Madame, ein kurzes Nicken für Professor Putz. Die vermummten Sklaven beachtete er nicht, das wäre für einen Amazonen-Cu entwürdigend gewesen. Dann stand er langsam auf und entfernte sich von der Gruppe. Er nahm Anlauf, stürmte auf Professor Putz zu, sprang hoch, machte einen Salto und landete, den Staub der Arena aufwirbelnd, direkt vor den Füßen seines neuen Herrchens. *Du bist der Wahnsinn, Madad.* Kard hätte am liebsten applaudiert und musste sich beim Anblick der verdutzten Gesichter von Chayenne und Madame das Lachen verkneifen.

»Wieso…?«, Chayenne schien es nicht wahrhaben zu wollen, dass dieser Cu auf Professor Putz hörte aber nicht auf sie, die Cu-Trainerin, die ihr halbes Leben mit diesen Tieren verbracht und geglaubt hatte, sie besser zu kennen als sich selbst. Sie trat einen Schritt vor und sprach nun mit verstellter Stimme, sodass die Worte dunkel und mysteriös klangen: »Sitz!«

Madad schaute noch nicht einmal in ihre Richtung. So als ob am Horizont ein Vogel seinen Jagdinstinkt gefesselt hätte, ließ er seinen Blick in die Ferne schweifen.

»Sitz!« Diesmal war die Stimme von Chayenne noch dunkler.

»Lass mich mal. Sitz!«, versuchte es nun auch Madame, ebenfalls mit dunkler Stimme, die aber eben doch nur eine dunkle Frauenstimme war und mit der Stimmlage von Professor Putz nicht mithalten konnte. Madad drehte sich um und sah die beiden Amazonen mitleidig an.

Professor Putz räusperte sich. »Sitz!«

Der Cu ging zum Professor und setzte sich brav zu seinen Füßen. Die beiden Amazonen wussten sich nicht zu helfen. Was geschah hier gerade? Generationen von Cus hatten sie trainiert, erzogen, belehrt, aber so etwas hatten sie noch nie erlebt. Chayenne war die erste, die ihre Worte wiederfand.

»Gut, Professor Putz. Nehmt ihn mit. Anscheinend habt ihr Talente, die bei diesem Cu vonnöten sind. Disziplin. Ha.« Stolz warf sie ihr Haar in den Nacken, machte eine Kehrtwendung, und begab sich auf den Weg, die Arena zu verlassen.

»Drei Tage, Professor Putz, dann muss der Cu Disziplin gelernt haben. Rosie Nietengürtel hat uns eine Woche gegeben, um einen anständigen Cu aus ihm zu machen. Und ein wenig Amazonen-Geschichte muss auf jeden Fall auch noch sein.« Die Nase hoch in der Luft stolzierte nun auch Madame aus der Arena. Die beiden Putzsklaven bebten unter ihren Roben vor Lachen. Madad legte sich auf den Rücken und streckte prustend alle Viere von sich und selbst Professor Putz grinste von einem Ohr zum anderen.

*

Wie jedes anständige Königreich hatte auch Ichtien schöne Verliese und geduldige Verhörspezialisten. Die Kerkerzellen der Schwarzen Burg waren zwar auch schön dunkel und anständig feucht, aber angesichts der Zustände bei den Ichtos erschien Laoch das heimatliche Verlies geradezu paradiesisch trocken.

Laoch zeterte wie ein aufgeregter Eichelhäher. Mit Schrecken musste er feststellen, dass er sich nicht anders verhielt, als all diejenigen, die er selbst in Conchar hatte festnehmen lassen. Beteuern der Unschuld, Anflehen der Götter, Verfluchen der Obrigkeit. Und, nachdem er seine erste Wut derart abgelassen hatte, schwante es ihm schon, was folgen würde. Eine schöne Folter. Aber während er und Sorb meist wussten, was der Delinquent zu gestehen hatte, glaubte er nicht, dass die Ichtos mit der gleichen Methodik vorgehen würden. Wahrscheinlich hielten sie ihn wirklich für eine Art Spion und wollten die echte Wahrheit, was immer man darunter auch verstehen wollte, herauskriegen. Tatsächlich wurde er dann auch nicht kopfüber in eine Wanne getränkt, eine Foltermethode, die den Ichtos gemäß gewesen wäre, sondern bekam Besuch von zwei Beamten.

Dazu holte man ihn aus seiner Zelle und stieß ihn mit den Elektroaallanzen die Gänge entlang, bis er in ein perlmuttfarben schimmerndes Zimmer kam. In diesem Raum befand sich eine ebenfalls weiße Muschel, die derart geformt war, dass sie einem Ichto oder auch einem Menschen als bequeme Sitzgelegenheit dienen konnte. Davor ein Tisch, Laoch vermutete aus dem Schulp eines großen Tintenfisches, den man abgeschliffen hatte, sodass er nun eine poröse aber ebene Oberfläche hergab. An einer Wand befand sich eine milchige Scheibe, hinter der Laoch glaubte, Schatten zu sehen. Es könnten aber auch einfach nur Irritationen seiner Sehfähigkeit sein, nachdem er aus dem dunklen Verlies kommend in diesem hellen Raum geblendet war.

Beide Beamte betraten schweigend den Raum, auch Laoch sah sie nur an und sagte nichts. Kurz darauf öffnete sich die Tür nochmals und eine fischige Hand reichte einen Teller herein, auf dem eine Scheibe Brot lag. Einer der Beamten war mit einer dunkelroten Schärpe aus glattem, fließendem Stoff bekleidet, die locker über seinen Oberkörper lag. Um die Hüfte trug er einen Gürtel, an dem man ein Schwert hätte festmachen können, das aber in diesem Augenblick sich eher sinnfrei um seine Hüfte spannte. Er nahm den Teller entgegen und stellte ihn vor Laoch auf den Tisch.

»Iss, Fremder!«

Brot auf Ichtien musste eine Seltenheit sein, die Ichtos selbst bevorzugten Algen und andere Wasserpflanzen.

»Sehr aufmerksam, Brot! Dann wisst ihr inzwischen, wer ich bin?«

»Du bist ein Spion.« Rotschärpe, Laoch hatte in so getauft, schaute ihn lächelnd an.

»Ich bin kein Spion, wie oft soll ich das noch sagen. Ich bin Laoch. Schickt einen Telegrammfalken nach Conchar, dort wird man meine Identität bestätigen.«

Jetzt trat der andere Beamte, Grünschärpe, vor, heftig atmend, und wischte mit einer kräftigen Handbewegung den Teller vom Tisch. Das schöne Brot flog durch den Raum und landete auf dem nassen Boden. Laoch fluchte.

»Du bist ein Spion. Hast du nicht selbst gesagt, dass du Informationen aus unsere Taxizentrale haben möchtest. Du möchtest Informationen. Und genau das macht Spione aus.«

»Ich verfolge ein Ichtoschiff mit einem Staatsfeind. Sind denn die Routen eurer Taxis und Schiffe etwa so geheim, dass ihr sie vor Flanakan verbergen wollt? Dann wärt ihr die Verräter und nicht ich!«

»Vorsicht, Fremder, Flanakan ist weit weg.« Rotschärpe sah Laoch mit zusammengekniffenen Augen an. Laoch konnte feststellen, dass die Erwähnung von Flanakan Eindruck hinterlassen hatte.

»Fremder, wie müssen einfach vorsichtig sein, das verstehst du doch, oder?« Grünschärpe schien plötzlich der Nettere von beiden zu sein. »Telegrammfalken schaffen den Weg über das Meer nicht. Aber wir haben unsere Goiba-Priesterin gebeten, Kontakt zu Tsarr herzustellen. Falls die Hunde, die du mit dir führst, tatsächlich die Faolskis der Obersten Goiba-Priesterin sind, bist vielleicht auch du, der du zu sein vorgibst. Aber wieso, Fremder, kommst du, ohne das Protokoll zu achten oder sogar nur zu kennen? Zwischen Flanakan und uns, seinen Vasallen, gibt es genaue Absprachen. Zu unserem beiderseitigen Schutz. Und noch nie, Fremder, noch nie, ist ein Abgesandter der Schwarzen Burg hier erschienen, ohne das Protokoll zu achten. Da könnte man ja auch gleich wieder die Verhältnisse wie vor dem Großen Krieg einführen und einfach jedem Fremden sofort den Kopf abschlagen, wenn niemand mehr das Protokoll beachtet. Du verstehst hoffentlich unser Vorgehen?«

Das Protokoll. Laoch hatte davon gehört. Aber normalerweise war er selbst das Protokoll. Er machte die Gesetze. Es sei denn Tsarr oder Flanakan selbst wollten es anders. Seltsam, dass die Ichtos so sehr auf die Formalien Wert legten. War das Stolz? Oder verbarg sich hinter diesem Getue Angst vor der Schwarzen Burg, vor der Willkür Flanakans?

»Also, Fremder, wieso brauchst du Informationen zum Taxi KBL123. Ein ganz normales Walfischtaxi, ordnungsgemäß im Registeramt auf Ichtien gelistet.« Rotschärpe war immer noch ziemlich schlecht gelaunt.

»Das ist geheim!« Laoch verschränkte die Arme vor der Brust. Was bildeten sich diese Ichtos eigentlich ein? Was wollten die noch von ihm wissen?

»Geheimnisse zwischen Coralis und Conchar? Und du behauptest kein Spion zu sein? Entschuldige Fremder, das verstehe ich nicht.« Grünschärpes Stimme war freundlich, aber doch eindringlich und selbst Laoch konnte nicht umhin, das Misstrauen der Ichtos zu verstehen.

»Es ist ein Staatsgeheimnis, dass nichts mit Ichtien zu tun hat, das versichere ich Euch. Wenigstens so weit ich selbst das bisher nachvollziehen kann. Es geht um die Ladung von KBL123, nicht um Ichtien.«

Rotschärpe ließ seine riesige Fischfaust auf den Tisch knallen. »Die Ladung, sagst du? Was meinst du denn, was das Schiff geladen hat? Waffen vielleicht? Was glaubt die Schwarze Burg, was wir hier in Ichtien machen?«

»Seien sie beruhigt, es hat nichts mit Ichtien zu tun.«

»Aber was ist es dann?«

»Staatsgeheimnis!«

Die beiden Schärpenträger sahen sich an und nickten sich zu. Grünschärpe öffnete die Tür und rief etwas in den Gang. Bald darauf kamen zwei andere Ichtos mit einer Schale zurück, in der sich riesige Aale tummelten. Die gleichen, die sich an den Lanzenspitzen der Soldaten kringelten, nur etwa zehnmal größer. Riesige natürliche Blitzerzeuger.

Laoch schaute auf die Aale, dann auf die freundlich lächelnden Ichtos. Ihre Hüte waren etwas verrutscht, was ihnen einen kecken Ausdruck verlieh, aber Laoch war nicht nach Lachen zumute. Er spielte seine letzte Karte.

»Ich bin Laoch, Oberster Scherge von Haragor, Vertrauter Flanakans, Herr der Schwarzen Burg, und ich weiß sehr wohl um die Magie, mit der mein Herr Euch Ichtos in Schach hält. Ich verspreche Euch, dass mein Herr seine magischen Kräfte entfesseln wird, falls mir etwas passiert.«

Rotschärpe sah ihn verächtlich an. »Selbst wenn du der bist, der du behauptest zu sein, wird Flanakan wohl kaum dir zuliebe die Vulkanoguls aus den Tiefen des Berges rufen. Was würde ihm das nützen? Sollte der Große Vulkan tatsächlich entfacht werden und Ichtien in Schutt und Asche legen, würden ihm die ganzen Steuereinnahmen entgehen und außerdem die saftigen Königsgarnelen, die es nur hier gibt. Und wir wissen ja wohl beide, dass schon viel passieren muss, bevor sich Flanakan diesen Gaumenschmaus entgehen lässt.«

Vulkanoguls, das ist es also, was sie fürchten, dachte Laoch und fragte sich selbst, wie es der Herrscher geschafft hatte, diese Bestien der Unterwelt sich Untertan zu machen. Und mit den Königsgarnelen hatten die Ichtos ebenfalls recht. Flanakan liebte das weiße, feste Fleisch dieser Tiere.

»Es geht nicht um mich, ihr Idioten.« Laoch durfte angesichts dieser riesigen Aale, um deren Schwanzspitzen bläuliche Blitze wanderten, nun nicht klein beigeben. »Es geht um meine Mission. Meint ihr, Tsarr würde mich mit ihren Faolskis schicken, wenn es nicht eine Sache höchster Dringlichkeit wäre?«

»Dringlichkeit heißt dann also, dass es in deiner Mission um den Schutz des Reiches geht?«

»Genauso ist es!« Triumphierend sah Laoch Grünschärpe in die blassgrünen Fischaugen.

»Eine Mission zum Schutz des Reiches und zum Schutz von Flanakan?«

Laoch nickte.

»Und das findet man auf KBL123?«

Laoch nickte, inzwischen etwas zögerlicher. Die beiden Ichtos schienen ihm plötzlich sehr freundlich zu sein. Doch diese freundlichen Wesen rückten nun näher und schoben die Wanne mit den Aalen direkt an seine Füße. Schon konnte er das feine Knistern der elektrischen Schläge hören, die sich über die Luft entluden.

»Und was genau ist es, was du auf KBL123 zu finden hoffst?«

»Das ist, ich muss es wiederholen, ein Staatsgeheimnis.«

»Nun, wir wissen bereits alles von KBL123, aber wir können da nichts Verdächtiges sehen.«

»Was heißt, ihr wisst bereits alles?«

»Die Passagiere, die Route, einfach alles.«

Laoch sah die beiden Ichtos an, dann sah er auf die Aale, dann wieder auf die beiden Scherpenträger.

»Lasst uns einen Handel machen. Ihr sagt mir, was ihr wisst und ich sage euch, was ich weiß.«

Grünschärpe schien eine Weile zu überlegen, dann nickte er. »Auf dem Schiff waren eine Amazone und ein Cu.«

»Aber wohin sind sie gefahren? Wo hat sie KBL123 abgesetzt?«

»Erst deine Information. Eine Amazone und ein Cu, daran ist nichts Verdächtiges. Kein Staatsgeheimnis. Es muss noch um etwas anderes gehen.«

Laoch nickte, er würde die für ihn wichtigen Informationen hier niemals bekommen, wenn er nicht mitspielte.

»Die Amazone hatte eine Waffe bei sich.«

»Nichts Besonderes für eine Amazone.«

»Es ist…«, Laoch zögerte kurz, »ein Minas-Schwert!«

Die beiden Ichtos sahen sich an, sahen Laoch an, dann fingen sie an zu lachen. »Ein Minas-Schwert? So ein Unsinn! Das kann nicht sein, Fremder. Du musst dir etwas Besseres einfallen lassen. Wieso sollte die Amazone damit nach Amazonien? Will sie sich das als Trophäe in die Waffensammlung hängen? Und überhaupt, Minas-Schwerter existieren nicht.«

»Sie sind also nach Amazonien?«

»Genau, KBL123 hat sie nach Amazonien gebracht.« Jetzt lachte auch Laoch. Allerdings mehr aus Verzweiflung. Hätte er da nicht selbst darauf kommen können? Alle lachten aus vollem Hals, als die Tür sich öffnete und eine ernst blickende Ichtofrau in schwarzem Umhang und schwarzem Hut den Raum betrat. Die Oberste Goiba-Priesterin Ichtiens verbeugte sich vor dem Gefangenen.

»Willkommen, Laoch, Oberster der Schergen.«

*

Chayenne und Madame staunten nicht schlecht, als Professor Putz mit seinen beiden Sklaven und dem absolut perfekten Cu bereits am nächsten Tag wieder bei ihnen in der Trainingsarena stand. Madad war wie ausgewechselt. Er hörte nun tatsächlich nicht nur auf die Befehle des Professors, sondern befolgte auch brav jedes Kommando der beiden Amazonen. Er schnüffelte, schlich sich an, folgte jeder Spur und sprang schließlich beherzt auf die Faols-Attrappe, furchtlos, gnadenlos, kompromisslos. Ein richtiger Jagd-Cu eben. Und dann diese Geschichten, die er zum Besten geben konnte, Chayenne und Madame lagen auf dem Boden und hielten sich die Bäuche vor Lachen. Witzig, charmant, überraschend. Am liebsten hätten sie diesen wunderbaren Geschichtenerzähler gleich selbst behalten. Aber selbst die Cu-Trainerinnen konnten sich keinen eigenen Cu leisten. Der war dem höheren Adel wie zum Beispiel den Nietengürtels zugedacht. Und so hatten die Amazonen nichts dagegen, dass Professor Putz sogar selbst diesen Cu zurück zu seiner Herrin brachte. Ein wenig beleidigt waren die ersten Cu-Trainerinnen Amazoniens allerdings, dass der Professor nicht sein Erziehungsgeheimnis mit ihnen teilen wollte. Dass er das allein mit Vertrauen geschafft haben sollte, das er sich bei diesem Cu erworben haben wollte, glaubten die beiden ihm nicht so recht. Er musste noch irgendein Geheimnis haben. Andererseits verrieten sie ja auch nicht jedem Hergelaufenen, dass man einen Cu zu fast allem überreden konnte, wenn man ihm versprach, ihm dafür eine halbe Stunde lang den Bauch zu kraulen, eines ihrer best gehüteten Geheimnisse. Bei Madad hatte das allerdings nicht funktioniert. Zwar hatte er sich kraulen lassen, hatte aber jedes Versprechen, das er zuvor gegeben hatte, danach umgehend vergessen. Ein sonderbarer Cu.

Und so ging Professor Putz mit seinen beiden Putzsklaven, die ihren nächsten Lehrabschnitt im Hause Nietengürtel verbringen würden, zu der herrschaftlichen Villa. Das hatte er im Vorfeld mit dem Obersten Putzsklaven dort, natürlich ein ehemaliger Schüler, abgesprochen.

Rund um den Königspalast hatten sich die Villen des Obersten Adels Amazoniens wie Miesmuscheln geklebt. Der Palast selbst war eine imposante Burg, die in ihrem Anschein der Uneinnehmbarkeit und Unzerstörbarkeit es durchaus mit der Schwarzen Burg aufnehmen konnte. Gebaut war er aus hellem Felsgestein und nicht aus mystischen schwarzen Quadern. Die Villen des Adels waren mit Säulengängen geziert und mit prächtigen Statuen geschmückt und für sich genommen beeindruckende Gebäude. Doch wirkten sie im Vergleich zur strahlenden Königsburg von Thakis wie bescheidene Behausungen. Zu bescheiden, so erzählte Professor Putz, für ein so stolzes Geschlecht wie die Nietengürtels. Kard, der sich nicht vorstellen konnte, dass man mehr als ein Bett und ein Dach über den Kopf brauchen könnte, schüttelte verständnislos seine Kapuze. Jede dieser Villen wäre eines Königs würdig, dachte er. Oder in diesem Fall einer Königin. Auch wenn man im Schatten von Penthilea, der Königin der Amazonen, aufwuchs. Man musste ja nicht immer nach dem Höchsten streben. Es sei denn, man war eine Amazone.

Und dabei wurde die Würde der Königinnen noch nicht einmal durch Erbfolge übertragen. Das fand Professor Putz sehr fortschrittlich. Alle fünf Jahre befragten die Priesterinnen die drei Göttinnen. Natürlich erst, nachdem man im gemeinsamen Tempel von Goiba, Credna und Luchta die Göttinnen mit einem schönen Opfer gütlich gestimmt hatte. Früher, vor dem großen Krieg, war bei diesen Festen sehr viel Blut geflossen, meist von menschlichen Männern. Aber auch Toraks hätten die Amazonen damals gerne zu Ehren von Goiba geschlachtet. In dieser Zeit sind die Nietengürtels reich geworden. Gegenüber Goiba waren sie immer sehr opferbereit gewesen und hatten auch oft die Königin gestellt. Aber seit die mächtige Tsarr mit Flanakan auf den Plan getreten war, holte sich Goiba ihre Opfer lieber in Conchar. Und in Amazonien hatte nun Luchta, Göttin des Reichtums, das Sagen.

»Wenn es schiefgeht, lieber Odysseus, kenne ich euch nicht!« Professor Putz sah besorgt auf die etwas kräftiger gebaute Kapuzengestalt. »Aber es ist so mega, mega, mega aufregend. Und ich hoffe von ganzem Herzen, dass Rosie Nietengürtel deine Gefühle erwidert. Falls sie jemals Zweifel an deiner Liebe hatte, wird sie angesichts der Gefahren, die du für sie auf dich nimmst, ja nun restlos überzeugt sein. Ach, ich wäre so gerne dabei, wenn ihr euch begegnet. Ich stelle mir das sooooo romantisch vor. Du bringst ihr noch ihren Gute-Nacht-Tee ans Bett und während sie gedankenverloren aus dem Fenster schaut, nimmst du deine Kapuze ab und gibst dich zu erkennen. Ach.« Professor Putz, von seinen eigenen Fantasien davongetragen, stolperte über einen Besen, den ein Putzsklave wohl vor der Hintertür der Nietengürtel-Villa vergessen hatte. »Oder, Odysseus, wie hast du dir das vorgestellt?« Geflissentlich hob Professor Putz den Besen auf, stellte ihn neben die Tür und klopfte.

»Ich, äh, ich, ja, so ähnlich habe ich mir das auch gedacht. Kapuze runter und Hallo sagen, oder so?«

Bevor sich Odysseus um Kopf und Kragen reden konnte, wurde die Tür geöffnet.

»Hansi, mein Lieber.« Professor Putz, nun wieder ganz der erfreute Lehrer, stürmte auf den Obersten Putzsklaven der Nietengürtels zu, der wie der Professor das Privileg hatte, ohne Kapuze herumlaufen zu dürfen, und schloß ihn fest in seine Arme.

»Ah, Professorchen, das ist aber nett, dass du da bist.« Die beiden drückten und herzten sich und kniffen sich vertrauensvoll in den Bauch.

»Hast ein bisschen zugelegt, Hansi, die Nietengürtels scheinen dich ja richtig zu verwöhnen. Aber gut siehst du aus. Nicht mehr das dürre Bürschchen, das ich noch von früher kenne, oder?«

»Aber nein, Professorchen, es geht mir hier wunderbar. Und das sind diese beiden herrenlosen Putzsklaven? Möchte nicht wissen, was ihr aufgefressen habt, ihr Schlingel. Nicht dass du einer kleinen Amazone das Herz gestohlen hast, oder?«

Vertrauensvoll boxte Hansi Kard an die Schulter, der aber kopfschüttelnd verneinte.

»Nein, nein, geehrter Hansi. Mit Amazonen habe ich nichts am Hut.«

»Ah, so einer bist du also. Na dann, willkommen in meinem bescheidenen Reich. Aber den Cu, Professorchen, bringst du bitte zur Vordertür. Ich sage Rosie Bescheid, die holt euch ab. Ein Cu geht doch nicht durch die Hintertür, oder?«

»Yo! Ich gehe durch alle Türen. Wenn es drinnen einen leckeren Knochen gibt, ist mir das egal. Mama sagt immer, noch die kleinste Hütte wird zum Palast, wenn es drinnen einen leckeren Schenkel gibt.« Madad schaute Hansi an und zwinkerte. Hansi zwinkerte zurück.

»Ah, so einer bist du. Ein Gurmeh, wie man hier sagt, ein Feinschmecker. Leckerer Knochen, habe verstanden. Wie war nochmal dein Name?«

»Madad. Leckerer Knochen. Madad. Leckerer Knochen. Madad. Leckerer Knochen.«

»Habe verstanden, Madad. Dann sage ich mal der Rosie Bescheid, dass ihr da seid.«

Der Professor und Hansi verabschiedeten sich mit vielen Wangenküsschen und der Professor ließ es sich nicht nehmen, Odysseus zum Abschied noch kräftig auf die Schulter zu klopfen. Dann folgten Kard und Odysseus dem Obersten Putzsklaven der Nietengürtels ins Haus, während der Professor mit Madad zur Vordertür eilte.

*

Die oberste Goiba-Priesterin der Ichtos hatte über eine magische Obsidiankugel Kontakt zu Tsarr aufnehmen können, die ihr ein Spiegelbild von Laoch geschickt hatte. Die Identität des Obersten Schergen konnte so bestätigt werden. Grünschärpe stellte sich daraufhin als Plrsoneins und Rotschärpe als Plrsonzwei vor. Die beiden Verhörspezialisten waren niemand Geringeres als die Prinzen von Ichtien, die beiden offiziellen Söhne der Königin Plr. Trotz der Umstände fühlte sich Laoch geschmeichelt. Prinzen hatten sich um ihn bemüht, wenn auch nicht gerade so, wie er es gewünscht hätte. Aber immerhin schienen sie dem Ganzen mehr Bedeutung zuzumessen, als sie zugeben wollten.

Nach seiner Rehabilitierung durch die Goiba-Priesterin, entschuldigten sich die beiden Prinzen vielmals und ließen Laoch in einen trockenen Raum führen. Dieser war nicht gerade luxuriös, aber auf jeden Fall für Wesen vom Festland gedacht. Hier nächtigten auch die Steuereintreiber Flanakans, wenn sie die Ichtos besuchten. Nicht nur der Boden war trocken, es gab sogar richtige Stühle, einen Tisch, Bänke und einige Dutzend Handtücher. Schon kurz nach seiner Ankunft öffnete sich die Tür des fensterlosen Raumes erneut und ein Ichtodiener kam herein, um Laoch mit trockenem Winxbrot und einem Schoff zu bedienen.

»Eure Männer und die Faolskis sind wohlauf, Laoch, Oberster der Schergen.«

»Sehr gut, sehr gut. Werden sie gut behandelt?«

»Ja, wir sind hier alle Freunde.«

Laoch schaute den Ichto nun aufmerksam an. Freunde. Unter Schergen war dies ein Erkennungscode.

»Aha, schön. Es ist gut, Freunde zu haben. Gerade hier in Ichtien. Freundschaft kann so wertvoll sein.«

Der Ichto, er hatte einen kleinen blauen Hut, war aber ansonsten nackt, wie alle Ichtos, sah Laoch direkt an und zwinkerte leicht mit dem linken Auge. Aha, dachte Laoch, vielleicht werden wir belauscht. Aber dies scheint wohl einer von uns zu sein. Laoch zwinkerte zurück.

»Ein anstrengender Tag. Ich werde mich ein wenig ausruhen und dann zu meinen Männern gehen. Wäret ihr so freundlich, mir den Weg zu zeigen?«

»Sehr wohl, Laoch, Oberster Scherge. Ich werde in wenigen Augenblicken wiederkommen.«

Nur kurze Zeit später aber öffnete sich die Tür erneut und die beiden Prinzen betraten den Raum, sichtlich zerknirscht und reumütig. Und voller Neugier.

»Entschuldige Laoch unsere Unhöflichkeit, aber ich hoffe, du verstehst unser Misstrauen.«

»Ach, kein Problem, das Protokoll, verstehe ich doch.« Laoch war von der Unterwürfigkeit der Prinzen begeistert.

»Wie, oh großer Laoch, können wir dir weiter behilflich sein.« Plrsonzwei wagte kaum, den Obersten Schergen anzuschauen. Sehr schön, dachte Laoch.

»Diese Amazone. Wo genau ist sie in Amazonien gelandet? Und kann der Kapitän von KBL123 bestätigen, dass sie das Schwert bei sich hatte.«

»Ja, lieber Laoch, das Schwert.« Plrsoneins sah Laoch nun zweifelnd an. »Bei allem Respekt vor dir, Laoch, Oberster Scherge, bezweifeln wir doch stark, dass es ein echtes Minas-Schwert ist. Wie sollte eine Amazone an so eine Waffe kommen? Und überhaupt, wieso sollte eine solche Waffe existieren?«

Laoch erhob sich, atmete tief ein und warf einen vernichtenden Blick auf Plrsoneins. »Das Schwert ist echt. Das versichere ich Euch. Habt ihr nicht gesehen, dass ich die Faolskis von Tsarr, der Obersten Goiba-Priesterin von ganz Haragor, mit mir führe. Ist das nicht Beweis genug?«

»In der Tat, in der Tat, lieber Laoch, Oberster Scherge von ganz Haragor, das hat uns auch zu denken gegeben.« Plrsonzwei fingerte nervös an seiner roten Schärpe herum, als traue er sich nicht recht, Laoch zu widersprechen. »Aber, Laoch, Oberster Scherge, würde Flanakan nicht gleich eine ganze Armee schicken, wenn es sich tatsächlich um ein Minas-Schwert handeln würde? Wir alle wissen um die magische Kraft der Waffe. Sind da, ohne dir zu Nahe treten zu wollen, eine Handvoll Schergen und drei Hunde nicht ein bisschen wenig?« Plrsonzwei sah Laoch nun direkt an und Laoch konnte sehen, dass der Ichto von echten Zweifeln geplagt war.

»Nun ja, lieber Prinz. Noch ist es eine geheime Mission. Warum mit Pauken und Trompeten ein Problem größer machen, als es in Wirklichkeit ist. Das ist nicht Flanakans Art.

Es ist, bei aller Magie, nur ein Schwert. Und davon sollte, und das muss ich euch ja nicht zweimal sagen, niemand wissen. Ich hätte es euch niemals verraten, wenn ich eine andere Möglichkeit gesehen hätte. Aber nun ist es so, wie es ist. Ich habe doch euer Versprechen, darüber Stillschweigen zu bewahren?« Laoch sah die beiden Prinzen freundlich an, die gleiche Freundlichkeit, die er den Delinquenten auf der Streckbank entgegenbrachte.

»Wir würden gerne schweigen, Laoch. Aber was sagst du den Amazonen? Willst du etwa mit deinen Schergen alleine nach Amazonien? Selbst dir, Laoch, Oberster Scherge, werden die Amazonen nicht den dir gebührenden Respekt zollen.«

So weit hatte Laoch noch gar nicht gedacht. Plrsonzwei hatte natürlich recht. Mit seiner Handvoll Schergen würden die Amazonen kurzen Prozess machen. Auch wenn sie wie die Ichtos offiziell Vasallen von Flanakan waren, war der diplomatische Austausch mit den kampfwütigen Frauen wesentlich komplizierter. Im Grunde gab es einen Nichteinmischungspakt. Die Amazonen zahlten ihre Steuern und das Reich ließ sie in Ruhe. Und Männer wie Laoch waren auf Amazonien nicht willkommen, da machten die Amazonen keinen Unterschied, ob er nun offiziell Oberster Scherge oder nur einfacher Bauer war.

»Aber als Ausgleich für unser ungehobeltes Benehmen dir gegenüber, bieten wir an, dich nach Amazonien zu begleiten. Wir Ichtos haben eine besondere Beziehung zu den Amazonen. Wir sind keine Menschenmänner, was unser Verhältnis unkompliziert macht, und wir treiben Handel mit ihnen. Wenn wir Prinzen uns offiziell ankündigen, bekommen wir sicherlich eine Audienz bei der Königin selbst. Dann müssen wir die Existenz des Minas-Schwertes nicht an die große Glocke hängen.«

Keine schlechte Idee, dachte Laoch, auch wenn er ein wenig misstrauisch war. Wieso halfen ihm die Ichtos? Sie machten zwar im Reich wenig Schwierigkeiten, aber als die treusten Anhänger Flanakans waren sie auch nicht bekannt. Andererseits fiel Laoch im Augenblick auch nichts Besseres ein. Die Amazonen ließen sich alleine von Tsarr und vielleicht noch von Flanakan selbst beeindrucken. Aber Laoch war zu stolz, Tsarr um Hilfe zu bitten. Er wollte derjenige sein, der das Minas-Schwert Flanakan zu Füßen legen würde. Sollte er jetzt winselnd wie ein Hund zu Tsarr zurückkehren und sie um Hilfe bitten? Niemals.

*

In der großen Küche der Nietengürtels dampften riesige Töpfe und über offenen Feuern drehten sich zwei Haranis. Neben Hansi als Obersten Küchenchef kümmerten sich hier noch drei andere Bedienstete um das leibliche Wohl der Familie. Riesige Pfannen und Töpfe stapelten sich in einer Ecke, scharfe Messer, Küchenkellen und Fleischgabeln hingen an den Steinwänden. Durch zwei große, offene Fenster drang das Morgenlicht herein und die Strahlen von Branu tanzten im Dampf. Obwohl es einigermaßen ruhig zuging, spürte Kard doch eine gewisse Anspannung, als ob alle auf etwas warten würden. Und tatsächlich war Hansi wirklich erfreut, dass er im Augenblick noch zwei neue Küchenhilfe bekommen hatte, denn morgen war der Tag, an dem die Priesterinnen der Amazonen die neue Königin bestimmen würden. Alle fünf Jahre, erfuhr Kard, musste sich die amtierende Königin dem Urteil der Priesterinnen beugen. Und um

Goiba, Credna und Luchta zu beeindrucken, fuhren die Fürstinnen der Amazonen, riesige Opfer auf. Den eifersüchtigen göttlichen Schwestern gefiel dabei wohl das am besten, was ihren Brüdern missfallen würde. Hätte man die Sonne selbst opfern können, wäre dies wohl das größte Geschenk für die Göttinnen gewesen. Ewige Nacht und Finsternis, Kälte und Macht, das wäre eine Welt ganz nach Flanakans Geschmack!

Kard war froh, dass Hansi ihnen erlaubte, in der Küche die Kapuzen abzunehmen, unter denen es heiß wie in einem Glutofen war.

»Ja, schau, was seid ihr doch für hübsche Kerlchen.« Hansi betrachtete sie interessiert.

»Du bist ja noch ein bisschen jung«, sagte er und streichelte Kard über die Locken, der dies demütig grinsend über sich ergehen ließ. »Aber du bist ja ein richtig fescher Kerl. Groß, muskulös, ein Mann in seiner vollen Pracht. Da pass mal auf, dass die Damen dich schön in Ruhe lassen! Immer schön die Kapuze auflassen, ja?« Hansi grinste und boxte Odysseus spielerisch an die Schulter. Der lächelte verkrampft und wusste nicht, was er antworten sollte.

*

Der Türöffnersklave war direkt zu Rosie gelaufen, nachdem Professor Putz mit Madad am Vordereingang geklingelt hatte. Mama hatte immer gesagt, an ihm sei ein Schauspieler verloren gegangen. Eine Fähigkeit, die allen Cus im Blut lag, aber Madad war wirklich ein außergewöhnliches Naturtalent. Manchmal glaubte er sich sogar selbst die Märchen, die er bellend von sich gab. Die liebe Rosie. Was hatte er sie vermisst! Erst jetzt war ihm bewusst geworden, wie schön es doch bei den Amazonen war. Dieses langweilige Leben auf dem Festland hatte endlich ein Ende. Jagen, herumstolzieren, Frauchen glücklich machen, was könnte es Schöneres geben? Rosie schaute ihn misstrauisch an, schien dabei aber auch nicht ganz bei der Sache zu sein. Sie bedankte sich tausendmal bei Professor Putz, bewunderte seine Erziehungsfähigkeit, winkte dem Türöffnersklaven, der Professor Putz einen Beutel, gefüllt mit Silber oder Gold, vermutete Madad, übergab und verschwand dann wieder schnell im Inneren der Villa. Madad folgte ihr unaufgefordert.

Rosie, das merkte Madad sofort, war wirklich schlecht gelaunt. Was war los? Aber kaum hatte die Amazone die Anwesenheit des Cus in ihren Gemächern bemerkt, legte sie auch schon los.

»Kannst du dir vorstellen, Madad, dass meine Mutter mich ausgelacht hat. Die hat sich das Minas-Schwert noch nicht einmal angeschaut. Und du hast mit deinem Spektakel nur alles schlimmer gemacht. Vielen Dank.«

Rosie ging in ihrem Zimmer hin und her, wie ein Faol in einem Käfig, unruhig und aggressiv. Madad versicherte ihr, wie sehr er alles bereue. Das wären die Nachwirkungen der Betäubung gewesen, er hätte ja noch gar keine Zeit gehabt, über alles richtig nachzudenken. Aber jetzt, nachdem ihm Chayenne und Madame und schließlich auch Professor Putz vor Augen geführt hatten, was für ein Paradies Amazonien für einen Cu sei, könnte er sich die Zunge abbeißen. Er wäre jetzt sehr gerne Rosies treuster Freund und braver Cu, er würde alles machen, um seinen Frevel wieder gutzumachen.

Rosie betrachtete den schwanzwedelnden Cu gedankenverloren, Madads Worte schienen ihr nicht viel zu bedeuten.

»Ich werde es meiner Mutter schon noch zeigen. Auch wenn sie immer noch nicht glaubt, dass ich hier ein echtes

Minas-Schwert habe. Ich glaube, Madad, sie ist nur eifersüchtig. Genau, Madad, die ist einfach nur eifersüchtig. Ihre kleine dumme Tochter kommt mit einem Cu und einem Minas-Schwert vom Festland zurück. Das kann doch gar nicht wahr sein. Weißt du, sie selbst hat ihren ersten Cu erst bekommen, als sie schon fast Ende zwanzig war. Als Geschenk von ihrer eigenen Mutter, als Belohnung dafür, dass sie in einer Nacht gleich fünf Faols erlegt hatte und sich danach von einem der Minenarbeiter schwängern ließ. Und die kleine Rosie kommt einfach daher und bringt ihren eigenen Cu mit. Wartet nicht, dass irgendein dreckiger Minenarbeiter sie schwängert und wartet auch nicht, bis Mama sich herablässt, ihr einen Cu zu schenken. Sie war immer die brave. Immer hat sie gemacht, was Oma gesagt hat. Weißt du, dass sie sogar mal in einen Mann verliebt war? Aber Oma hat es ihr verboten. Eine verliebte Nietengürtel, bei Goiba und ihren Schwestern, wo kommen wir denn da hin? Und jetzt kommt diese eigenwillige kleine Rosie an und macht einfach was sie will. Das geht gar nicht. Bei uns Nietengürtels zählt nur die Familie! Ich war so dumm, Madad. Ich dachte, sie wäre stolz auf mich. Ihre Tochter kommt mit einem Minas-Schwert zurück. Eine Waffe, wie sie keine andere Amazone hat, noch nicht einmal die Königin.«

Rosie schwieg plötzlich. Ihre letzten Worte hatten irgendetwas in ihr ausgelöst. »Noch nicht einmal die Königin…«, sagte sie zu Madad, der sie verständnislos, aber schwanzwedelnd anschaute.

»Noch nicht einmal die Königin. Noch nicht einmal die Königin. Ich weiß jetzt, was ich mache, Madad. Gibt es ein größeres Opfer für Goiba und ihre Schwestern als ein Minas-Schwert? Eine Waffe aus Minas, eine Waffe Branus? Zu Füßen der Göttinnen?« Vielsagend sah Rosie Madad an. Sie hatte ihren unruhigen Gang inzwischen gestoppt und stand kerzengerade im Zimmer. Ihr Blick ging aus dem Fenster und verlor sich irgendwo weit draußen zwischen den Wolken.

»Ich werde Königin sein«, flüsterte Rosie mit fester Stimme. »Mit diesem Opfer müssen mich die Priesterinnen zur Königin machen! Wer hat je davon gehört, dass den Göttinnen ein Minas-Schwert geopfert wurde?« Rosie blickte weiterhin fest in die Wolken. Ihr ganzer Körper war angespannt.

»Ich werde Königin sein. Und dann wird Mama schon sehen, dass alles stimmt, was ich gesagt habe.« Madad verstand Rosie nur zu gut. Mama war wichtig! Und es war wirklich toll, wenn Mama einen lobte. Nur dass seine Mama Madad auch dann lobte, wenn es um Kleinigkeiten ging. Irgendwie sieht Mama immer das Gute in mir, dachte Madad dankbar. Mama ist doch nicht gleich Mama.

*

Kurz nachdem Plrsoneins und Plrsonzwei das Gemach verlassen hatten, betrat der Spitzel wieder zwinkernd den Raum.

»Werter Oberster Scherge, soll ich Ihnen nun den Weg zu ihren Männern zeigen.«

»Sehr gerne. Meine armen Männer, die werden mich schon sehr vermissen.« Laoch zwinkerte zurück.

Er folgte dem Ichto mit dem kleinen, blauen Hut auf die weiß schimmernden Gänge. Durch Risse und kleine Luken, die wie unabsichtlich in Kalk und Muschelschalen geschlagen schienen, drangen Sonnenstrahlen und ließen den Gang hell und fröhlich erscheinen. Ihre Füße patschten durch die Pfützen, die sich über den ganzen Gang erstreckten und das Geräusch übertönte angenehmer Weise ihr Gespräch.

»So, lieber Freund, schön, dass wir uns treffen.«

»Sehr wohl Oberster Scherge. Die normalen Ichtos, das wisst Ihr sicherlich, sind ja so bescheiden. Alle ordnen wir uns brav unserer Königin Plr unter. Man wird als Languste geboren und bleibt ein Leben lang Languste, wenn Ihr versteht, was ich meine. Ich bin z.B. als eine Art Languste geboren worden. Was doch eine ziemliche Ungerechtigkeit ist. Wieso bin ich nicht als schönes Seepferdchen oder gar als Schwarzhai geboren worden? Nein. Nur eine langweilige Languste. Und vom Rang her bin ich nur ein einfacher Soldat. Aber, das garantiere ich, ich wäre ein hervorragender Offizier. Manchmal, ganz selten, erhebt die Königin einen aus der unteren Klasse zu höheren Ehren. Wenn man etwas Wertvolles für sie oder unser Volk gemacht hat. Und sicherlich wißt Ihr, Laoch, Oberster Scherge, wie ich, ein einfacher Soldat, unserem Volk dienen kann.« Er sah Laoch fragend an.

»Lieber…?«

»Nennt mich Pslfünf, meinen vollen Ichtonamen könntet Ihr nicht aussprechen.«

»Nun Pslfünf, vielleicht könntest du mir weiterhelfen. Mit ein paar Informationen. Ich bin sicher, die Königin wird meine Empfehlungen dann sehr ernst nehmen.«

»Ja, Laoch, Oberster Scherge, was geruht Ihr zu wissen?«

»Tsja, Pslfünf, ich frage mich ganz ehrlich, obwohl ich ein treuer Diener Flanakans bin, wieso die Ichtos überhaupt seine Vasallen sind. Habt ihr solch eine Angst vor der mächtigen Flotte Haragors? Landwesen, die mit diesen mächtigen aber doch klobigen Schiffen, hier vor eurer Küste auftauchen? Seitdem ich selber über das Meer zu euch gekommen bin, habe ich irgendwie Zweifel, dass dies der Grund alleine ist. Die Ichtos haben Wale als Zugtiere und spannen

Schwarzhaie vor ihre Taxis. Es würde mich wundern, wenn die Flotte Haragors euch wirklich schrecken würde.«

Der Ichto antwortete nicht sofort. Schweigend gingen sie eine Weile nebeneinander her und Laoch spürte förmlich, wie es in dem Halbkiemenatmer neben ihm arbeitete. Languste bleiben oder zum Schwarzhai aufsteigen. Ichto oder Menschen. Plr oder Flanakan.

»Laoch, Oberster Scherge, auch ich kann hier nur raten. Aber wie Ihr sicherlich wisst, ist Ichtien eine Vulkaninsel. Vor vielen Generationen hat sie Branu aus dem Meer aufsteigen lassen und dieses Reich für uns Ichtos geschaffen. Wir verehren diesen Vulkan wie Branu selbst. Und fürchten ihn wie Charu, den Zerstörer. Was würde passieren, wenn er wieder ausbricht? Feuer und Lava würde alles zerstören und Ichtien im Meer versinken. Also opfern die Ichtos, und ich bin sicher, dass das in Haragor kein wirkliches Geheimnis ist, Branu, damit er seinen Bruder Charu zurückhält. Aber der Vulkan erstieg aus der Tiefe, aus dem Erdinnern, aus dem Dunkel, aus dem Reich von Goiba und ihren Schwestern. Und Goiba schickte auch ihre treuen Vasallen, die Vulkanoguls, die tiefe Gräben in das Fundament gruben, die in alten Zeiten immer wieder mächtige Eruptionen auslösten. Und je stärker Goiba und ihre Schwestern werden, desto mächtiger werden auch die Vulkanoguls. Vielleicht könnten sie sogar die Quelle des Vulkans angraben und so einen gewaltigen Ausbruch hervorrufen. Und nun, lieber Laoch, Oberster der Schergen, frage ich Euch, wer in Haragor regiert und welche magischen Kräfte zurzeit die Oberhand haben.«

Die Vulkanoguls also. Goibas Geschöpfe. Kontrolliert von Tsarr und Flanakan. Deswegen waren die Ichtos also die Vasallen. Jetzt war seine Vermutung nochmals bestätigt. Alleine die Angst vor dem eigenen Untergang durch für die

Ichtos nicht zu kontrollierende Magie, machte die Ichtos zu Vasallen des Reiches.

»Vulkanoguls, lieber Pslfünf, das ist ja schrecklich. Haben die Ichtos denn niemals versucht, sie zu töten. Oder wenigstens zu vertreiben?«

»Oh doch, werter Laoch, Oberster der Schergen. Viele unserer alten Sagen besingen die Helden, die in die Tiefen der Höhlensystem hinabgestiegen sind, um diese Gefahr zu bannen. Aber die Oguls sind alte Wesen mit großen magischen Kräften. Als Branu und Goiba über Herrschaft von Tag und Nacht, über die Macht über Himmel und Erde stritten, hat Goiba selbst sie zu den Herren des finsteren Erdreichs gemacht. Ihre Magie ist alt. Alt und mächtig. All unsere Helden sind gescheitert.«

»Dann gibt es nichts, was diese Bestien besiegen kann?«

»Branu selbst könnte sie natürlich zertreten wie Würmer. Und da gibt es noch die Sage von den gesegneten Prinzen, die eines Tages die Schlacht gegen die Vulkanoguls gewinnen. Aber es gibt ja auch Gegenden in Haragor, wo man an alte, dicke Männer glaubt, die im Winter den Kindern Geschenke machen und auf Schlitten über den Himmel fliegen. Märchen. Aberglaube. Sagen.«

»Ah, die gesegneten Prinzen. Sicherlich ein Märchen. Um was geht es da?«

»Wollt Ihr das wirklich wissen, Laoch, Oberster Scherge?«

»Sehr gerne, Pslfünf, ich interessiere mich sehr für die Gebräuche und Sagen des Volkes.«

»Nun gut. Die Sage erzählt von den Prinzen, die eines Tages eine mächtige Waffe Branus finden. Eine Waffe, die jede Macht von Goiba zu Boden zwingen kann. Eine Waffe, durch die Branu selber spricht. Diese Waffe, wir Ichtos nennen sie Xklbr, ist gesegnet und jeder, der sie mit reinem Herzen gegen die Feinde Branus ins Feld führen wird, wird im Namen Branus siegen.«

»Xklbr?«

»Genau! Wie gesagt, ein schönes Märchen. Das aber in unserem Volk sehr lebendig ist.«

»Aha. Sehr interessant.«

Inzwischen waren sie, die letzten Schritte knöcheltief im Wasser watend, was Laoch erst jetzt bemerkte, an dem Ort angekommen, an dem seine Männer untergebracht waren. Den Faolskis würde es auch gut gehen, versicherte ihm Psl-fünf, immerhin waren sie die Geschöpfe Tsarrs, daher habe man sie weiter oben in einen trockenen Raum gesperrt und sie mit einigen Tok-Rind-Keulen friedlich gestimmt.

Seine Männer schienen tatsächlich erfreut, ihn zu sehen, das Wiedersehen lief um kaum spürbare Nuancen emotionaler ab, als es Laoch sonst kannte. Gemeinsam in der Fremde, das schweißt doch irgendwie zusammen, dachte Laoch und betrachtete nun vor allen Dingen seine beiden Toraks genauer. Obwohl er, wie alle Anhänger Flanakans, keine großen Stücke auf Toraks hielt, war Laoch auch Pragmatiker. Und über 200 Kilogramm Lebendgewicht sind oft ein unschlagbares Argument. Auch wenn sie im Grunde friedfertige Gesellen waren, konnten sie, auch auf Befehl, recht ungehobelt werden. Da es gerade in Conchar immer wieder renitente Toraks gab, denen man den Arm auf den Rücken drehen musste, waren sie unersetzlich. Und jetzt, da sie bald zu den Amazonen aufbrechen würden, bekamen seine Toraks noch einmal eine neue Bedeutung. Nur mit den anderen Schergen, Menschenmännern, nach Amazonien zu segeln, wäre selbst für den Obersten Schergen doch ein zu hohes Risiko. Aber gegen Toraks hatten die Amazonen nichts einzuwenden. Vielleicht sollte er sich aus Respekt vor den Amazonen eine dieser Kapuzen überziehen, die den ganzen Kopf verhüllen, sodass er wie einer ihrer Putzsklaven daherkommen würde? Eine Geste, da war sich Laoch sicher, die den statusbewussten Kämpferinnen sicherlich gefallen würde.

*

Odysseus verstand nicht so recht, wieso sein Herz so heftig pochte, als er mit einer Haranikeule und einem Becher Wein vor Rosies Zimmer stand. Natürlich war die Wahl auf ihn gefallen, als es darum ging, der Tochter des Hauses das Abendessen zu bringen. Und Hansi hatte dabei vielsagend gezwinkert. Hatte Professor Putz ihn etwa eingeweiht? Ihm also von der großen Liebe zwischen dem echten Mann Odysseus und Rosie Nietengürtel berichtet? Die Liebe, die natürlich nur im Kopf von Professor Putz existierte. Er und Rosie, so ein Unsinn, dachte Odysseus und schüttelte mit dem Kopf. Obwohl die Tage, die sie bisher zusammen auf dem Festland verbracht hatten, ihm gefallen hatten. Er wusste gar nicht warum. Eigentlich mochte er diese Arroganz der Amazonen nicht, die sich immer als etwas Besseres verstanden. Und dabei doch irgendwie auch so naiv waren. Wenigstens Rosie. Nun ja, sie hatte bisher ja auch nur die etwas bizarre Welt der Amazonen kennengelernt. Mit Hunden als Gesprächspartnern und Männern als Sklaven. Da konnte man mit den gesellschaftlichen Verhältnissen im restlichen Haragor, in dem es ja genau umgekehrt war, wahrscheinlich wenig anfangen. Genauso wie ein Dieb die gesellschaftlichen Verhältnisse als nicht selbstverständlich ansah. Vielleicht hatte er das so sympathisch an ihr gefunden? Dass sie genauso neben der Normalität stand wie er, wenn auch aus einer ganz anderen Geschichte heraus. Und dann, das musste Odysseus sich eingestehen, sah Rosie in ihrem Lederkostüm wirklich zum Anbeißen aus. Aber all das war doch kein Grund für dieses seltsame Herzklopfen, das er gerade verspürte, oder? Wahrscheinlich war es nur die Aufregung.

Odysseus pochte an der Tür. Rosie öffnete die Tür bald einen Spalt und als sie nur den Putzsklaven sah, atmete sie erleichtert auf.

»Puh, ich dachte schon, es wäre meine Mutter. Obwohl die nie anklopft. Du kannst das Essen dort abstellen.«

Rosie deutete auf einen niedrigen Tisch, Odysseus folgte ihrer Anweisung und blieb dann unschlüssig im Raum stehen.

»Was ist?«, fragte Rosie ihn und betrachtete den Sklaven ein wenig verwirrt. »Du bist neu hier, oder?«

Odysseus nickte wortlos.

»Hat Hansi dich für das Fest eingestellt? Madad, lass den Sklaven in Ruhe.«

Madad hatte ihn natürlich sofort erkannt. Und hatte sich jetzt zwischen die beiden positioniert. Er lächelte Odysseus an und versuchte seine Aufmerksamkeit mit kleinen Kopfbewegungen auf das Minas-Schwert zu lenken, das achtlos in einer Ecke stand.

»Teure Herrin, darf ich den neuen Sklaven ein wenig die Villa zeigen. Diese Putzsklaven sind anfangs immer so unorientiert und laufen wie Blinde durch die Gänge. Er muss doch noch wissen, wo der begehbare Kleiderschrank und die Vorratskammer sind. Oder weißt du das schon?«

Odysseus schüttelte verneinend den Kopf.

»Gut, Sklave, dann komm mit, ich, Madad, Oberster Cu von Rosie Nietengürtel, zeige dir die Gegend.«

»Teure Herrin! Madad? Langsam lernst du ja, wie es bei uns Amazonen so läuft. Also gut. Geh mit dem Sklaven, aber bleibe nicht zu lange. Ich brauche noch einen Gesprächspartner, mir geht noch so viel im Kopf herum.«

Madad bellte zustimmend und schubste dann Odysseus vorsichtig aber bestimmt aus dem Raum.

»Puh, Madad, Rosie sieht toll aus, oder?«

»Yo, Odysseus? Was ist los mit dir? Ist bei dir die Paarungszeit ausgebrochen? Ich dachte, wir holen uns das Minas-Schwert zurück. Du hast es gesehen, oder? Pass auf, ich habe einen Plan. Komm mit.«

Madad hechtete die Gänge voraus und blieb vor einer schweren geschlossenen Tür stehen.

»Die Waffenkammer.«

»Und?«

»Da sind Schwerter drin.«

»Aha.«

»Und einige sehen so aus, wie das Minas-Schwert. Rosie wollte das Schwert erst hierher bringen. Ihre Mutter glaubt ihr nämlich nicht, dass es ein Minas-Schwert ist. Sie glaubt, Rosie will sich nur aufspielen. Unser Glück. Nur Rosie weiß, dass es ein echtes Minas-Schwert ist. Dass ihr Menschen aber auch so misstrauisch sein müsst. Sogar in der eigenen Familie. Ich war mit ihr hier schon in der Waffenkammer, aber dann hat sie es sich anders überlegt und es wieder mit in ihr Zimmer genommen. Und das ist mein Plan. Du besorgst ein anderes Schwert hier aus der Waffenkammer, wir vertauschen es dann mit dem Minas-Schwert. Den Schlüssel zur Waffenkammer trägt Rosie allerdings um den Hals und legt ihn sogar nachts nicht ab. Aber morgen ist das große Fest. Und daher gehen die Frauen heute am späten Abend ins Bäderhaus. Das ist die Gelegenheit, den Schlüssel zu klauen. Für dich, Odysseus, Oberster Dieb von Amazonien, sicherlich kein Problem, oder?

»Äh, was, Bäderhaus, ausziehen. Nein, kein Problem. Ist so gut wie erledigt. Wann, wo, wie, was?« Irwar Odysseus nicht ganz bei der Sache war.

»Geht es dir gut, Odysseus?«

»Ja, ja, Madad, alles in Ordnung. Diese Kapuze und alles hier, das verwirrt mich alles irgendwie.«

»Und was hältst du von meinem Plan?«

»Super, Madad, erster Cu von ganz Amazonien. Ganz ehrlich. Fragt sich dann nur, wie wir hier wegkommen.«

»Oh, ja, da habe ich auch schon eine Idee. Ich muss mal runter zum Fuhrpark der Amazonen. Wusstest du, dass sie Unterwasserboote haben, die von Seehunden gezogen werden? Haben sie sich wohl von den Ichtos abgeguckt. Und rate mal, was ein Cu so alles kann?«

Odysseus sah Madad fragend an.

»Mit Seehunden sprechen! Ist zwar ein komischer Dialekt, aber ich konnte beim Vorbeilaufen schon ein paar Brocken aufschnappen. Und Mama hat immer gesagt, dass sie es nicht verstehen kann, wie man als Hund, selbst wenn man ein Seehund ist, den ganzen Tag nur an Fisch denken kann. Fisch, Fisch, Fisch. Languste. Ich glaube, ich kann sie überzeugen, uns hier schnellstmöglich wegzubringen.«

»Madad. Du bist der Hammer. Dabei sind wir doch hergekommen, um dich zu retten. Und jetzt sieht es so aus, als ob du uns retten würdest. Deine Mama kann echt stolz auf dich sein.«

»Ja, Mama. Was die Ohren machen wird, wenn ich ihr das alles erzählen werde. Dungratten, Amazonen, Minas-Schwert, die wird staunen!«

Gut gelaunt sprang Madad auf dem Weg zurück vor Odysseus her. Vor Rosies Zimmer verabschiedeten sie sich. Odysseus musste zurück in die Küche, bevor sie dort Verdacht schöpften. Und am Abend musste er es irgendwie zum Bäderhaus schaffen.

*

Laoch stimmte seine Männer gerade auf ihren Besuch bei den Amazonen ein, instruierte die beiden Toraks, nicht von seiner Seite zu weichen, während die anderen Männer auf dem Schiff bleiben sollten, als es klopfte und Pslfünf eintrat. Alle zwinkerten heftig und riefen: Mein Freund! Pslfünf zwinkerte zurück und rief ebenfalls: Meine Freunde! Er überbrachte Laoch die Nachricht, dass Königin Plr ihm eine Audienz gewähre. Dem Obersten Schergen schwoll die Brust. Ihm, Laoch, wurde eine Audienz bei seiner Majestät gewährt. Fast schon fühlte er sich selbst wie ein König. Und, so Pslfünf, diese Audienz würde in einer halben Stunden stattfinden. Aha, eilig hatte es ihre Majestät also auch, dachte Laoch zufrieden. Diese Sache mit dem Minas-Schwert begann ihm langsam Spaß zu machen.

*

Kard stieß ein Stoßgebet an Branu aus. *Bitte, lieber Branu, lass alles gut gehen.* Aber der Plan, den ihm Odysseus erzählt hatte, hörte sich nicht schlecht an. Jetzt mussten sie nur noch eine Ausrede finden, um sich aus der Küche fortzuschleichen. Was gar nicht so einfach war. In wenigen Stunden würde oben auf dem Schloss die Verkündigung der Regentschaft für die nächsten fünf Jahre stattfinden. Für die Priesterinnen die Gelegenheit, reichhaltige Opfergaben für die drei Göttinnen mit zurück in ihre Tempel nehmen zu können. Die Priesterin der Goiba liebte Schwarzhai in Knoblauchsoße, außerdem verachtete sie auch schwarzen Pflaumenpudding mit Brombeermilch nicht. Credna, Göttin der Liebe und ihre Priesterinnen standen auf gebratene Herzen, je größer, desto besser. Auch sehr beliebt war das noch pulsierende Herz, frisch aus der Brust geschnitten. Früher mussten Menschenmänner und Toraks dafür herhalten, heutzutage wurde ein Tok-Rind-Stier dafür geschlachtet. Eine Aufgabe, die Hansi, obwohl sonst Meister seines Faches, nicht gerne erledigte. Aber bei den Nietengürtels war es zum Glück Brauch, dass eine Tochter des Hauses dafür das Schwert zog. Wahrscheinlich war es dieses Jahr die Pflicht der jungen Rosie. Und Luchta war natürlich mit Gold und Silber zu befriedigen, ihre Priesterinnen waren dann auch immer die am vortrefflichst Gekleideten. Und dafür ging Mama Nietengürtel selbst in die Schatzkammer. Leider hatte es sich in den letzten Jahren herausgestellt, dass die Familie der amtierenden Königsfamilie den Nietengürtels immer ein Stück voraus war. Der etwas größere Stier, der etwas größere Schatz. Nur beim Gaumenwettbewerb lagen sie ungefähr gleich auf. Was Hansi sehr beruhigte, denn er hasste es, wenn Mutter Nietengürtel schimpfend und fluchend durch seine Küche marschierte. Für Hansi war also Perfektion in der Küche an diesem Tag das Alpha und das Omega. Doch Kard hatte auch bemerkt, dass Hansi so wie Professor Putz ein hoffnungsloser Romantiker war. Und so behandelte Hansi, der von Professor Putz eingeweiht worden sein musste, Odysseus mit verschwörerischer Vertrautheit. Als Kard erwähnte, dass sie den Damen im Badehaus ein paar kühle Getränke liefern wollten, hatte Hansi nichts dagegen. Ganz im Gegenteil. Sofort ließ er den Eistee aus den Tiefen des Kühlkellers hochholen und überreichte den beiden Putzsklaven das Tablett.

»Ins Badehaus, hm? Verstehe, verstehe. Aber die Augen schön bedeckt halten, ja? Immer nach unten gucken, ja? Schnell rein, schnell wieder raus, ja? Aber ich verstehe schon. Das Badehaus. Professor Putz und ich waren auch oft früher im Badehaus, das von der Schule versteht sich.« Einen Augenblick versank Hansi lächelnd in schönen Erinnerungen. Doch dann riss er sich zusammen.

»So, jetzt husch, husch. Weg mit euch. Und zurück zum Schwarzhaifilet, ganz schnell.«

Kard und Odysseus beteuerten, dass sie sich beeilen würden, schnappten sich das Tablett mit dem Eistee und schlurften schnellen Schrittes Richtung Badehaus, was gar nicht so einfach war, da die Kapuzen die Sicht schwer beeinträchtigte.

*

Der Thronsaal lag natürlich halb im Wasser. Wände, Decke und Boden waren aus weißen Muscheln gefertigt, durch Buntglasfenster brach sich helles Licht in die weiße, nasse Unendlichkeit.

In der Mitte stand der Thron, der aus einer gigantischen Muschel bestand, die sich perfekt dem Körper der Königin anpasste. Wasserfälle ergossen sich aus der Spitze der Muschel, sodass die Königin ständig im Nassen saß. Plrsoneins und Plrsonzwei standen, bewaffnet mit Aallanzen neben dem Thron. Und im Hintergrund hatten sich noch weitere Wachen positioniert. Trotz ihres breiten Fischmundes und aller anderen Merkmale, die die Königin deutlich als Ichto auswiesen, fand Laoch sie schön. Was ihn kurz verwirrte. Die Königin, Mutter vieler Generationen von Ichtos, musste eine alte Frau sein, aber ihre ganze Erscheinung sprühte vor Vitalität und Lebenskraft. Auch ihre Stimme schien die einer jungen Frau zu sein.

»Du bist also Laoch, Oberster der Schergen.«

»Sehr wohl, Eure Majestät, das bin ich.«

»Du bist ein treuer Diener Flanakans, das weiß ich. Umso mehr wundert es mich, dass du völlig inoffiziell hier bist. Unsere gute Goiba-Priesterin allein konnte dank ihrer Magie deine Identität bestätigen. Ist das jetzt die Art Flanakans, Politik zu machen?«

»Eure Hoheit. Es war nicht mein Plan nach Ichtien zu kommen. Die Umstände haben mich dazu gezwungen. Ich hatte einfach keine Zeit, zurück nach Conchar zu reisen, um offizielles Geleit zu beantragen. Dann hätte alles zu spät sein können.«

»Die Umstände? Du meinst das Minas-Schwert?«

Eine tödliche Stille legte sich auf den Thronsaal, kaum waren die letzten Worte der Königin verklungen. Man hörte das Zischen der blauen Stromschläge, die aus den Aalen der Lanzen von Plrsoneins und Plrsonzwei strömten. Auch das leise Plätschern des Wassers, das unangenehm kalt seine Füße umspülte, wie Laoch in der Stille plötzlich feststellte, konnte man wahrnehmen.

»Ja, eure Hoheit, das Minas-Schwert.« Minas, Minas, Minas, Schwert, Schwert, Schwert. Das Echo seiner Worte klang durch den Thronsaal.

»Ein Minas-Schwert, werter Laoch, wurde seit vielen Generationen nicht mehr in Haragor gesichtet. Ich muss dir nicht sagen, warum. Wie kommst du darauf, dass dieses Schwert, von dem du sprichst, tatsächlich ein Minas-Schwert ist und nicht irgendein Stück Metall?«

»Eure Hoheit. Mich schickt Tsarr, die Oberste Goiba-Priesterin Haragors. Würde sie mich, den Obersten Schergen schicken, wenn es irgendeinen Zweifel gäbe? Ich war selbst dabei, als Tsarr die Wunde eines tapferen Soldaten reinigte, die mit dieser Waffe geschlagen wurde. Und so hat sie ihre Faolskis die Spur aufnehmen lassen. Ihr kennt den Spürsinn von normalen Faols wahrscheinlich. Aber die Faolskis von Tsarr sind magische Wesen mit einem magischen Geruchssinn. Sie würden die Spur des Minas-Schwertes aus tausend Gerüchen herauslesen können.«

»Also hast du dieses Schwert mit eigenen Augen noch nie gesehen?«

Laoch ärgerte sich. Er war ein Scherge. Der Oberste der Schergen. Als Scherge wusste man, dass die Beweise nicht immer offensichtlich waren. Ganz im Gegenteil. Oft waren die beweiskräftigsten Beweise gerade die, die man nicht sah. Die Gedanken. Gefühle. Wünsche. Alles Beweise. Es war völlig gleichgültig, ob er das Schwert jemals gesehen hatte, wichtig war nur, dass er wusste, dass es existierte.

»Nein, eure Hoheit, mit eigenen Augen habe ich es nicht gesehen. Aber ich versichere euch, dass die Magie Tsarrs besser sieht, als jedes menschliche Auge. Es gibt keinen Zweifel an der Existenz des Schwertes.«

Die Königin schwieg und schien nachzudenken. Ihre Augen betasteten Laoch, als ob sie auf der Suche nach einem Widerspruch wären. Aber sie fanden nichts.

»Nun gut, Laoch, meine Söhne werden mit dir kommen und dich bei deiner Suche unterstützen. Außerdem diese zwei Diener des Göttlichen.« Plr klatschte in die Hände und aus dem Dunkel des hinteren Saales traten zwei Gestalten hervor. Laoch erkannte die Goiba-Priesterin, ganz in Schwarz, die er schon aus seiner Haftzelle kannte. Neben der Ichtofrau schälte sich eine weitere Gestalt aus der Dunkelheit, ein Ichtomann in einem gelben Umhang und mit gelbem Hut. Ein Branu-Priester, da war sich Laoch sicher. Natürlich. Die Ichtos würden ihre Magier mitschicken, um die Echtheit des Schwertes prüfen zu können.

»Ein paar Soldaten werden euch begleiten. Morgen früh könnt ihr aufbrechen.«

»Vielen Dank, eure Hoheit. Allerdings ist Eile geboten. Ich würde am liebsten sofort aufbrechen.« Dabei verneigte sich Laoch tief, denn er wusste, dass man einer Königin keine Bedingungen stellen durfte. Die Königin sah ihn daraufhin mit verengten Augen an, ihre Stimme gurgelte eine Spur spitzer als zuvor.

»Leider, Oberster Scherge, ist das nicht möglich. Es braucht einige Zeit, damit wir uns vorbereiten können. Außerdem wollt ihr nach Amazonien, wenn ihr ein wenig von Diplomatie versteht, dann begreift ihr sicherlich, dass dies auch ein Grund ist, gut vorbereitet zu reisen.«

Laoch verbeugte sich noch tiefer, seine Stirn berührte schon die Wasseroberfläche.

»Sehr wohl, eure Majestät, morgen früh. Ich bin sehr dankbar. Und ich bin sicher, dass Flanakan und Tsarr eure Hilfe zu schätzen wissen.«

»Das werden wir sehen, Scherge.«

Die letzten Worte der Königin klangen scharf, sie hatte die Drohung, die Laoch mit der Erwähnung von Flanakan und Tsarr ausgesprochen hatte, sehr wohl erkannt.

*

Alles lief wie geschmiert. An der Garderobe vor dem Eingang zum Badehaus hingen die Gewänder der Amazonen schön säuberlich an den Haken und auch der Schlüssel zur Waffenkammer baumelte friedlich hinter dem bunten Stoff.

Kard zögerte nicht, schnappte sich den Schlüssel und lief zur Waffenkammer, dessen Eingang sein Freund ihm auf dem Weg gezeigt hatte, während der vermummte Odysseus etwas zögerlich die Tür zum Badehaus öffnete.

Kard vergewisserte sich noch einmal, dass ihn niemand beobachtete. Aber alle waren mit der Vorbereitung für das morgige große Fest beschäftigt. Niemand war zu sehen. Mit einem leichten Knarren öffnete sich die Tür, nachdem Kard das Schloss lautlos entriegelt hatte. Neben dem Eingang befanden sich eine Öllampe sowie Zündhölzer, ähnlich derer, die Odysseus aus dem Erzgebirge einst bei sich hatte. Kard entzündete die Öllampe, schloss die Tür leise und drehte die Flamme dann größer. Seine Augen mussten sich erst an das fahle, flackernde, gelbe Licht gewöhnen. Anfangs sah Kard von den Wanden nur einige blasse Reflexionen, bis ihm plötzlich klar wurde, dass diese von all dem Metall zurückgeworfen wurde, das sich an den Wänden wie die Schuppen einer riesigen Schlange entlangzog. Schwerter und nochmals Schwerter. Schilde, Lanzen, Bögen, Pfeile, Armbrüste, Messer, Dolche. Helme, Brustharnische, Kettenhemden, Beinschienen und stählerne Fäuste. Und wieder Schwerter, Schwerter und noch einmal Schwerter. Kard, aufgewachsen in einer Stadt, in der striktes Waffenverbot für Privatleute galt, bekam kurz Atemnot. Wenn die Schergen davon Wind bekämen, dann wäre hier aber was los. Dann lachte er innerlich. Kein Scherge würde es wagen, einen Fuß auf Amazonien zu setzen. Diese Amazonen, dachte er jetzt ein wenig bewundernd. Offensichtlich hatten die Damen eine wahre Lust am Sammeln von Waffen. Allein dieser Raum würde ausreichen, um eine kleine Armee auszustatten. *Kein Wunder, dass Rosie so scharf auf das Minas-Schwert gewesen war.* Für ein Volk, bei dem ein Schwert solch einen Stellenwert besaß, musste ein Minas-Schwert, aufgeladen mit dem Segen und der Magie eines Gottes, eine besondere Rolle spielen. Außerdem waren die Amazonen sehr ordentlich. Oder ein Schüler von Professor Putz hatte hier gewaltet. Auf jeden Fall waren die Schwerter schön säuberlich nach ihrer Größe geordnet an der Wand aufgehängt. Kard ging also, nachdem sich seine Augen nun an das Dämmerlicht gewöhnt hatten, die Reihe entlang, bis er vor den Schwertern stand, die ungefähr der Größe des Minas-Schwertes entsprachen. Im Licht der Öllampe konnte er zwar nicht wirklich sehen, ob eine der Schwertscheiden auch den typischen blauen Glanz des Minas-Schwertes hatte, aber er musste sich entscheiden. Schließlich nahm er eines von der Wand, dessen Parierstange ähnlich schmucklos war und dessen Scheide zwar ein wenig schmaler war als das Original, aber wer das Minas-Schwert weniger gut kannte als sein Schöpfer, würde sich wohl davon täuschen lassen. Hoffte Kard auf jeden Fall. *Das muss ausreichen.* Auf der anderen Seite waren die Amazonen natürlich absolute Waffenspezialisten. Aber mit ein wenig Glück würde Rosie sich eine Weile davon täuschen lassen.

Mit dem Schwert in der Hose, irgendeinen Vorteil mussten diese Ganzkörperanzüge ja haben, schlüpfte Kard wieder aus der Waffenkammer, nachdem er sich mit einem kurzen Blick auf den Gang versichert hatte, dass die Luft rein war. Dann ging es wiederum schnurstracks zu Rosies Zimmer, das Madad ihm öffnete, nachdem Kard sich zu erkennen gegeben hatte.

»Hey, Alter, was geht ab?«

»Hey, Madad, schön dich zu sehen. Pass auf, ich tausche jetzt die Schwerter aus und heute Nacht treffen wir uns bei deinen Seehundfreunden, einverstanden? Sobald der Mond am Himmel steht, geht es zurück aufs Festland. Ich hoffe nur, dass wir drei auch in das U-Boot hineinpassen.«

»Mama sagt, Kuscheln ist schön.«

»Ja, wenn man vorher geduscht hat.«

»Du willst doch nicht etwas sagen, dass ich stinke.«

»Wir alle stinken, Madad, ich weiß nicht, wann ich das letzte Mal Wasser gesehen habe.«

»Dabei sind wir auf einer Insel.«

»Klugscheißer.«

»Selber.«

Ohne sich weiter um Madad zu kümmern, vertauschte Kard, der das Minas-Schwert sofort in einer Ecke entdeckt hatte, die beiden Waffen. *Perfekt, das läuft doch wie am Schnürchen.* Er zeigte dem Cu nochmal den Daumen der guten Hoffnung und verschwand, das Minas-Schwert in der Hose, wieder in Richtung des Badehauses, um Odysseus abzuholen. Dort angekommen, hörte er lautes Gelächter. Odysseus war nirgendwo zu sehen, er musste noch drinnen sein. Seltsam. So lange dauerte es nun auch nicht, eine Karaffe Eistee abzustellen. Doch dann hörte er Stimmen und verstand, warum Odysseus noch bei den Amazonen verweilte.

»So, du kleiner Putzsklave, du bist also ein Neuer und hast noch nie nackte Frauen gesehen?«

Wieder dröhnte schallendes Gelächter durch die Tür. Odysseus schien irgendetwas zu murmeln, was Kard aber nicht verstand. *Mach jetzt keinen Unsinn, Odysseus! Komm da sofort wieder raus.* Doch dann hörte man deutlich die scharfe Stimme von Rosie.

»Lauter, Putzsklave, ich kann dich nicht hören.«

Auch wenn Kard draußen im Gang die Worte seines Freundes immer noch nicht verstehen konnte, war ihm sofort klar, dass Odysseus ein Problem hatte. *Verschwinde, Odys-*

seus. Jetzt. Auf der Stelle. Lautes Gelächter folgte den Worten des Sklaven. Nur Rosie schien nicht zu lachen, denn ihr Tonfall war nun noch schärfer.

»Sklave, die Kapuze runter.«

»Aber Rosie, lass den armen Kerl doch, der ist ja auch so schon ganz durcheinander.«

»Lasst mich. Ich habe da einen ganz üblen Verdacht. Sklave, Kapuze R-U-N-T-E-R!«

Eine bleierne Stille legte sich über die Schwaden des Badehauses, die bis hinaus in den Gang drang.

»Sklave? Tu, was Herrin Rosie dir sagt.«

Kard hielt den Atem an. *Was ist da drinnen los?* Was hatte dieser Odysseus nur schon wieder angestellt? Instinktiv ging Kard rückwärts und entfernte sich langsam von der Tür des Badehauses. Aber er konnte noch einige Geräusche hören und dann eine kreischende Rosie.

»Odysseus, ich wusste es!«

Und dann die laute Stimme des Diebes.

»Rosie, ich liebe dich. Ich musste dich wiedersehen.«

Daraufhin ging ein Geschrei los, gegenüber dem das Heulen der Faolskis wie liebliche Tempelmusik klang. Kard machte auf dem Absatz kehrt und verschwand in Richtung Küche. *So ein Mist. Jetzt hat sich dieser Idiot von den Amazonen erwischen lassen.* Da hatten sie endlich wieder das Minas-Schwert in der Hand, Madad war frei und jetzt das. Keuchend kam er in der Küche an, seine weit aufgerissenen Augen konnte der einfühlsame Hansi auch durch die Kapuze sehen.

»Neuer Sklave zwei, was ist los?«

»Neuer Sklave eins…«

»Was ist?«

»Die Liebe…«

»Oh nein.«

»Doch.«

»War die Liebe stärker...?«

»Die Liebe von Neuer Sklave eins war stärker als jede Vorsicht. Er hat sich offenbart. Im Badehaus.«

»Im Badehaus. Oh Gott, wie romantisch. Oh Gott, oh Gott, oh Goiba, oh Branu, wie romantisch!«

Wieso hatten diese Obersten Putzsklaven und Putzsklavenprofessoren nur alle diesen Hang zur Romantik? Hansi sah Kard besorgt an.

»Ich glaube, es ist besser, du verschwindest. Ach ihr Götter, und dann noch diese Feier morgen. Ich weiß gar nicht, wie ich das alles schaffen soll.«

Kard nickte mit seiner Kapuze, hinkte dann, behindert durch das Minas-Schwert in seiner Hose, zur Hintertür. Runter zu den Ställen würde er gehen. Zur allergrößten Not würde er ohne Odysseus verschwinden müssen. Hoffentlich schaffte es Madad zu den Seehunden. Wirklich ohne Odysseus? Nach all dem, was sie durchgemacht hatten?

*

Laoch staunte nicht schlecht, als Pslfünf ihn und seine Männer am nächsten Morgen zum Landungspier führte. Die Königin hatte eine ganze Armada zusammen stellen lassen, um nach Amazonien zu schwimmen. Mehrere beeindruckende Walfischbarkassen, ausgestattet mit riesigen Behältern, in denen sich wohl die Munition für die Katapulte befand, die sich an beiden Seiten des Schiffes aufreihten, bildeten das Zentrum eines Gemenges von Meeresgefährten aller Art, wie nur die Halbkiemenatmer sie besaßen. Keines der Schiffe besaß Segel, eine Meeresarmee, die unabhängig vom

Wind fuhr, der Traum eines jeden Flottenadmirals. Laoch sah auch auf anderen Schiffen Katapulte, aber auch Ichtos in Rüstungen aus Schildblatt, ein ungewöhnlicher Anblick bei den ansonsten gerne kleiderlosen Wasserbewohnern. Wale, Haie und Seehunde tummelten sich in Geschirren vor den Gefährten, auf den Rücken einiger riesiger Mantas standen Ichtos mit Aalspeeren, das ganze Meer schien vor Leben zu brodeln. Für einen Schergen, der normalerweise gerne im Verborgenen arbeitete, eine ungewöhnliche Art, ein Ziel zu verfolgen. Laoch war daher auch nicht wirklich begeistert. Wo blieb hier der Geheimnisfaktor? Und wusste Flanakan von dieser Armee? Aber noch viel wichtiger war die Frage, wie er selbst dieser waffenstrotzenden Ansammlung entkommen würde, wenn er erstmal das Minas-Schwert in der Hand hatte?

Pslfünf führte ihn auf das Flaggschiff, auf dem ihn Plrsoneins und Zwei erwarteten, beide auch in voller Schildblatt-Rüstung.

»Ist das wirklich notwendig?« Laoch deutete verärgert auf das Gewimmel.

Plrsoneins schaute ihn freundlich lächelnd an, aber Laoch spürte auch ein Stück Verachtung in seiner Antwort. »Lieber Laoch, Oberster der Schergen, guten Morgen!«

»Guten Morgen«, knurrte Laoch zurück. »Wäre ein wenig Geheimhaltung nicht angemessener gewesen?«

»Geheimhaltung? Amazonen und Ichtos haben nicht das Verhältnis, in dem Geheimhaltung irgendeinen Sinn macht.«

»Aber die Welt muss nicht unbedingt wissen, worum es hier geht.«

»Keine Sorge, Oberster Scherge, unsere Krieger und Kriegerinnen kennen keine Details. Aber wenn unsere Königin Plr zu den Waffen ruft, fragt hier niemand, wieso. Ich denke, bei Flanakan ist es genauso.«

Laoch nickte. Klare Befehlskette. Keine Fragen. So funktionieren Soldaten nun mal.

»Aber keine Sorge. Wir wollen keinen Krieg mit den Amazonen. Aber diese Menschenfrauen verstehen nur diese Sprache. Wenn wir sie höflich fragen würden, würden sie uns hochkant hinausschmeißen. So, das versichere ich dir, nimmt man uns wenigstens ernst. Und zuerst werden wir versuchen zu verhandeln. Ein Minas-Schwert mag für die Amazonen ein hübsches Stück in ihrer Waffenkammer sein, mehr aber auch nicht. Ich würde mich wundern, wenn wir nicht einen Weg finden könnten, es ihnen abzuschwatzen. Und wir Ichtos, das könnt ihr mir glauben, können reden wie ein Wasserfall.«

Laoch nickte erneut. Das stimmte. Den Ichtos eilte der Ruf voraus, einem einen faulen Fisch andrehen zu können.

»Nun gut, dann mal los. Ich sehe, Ihr habt die Faolskis auch auf das Schiff bringen lassen. Sie werden uns zum Minas-Schwert führen. Die Amazonen werden sich nicht so einfach hinausreden können.«

Plrsonzwei gab ein Zeichen, einer der Matrosen blies in ein Muschelhorn und die Wasserarmee ergoss sich aus dem Hafenbecken von Coralis in das offene Meer.

*

Der große Tag war da. Heute würde sie, Rosie, zur Königin von Amazonien gekrönt werden. Die Priesterinnen würden nicht anders können. Sobald sie das Minas-Schwert in den Opferstier stößt, werden die Göttinnen vor Wonne aufschreien. Ein wenig verwirrt dachte sie an Odysseus, der sie mit seinem Liebesgestammel beinahe aus dem Konzept gebracht hätte. Die neidischen Blicke der anderen Amazonen, als sie feststellten, dass der Putzsklave in Wirklichkeit ein liebestoller Mann vom Festland war, waren ihr nicht entgangen. Das hatte ihr einen Schuss Genugtuung gebracht. Aber liebte Odysseus sie wirklich? Und dieses komische Gefühl, das sich in ihrer Magengegend breit gemacht hatte, als Odysseus sie mit seinen blauen Augen angeschaut hatte. War das vielleicht auch Liebe? Alles Unsinn, das hatte sie sofort erkannt und den Liebestollen in die Minen schicken lassen. Soll er da doch mit seinen kräftigen Oberarmen das Erz aus dem Fels hauen, während der Schweiß über den nackten, muskulösen Oberkörper rinnt. Rosie schüttelte sich. Genug von diesen Gedanken. Heute galt es, Königin zu werden. Was sollten da Männer, Muskeln und Liebesgestammel? Alles nur unerwünschte Ablenkung.

*

Kard und Madad hatten die Nacht in den Ställen bei ihren neuen Freunden, den Seehunden Billi und Bolli, verbracht. Aus der Küche hatte Kard ein paar saftige Fische mitgehen lassen, um bei den Seehunden, die sie zum Festland bringen sollten, für gute Stimmung zu sorgen. Und Madad gab ganz den Amazonen-Cu und erzählte wilde Geschichten von mutigen Seehunden, die im Kampf gegen ganze Schwärme von Schwarzhaien den Sieg davongetragen hatten. Ganz das, was Amazonen-Seehunde eben erwarteten.

In der Küche hatte Kard noch erfahren, dass Odysseus in die Minen gebracht worden war. Er und Madad hatten dann doch beschlossen, auf keinen Fall ohne ihren Freund zu verschwinden. Sie versteckten das Minas-Schwert unter bestialisch nach Fisch stinkenden Decken, sodass die Faolskis, sollten diese unerwarteterweise hier aufkreuzen, das Schwert nicht entdecken würden.

In Thakis war die Hölle los. Alles, was Beine hatte, hatte sich auf den Weg zum Königspalast gemacht. Amazonen, Cus, Hunde, Toraks und natürlich Massen von vermummten Putzsklaven strömten zur Veranstaltung. Auch wenn am eigentlichen Ritual nur der höchste Adel teilnehmen würde, ließen sich die Bürger von Thakis es nicht nehmen, zu diesem Anlass ordentlich zu feiern. Dem gemeinen Volk war es ziemlich egal, wer die Regentschaft inne hatte, da waren die Amazonen nicht anders, als der Rest der Welt. Aber gegen Tanzen, Trinken und ein anständiges Gelage war niemals etwas einzuwenden. Tok-Rind-Gespanne mit riesigen Fässern voller Schott sowie Gefäße und Schalen mit den leckersten Speisen wurden vor den Palast gekarrt, um auf dem Großen Platz die neue Königin zu feiern.

Kard und Madad huschten durch die Menge, ohne dass jemand dem Putzsklaven oder dem Cu Beachtung geschenkt hätte. Die ersten Minen begannen bereits vor den Toren von Thakis in den ersten Ausläufern des Eisengebirges und Kard war sich ziemlich sicher, dass man Odysseus noch nicht weiter gebracht hatte.

Zur Feier des Tages ließen die Amazonen die Zügel schleifen. Die Stadttore waren unbewacht und Kard und Madad konnten aus Thakis heraus marschieren, ohne dass es jemand bemerkte. Kard fragte sich sowieso, wieso die Amazonen überhaupt Wachen aufstellten. Aber wenn man schon einmal Wachtürme und Stadtmauern hatte, sahen die irgendwie funktionslos und unsinnig aus, wenn darauf keine schwer bewaffnete Amazone zu sehen war. Wahrscheinlich war das dem Selbstbild der Amazonen geschuldet, die sich an die alten Tage klammerten, als sie noch auf ihren Pferden über das Festland rasten und Krieg gegen Barbaren, Männer oder gar gegen die Sippe Flanakans, den Vampyren, führten. Aber wer brauchte heutzutage, nachdem alle Vasallen von Flanakan waren, noch diese unbezwingbaren Mauern? Insgeheim sahen die Amazonen das wohl schon selbst ein, denn als Kard und Madad sich dem Eingang der Minen näherten, waren selbst dort keine Wachen zu sehen. Alle waren hoch zur Burg, um zu feiern.

Neben den Stolleneingängen, nur wenige hundert Schritte von den Stadtmauern von Thakis entfernt, zogen sich die Schmieden der Amazonen die Berghänge des Eisengebirges hoch. Viele wurden wohl schon lange nicht mehr benutzt, die Gebäude weiter oben zeigten Zeichen des Verfalls, aber selbst in diesen friedlichen Zeiten wurden einige der Essen weiter befeuert. Kard atmete die kohleschwangere Luft ein, roch das glühende Erz und spürte auf der Zunge den Geschmack geschmolzenen Metalls. Ein wenig Wehmut und Heimweh regte sich in seiner Brust und kurz überflutete ihn die Fantasie des glücklichen Schmieds Kard mit seiner wunderschönen Frau und zehn Kindern, aber Madad brachte ihn schnell wieder zurück auf den Boden der Tatsachen.

»Die Amazonen sind gute Bogenschützen.«

Recht hatte der Cu. Augen auf. Nicht das doch noch eine schießwütige Frau sich in irgendeinem Wachturm verbarg. Aber kein Warnruf oder gar Pfeil wurde ihnen entgegengeschleudert. Ein paar Fässer Schoff waren anscheinend auch für die Amazonen unwiderstehlich, sodass auch hier sich alle zum Feiern getrollt hatten.

Und offensichtlich führte ein Bruder von Professor Putz hier das Regiment, denn auch in den Minen galt: Ordnung ist das halbe Leben. Am Eingang standen die Schilder »Minensklaven« und »Amazonen« und wiesen Kard und Madad die Richtung. Breite dunkle Holzstämme stützen den Eingang ab. Ein durch Öllampen schwach beleuchteter Gang, in dem fünf Tok-Rinder nebeneinander Platz gehabt hätten, führte in das Innere des Berges. Kard und Madad wollten gerade frohgemut hineinstürmen, als ein mit Harnisch und Kurzschwert bewaffneter Torak aus dem Halbdunkeln trat. Kard glaubte seinen Augen nicht zu trauen. *Das kann doch nicht sein.* Eine innere Stimme rebellierte, denn natürlich gab es in Conchar keine bewaffneten Zivilisten und schon gar keine bewaffneten Toraks. *Doch, doch, Kard. Das siehst du gerade ganz richtig. Das ist ein bewaffneter Torak.* Verkehrte Welt. Offensichtlich hatten die feierwütigen Damen den Torak und wahrscheinlich noch ein paar seiner Freunde als Wachen zurückgelassen. Der Torak, der sich wohl gerade eine Raucherpause gönnen wollte, denn er hielt einen glimmenden Pflanzenstängel in der Hand, sah die beiden genauso verdutzt an, wie sie ihn. Keiner von beiden hatte mit dieser Begegnung gerechnet.

»Was ist mit deiner Kapuze, Sklave? Nur weil die Herrinnen nicht zu sehen sind, glaubst du wohl, du könntest es etwas lockerer angehen, oder?«

Tatsächlich hatte Kard die Kapuze abgenommen, unter der man schlecht atmen und noch viel schlechter sehen konnte. Nach den Worten des Toraks wollte Kard auch gleich wieder brav seinen Kopf verhüllen, aber dieser gab ihm mit einer wegwerfenden Handbewegung zu verstehen, das das nicht notwendig ist. Er schaute auf Kard, dann auf seinen Glimmstängel. Und wieder zu Kard.

»Heute lassen wir das mal alles locker angehen, oder? Kommt ja nicht jeden Tag vor, dass die Herrinnen sich einen hinter die Binde kippen.«

Der Torak nahm einen kräftigen Zug und blies den Rauch genüsslich durch die Nase wieder aus. Dann setzte er sich auf einen Felsbrocken neben dem Eingang und blickte die Besucher fragend an.

»Und, was wollt ihr?«

Madad, seiner sozialen Stellung in der Amazonenwelt sich wohl bewusst, schlug einen freundlichen, aber doch strengen Tonfall an. Der Torak streckte auch sofort seinen Rücken und sah Madad respektvoll an.

»Wir kommen von den edlen Nietengürtels, hochgeschätzter Minensklavenwächter, mit dem Auftrag, uns nach dem Wohlbefinden unseres Sklaven zu erkundigen.«

»Ach, der Neuzugang. Verstehe. Ganz gut gebaut. Wird ein paar Jahre hier durchhalten. Und die Nietengürtels sorgen sich um ihn? Ist ja seltsam. Aber ich habe schon Gerüchte gehört. Liebe und so.«

Das fand der Torak offensichtlich wirklich komisch, denn er schlug sich lachend auf die Schenkel.

»Liebe, hahaha. Und Amazonen. Hahaha.«

Madad stierte ihn schweigend an, während Kard, immer noch unsicher, ob er nicht doch die Kapuze überziehen sollte, nervös auf den Fußballen wippte. Schließlich bemerkte auch der Torak Madads strengen Blick und beendete hustend seine Lachsalven.

»Kommt mit. Er ist noch drüben im Lager bei den anderen Sklaven. Wir haben heute alle frei und die Herrinnen haben uns sogar ein Fass Schoff hingestellt. Sehr großzügig. Alle fünf Jahre ein Fass Schoff, für, wartet mal…«, der Torak, in dessen Stimmen die Ironie leicht herauszuhören war, zählte innerlich, »…zur Zeit sind wir sieben Wachen und ich schätze mal knapp fünfzig Sklaven. Das gibt ja ein richtiges Besäufnis, was? Ein Fass Schoff. Das trinke ich ja alleine.«

Der Torak lief ihnen voraus zu einer Ansammlung von Gebäuden, die sich unweit des Eingangs befanden. Auf dem Weg dorthin passierten sie ein riesiges Tor, hinter dem ein breiter Tunnel in den Berg hinein führte und bei dem auch das Hinweisschild nicht fehlte, was sich dahinter verbarg. Waffenkammer. Kard überlegte. Ein riesiges Tor. Also auch eine riesige Waffenkammer. Wenn er daran dachte, wie vollgestopft alleine schon die kleine Kammer der Nietengürtels gewesen war, musste sich hinter diesem Tor ein Arsenal befinden, um eine ganze Armee auszurüsten. Aber bevor er sich darüber weitere Gedanken machen konnte, hörte er schon den Gefangenenchor.

Dumpfe Stimmen, das Gerassel von Ketten, der Klang von Streichinstrumenten. *Nein, nein, Kard, das bildest du dir nur ein.* Der Torak führte sie durch eine Flucht zwischen den Gebäuden hindurch, die auf einem kleinen Platz endete, in dessen Mitte das Schoff-Fass stand. Darauf ein geharnischter Torak, der mit seinem Schwert die Minensklaven dirigierte, die sich im Halbkreis und in drei Reihen um ihn versammelt hatten. Ehrfürchtig blieb der Torak-Wächter stehen und lauschte dem Gesang. Beinahe wären Kard und Madad aufgelaufen. Vielleicht galt seine Ehrfurcht auch dem Fass Schoff und er überlegte, wie er den Dirigenten da herunterbekommen würde. Da war sich Kard nicht ganz sicher. Alle starrten auf das Fass. Offensichtlich waren sie gerade rechtzeitig gekommen. Denn der Gesang endete in diesem Moment, der Torak sprang vom Fass hinunter und öffnete es.

»Frühstücksschoff«, tönte es und alle Toraks, auch der Wächtertorak, der Kard und Madad hergeführt hatte, zauberten tönerne Krüge hervor und stellten sich um das Fass, um ihre Ration abzuholen. Die Minensklaven, alles nackte, muskulöse Männer, auf dessen Brüsten der Schweiß glitzerte und die nur mit einem Lendenschurz bekleidet waren, blieben auf Abstand. Verkehrte Welt, dachte Kard noch einmal. Toraks in Waffen, Männer in Ketten. Schließlich entdeckten sie auch Odysseus, der mit rollenden Augen zu ihnen hinübersah. Endlich bemerkt ihr mich auch mal, schien er ihnen sagen zu wollen. Aber er war sichtlich erfreut, sie zu sehen. Kard zweifelte nicht daran, dass dem listigen Dieb auch alleine die Flucht aus der Mine irgendwann gelungen wäre. Aber von Amazonien runter und hinüber auf das Festland war dann doch nicht so einfach. Kard und Madad umrundeten den stummen Chor. Odysseus hob die Handgelenke hoch, zeigte so die Ketten, mit denen er an seine Nachbarn gefesselt war, und zuckte hilflos mit den Schultern. *Das ist vielleicht ein Problem.*

»Hallo Sklave, deine Herrin Rosie schickt uns.« Madad sprach ernst und gewichtig, wie es sich für einen Boten-Cu geziemte.

»Die gütige Herrin«, zwinker, zwinker, »hofft, dass es dir gut geht.«

»Oh liebenswürdiger Cu, die Freiheit«, Odysseus sah auf seine Ketten und zwinkerte nun seinerseits, »ist nicht das Problem, aber diese Aussicht!«. Dabei richtete sich sein Blick auf die Wachen. Große Toraks mit Schwertern.

Kard verstand. »Ja in den Minen ist die Aussicht natürlich beschränkt. Da freut man sich sicherlich über das eine oder andere Fass Schoff.«

Odysseus nickte. »Ein paar Fässer Schoff heute zusätzlich würde die Aussicht sicherlich verbessern.«

Madad daraufhin: »Aber nicht das jemand auf die Idee kommt, ein Vorratslager zu plündern.«

Odysseus wirkte entsetzt. »Oh Goiba, nein. Nicht die Vorratskammer eines armen Wirtes!«

»Nein, das wird nicht geschehen, Madad, oder?« Kard schaute seinen Freund mit weit aufgerissenen Augen an. »Ich würde jetzt gerne noch ein wenig spazieren gehen. Wir schauen nachher noch einmal vorbei. Tschüssi.« Kard winkte dem Wächtertorak zu, der sie kaum beachtete. Stattdessen starrte er auf den leeren Boden seines Kruges, als ob er so noch etwas Schoff heraufbeschwören könne, da er seinen Anteil mit einem einzigen Schluck hinuntergespült hatte. Während sich Kard und Madad zu ihrem Spaziergang aufmachten, begannen die halbnackten Sklaven sich dem Fass zu nähern. Die muskulösen Männer hatten jeweils eine kleine Holzschale in den Händen. Ein doch recht trauriger Anblick, dachte Kard, als er zurückblickte. Dagegen würden sie jetzt etwas unternehmen!

*

Das offene Meer. Die riesigen Wellen. Wieso kam sich Laoch winzig und unwichtig vor, ein Gefühl, das er gar nicht schätzte. Aber wie er so mit Plrsoneins und Zwei vorne wegfuhr, eine wilde, schäumende Armee hinter sich, das gefiel ihm doch ganz gut. Hätte er damals während des Großen Krieges schon gelebt, wäre er sicherlich ein ausgezeichneter Feldherr gewesen. Da war sich Laoch ganz sicher. An Flanakans Seite gegen diesen arroganten Drachenkönig. Sein Schwert schwingend gegen Menschen und Toraks und sogar Drachen! Falls es die gab, gesehen hatte Laoch noch keinen. Und auch niemand, den er kannte, hatte jemals eines dieser Fabelwesen zu Gesicht bekommen. Andererseits hatte er auch noch nie einen Ogul gesehen und offensichtlich waren die Ichots fest von der Existenz ihrer Vulkanoguls überzeugt. Ansonsten würde es diese ganze Show hier nicht geben. Und er, Laoch, an der Spitze. Vorneweg. Der Anführer. Der König. Fast. Und das alles wegen dieses Minas-Schwertes. Die Gischt schlug hoch, aufgewühlt durch die Schwanzflossen der riesigen Zugwale, der Wind zerwühlte sein Haar, Laoch riss sein eigenes Schwert in die Höhe und reckte es gegen den Himmel, gegen Branu, und ließ einen lauten Schrei von sich.

*

Kard spürte das Drachenamulett beruhigend auf seinem Brustbein pulsieren. *Oder ist das mein Herz?* Vor wenigen Wochen oder sogar Tagen hätte er jedem Vorschlag, einige Fässer Schoff zu stehlen, eine rigorose Absage erteilt. Diebstahl war verboten und damit gegen die Götter, gegen Flanakan und gegen die Schergen. Man würde von den Göttern verflucht werden, Schergen und Folterknechte würden einem das Herz aus dem Leib reißen. Nein, ein Diebstahl war keine gute Sache. Aber heute? *Der Zweck heiligt die Mittel! Es geht um Odysseus, meinen Freund!* Was wäre das für ein Gott, der den Tod eines Freundes billigend in Kauf nimmt, nur damit ein Torakwirt ein paar Argits mehr an seinem Schoff verdient? Und Odysseus würde in den Minen recht bald das Zeitliche segnen. Die Arbeit dort unten war einfach zu unmenschlich.

In Thakis herrschte weiterhin buntes Treiben. Und Superspürnase Madad hatte das Schofflager einer Torakkneipe erschnüffelt. Als sie um die Ecke bogen, belud der Wirt gerade einen Wagen mit Schoff-Fässern, um auf dem großen Platz vor dem Palast den Durst der Amazonen zu löschen. Wenn die Gäste heute nicht zu ihm kamen, musste er zu den Gästen fahren. Drei Fässer standen schon auf der Ladefläche eines einspännigen Wagens, vor dem geduldig ein kräftiges

Pferd wartete. Der Wirt, ein breitschultriger Torak mit der üblichen Lederschürze der Wirte, kletterte ohne Hast von der Ladefläche herunter, offensichtlich sicher, dass der Durst seiner Gäste ihm nicht davonlaufen würde. Kaum war er im Lager verschwunden, sprangen Kard und Madad aus ihrer Deckung hervor, Kard kletterte flink auf den Kutschbock und Madad, der natürlich auch pferdisch bellen konnte, versprach dem Gaul, ihm dermaßen die Eingeweide herauszureißen, wenn er nicht genau das machte, was man ihm sagte, dass sein Blut über ganz Thakis regnen würde. Das Pferd, Madad meinte, es hätte sich als Kleinklaus vorgestellt, hätte zwar beinahe einen Herzinfarkt bekommen, aber nach dem ersten Schreck trabte es gehorsam davon. Anfangs so langsam und so leise, dass man die Tritte seiner Hufe kaum auf dem Pflaster hören konnte. Kaum aber waren sie einige Schritte von der Schänke entfernt, gab Kleinklaus wirklich sein Bestes, um schnell aus der Stadt herauszukommen. *Was würde ich nur ohne Madad machen? Er ist nicht nur mein Freund, er ist wirklich Gold wert.* Auch wenn sie sich gegen den Strom der Besucher kämpfen mussten, wurden sie praktisch von der Menge ignoriert, da allen nur das Fest auf dem großen Platz im Sinn stand.

*

Rosie hatte sich das Minas-Schwert um die Hüfte geschnallt und sich dann brav in die Prozession der Nietengürtels eingereiht. Seit wie vielen Jahrzehnten schon versuchten die Nietengürtels, die Familie der amtierenden Königin Penthilea zu übertrumpfen? Wie viel Gold, Silber, Waffen, Sklaven und Tok-Rind-Keulen waren den gierigen Priesterinnen schon nachgeworfen worden? Damit würde heute

Schluss sein. Und was für ein Gesicht würde ihre Mutter machen. Sie, Rosie, Königin der Amazonen.

*

Amazonien lag vor ihnen. Zuerst waren ihm die Wolken am Horizont aufgefallen. Darunter hatte sich dann bald ein dunkler Strich über der Wasserlinie abgezeichnet, das berühmte Eisengebirge der Insel. Laoch bemerkte ein sanftes Kribbeln im Unterleib. Er erinnerte sich, dass er das auch manchmal spürte, wenn ein Staatsfeind mit wichtigen Informationen auf der Streckbank lag. Das ist wohl die Vorfreude, dachte er.

*

Kleinklaus brachte Kard und die Schoff-Fässer in Windeseile zum Lager der Minensklaven. Stolz überbrachte Madad, offizieller Cu der Familie Nietengürtel, den Wächtertoraks diese edle Spende seiner Herrin. Im Gegenzug erwarte sie nur, dass man ihren ehemaligen Putzsklaven Odysseus gut behandeln würde. Er habe so weiche Haut und die Handschellen würden sicherlich an seinen empfindlichen Handgelenken scheuern. Zur Feier des Tages, der Krönung der neuen Königin der Amazonen, sollten es sich Wächter und Minensklaven ruhig ein wenig gut gehen lassen. Das ließen sich die Durstigen nicht zweimal sagen. Die Ketten wurden abgenommen, die Trinkschalen eingetaucht. Der Tonfall des Gefangenenchors klang nun nicht mehr nach hundert Tagen Regenwetter, sondern nach einem Dardeug Sonnenschein, nach Blumenduft, nach dem Wind des offenen Meeres. Und vielleicht sogar ein wenig nach Freiheit.

*

Sternförmig zogen die Prozessionen des obersten Adels durch die jubelnde Menschenmenge zum Königspalast. Auch dessen Tore öffneten sich und Penthilea selbst erschien in strahlender Schönheit, die silbernen Nieten ihres schwarzen Lederkostüms blitzten in der Sonne, die Tätowierungen auf ihren bloßen Oberarmen rankten sich wie Orakel über ihre Haut. Sie warf das Haar in den Nacken, siegessicher und schaute in die Runde ihrer Konkurrentinnen. Rosie spürte ihre Mutter unter diesem Blick förmlich in sich zusammensacken. So wie bei den letzten Malen, an die sich Rosie erinnern konnte. Penthilea, das musste selbst Rosie zugeben, war wirklich eine würdige Königin der Amazonen. Aber hatte der Schreck, der ihrer Mutter beim Angesicht dieser perfekten Frau in die Glieder gefahren war, sonst Mitleid und Trotz bei Rosie hervorgerufen, so empfand sie heute nur Schadenfreude. Und war sie nicht selbst genauso perfekt wie die amtierende Königin?

An der nördlichen Stirnseite des großen Platzes befand sich der Königspalast, vor dem sich jetzt die Prozessionen der Adelsgeschlechter versammelt hatten. An den Seiten des Platzes, die den anderen Himmelsrichtungen zugewandt waren, standen die Tempel der Göttinnen. Groß und schwarz im Süden der mächtige Tempel Goibas, zum Westen hin der Tempel Luchtas und im Osten der Tempel Crednas. Die Tore der Tempel öffneten sich nun und die Priesterinnen mit ihrem Gefolge betraten den Platz. Der Jubel ebbte ab und machte Ehrfurcht und Respekt Platz. Die Mitte des Platzes leerte sich, und gab den Blick frei auf eine riesige Steinplatte, die mit seltsamen Ornamenten verziert war. Spätestens als man das Knarren und Knirschen hörte, die Kunde davon taten, dass diese Steinplatte nun bewegt wurde, war es mucksmäuschenstill auf dem Platz. Nur alle fünf Jahre wurde die Große Opferhöhle freigelegt. Amazonen, die die Schwarze Burg gesehen hatten, wussten, dass die Höhlenwände aus dem gleichen Baumaterial bestand wie die Mauer der Schwarzen Burg. Altes magisches Gestein, das nicht von dieser Welt zu kommen schien. Eine Aura von Erhabenheit aber auch von Schrecken umgab diesen Ort. Als die Platte, gezogen von unterirdischen Ketten und Hebeln, die von kräftigen Minensklaven bedient wurden, völlig verschwunden war und das Dunkel der Tempelhöhle wie ein Lebewesen zu pulsieren schien, traten die Priesterinnen heran und stiegen hinunter zum Opferplatz.

*

Es dauerte nicht lange, bis das Schoff seine Wirkung zeigte. Der Gefangenenchor kam aus dem Takt, die Töne wurden schief und schließlich versiegte der Gesang ganz. Torakwächter und Minensklaven saßen, kauerten und lagen auf dem Platz, manche erzählten wilde Geschichten, andere sinnierten stumpf vor sich hin und wiederum andere begannen sich zu streiten. Als alle so schön mit sich selbst beschäftigt waren, gab Kard Odysseus ein Zeichen, der sich daraufhin klammheimlich davonstahl. Die Freunde umarmten sich und Madad leckte seinem Freund ganz in Hundemanier das Gesicht ab, was Odysseus lachend versuchte zu verhindern.

»Kard, ich dachte schon, mein letztes Stündchen sei geschlagen. Im Badehaus«, Odysseus sah zu Boden und schüttelte den Kopf, »bei mir hatte der Verstand völlig ausgesetzt. Und unsere Rosie…«

Kard schaute Odysseus mit ein wenig Unverständnis an. »Was ist denn mit unserer Rosie?«

»Ja, was soll ich sagen, sie ist schon eine tolle Frau.«

Odysseus schaute hinauf in den Himmel, als ob die Wolken dort das Bild der Amazone abbilden würden.

»Sie hat dich gerade zum Minensklaven gemacht und du flötest hier herum, dass sie eine tolle Frau ist?«

Kard rollte mit den Augen. *Was ist mit Odysseus nur los? Ist der jetzt völlig übergeschnappt?*

»Yo, Odysseus ist verliebt, Odysseus ist verliebt, Odysseus ist verliebt.« Madad tanzte um den Dieb herum, der lachend versuchte, dem Cu eine Ohrfeige zu verpassen.

»Halt die Schnauze, du freches Vieh. Das war alles nur gespielt. Wir hatten einen Plan. Verstehst du?«

Madad grinste von einem Ohr zum anderen.

»Yo. Genau. Der Plan. Odysseus hält sich nur an den Plan. Was sollte es auch sonst sein.«

Aber man hörte heraus, dass Madad sich nur lustig über Odysseus machte. Lachend und mit gespielter Wut ging der auf den Cu los, der bellend weglief. »Odysseus ist verliebt, Odysseus ist verliebt, Odysseus ist verliebt.«

*

Die drei Priesterinnen wussten längst, welche Familien welche Opfer den Göttern gebracht hatten. All das Gold und Geschmeide, die Sklaven und Opfertiere waren registriert und abgewägt worden. Doch die Götter ließen sich nicht bestechen. Um ihren weisen Ratschluss zu ergründen, mussten die Gedärme des Opferstiers befragt werden, der nun oben am Rand der Opferhöhle stand und darauf wartete, dass man ihn nach unten auf den Opferplatz führte, wo eine

Krippe mit frischen, schönen, großen, roten Karotten auf das Tier wartete. Rosie hatte die ehrenvolle Aufgabe zugewiesen bekommen, das Tier hinunterzuführen und ihm dann die Kehle durchzuschneiden. Der Stier war angesichts der Menschenmenge etwas nervös und ahnte vielleicht, dass er die letzten fünf Jahre nicht umsonst das Leben eines Stierkönigs führen durfte. Andererseits lagen da unten diese schönen, roten Karotten. Also tänzelte er der kleinen Amazone, die ihm da am Strick führte, brav die Rampe hinterher, die hinunter zum Gemüse führte.

Am Rand des Kraters waren inzwischen Trommlerinnen aufgetaucht, die einen langsamen Rhythmus spielten. Ansonsten war es totenstill. Das Opfer. Das Blut. Alle warteten auf das Ereignis.

Unten angekommen kniete der Stier, so wie man es ihm beigebracht hatte, brav vor der Krippe nieder, sodass sein Hals mit der pulsierenden Schlagader für seine Schlächterin gut erreichbar war.

Rosie zog das Schwert und hob es hoch in die Luft.

»Priesterinnen. Priesterinnen von Goiba, Credna und Luchta. Ich bringe euch diesen Stier. Aber ich, Rosie Nietengürtel, bringe euch nicht nur den Stier, in dessen Eingeweide die Göttinnen uns das Schicksal unseres Volkes sehen lassen. Ich bringe euch auch das hier!«

Mit den letzten Worten, die sie in den Himmel schrie, stieß sie das Schwert in die Luft.

»Ich bringe euch ein Schwert aus Minas!«

Minas, Minas, Minas warf das Echo ihr letztes Worte zurück in den Opferkrater. Die Mutter von Rosie erlitt einen Schwächeanfall und musste von anderen Amazonen gehalten werden, damit sie nicht zu Boden sank.

»Ich bringe Goiba, Credna und Luchta als Opfer das heilige Erz von Branu.«

Branu, Branu, Branu dröhnte das Echo wieder. Andere Amazonen machten sich ebenfalls bereit, ohnmächtig zu werden. Der Namen des Schöpfergottes hier unten in den Tiefen, in denen Goiba mit ihren Schwestern herrschte? So etwas hatte es auf Amazonien noch nie gegeben. Andere Amazonen wiederum hielten vor Aufregung den Atem an. Diese Rosie. Was die sich wagte!

»Goiba, nimm Branus Blut!«, schrie Rosie, nun doch etwas hysterisch, die Stimme überschlagend. Der Stier, der die Aufregung ebenfalls spürte, richtete seine Aufmerksamkeit für einen kurzen Augenblick nicht mehr auf die wunderschönen Karotten und hob den Kopf. In diesem Moment zog ihm Rosie die Klinge mit einer derartigen Kraft durch die Kehle, dass der halbe Stierhals durchtrennt wurde. Ein Stöhnen ging durch die Menge. Welche Befreiung. Und was für eine tolle Vorstellung.

Selbst die Priesterinnen waren beeindruckt. Und jeder wusste natürlich, dass Rosie mit dieser Finte die neue Königin von Amazonien sein würde. Ein Minas-Schwert, als Opfer für Goiba und ihre Schwestern. So etwas hatte es noch nie gegeben. Statt sich also wie üblich mit dem Ausweiden des Stiers zu beschäftigen, winkten die Priesterinnen der jungen Amazone und ließen sich die Waffe bringen. Rosie, noch ganz im Rausch ihrer Vorstellung, kniete nieder und überreichte die Waffe. Aber noch während sie niederkniete erkannte sie, das irgendetwas nicht stimmte. Diesem Schwert fehlte der typische bläuliche Schimmer. Und es war zwar scharf gewesen, aber nicht so scharf, wie es ein Minas-Schwert sein sollte. Etwas stimmte nicht.

Die drei Priesterinnen in ihren schwarzen Roben beugten sich über das Schwert, berührten seine Scheide, seinen Griff. Ihre Augen verdrehten sich nach innen, sodass man nur noch das Weiße sehen konnte, über ihre Lippen kamen magische Worte, die für Rosie völlig unverständlich waren. Ihre Körper fingen an zu zittern, sie stöhnten und kreischten und schrien, dann war es vorbei. Kerzengerade standen die Frauen und öffneten die Augen.

»Dies ist kein Minas-Schwert.«

In diesem Moment erklangen die Alarmhörner. Ein Signal, welches die jüngere Generation der Amazonen noch nie gehört hatte. Amazonien wurde angegriffen! Feinde vor den Mauern von Thakis!

Rosie hatte keine Zeit mehr, auf die Priesterinnen zu reagieren. Auch wenn die jungen Kämpferinnen noch nie eine Schlacht geschlagen hatten, wussten alle, was zu tun war. Die Zeremonie löste sich in Sekundenschnelle auf. Alle Amazonen, ob Adel oder einfaches Volk, lief in die Waffenkammern. Selbst die Priesterinnen verschwanden in den Tempeln. Rosie stand von einem Moment auf den anderen völlig allein in der riesigen Opferhöhle.

Das war es? Das sollte es gewesen sein? Sie war keine Königin?

Regen setzte ein. Unbemerkt hatten sich die Wolken verdichtet. Donner grollte über dem Eisengebirge von Amazonien. Die ersten Tropfen fielen Rosie ins Gesicht, ohne dass sie etwas spürte. Sie konnte der Macht der Realität immer noch nicht glauben. Kein Minas-Schwert. Keine Königin. Während der Regen langsam stärker wurde, fing sie langsam an zu begreifen. Madad. Odysseus. Das konnte kein Zufall sein. Wie naiv sie doch gewesen war. Aber nun war es zu spät. Für diesen Frevel würde sie büßen müssen. Ganz Amazonien hatte ihren Schmach erlebt. Oh Goiba, was hatte sie angerichtet?

*

Auch Laoch hörte draußen auf dem Meer die Hörner von Thakis. Dann wissen sie also, dass wir kommen, dachte er. Nur gut. Ich, Laoch, komme mit meiner Armee!

*

Kard und seine Freunde rannten durch den einsetzenden Regen hinunter zu den Stallungen. Die Seehunde Billi und Bolli warteten bereits. Aber draußen auf dem Meer, stellte Kard entsetzt fest, näherte sich ein Flotte. Flanakan? War nun Flanakan gekommen, um sich das Minas-Schwert zu holen? Aber Odysseus bemerkte als erster, dass die Schiffe keine Segel hatten. Dass sie von Walen und anderem Meeresgetier gezogen wurden.

»Ichtos«, flüsterte er. »Was um Branus Willen haben die Ichtos hier verloren?«

»Die werden uns sehen«, stellte Kard dann fest. »Wenn wir jetzt mit den Seehunden rausfahren, werden uns die Ichtos sehen. Ganz bestimmt. Und was immer die auch vorhaben, die werden hier keinen weglassen, da bin ich mir sicher.«

»Was jetzt?« Auch Odysseus war ratlos.

»Wir müssen warten, bis es dunkel ist, das ist unsere einzige Chance.«

Nur noch einige Stunden, bis die Sonne unterging. Hoffentlich würde es weiterhin regnen. Das würde auch die Geräusche schlucken. Aber spätestens dann mussten sie los.

Kard war sich sicher, dass man irgendwann nach ihnen suchen würde.

*

Das Flaggschiff der Ichtos hatte sich aus dem Flottenverband gelöst und fuhr die letzten Meilen ohne Begleitung zum Landungspier der Amazonen-Hauptstadt. Plrsoneins hatte eine weiße Flagge als Zeichen ihrer friedlichen Absichten hissen lassen. Was immerhin bewirkte, dass sie nicht von einem Pfeilregen empfangen wurden. Die Ichtoprinzen standen am Bug, für die Amazonen ein einfaches Ziel. Aber immer noch flog kein Pfeil. Stattdessen hissten auch die Amazonen eine weiße Flagge und auf dem Landungspier fand sich eine Gesandtschaft der Königin ein.

Die Wale gingen längsseits des Piers, sodass das Schiff vertaut werden konnte. Eine Landungsbrücke wurde ausgefahren und Laoch, die drei Faolskis vor sich herführend, verließ als erster das Schiff. Die beiden Prinzen, in voller Rüstung und bewaffnet mit Aallanzen, folgten ihm. Die Amazonen atmeten alle entsetzt ein, als ein menschlicher Mann ohne Kapuze seinen Fuß auf ihre Insel setzte. Der Hass jeder einzelnen Amazone schlug ihm entgegen. Man sah die Gesandtschaft der Königin aufgeregt miteinander tuscheln.

Inzwischen waren auch die beiden Torak-Schergen sowie weitere Ichtos an Land gegangen. Die Toraks stellten sich nun an die Seite ihres Chefs, während sich vier kräftige Ichtos hinter ihre Prinzen stellten. Gegen die Übermacht der Amazonen war das natürlich nichts. Aber es sah wenigstens gut aus.

Dann kamen die Träger mit den Paravents und umzingelten die Gruppe der Besucher. Stoffe mit bunten Mustern schirmten den Menschenmann nun von den Blicken der Frauen ab. Innerhalb dieses Schutzwalls konnte die Begegnung von Laoch mit den Vertreterinnen der Amazonenkönigin stattfinden. Allerdings wurden nur wenige Worte gewechselt. Die Gesandtschaft hatte den Befehl, die Abordnung direkt zur Königin zu bringen.

*

Rosie stand auf dem Boden der Opferhöhle, im wahrsten Sinne mutterseelenallein. Alle anderen Amazonen waren dem Warnsignal gefolgt und zu den Waffen geeilt. Nur sie stand noch völlig benommen von den letzten Ereignissen auf dem Grund der Höhle. Eben beinahe Königin, jetzt schon die verachtungswürdigste Amazone aller Zeiten. Diese Scham. Nie wieder würde sie irgendeiner anderen Amazone ins Gesicht schauen können. Oder gar der Königin. Oder ihrer Mutter. Sie musste von Amazonien verschwinden! So schnell wie möglich. Was immer dieses Angriffssignal auch bedeuten mochte, sie musste die Verwirrung ausnutzen, um heimlich die Insel zu verlassen.

*

Am meisten beeindruckten die Faolskis Penthilea. Die Königin hatte kaum einen Blick für den Obersten Schergen von Haragor. Noch nie hatte Laoch dieses Gefühl von Bedeutungslosigkeit gespürt. Für die Königin war er nicht mehr als eine Kneifzange, ein Schraubenschlüssel, ein Werkzeug der Obersten Goiba-Priesterin, der auch die Amazonen mit Respekt begegneten. Während er in ihren Augen weniger wert war als einer ihrer Putzsklaven, waren die Faolskis eine wahrhaftige Inkarnation göttlicher Magie. Die Faolskis spürten diese Verehrung, ihre Körper hatten eine neue Spannkraft, ihre Augen sprühten Feuer und selbst Laoch, der die Tiere schon als von Gestank und Seekrankheit gebeutelte Wesen erlebt hatte, empfand plötzlich wieder Respekt, vielleicht sogar ein wenig Furcht vor den Bestien von Tsarr.

»Ein Minas-Schwert hier auf Amazonien sagst du? Wenn du nicht direkt von Tsarr kommen würdest, würde ich dir deine Eingeweide herausreißen lassen und dich an die Faols verfüttern.«

Laoch, wenn auch beeindruckt von den Worten und der Ausstrahlung der Königin, ließ sich nicht einschüchtern.

»Hochverehrte große Königin der Amazonen. Seid sicher, wenn es kein Minas-Schwert wäre, wäre ich nicht hier. Ich reise im Auftrag von Tsarr persönlich und unter der Gunst von Flanakan, dem Schrecklichen.«

Ab und zu war es gut, ein paar Autoritäten ins Spiel zu bringen, dachte Laoch, während er die grimmig dreinschauenden, schwer bewaffneten Amazonen betrachtete.

»Und, verehrteste, große, mächtige Penthilea, du weißt, das wir Ichtos ein Minas-Schwert besser nutzen könnten als die Amazonen. Schönen Gruß von unserer Mutter Plr.«

Plrsoneins gurgelte seine Worte mit der geziemenden Art von Höflichkeit heraus, sodass eine Spur Aggressivität nicht zu überhören war.

»Plrsoneins. Richte deiner Mutter einen königlichen Gruß aus. Ichtos und Amazonen haben sich schon lange nicht mehr bekriegt. Wir haben kein Interesse daran, das Meer zu beherrschen. Aber wenn unsere Insel angegriffen wird, dann seid versichert, dass wir nicht zögern werden, Coralis und deiner Mutter einen Besuch abzustatten.« Die Königin funkelte den Prinzen an, in ihren Augen blitzte der Zorn.

»Und über das Minas-Schwert können wir reden, wenn es vor uns liegt. Momentan sehe ich nur ein normales Stück Metall. Bringt das Schwert.«

Laoch und die Prinzen schauten sich an. Wie? So einfach sollte das gehen? Die Amazonen hatten das Schwert einfach hier? Allerdings winselten die Faolskis tatsächlich so, als ob sie irgendeine Spur aufgenommen hätten.

Zwei tätowierte Amazonen brachten ein Schwert. Kurze Klinge, schöne Waffe. Die Faolskis beachteten es gar nicht.

»Eine unserer edelsten Kriegerinnen, Rosie Nietengürtel, wollte uns noch vor wenigen Augenblicken weis machen, dass dies ein Minas-Schwert sei. Ich weiß nicht, was in sie gefahren ist, ob sie völlig verrückt geworden ist? Es wurde mir zugetragen, sie sei dem Wahnsinn der Liebe zum Opfer gefallen, aber sie schien zu glauben, das dies ein Minas-Schwert sei. Jetzt kommt ihr. Und fordert ein Minas-Schwert. Das kann kein Zufall sein. Aber seht selbst.«

Die Amazonen überreichten Laoch das Schwert, der es den Faolskis unter die Nase hielt, die daran ohne Interesse schnüffelten. Dies war nicht das Minas-Schwert. War das eine Finte der Amazonen?

»Ihr habt recht, werte Königin. Dies ist kein Minas-Schwert. Aber ich bin sicher, es ist hier auf der Insel. Diese Faolskis hier sind von Tsarr selbst auf die Fährte des Minas-Schwertes gesetzt worden. Lasst sie hier auf der Insel das Schwert suchen. Wenn es hier ist, werden sie es finden.«

Penthilea wiegte abwägend ihren Kopf.

»Nun gut, unsere Cu-Trainerinnen Madame und Chayenne werden die Faolskis nehmen. Cus und Faols sind sich sehr ähnlich. Außerdem wird unsere Goiba-Priesterin sie begleiten. Wenn die Magie eines Minas-Schwertes den Weg auf unsere Insel gefunden hat, wird sie es erkennen.«

Laoch, der im ersten Moment protestieren und darauf bestehen wollte, selbst mit den Faolskis auf die Jagd zu gehen, sah ein, dass das wohl das Beste war, was er in diesem Moment erreichen konnte.

»Bringt die Schergen Flanakans ins Gästezimmer!«

Gästezimmer. Irgendwie hörte sich das, so wie es Penthilea aussprach, nicht besonders gastfreundlich an. So wie Jauchegrube oder Folterkammer. Aber Laoch musste sich wohl oder übel fügen.

*

Es wurde bereits dunkel, als Rosie in die Stallungen stolperte. Ein U-Boot war die einzige Möglichkeit, angesichts der Flotte dort draußen, die sie inzwischen auch wahrgenommen hatte, ungesehen von der Insel zu verschwinden. Als sie dort unten Kard und Odysseus in die Arme lief, war die Überraschung auf beiden Seiten groß. Und dauerte nur wenige Sekundenbruchteile, dann zog Rosie einen ihrer Schaftstiefel aus und fing an, damit auf Odysseus herumzuhämmern. Und ihn dabei derart zu beschimpfen, dass so manche feinere Dame dabei gleich in Ohnmacht gefallen wäre. Odysseus ließ das eine Weile über sich ergehen, dann schnappte er sich die Amazone und drückte ihr den Mund zu.

»Willst du uns alle umbringen, Rosie?«

Aber Rosie wehrte sich nach Leibeskräften und Odysseus hatte jede Menge Mühe, sie weiterhin zum Schweigen zu bringen.

»Schön, die beiden, oder?« Madad betrachtete das ringende Paar. »Wenn wir Cus in der Balz sind, ist das bei uns ähnlich. Wir balgen und beißen uns, bis wir todmüde sind. Sagt

Mama. Ich bin noch zu jung. Aber sieht wirklich nett aus, was die beiden da machen.«

»Die streiten sich, Madad. Das ist ernst.« Aber Kard musste zugeben, dass sein Freund nicht ganz unrecht hatte. Irgendwie hatte das etwas, wie die beiden da sich ineinander verhakten. In seiner Seele wurde da eine bisher unbekannte Seite angesprochen.

Schließlich aber sanken Odysseus und Rosie erschöpft zu Boden. »Und, habt ihr das Minas-Schwert?«, fragte Rosie dann völlig außer Puste.

»Nein«, log Kard. Nur nicht noch mehr Probleme. »Wir sind nur gekommen, um Odysseus zu retten.«

»Aha, verstehe. Beziehungsweise, verstehe ich nicht.« Rosie sah misstrauisch in die Runde, aber alle sahen sie treuherzig und lächelnd an.

»Ist doch jetzt egal, Schatz. Wir müssen jetzt ins U-Boot und von hier weg.« Odysseus hatte seinen Arm beruhigend auf den von Rosie gelegt.

»Schatz? Hast du gerade Schatz gesagt?« Schon hatte Rosie ihren zweiten Schaftstiefel ausgezogen und prügelte erneut auf Odysseus ein. Madad war ganz entzückt.

Kard unterbrach nur ungern. »Odysseus hat recht. Wir haben hier Billi und Bolli. Madad hat das mit denen klargemacht. Jetzt ist es dunkel. Wir müssen los.«

Die anderen nickten. Und schon war Rosie wieder ganz die geschäftige Amazone, die sich gut mit Kampfseehunden und U-Booten auskannte. Während sie das Geschirr der Seehunde überprüfte und die Dichtungen des U-Bootes justierte, holte Kard das Minas-Schwert unter dem stinkenden Fischernetz hervor und steckte es sich heimlich in seinen Putzsklavenganzkörperanzug, den er immer noch trug. Die Seehunde wurden nochmals instruiert, einen weiten Bogen um die Flotte der Ichtos zu machen und sie dann in der Nähe von Klatschmünde auf dem Festland abzusetzen. Luke zu, Menschen und Cus eng aneinander gekuschelt, in so einem Kampf-U-Boot war wirklich nicht viel Platz. *Wenn wir hier drinnen nicht ersticken werden wir erstinken.* Und ab ging es in die Tiefe des Meeres. Zum Glück hatten sie diesen Sauerstoffschwamm dabei, der im Innern der Kabine für frische Luft sorgte, sodass man sich an Madads Verdauungsprobleme gewöhnen konnte. *Eine andere Wahl haben wir ja auch nicht.*

*

Laoch und seine Männer hatten schon Weile in ihrem Gästegefängnis ausgehalten, als die Tür geöffnet wurde und eine wunderschöne Amazone eintrat, die Laoch irgendwie bekannt vorkam, die er aber im ersten Moment nicht erkannte.

»Hör zu, Laoch, Oberster der Schergen. Es sieht nicht so aus, als ob deine Faolskis das Minas-Schwert aufspüren würden. Jetzt sind sie gerade im Zimmer dieser Rosie Nietengürtel, die Bluthunde von Tsarr drehen sich im Kreis und die Goiba-Priesterin steht mit verdrehten Augen in ihrer Mitte. Vielleicht hatte diese Rosie einmal das Schwert. Aber beide sind verschwunden. Und Ichtos und Amazonen gehen sich bald gegenseitig an die Gurgel.«

Jetzt erkannte Laoch endlich die schöne Hexe. Es war Nanda, die einzige Frau in seinem Leben, die jemals irgendein Gefühl bei ihm hervorgerufen hatte. Ein magisches, etwas verwirrendes Gefühl, das er nicht so richtig einordnen konnte.

»Du...?«

»Ich bin euch nicht gefolgt, wie ihr vielleicht glauben wollt. Sagen wir, mein magisches Gefühl hat mich hierher gebracht. Es wird wohl das Minas-Schwert gewesen sein, was mich gerufen hat. Genau kann ich es nicht sagen, Laoch. Aber genauso, wie das Schwert mich hierher gerufen hat, genauso spüre ich, dass es Amazonien inzwischen verlassen hat. Und deswegen müsst auch ihr verschwinden. Wenn die Amazonen und Ichtos einen Sündenbock haben, werden sie ihn auch schlachten, das verspreche ich dir!«

Wenn das Schwert hier war, würden die Faolskis es finden. Da war Laoch sich sicher. Und wenn die Faolskis es nicht fanden, dann war das Schwert auch nicht hier. Auch da war sich Laoch sicher. Und dann hatte er ein Problem. Da war sich Laoch ganz sicher.

Nanda hatte recht. Sie mussten fliehen. Er nickte der Gova zu.

»Ich werde dich als meinen Putzsklaven runter zum Hafen führen, die Toraks werden nicht weiter auffallen. Dort habe ich eine kleine, schnelle Barkasse gesehen. Die werden wir kapern. Du und deine Männer werdet ja wohl mit ein paar Amazonen fertig werden, oder?«

»Das ist überhaupt kein Problem.« Laoch sah seine Männer aufmunternd an, die die Begeisterung, die Laoch gerade entwickelte, nicht unbedingt zu teilen schienen. Dann schnappte sich Laoch eine Tischdecke und wickelte sie sich um den Kopf. Jetzt sah er zwar eher aus wie ein Fasach aus der Großen Wüste, aber wenigstens war sein Kopf bedeckt.

Nanda zückte ein Schwert und ließ Laoch und die Toraks aus dem Gästezimmer treten. Auch wenn andere Amazonen die kleine Schar misstrauisch betrachteten, während sie durch die Gänge des Palastes liefen, hielt sie doch niemand auf. Ein Putzsklave musste Laoch noch seine Kleider leihen, dann war seine Tarnung perfekt. Außerdem lässt eine Vollmobilmachung mit einer funktionierenden Befehlskette keinen Raum für das Festnehmen verdächtiger Gestalten, die von einer vertrauenswürdigen Amazone begleitet wurden. Auch in den Straßen von Thakis war man zum Glück viel zu beschäftigt, um Nanda und ihre Schar zu beachten. So erreichten sie unbehelligt den Hafen und die massigen Toraks konnten die überraschten Amazonen auf der genannten Barkasse schnell überwältigen. Und inzwischen hatte das Fehlen eines Sündenbocks dazu geführt, dass Ichtos und Amazonen sich jetzt untereinander in die Wolle bekamen. Denn während die Schergen den Anker lichteten und die Segel klarmachten, konnten sie das Schnellboot der Prinzen sehen, wie es zu der Flotte der Ichtos zurückeilte. Und die Amazonen hatten Katapulte in Stellung gebracht und ließen riesige Gesteinsbrocken über das Meer fliegen. Die Ichtos wiederum hatten ihre Lavakessel geöffnet und ließen das Feuer auf Thakis niederregnen, sobald die Prinzen die Ichtoflotte erreicht hatten. Und inmitten dieser fliegender Gesteinsbrocken und Kometen segelte völlig unbeachtet ein kleines Schifflein die Küste von Amazonien entlang.

Laoch war weit davon entfernt, sich für diese kriegerische Auseinandersetzung schuldig zu fühlen. Ganz im Gegenteil sah er diesem Treiben mit großem Interesse zu. Schiffe würden untergehen, Häuser brennen. Amazonen und Ichtos würden sterben. Das fühlte sich gut an! Am liebsten würde er mitmischen. Und natürlich gewinnen. Er, Laoch, Oberster Feldherr. Und eine Königin hatte er auch schon. Er sah Nanda an, wie sie beschwörend am Bug stand und irgendwelche magische Formeln sprach, ein Schutzzauber, der sie vor den Blicken sowohl der Ichtos wie auch der Amazonen verbergen sollte. Wirklich praktisch so eine Gova an der Seite zu haben, dachte Laoch. Langsam verstand er, wieso Flanakan sich mit Tsarr zusammen getan hatte. Und wieso dieses Minas-Schwert so bedeutsam war.

*

»Was macht dein Krampf?« Rosie betrachtete Kard sorgenvoll, der mit steifem Bein über den Strand humpelte, an den sie Billi und Bolli abgesetzt hatte. Das Bein, an dessen Seite Kard das kalte Metall des Minas-Schwertes spürte, war tatsächlich steif wie ein Brett. Die Stunden im U-Boot waren wirklich die Hölle gewesen.

»Äh, ja, also.« Odysseus malte mit seiner Stiefelspitze wellenförmige Linien in den Sand. »Rosie und ich…«, Odysseus schaute Kard entschuldigend an.

»Yo, ich weiß schon. Ihr wollt ein bisschen alleine sein. Wenn wir Cus eine Partnerin gefunden haben, dann ziehen wir uns in eine Balzhöhle zurück.« Madad verdrehte die Augen und schüttelte den Kopf. »Aber davon hat mir Mama nie so richtig erzählt. Sie meinte, wenn es soweit ist, werde ich schon selbst herausfinden, wie das geht.«

Mit hochgezogenen Lefzen schaute Madad Odysseus und Rosie an, deren Blicke jetzt zwischen dem Betrachten der Stiefelspitzen und dem Beobachten vorbeiziehender Wolken hin und her pendelten. Kard hatte zwar eine leise Ahnung, was zwischen den beiden gerade passierte, aber so ganz klar war es für den jungen Mann, der erst von Priesterinnen großgezogen worden war und dann die letzten Jahre bei einem eher schweigsamen, grobschlächtigen Torak-Mann verbracht hatte, auch nicht. *Schon komisch, die beiden.*

»Ihr wollte also…?« Kard sah die beiden fragend an.

»Eine Familie gründen.« Beendete Madad Kards Satz. Und schon kam einer von Rosies Stiefel geflogen.

»Hey, Cu. Ich bin eine Amazone, vergiss das nicht. Familie, was ist das? Kenne ich nicht, noch nie von gehört. Odysseus und ich haben uns entschlossen, die geschäftliche Beziehung, die wir vor unserem Treffen schon einmal ausprobiert haben, noch einmal neu zu beleben. So ist das. Jetzt ist es raus. Odysseus und ich. Beziehung, geschäftlich. Alles klar?« Rosie war zum Schluss recht laut geworden und vor lauter Aufregung ein wenig rot angelaufen.

»Ist schon gut Schatz, beruhige dich.«

»Nenn mich nicht Schatz, Schatz.« Rosie verstummte kurz, musste kurz über das nachdenken, was sie gerade gesagt hatte, zog den anderen Stiefel aus und prügelte damit auf Odysseus ein. Odysseus wehrte ihre Schläge so gut wie möglich ab, zwinkerte dabei achselzuckend seinen Freunden zu. So war sie eben, seine Rosie.

Madad stupste seine Schnauze in Kards Kniekehlen und gab ihm mit einer Kopfbewegung zu verstehen, dass sie verschwinden sollten. Die Seehunde, denen Rosie nach ihrer Ankunft die Freiheit geschenkt hatte, hatten sie etwas südlich von Klatschmünde abgesetzt. Von dort wollten sie die Klatsch hoch Richtung Alte Stadt. Nachdem sie eine Weile den Strand entlang gegangen waren, beziehungsweise gehumpelt, denn Kard steckte immer noch das Minas-Schwert im Gewand, drehten sie sich noch einmal um. Auch Rosie und Odysseus, die in die andere Richtung gestapft waren, wendeten wie auf ein geheimes Zeichen ihre Köpfe. Alle winkten sich zu. Vom Meer her hatte eine leichte Brise eingesetzt und wühlte in ihren Haaren. Die Schreie des Großen Meertölpels hallte über die Dünen. Branu stand in seiner goldenen Scheibe am Himmel, umringt von dunklen Wolken, die Goiba schickte, um ihren Bruder zu ärgern. Bald würde es regnen. Kard und Madad drehten sich um und drangen in einen dunklen Wald ein, der sie vor dem sich zusammenbrauenden Unwetter schützen würde. Oder sie mit den gefährlichen Wahtern, die nach Kards Wissen in solchen Wäldern hausten, bekannt machen würde. Auf jeden Fall war Kard froh, dass er nun, nachdem Rosie außer Sicht war, das Minas-Schwert, herausnehmen konnte. *Und dafür nehmen wir die ganzen Strapazen auf uns?* Er musste sich erst einmal setzen und das steife Bein massieren. Madad sah ihn kritisch an.

»Yo, du brauchst unbedingt neue Kleider, Kard. Hier auf dem Festland sieht dieser Putzsklavenanzug irgendwie falsch aus.«

Kard zuckte mit den Schultern. Ein paar Argits hatte er noch in seinem Lederbeutel. Und jetzt spürte er auch wieder den Drachenzahn auf seiner Brust. Dunkel, heiß, beschützend und doch bedrohlich. Ihr Weg war noch lange nicht zu Ende.

— Ende des 1. Teils —

»Der heilige Vulkan«
Teil 2 der Jugend-Fantasy-Reihe »Der Junge mit dem Feueramulett« jetzt auf Amazon!

Printed in Poland
by Amazon Fulfillment
Poland Sp. z o.o., Wrocław

14051892R00202